狭衣物語 文学の斜行

井上眞弓【編】

翰林書房

狭衣物語　文学の斜行◎目次

【特別寄稿論文】

Ⅰ　内なる斜行

Ⅱ　関係性の斜行

はしがき

狭衣物語研究会は、このたび四度目の論文集『狭衣物語　文学の斜行』を読者のみなさまにお届けいたします。ここで本書のテーマである「文学の斜行」について、論文集の趣旨に即し、簡単ながら述べてみたいと思います。

＊＊

「斜行」といえば西洋哲学において、ピクロスの斜行運動＝クリナメン＝偏奇する運動や変化を、まずは思い浮かべる人がいるであろう。あるいは、数学においてグリッドを巡る問題で使用されることばとしても多用されており、本書はその分野のこととどうかかわるのかと、訝しく思われる方がいらっしゃったかもしれない。それぞれの専門分野において、「斜行」は、その分野におけるなんらかの現象や事象に対しての用語であることはまず間違いない。

さて、日本語としての「斜行」がもつところの「斜め」には、そのことばのもつ偏奇性が透け見える。たとえば、陸上競技や競馬などでは、レーンに添わず他者のレーンを侵す行動を「斜行」と言い、反則と見なされる。物事に取り組む場合、「斜に構える」といえば、偏向を含み込むがゆえの態度・立場が想像され、物事を直視せず、正向しないことを指す。また、そこから派生して物事への異議申し立ての要素が抽出される場合もある。「斜め読み」といえば、丁寧に読むことから逸れて、とりあえず内容を取ることが出来ればいいといった、簡便さとその裏にあるいい加減さが透け見える言葉でもある。

一方、織物について「斜め」といえば、経糸と緯糸を合わせ、さらにそこへ斜めがけすることで文様が織りなされ、その布は丈夫になり、かつ装飾されて美しく仕上がっていくことを容易に想起することが出来る。ここに用いられている「斜めがけ」には、人手をさらに掛けたところに出来る新しい文化や文物を創作していく手法と同等の技という意味が見出せるのではないだろうか。つまり、「斜め」「斜行」は、両義的に使用されることばである。

近年、「斜め」が教育界において、多用されている。たとえば、近代的な学校制度のなかで小学校における人間関係を図式的に表すと、教員と児童、もしくは上級生と下級生という縦の人間関係、同級生同士という横の関係と捕捉される。それに対して、大学生のボランティアと児童、地域の住民と児童のような縦でも横でもない関係を入れて、新しい関係構築が試みられている。これは、固定化された人間関係の枷を廃して、これまでにはない新しい関係を構築することを通し、多様な存在との遭遇や関係構築の方法を体験的に学ぶことが目的であるという。そして、それは、新しい視点による教育と捕捉されているようである。こうした新しい取り組みは、「斜めの関係」の構築と呼ばれている。

また、繊維業界では、天竺を編んだ時、撚糸のバランスが悪くて編み地が斜めに傾いてしまうことを「斜行」という。バランスがいいのではなく悪いのであるから、粗悪品になるかと思いきや、そこから新しいデザインが生み出され、わたくしたちの気づかないところでうつくしく身をまとう服地として生成されている。

しかし、このような視点導入は、今に始まったことではない。例えば、市川浩氏は「身の構造とその生成モデル」において、

「傷口につけた薬が身にしみる」というのは、生理的レヴェルのできごとですが、「世間の冷たい風が身にしみる」となると社会的存在のレヴェルのできごとであり、「人の情けが身にしみる」は心のレヴェ

ルである。しかしそれは生理的レヴェルの身にしみると無関係ではない。むしろ生理的レヴェルの身にしみるがもつ切実さが斜行的に上のレヴェルへ以降していく。その関係はある意味でメタフォリカルな関係です。こののが、メタフォリカルな関係は、単なる文学的表現の問題ではなくて、われわれの存在そのものがメタファを成立させるようなそういう構造をもっていると考えたほうがいいのではないか。（略）関係化と実体化をたえずくり返しながら自己形成しているのではないか。（『創造の世界』三六号一九八〇年十一月号）

と述べ、人間存在とその生き方の関係に「斜行」という概念を導入している。「斜行」という物の見方が今注目されているのは、新しい視点の構築を促す時に有効な方法として、再認識されているゆえといえよう。スラヴォイ・ジジェクの著作『斜めから見る』（鈴木晶訳　青土社）の示唆も想起されるところである。

平安文学のなかでも後期・末期物語等を主専攻とする狭衣物語研究会の会員の中には、これまで『狭衣物語』をはじめとする諸物語が、どのような縦の関係を結んでいるかという文学史的観点や、横並びで俯瞰し、同時代的観点からどのようなことが論じられるのかといった、縦／横の研究視座を持って研究を行ってきた者が多い。今後もこうした観点の有用性は幾多の研究によって磨かれ、更新されてゆくであろう。しかし、立ち止まって考えてみると、そもそも文学研究が本質的に「斜行性」を有しているとはいえないだろうか。抑も異議申し立て自体、「斜行」という性質を持っている。前回の論文集『狭衣物語　文《あや》の空間』を上梓した際、「文」にまつわるものの中に既に文学のもつ「斜行」はほの見えていたのである。

今回は、そうした「たて（縦／経）―よこ（横／緯）」を視野に入れつつ批評的観点の重要性を際立たせる「ななめ（斜行）」について、それぞれの立場からの研究成果をまとめるに至った。今回の論文集を「文学の斜行」と題したのは、これまでの研究会活動を通して追究してきたことに加え、位相を異にする観点を導入して新規の問題系を提示することを目指しているからである。個々の論者にとってその「斜行」の有り様は多様性を見せ、互いに出会うべき次の論点を模索している。

また巻頭論文として、田村良平（村上湛）氏に「能〈狭衣〉小考——能劇としての可能性」と題するご論考をいただいた。田村良平氏は『狭衣物語』の研究者として夙に知られているが、能楽を中心とした演劇の評論家として、また新作能の演出家として、現在第一線でご活躍されている方である。今回のテーマである「文学の斜行」とご専門領域との接面に興味を示され、ご執筆いただけることとなった。ご多用のところ、本論文集のためにご執筆いただいたことに深謝したい。

読者のみなさま方におかれては、本書をご覧いただき、多方面からのご教示やご叱正をいただければ幸いである。さらに、編集の担当としては、本書を通して読者のみなさまのお力で、多くの方に文学を読むことの愉しみへとお導きいただければなお幸甚に思う。

平成二九年　春風が花の香りを運ぶころに

狭衣物語研究会

井上　眞弓

特別寄稿論文

能〈狭衣〉小考――能劇としての可能性

田村良平（村上湛）

はじめに

本稿では、後土御門院の勅命による創作当初（文明十三年＝一四八一年八月十一日）から現在に至るまで公式演目として頻演された歴史をまったく欠く反面、こうした作品には珍しく近年時折論ぜられることのある三条西実隆作の能〈狭衣〉について、能劇の観点から小考を試みるものである。

能〈狭衣〉は江戸時代の板本・三百番本（通行二百番外の番外百番）に収められて一般には流布したもの(1)の、歴史的に舞台作品としては斯道で言うところの文字どおり「稀曲」である。近世以降、すなわち、能が幕藩体制下の武家式楽として整備され厳格なレパートリー制が布かれてからの上演履歴がなく、江戸期を通じ時の権力者の嗜好や時代の趨勢によって折々盛んになる復曲（この能の場合、正確には再興初演）の気運すら皆無だった作品が、現代において、能役者あるいは制作に関わる能楽関係者といった「良くも悪くも藝能・演劇としての能の実情を熟知する」側からではなく、往々にして舞台上よりも机上を優先しがちな研究者の間でしばしば唐突に議論の俎上に乗せられるその理由は、ひとえに「王朝物語文学の中世的享受のありよう」への興味に淵源を発するものである。ごく少数の論考はあるとはいえ、総じて「能劇としての〈狭衣〉の有効性」を論じ得たものはないように、私には思われる。

能〈狭衣〉はいかなるドラマであり、また、「傑作」なのか、否か。

後期物語や中世物語注釈の論点に依らない、「能劇としての評価」は、一体いかなるものであろうか。

そもそも厳格な様式に基づく音楽劇としての能は、厳密な楽劇的構成の下に作劇されるのが本来である。現代しばしば作られる「新作能」が時として世間的に著名な文学関係者の手による戯曲として文学的な意味では意欲的に執筆されても、ほぼ例外なくそのままでは舞台の使用に堪えない叩き台にしかならないのは、そうした様式的構成力を書き手が根本的に持ち合わせていないからである。修辞上あるべき場所に必要な音数、謡に配合すべき囃子の手組、登退場や舞事についての音楽知識、これらの原則に精通していなければ能は書けない。優れた能は文才だけで成り立つものではなく、こうした楽劇構成の力量あってこそ作品の長所が舞台に反映されもするのである。

能劇としての〈狭衣〉を考える際、まず出発点となることは、能本としての〈狭衣〉の構造を分析し、把握することである。そしてその「能の構造」とはまず、音楽的制約を伴って執筆される個々のブロック「小段」のありようを糺すことによってはじめて明確になる。

論考の始発に際し、楽劇としての能の構造を支える小段構成（大方で共有される分類認識に基づくものの最終的には私見による）に鑑み能〈狭衣〉の概略をたどると、次のようになる（【　】内は囃子事名。《　》内は小段名。★以下は詞章の概容）。ここでの数字による段落分けは能の基本構造よりも内容の推移に則ったため、通例の分け方とはいささか異なる。

なお、本稿での謡曲〈狭衣〉本文は、時代的に実隆原作に最も近いとおぼしき鳥養道断手沢・吉川家旧蔵鴻山文庫本を底本とした[2]。

前場

1　ワキ（臣下）の登場

【次第】

《次第》《名ノリ》《上ゲ歌》《着キゼリフ》

★「時のみかど」に仕える臣下（ワキ）が中秋の嵯峨野を訪れる。

2　ワキと前シテ（女人、実は女二宮の化身）との対話

【アシライ】？

《サシ》《下ゲ歌》《上ゲ歌》

★法華経を口ずさみつつ現れた女人（前シテ）が嵯峨院の夕べの寂寥を詠嘆する。

《□》《問答》

★仏花のために女郎花を手折る女人に、臣下はその理由を尋ねる。女人は「狭衣帝行幸の砌の女郎花の詠歌ゆえ」と答える。

3　シテによる狭衣中将と女二宮の物語

《ロンギ》

★臣下の重ねての問いの果て、女人は「あまの衣のいたづらに朽ちし果て」と、女二宮の化身であることをほのめかす。

《クリ》《サシ》《クセ》

★女人は、中将時代の狭衣が五月五日の夜に笛を吹き、月の都から迎えが来たこと、勅命により女二宮の降嫁が決まったが不調に終わり、やがて出家した女二宮は嵯峨野に隠棲したことを語り、姿を消す。

間狂言

4 嵯峨野の里人の物語（?）

（嵯峨の里人が狭衣あるいは女二宮にまつわる物語を語る。）

後場

5 ワキの前に後シテ「あめわがみこ（天稚御子）」が登場して舞い、天に消え去る。

《上ゲ歌》

★夜に入り、臣下は雲中に響く笛の音を耳にする。

【一声】または【出端】

《サシ》《一セイ》《ノリ地（?）》

★「あめわがみこ（天稚御子）」（後シテ）が現れ、稲妻のひらめく暁闇に舞の袖を翻す。

太鼓入【中ノ舞】?

《ロンギ》

★「あめわがみこ」は臣下になおも舞の観覧を勧め、自ら着した天の羽衣にこと寄せて当今をことほぎ、再び雲中に消えてゆく。

一　ワキの役柄について

〈井筒〉〈野宮〉のように、式楽化された能の演目分類に照らせば「三番目物」と呼ばれるジャンル（主として王朝の美女をシテとし【序ノ舞】か【中ノ舞】あるいはそれに準ずる舞の見せ場を持つのを常とする能）では、いわゆる「複式夢幻能」のかたちを採る作品が大半を占める。優美な女性が霊体として登場し、後場にその正体を現して歌舞を披露するそうした能でドラマの呼び水役を勤めるワキは、世阿弥以来、着流しあるいは大口（袴）に水衣をまとい、角帽子で頭髪を包んで円頭に仮託した「僧ワキ」と決まっており、例外はほとんどない。世阿弥の真作と認め得る本三番目物の能は〈井筒〉〈檜垣〉の二曲だけだが、当然の如くいずれも僧ワキである。これに対し、岩波書店『日本古典文学大辞典』をはじめ通例では（ある意味ではなはだ無定見に）三番目物と考えられている〈狭衣〉のワキが法体でなく「時のみかどに仕へ奉る臣下」であることは、きわめて異例な特色と言わねばならない。

この点についてまず想定されるのは、この能が後土御門院を中心にとしたクローゼットな「（能作の点では）素人サロン」でいわば「戯作」されたことに最も大きな理由があるかもしれない、ということだ。能〈狭衣〉はその制作現場自体、甚だ特異なのである。

そもそも能の通例に照らせば、「時のみかどに仕へ奉る臣下」がワキとして出るのは、〈翁〉に続いて上演される「脇能（神能・初番目物）」の決まりである。その場合も、普通は「当今に仕へ奉る」臣下と名のるもので「時のみかどに仕へ奉る」臣下という柔らかな言い方は異例だ。かく言いなした点に「ある種の脇能離れ」の意識があるのかもしれないが、いずれにせよ法体ならず、烏帽子に狩衣・大口という俗称「大臣ワキ」定式の扮装に準ずるであろう役柄（上着は長絹の可能性もある）がシテ・霊体の美女と対話する設定は、それ以前の能作にまず例を見ない。実隆の作意はともあれ、能作の常識に立って考えれば甚だもって異式・異色である(3)。

世阿弥の昔から能は衆人環視の舞台藝能であり。世阿弥が諸伝書で繰り返し観客の目を意識し続けたとおり、見物人の質の高下によらず舞台の出来は仮借なき批評に曝されたのみならず、大きな一座で人気役者によって演ぜられればことさら注目度も高くなる新作の意図するところは時の権力からさえ周到にチェックされる。人気や収入に直結するこうした「剣の刃渡り」的な状況を能作者や役者たちは常に敏感に感得していた。色々な意味で能の制作は外に向けて開かれたものだったのだ。

既によく知られる『実隆公記』『十輪院内府記』に見る能〈狭衣〉の制作事情はそれとまったく異なる。天皇を取り巻く閉じられた文藝サロン内での、必ずしも即時の公開実演を予期しない戯作的試みが能〈狭衣〉を生んだ。『狭衣物語』に傾倒し、実隆をはじめ篤学の士を集めてその校本を作成させた後土御門院の周辺には当然、王朝文学偏愛の空気が濃厚だっただろう。そこに醸成されたはずの、「現在、即、平安朝」であるかのようにリアルタイムで古典文学に回帰しようとする内向きの共同幻想が、戯作的な能の制作に反映された時、どうなるか。常人とはかけ離れて霊的感応力を具える僧ワキではなく、天皇や実隆ら作者圏に属する者たちの「仲間」である「時のみかどに仕へ奉る臣下」をワキとする作為に帰結するのは、むしろ当然とは言えまいか。また、そうした内部的事情の忖度は措くとしても、「現実の能楽界とは無縁な素人集団だけに『能の掟』から解き放たれた自由な創作」という動機がこの能の特異性を根柢で支えていることは確かだろう。後土御門院サロンの彼らは「夢幻能の三番目物＝僧ワキ」という原理原則に縛られるような立場にはなかったはずである(4)。

能における僧ワキは、シテとの生前の縁の有無によらず、シテとの出会いが順縁であるか逆縁であるかによらず、ほぼ例外なしに供養者である。シテはその供養を期待して慙愧懺悔の物語を語り、あるいは舞う。逆に言えば、「現世に恨みを残して死んだシテの思念に分け入るために、必ずやワキは法力を具えた僧体でなければならない」とすることもできる。

僧ワキがこのように「死者の証明者」であるのに対して、脇能の大臣ワキは決してそうではない。彼らは「神威や霊験の証明者」である。「神の近くにある者」であるがゆえに神威のいやちこを鋭く感得はしても、その立場の範囲内で奇蹟の出現を傍証するに過ぎず、「人と人との対話と理解のドラマ」を形づくる役柄ではない。すなわち、故人の霊に誘われてその心にまで分け入り、共感するような存在ではあり得ない。こうした一種ドライな役柄である大臣ワキを相手にした時、能〈狭衣〉の非三番目物的性質もまた、おのずから定まらざるを得まい。

この能の前シテ「女人、実は女二宮の霊」は、法体の僧ワキを相手に持たないがため＝大臣ワキを相手にしたため、幽冥を隔てた現実との対話が成り立たない。後述する《クセ》の文章で明らかになるように、美辞麗句には飾られたものの他者からその内面にまでは踏み込まれない一方的な「つぶやき」を連ねて退場するのである。

これらのことは、単なるワキの役柄の設定の問題だけではなく、次項で説くような特異な小段構成とも相俟って、シテの人物造形にもさらに立ち返って影響を与えるのである。

二　前シテの中入について

能〈狭衣〉の前シテがみずからの供養を願わないのはワキが僧でない以上当たり前だが、「供養者」として対峙する相手を欠くためか、シテが語る（＝それを地謡が代弁する）内容も内面の機微に至らない。前場のクライマックスとなるべき小段は（それを有する限り）いかなる能でも《クリ》《サシ》《クセ》であり、例外はほとんどない。ことに《クセ》に大きな比重が掛かる。シテの内面を《クセ》で語り尽くせない限り、その能は失敗作に堕しかねない。〈狭衣〉前場を一貫して彩るのは嵯峨野の秋景である。それはシテの出の段（2の《サシ》《下ゲ歌》《上ゲ歌》）から起こり、『狭衣物語』巻四末尾に名高い女郎花をめぐる応酬に焦点を結ぶ（2の《問答》）。こう記すといちおう徐々に物語の核心へ迫るかのようではあるが、内容をよく読むと肝腎の《クリ》《サシ》《クセ》に至っても前シテ・女二宮の心の奥処を解き明かす筆致までには至らず、また、「解き明かせない」そぶりを装って真相を隠蔽しようとする焦燥を示すこともない。つまり、前場の最後に至るまでシテ・女二宮を取り巻く物語はきわめて概括的・表層的である。

能〈狭衣〉の大きな特色として、前場最後の小段が《クセ》であることが挙げられる。《クセ》の末尾でシテが中入してしまうかたちは、世阿弥の基本的能作法に外れた略式である。能作の定石に照らせば本来は《クセ》のあとに《ロンギ》の一段を置き、そこで中入するのが正格に相違ない。三番目物ならずとも「《クセ》でそのまま中入」の構成を持つ能はめったになく珍しい。

現行の本三番目物のうち《クセ》末尾でシテが中入する他の作品には源氏能〈夕顔〉がある。現行曲で十番ほどを数える（「現行曲」の定義が曖昧なのであくまで概数）「源氏能」には傑作が少ない。世上「名曲」として喧伝される〈葵上〉は近江猿楽に淵源を発する古作だが、本格的な和歌教養を体得した世阿弥以前の作品ゆえか古典文学の劇化意識が粗雑であり、縁もゆかりもないはずの「朱雀院に仕へ奉る臣下」がなぜか葵上の重態を詳報するなど、当時の「源氏読み」が観ても噴飯するような設定をあえて問題視しない。源氏能中文句なしの一級作は金春禅竹の作とおぼしい〈野宮〉だけだが、さすがにそれには劣るとはいえ〈夕顔〉もなかなかの佳作であって、シテ・夕顔の女の心理と劇的状況を中世的感覚によってよく掬い取り、舞台上に形象化している。以前は〈夕顔〉を世阿弥作としていたが、筆致や構成などの問題からこんにちそれは認められず、作者は不明とすべきである。とはいえ、『親元日記』の記述を根拠に寛正六年（一四六五年）二月二十八日の〈夕顔〉上演履歴を認めるからには、文明十三年（一四八一年）執筆の〈狭衣〉よりよほど前に成立した作品であることは間違いない。つまり、能にある程度精通し〈狭衣〉を劇化しようとするほどの者であれば、同じ王朝物語を素材とした能の佳作たる〈夕顔〉をまったく意識しなかったはずはない、ということになる。

その〈夕顔〉の《クセ》末尾を見てみよう。(5)

（シテ）風に瞬く灯火の。

（地謡）消ゆると思ふ心地して、あたりを見れば烏羽玉の、闇の現の人もなく、いかにせんとか思ひ川、うたかた人は息消えて帰らぬ水の泡とのみ、散り果てし夕顔の花は再び咲かめやと、夢に来たりて申すとて、ありつる女もかき消すやうに失せにけり。かき消すやうに失せにけり。

「本説」の明確な能は、逆に原典に引き寄せられすぎるあまり記述の羅列に終始して、そこから新たな劇性を汲み取る作業を疎かにしがちなものだが、ここでは『源氏物語』夕顔巻の本文に頼ることなく、その場の状況とシテ・夕顔の女の内面を劇的に書きなし得ていることは明瞭である。「散り果てし夕顔の花は再び咲かめや」とは、訴え掛ける力の強いわりに他の能に見られない個性的な言い回しで、そうそう書きなせるものではない。この部分だけ見ても達意の名文と称するに足る。

このように結ぶ〈夕顔〉の《クセ》末尾に対し、同様の構造を有する〈狭衣〉の《クセ》末尾はこうである。

（シテ）のがれぬ契りかや知らざりし。

〈地謡〉あしの迷ひのたづの音を雲の上にもとどめ置き、また立ち帰る恋路なれど、身は憂きものと思ひ取り、浮世の嵯峨に墨染の幾夕暮れをながめ来し、昔語りはよしなしと言ひ捨て見えざりき。言ひ捨て見えずなりにけり。

一目瞭然、〈夕顔〉と〈狭衣〉とでは劇的描写力やシテの人間性への肉薄度が格段に違う。「身は憂きものと思ひ取り、浮世の嵯峨に墨染の幾夕暮れをながめ来し」とは無難な表現だが、「また立ち帰る恋路」「身は憂きもの」「浮世の嵯峨」などどんな能にでも出て来そうな陳腐極まりない表現のせいで〈狭衣〉の《クセ》末尾は全体が既視感に満ちた新味のない行文となっている。

中入前というものは前シテの退場を導きドラマが最高度に結晶化する部分なので、制限字数の中で精一杯の筆力が求められる。ここの修辞が陳腐だと新作の意味はない。字数の長短が問題なのではなく、その範囲における修辞力やドラマの掘り下げ方の点で〈狭衣〉の何倍も〈夕顔〉の詞章が優っているのである。

三番目物の能の中で〈夕顔〉がおそらく先蹤となるかもしれない「後続の《ロンギ》を欠く《クセ》中入」という略式は、本来ならば「能はまだまだ続くはずだ」と思い込む観客の予想をあっけなく裏切る意味でモノガタリを断ち切り、そのことによって逆に印象を深める効果がある。シテ自身にピタリ寄り添う文体で夕顔の頓死を語り、さりとて『源氏物語』の本文に縛られることなく、かえって積極的に修辞意欲を示して『後撰和歌集』伊勢の古歌を巧みに活かしつつ、(6)最後に「散り果てし夕顔の花は再び咲かめや」と鮮烈極まりない叫びを残して消え去る〈夕顔〉の前シテは、凄美の趣を舞台一杯に漂わせて退場する。

これに比べ、そのような直截な表現にはついに立ち入らず、特徴的な修辞の工夫も見られぬまま、「昔話はよしなし」と身も蓋もない総括もそこそこに立ち去る〈狭衣〉の前シテは、明らかに「体温が低い」存在感の希薄な人物としか思われない。

それは端的には作者の執筆能力の限界や作劇意図の未熟による欠陥だろう。能を書く力量までは持ち合わせなかった実隆の筆力不足が、〈夕顔〉の構成をまねたせいか「後続の《ロンギ》を欠く《クセ》中入」という形式によって逆に目立ってしまったといえるかもしれない。

同時にまた視点を変えれば、このような不徹底ぶりは、前章で指摘したようにワキの役柄が僧ではなく、「シテの心理に立ち入る存在ではない」大臣ワキであることにも起因するものであろう。

三　前シテ登場部の構成について

論点がいささか前後するが、小段構成の点で〈狭衣〉に顕著であるのは、【アシライ】の囃子事を用いたとおぼしき前シテの出の段の特異性である。

三番目物の前シテの出方にはふつう二通りある。一つは、【次第】の囃子に続く《次第》の謡で出る最も正格のかたち（複式夢幻能の定義からは外れるが、一場物の〈松風〉が略式【真ノ一声】の囃子に続き《一セイ》の謡で出るなど例外はある）。もう一つは出の囃子事を置かず、ワキ（既述の如く普通は僧ワキ）のコトバが切れると橋掛リの揚幕が上がり、その奥に立ったシテが一呼吸置いて「のうのう」と「呼ビ掛ケ」の形式で言葉を発しワキとの《問答》を構成するかたちである。前者より後者のほうが軽い形式のように思われがちだが、世阿弥の〈江口〉や禅竹の〈定家〉など現在では重く扱われる大曲が後者の形式を履んでいるから一概には言えない。

この二パターンのどちらにも属さない少数の破格に【アシライ】の囃子に導かれて出る形式「アシライ出シ」が

ある。〈狭衣〉はその破格のかたちをあえて採っている（通例の謡本には囃子事の名称が略記されていなくとも、ワキの謡の間に無言のままシテが出る訳にはゆかないなど、この場面の状況を鑑みれば〈狭衣〉も当然「アシライ出シ」と判断せざるを得ない）。

これにはどういった背景や理由があるのだろう。

実は、現行曲で前シテが【アシライ】による特殊な出方をする三番目物の能は前述〈夕顔〉と、その近縁作たる類曲〈半蔀〉（〈半蔀夕顔〉）に限られているのである。

割り付けたような拍は刻まず、大鼓と小鼓がたゆたうように呼吸を合わせ応答しつつゆったり静かに囃される【アシライ】の囃子。シテがこれに引かれて出る「アシライ出シ」の演出には、当然のことながら沈潜した特殊な雰囲気が伴う。世阿弥は決してこれを多用しなかった。(7)

【アシライ】の囃子に続く登場部分の小段構成を見てみよう。いずれもシテの独吟である。

〈狭衣〉が《サシ》《下ゲ歌》《上ゲ歌》。

〈夕顔〉はちょっと凝っており《下ノ詠》《クリ》《サシ》《下ゲ歌》《上ゲ歌》と盛り沢山。

〈半蔀〉が《下ノ詠》のみと簡素。

それぞれ異なるけれども、いずれも唐織着流シ姿（三曲ともこれ以外の扮装は考えられない）の若い女が【アシライ】の囃子で登場すれば、その部分には似通った雰囲気が醸成される。成立は三曲中で〈夕顔〉が最も古く、〈半蔀〉は〈狭衣〉より後の成立とも思われるので(8)それぞれ年代は飛び飛びだが、前章でも触れたとおり〈狭衣〉は〈夕顔〉の構成を手本に仰いだ気配がある。〈狭衣〉と後続作〈半蔀〉との間に共通のメタファーを読み取ろうとする論もあるが(9)、そうした「読み」の問題は脇に置いても、両曲の間には一種の雰囲気として通底する色彩があることは認めて良かろう。これは、三曲とも王朝物語の二大作『源氏物語』と『狭衣物語』を本説とした能であることに加え、〈狭衣〉が〈夕顔〉を、〈半蔀〉が先行するそれら二曲を、それぞれ明確に意識しつつ書かれたことによるものであろう。

四　後シテの人物について

能〈狭衣〉前シテが物語の女二宮であることに疑いはないが、後シテは誰なのか。「後シテが別人格である作品は、やはり後場で出てきたシテは『名のり』をするのが普通[10]」であるのは当然だが、とはいえ「逆は必ずしも真ならず」であって、「後場で名のらないから前シテと同体」と簡単に断言はできない。シテが誰であるかは本文の内容から読み取るのが至当である。

片桐登氏の言及以来[11]「後シテ＝女二宮」が通説で、岩波書店『日本古典文学大辞典』の能〈狭衣〉の項でもそう説くが、実は後場の本文を一読すればまず「後シテ＝女二宮」とは思われないのが正直なところで、そこから近年は「後シテ＝天稚御子（鳥養本では『あめわかみこ』）」説も並び立つ[12]。俗に「待謡」と称される、後シテの出現を期待して謡われるワキの《上ゲ歌》が「水も緑の大井川、浪にたぐへて笛の音の、雲に響くぞ不思議なる、雲に響くぞ不思議なる」と結ばれる以上、この「笛の音」に引かれて登場するのは原作の巻一で狭衣中将の調律に引かれて降臨する天稚御子であると考えるのがごく自然だろう。もっとも一方で、能の末尾に近い《ロンギ》に「あめわがみこの舞の袖、昔を今に返すなり」とあって、これは物語の設定にはないことである。周知のように、『狭衣物語』巻一で清涼殿に降臨する天稚御子は舞わないから、「昔を今に返す」という修辞は本説と対応しない。

これについては一種の補助線を引いて解釈する考えがある[13]。本説では、降臨した天稚御子は物も言わず狭衣中将に「糸遊か何ぞと見ゆる薄き衣」を着せ掛ける。後述の帝（嵯峨院）が狭衣に賜る御製「身のしろも我脱ぎ着せむ返しつと思ひなわびそ天の羽衣」によって「薄き衣＝天の羽衣」と置き替えられ、そこに女二宮降嫁の内勅と、狭衣がやがて帝位を受け嗣ぐ暗示がなされるわけだが、能でも「天の羽衣」への言及がある。末尾《ロンギ》の本文を以下に引用するとこうである。[14]

《ロンギ》

（地謡）紫の、雲の帳をあげまきの、雲の鬢づらうち乱れ、雪を廻らす袂かな。

（シテ）あめわがみこの舞の袖、昔を今に返すなり。花の都の旅人も心を留めて見給へや。

（地謡）身の代もわれ脱ぎ着せん返しつと。

（シテ）思ひなわびそ。

（地謡）天の羽衣稀に着て、撫づとも尽きぬ巌ぞと、ためしに動かぬこの君の、天つ日嗣の遠き世を、護りの神のあめわがみこの、舞の袂を翻しまた雲分けて入り給ふ。また雲分けて入り給ふ。

ここに引用される「天の羽衣稀に着て撫づとも尽きぬ巌」が能〈羽衣〉で一種の主題歌として引かれて名高い『拾遺和歌集』よみ人知らず「君が代は天の羽衣稀に着て撫づとも尽きぬ巌ならなむ」であることから、ここに女体の天女のイメージを見る観点が先述の「補助線」だが、後場には同時に、中世の詩文解釈で「天女」と見なされた楊貴妃のイメージが投影されることも従来の指摘どおりである。

すなわち、5《サシ》の「天上人間たまたまあひ見る」、前述5《ロンギ》の「雲の帳をあげまきの、雲の鬢づらうち乱れ、雪を廻らす袂かな」が『長恨歌』の詩句あるいは後世の詩注を根柢に据えつつも、能の世界においては、それらの知識をよく咀嚼して成立した金春禅竹の傑作〈楊貴妃〉に言う「九花の帳を押しのけて玉の簾を掲げつつ、立ち出で給ふ御姿を見れば、雲の鬢づら花の顔ばせ」「そよや霓裳羽衣の曲、そぞろに濡るる袂かな」をも想起させる「シテ＝天女」像をも引き継ぐ可能性は否定できない。「シテ＝天女」であれば、天稚御子とは性別が異なる。それに整合性を与えるため、「前シテとして登場した女二宮がその性別から天女のイメージで再臨し、天稚御子と一体化するかたちで舞を舞うのだ」と手の込んだ順番を履んで解するのが「後シテ＝女二宮」説の論拠なのだろう。

確かに、旧来の「後シテ＝女二宮」説は必ずしも謡曲本文を精読した結果ではなく、前掲の岩波書店『日本古典文学大辞典』もまたそうだが、『古今謡曲解題』（丸岡桂　観世流改訂本刊行会　一九一九年初刊）以来の定義をそのまま鵜呑みに受け継いでいた形跡もないとはいえない。だからといって、前記「後シテ＝女体」のイメージを援用し、5《ロンギ》の「身の代もわれ脱ぎ着せん返しつ」の原拠たる物語・巻一の帝の詠歌「身の代もわれ脱ぎ着せん返しつと思ひなわびそ天の羽衣」を契機にいきなり「後シテ＝女体＝女二宮」と飛躍的に結び付けるのは、少なからず苦しい理解と言わざるを得ないと私は考える[15]。

いかなる「補助線」を引こうとも、いや、引こうとすればするだけ、本文には決して明示されない「後シテ＝女二宮」説は宙に浮くかたちとはならないか。

遊舞を見せ場とする能を作るに際し「能の本説」たる原典で舞踊場面が見られないことは、少なくとも禅竹以降は問題にならない。〈野宮〉の六条御息所が〈井筒〉の紀有常女のように「移り舞」という「言い訳」を経ずに【序ノ舞】を舞うのがその証左である。従って、天稚御子や女二宮が『狭衣物語』で舞っていないことは能〈狭衣〉でシテが舞う能を制作する上で障碍にはならない。けれども、それをもってして「女二宮が天稚御子と一体となり、いま再び、狭衣を誘う[16]」と解するのははなはだしい飛躍であろう。少なくとも、そこまでの「曲解」をもってしなければ内容が解し難い能は、現行曲レベルの作品には存在しない。すなわち、〈狭衣〉の能劇としての重大な欠陥をここに見ることができると私は考える。

『狭衣物語』の「天稚御子」像にすでに「乙女＝天女」の萌芽があるとはいえ、能ではその天女のイメージを必要以上に拡大し、後シテの性別を曖昧にしかねない危険をあえて冒している。ならばむしろ、中世盛行の稚児賞翫の嗜好を下敷きに、「後シテ＝稚児に類した両性具有的な天稚御子」像を前面に出し、前シテ・女二宮と対比的な別箇の存在と明示できればよかったのではなかろうか。修辞の美感に傾く作者の筆ばかり走り、前後のシテの正体を明確に書き顕わせなかったか、あるいは、禅竹風の曖昧な二重写しを試みようとして筆が及ばず失敗した、というのが実情ではあるまいか。また、たとえ前後のシテが別人格／別神格として書きなしてあれば、それはそれで一場物の能を二番ただ並べたようなもので、前後の場が分断され、一曲としての整合性に欠けることになったはずである。

何本もの補助線を引いた末「女二宮が天稚御子と一体となり、いま再び、狭衣を誘う」とでも解さない限り能一曲としての整合性を見出しにくい現実は、私にとって納得できない。潜在的な作意を活かす立場であれば「後シテ＝両性具有的な稚児『天稚御子』」と考え、将来、万が一この能の復曲に携わることになった際にはそのように演出する立場を採りたいと考える。

五　後場の舞事と末尾《ロンギ》について

後場の眼目は舞事である。5《ノリ地》（と私は判断する）と、それに続く前章掲載《ロンギ》との間に囃子による後シテの舞が挿入される。伝本によってこの舞は「太鼓ナシ」ともされるが、本三番目物に見る「心象の舞踊」ではなく遊楽の性格の強い「天女＝天稚御子」の舞である以上、能の通例に照らせば天人・精霊の舞たる「太鼓入リ」でなければならない。太鼓入リの舞事としては現在一般に【序ノ舞】か【中ノ舞】であるが、このあたりいかにもノリの良い修辞といい、さほど深刻でも荘重でもないシテの性質といい、現在の囃子事に当て嵌めるならば軽い【中ノ舞】が妥当であろう。

太鼓入リ【中ノ舞】の入る能は世阿弥や禅竹にはなく、世阿弥の孫世代に当たる優れた能作者・観世小次郎信光（一四五〇年〜一五一六年）が創始したとの通説がある（現在では後シテが太鼓入リ【中ノ舞】を舞う世阿弥原作〈右近〉は信光改作として現行）。文明十三年の執筆から二十二年後、〈狭衣〉初演とおぼしき上演に際し信光が作者・実隆を訪ねて能の内容を問い質した『実隆公記』の記事（文亀三年＝一五〇三年三月二十七日条）が知られており、当然ながら初演の演出は囃子の名手かつ能作の達人としてこの種の力量に卓越し、当時の能界で押しも押されもしない鬱然たる大家だった信光のはずだから、ここに太鼓入リ【中ノ舞】を想定するひとつの根拠とはなるだろう。

三番目物の舞事（【序ノ舞】【中ノ舞】あるいは【破ノ舞】）に続く能末尾の小段は《ノリ地》であることが普通である。《ノリ地》とは一音ごとに母音を押して謡う小段で、裏拍を刻む太鼓が取り合わせやすい（というよりも、拍子に合う部分に太鼓を入れるには原則として《ノリ地》でなければならない）。むろん、太鼓の入らない場合でも《ノリ地》のリズム性は変わらないから、たとえ後半で《ノリ地》を崩して（＝平板な「平ノリ」に直して）しまうにしても（先述〈井筒〉〈檜垣〉がそうである）、「舞事の直後は《ノリ地》」という規則は、舞事を伴う三番目物の能では動かない。

だが、〈狭衣〉の場合、想定される舞事の直後に《ノリ地》は置かれず、シテと地謡（古式の定義では「同音」）の掛ケ合イによる《ロンギ》なのである（前章の掲載詞章参照）。これは顕著な特色と言わねばならない。

三番目物の現行曲で舞事直後に《ロンギ》が続く例は〈東北〉（〈軒端梅〉）あるのみである。もっともそれは金春流（および江戸時代成立の喜多流）で採用される古型であり、観世・宝生いわゆる「上掛リ」諸流で採用されている〈東北〉の詞章は別文で、（〈井筒〉〈檜垣〉同様、後半は「平ノリ」に転ずるとはいえ）【序ノ舞】直後は「大ノリ」の《ノリ地》である（金春流と同じ「下掛リ」ながら金剛流ではいつの頃からか「上掛リ」系の《ノリ地》を採用している）。つまり、金春系と上掛リ系と、同じ能でも当該部分の修辞と、そこに込められた劇的内容はそれぞれ全く異なるのだ。(17) 両者の内もともと金春型が原型と考えられているから、この〈東北〉の例外をもって、「三番目物の舞事に続く能末尾の小段は《ノリ地》が普通」という定義にも例外が生ずる道理である。

だが、和泉式部の精霊をシテとする〈東北〉は太鼓の入らない【序ノ舞】を舞う本三番目物であるとはいえ、内容の点ではシテの心理の襞に分け入る本三番目物的な作風とは趣を異にする特殊な三番目物である。三番目物の形態を採りつつも、むしろ、「好文木」と異名のある梅花の文化性と御代の繁栄を讃える祝言能の趣が深い。さればこそ、江戸時代の柳営謡初では〈高砂〉〈老松〉と並び〈東北〉を部分演奏するのが毎年の吉例だったのである。〈東北〉古型が舞事直後に《ロンギ》が続く形式を履むと同時に、同様の形式を持つ三番目物の能が後続して制作されなかったことは、シテが霊体である三番目物でありながら祝言性の強い〈東北〉のみの持つ特異性・例外性を象徴する現実であろう。

舞事のあとに《ロンギ》が接続するのは、実は、祝言を事とする脇能の定型である。〈養老〉のように《ノリ地》を伴う脇能もある反面、世阿弥の〈高砂〉（古名〈相生〉）、〈難波〉（同じく〈難波梅〉）、〈放生川〉など多くの脇能は舞事を受ける末尾の段が《ロンギ》として作られている。「大ノリ」の流麗なリズム感に乗ってロマンティックな雰囲気のまま終われる《ノリ地》と異なり、シテと地謡の掛ケ合イによってキビキビと進む《ロンギ》では、必然的に覚醒した意識、客観的な認識が小段全体に伴う。そもそも「ロンギ」とは法会における教義問答が形骸化し藝能化したところから起こった用語「論議」が起源である。地謡の補助を伴いつつ、シテとワキが互いの立場で問答を反復しつつクライマックスに至るのが《ロンギ》の小段であるから、そこには明確な会話が成り立ち「論議」が成立する。個的＝孤的な感情や状況に沈み込みたゆたいがちな《ノリ地》ではなく、他者同士の会話に結実される明晰な理知を下敷きに論理を積み上げてゆく点で、《ロンギ》は情緒に堕さない明快な祝言の能にふさわしい形式なのである。金春型（古型）〈東北〉が「脇能に近い三番目物」として特殊な位置にあるのもそのためだ。

この観点で考えれば、作者・三条西実隆（および作能の発想源たる後土御門院サロン）の意図として、末尾が《ロンギ》で結ばれた〈狭衣〉もまた〈東北〉同様、いや、それ以上に「一種の祝言能」として着想されていたとは言えまいか。「ためしに動かぬこの君の、天つ日嗣の遠き世を、護りの神のあめわがみこの、舞の袂を翻しまた雲分けて入り給ふ。また雲分けて入り給ふ」と結ぶ《ロンギ》末尾の本文を読む限り、ここだけを取れば構成からも修辞からもとうてい三番目物の能などではない。完全に、当代賛美の脇能の終結部である。常識的には無定見に「三番目物の能」と見なされる〈狭衣〉だが、小段構成の点、詞章内容の点、双方から分析すれば、三番目物とするよりも「脇能の色彩を帯びた特異な能」と位置付けるべきであろう。

『実隆公記』文亀三年（一五〇三年）九月十九日条に、室町殿演能の席上、〈狭衣〉を初めて観た実隆が、この能が当日の初番に置かれていたことについて、作者である実隆に敬意を表してか、特に脇能の位置（本来ならば〈翁〉に続いて上演されるべき一般番組の冒頭）に据えての上演だったことに恐縮しているが、そうした当座の貴顕への配慮ばかりでなく、元来この能そのものに脇能的性質があるのである。同様に、江戸時代の百番組謡本では五番立ての順に曲が配列されるのが通例だが、江戸期の五番二十冊を標準とする百番組板本において、〈狭衣〉が一冊五番の内の初番・脇能の位置に納められているのも（貞享三年＝一六八六年九月・林和泉掾板行『二百番之外之百番』巻之四）、この能の脇能としての性質を明確に読み取った上での処理であろうと思われる。

おわりに

室町時代の能作の中で「素人作者の手になる創作」と一くくりにされる能は多い。本稿三でも触れた「内藤河内守」による〈半蔀〉は江戸時代にはさほどの頻演曲ではなかったが、現代ではことに人気を博したびたび出される人気曲となっている。頼めない世上の人気の点だけで名曲・非名曲の判断が可能なわけでは決してないものの、魅力を欠いた作品がもてはやされることはあり得ない。「素人作者の手になる創作」が馬鹿にできない存在意義を有することは、能が完全に古典化した現代においてもなかなかもって大きいのである。

その中でも能〈狭衣〉は、本説『狭衣物語』に多大な興味を抱いた後土御門院を中心とする宮廷サロンで企画され、しかも「参御前被下御酒、頗有酔気、招侍従中納言狭衣能作之、依酔退出」（『十輪院内府記』文明十三年＝一四八一年八月二十一日条）という状況下で書きなされた能だった。「頗有酔気」とは同記の筆者・中院通秀（一四二八〜九四年）自身のことだが、同席の侍従中納言＝三条西実隆を含めた一座の余人がみな酒気を帯びない素面だったとは到底考え難く、天皇を含めた気の置けない知己たちが一堂に会した乱酔の中での「狭衣能作之」だったことは想像に難くない。いくら『狭衣』好きの後土御門院であっても精確な意識の持続が求められる物語本文校訂の場では決して「被下御酒、頗有酔気」とならなかっただろう。能〈狭衣〉の制作態度を先に私は「戯作的」と評したが、彼らにとって能作とは「頗有酔気」の状態でも可能なことだった。逆に言えば彼らにとって、能とは、能を作るとは、まずはその程度のものだったのである。

このような遊戯的・戯作的な制作下に生まれた作品が、尋常な意味で「能らしい能」たり得ないことはむしろ当然である。本説としての物語本文には当時最も精通していた「狭衣読み」ばかりのサロンだから、原典の修辞をふさわしく按文することはきわめて容易だっただろう。ただ、いくら能役者たちと昵懇だった三条西実隆であっても（〈狭衣〉初演を演出した信光の子・長俊が、熱海土産を手に実隆を訪れ、当地の湯治場で作った能〈江野島〉を示した『実隆公記』天文三年＝一五三四年一月十二日条はよく知られている）、たとえば後の戦国武将・細川幽斎のように、玄人役者すら低頭して教えを乞うほど能の奥義に達した専門知識を有していたとは思われない。音楽面・構成面で能〈狭衣〉が、良く言えば大胆、悪く言えば支離滅裂な様相を呈しているのはそのためだ。平面的な修辞の分析だけでは、こうしたことは決して浮かび上がらないのである。

江戸時代に板本として流布した多くの番外曲のように文字で読むだけ、また、舞台に接することの稀だった当時において謡として楽しむだけ、それでは能の作品に触れる本意は達せられない。執筆から実演まで二十二年も空白があり、作者・実隆自身「経年序之間大略忘却」（『実隆公記』文亀三年＝一五〇三年三月二十七日条）と告白している〈狭衣〉は酒席で書き捨てられて以来長らく不遇の能だったが、それでも作者の存命中に曲がりなりにも舞台化が実現した。これが定着せず、後世に受け継がれなかったのは、作品の質が及ばなかったことと、後世の者が明知をもって〈狭衣〉を能として読み取る力に欠けたことと、その両方が原因であろう。

本稿で試みたように、小段構成に着目しつつ楽劇的構造から〈狭衣〉を能劇として見直すと、ドラマとしての欠陥や作為の恣意性がむしろ焙り出されてしまった感があるものの、観世小次郎信光ほどの達人がどのように演出してこの能に新たな生命を吹き込んだものか、はなはだ興味を引かれるところでもある。初演の実態は今となっては確かめる術もないけれども、この極めて個性的な能〈狭衣〉が舞台上に将来いつの日か甦る機会があれば、それは現今の能に新たな可能性を提案する意義深い試演となる可能性を秘めていようものと、私は心から信じたいと思う。

注

（1）謡曲〈狭衣〉は貞享三年（一六八六年）九月・林和泉掾板行の番外百番組本「二百番之外之百番」に収録され、これは明治四十四年（一九一一年）国民文庫刊行会『謡曲全集　下巻』として翻刻されている。周知のことだが、近世文学における能の知識摂取は実演の舞台からではなく、当時の現行曲・非現行曲いずれもこうした板行謡本によることが常である。

（2）鳥養本の翻刻は『物語の生成と受容2』（人間文化研究機構国文学研究資料館文学形成研究系「平安文学における場面生成研究」プロジェクト編　人間文化研究機構国文学研究資料館　二〇〇七年）掲載の付録「謡曲〈狭衣〉詞章・校異」に拠った。

（3）現行の三番目物のワキが僧体でない例として、江戸時代に新作された観世流の固有曲〈梅〉がある（ワキは俊成を想起させる「五条わたりに住まひする藤原の某」）。これは国学に傾倒した田安宗武が賀茂真淵らの意見を徴して作り上げた能だから仏教臭を排して当然だが、後述の論点と取り合わせて比較すれば、この曲が梅にこと寄せた祝言の能であることもワキが僧でない一因となっていよう。

（4）三条西実隆の能〈狭衣〉が後土御門院周辺で、天皇の意を体するかたちで遊戯的に作られた事情については古く片桐登氏の考察「廃曲『狭衣』メモ」（『能――研究と評論――』6　月曜会　一九七六年）で紹介されている。後述するように、実際の舞台初演まで二十年以上も間が空いた（初演の文亀三年は後土御門院崩御の三年後である）ことも、やはりこの能作が実演者を取り込んだ開放的かつ実践的な戯曲制作ではなく、閉じられた宮廷サロンにおける趣味的・戯作的産物だった事情を暗示するだろう。

（5）特に断らない限り、本稿における謡曲本文の引用は新潮日本古典集成『謡曲集』（新潮社）に翻刻された光悦本に拠った。なお、漢字宛てなどには適宜私意を加えてある。

（6）「思ひ川絶えず流るる水の泡のうたかた人に逢はで消えめや」（『後撰和歌集』巻九・恋一）

（7）現代では世阿弥の代表作の一つと見なされる〈砧〉の前シテは現行では【アシライ】で出る。ただし二〇一三年二月九日、大槻能楽堂自主公演能・研究公演における〈砧〉は、天野文雄氏の監修による古型考証の試演として、前シテが最初無言のまま舞台に居着き（いわゆる「出シ置キ」の形式）、しかるのち始曲された。当然シテは幕から出る必要がなく【アシライ】の囃子事も省かれた（シテ・野村四郎）。これが世阿弥時代の〈砧〉定型だったかどうかはまったく不明だが、少なくとも現在では「【アシライ】で出て当然」と思われている能であっても古型を残す流儀ではそうでない演出もあり（例・〈草子洗小町（草紙洗）〉）、その意味でも「アシライ出シ」はそもそも特異な演出様式と思ったほうが良い。

（8）観世長俊『能本作者注文』（大永四年＝一五二四年成立）に〈半蔀〉の作者とされる「内藤河内守」については近年異説もあるが、ここでは一応、天野文雄氏の考証による『守光公記』永正十二年（一五一五年）三月三日条を根拠にした細川京兆家第十五代当主・細川高国の被官「内藤河内守（ただし本名不詳）」説を採る（「研究十二月往来〈76〉～能作者内藤河内守をめぐって」『銕仙』三四七　銕仙会　一九八七年）。

（9）平林一成「花を折る女――能『狭衣』と『半蔀』――」（初出は『演劇映像』42　早稲田大学第一文学部演劇映像研究室　二〇〇一年）。

（10）前掲（2）一一八頁、岩城健太郎氏の発言。

（11）前掲（4）の片桐論文。

（12）前掲（9）の平林論文。ただし私は、前後のシテが異なると解する点では平林氏に賛同するが、氏がここで説く「『物語』（一度目の降臨）とは異なり、何者をも誘うこともなく『舞の袂を、ひるかへし、又雲わけて、いりたまふ』と天へ還ることによって『物語』の狭衣と女二宮の関係性の発端となった自らの降臨を清浄な状態に還元しつつ、能『狭衣』一曲にも、また『物語』における狭衣と女二宮のエピソードにも終止符を打ってゆく」との理解はいささかロマンティックに過ぎる「解釈のための解釈」であるように思い、能の内容を過大評価していると考えるため、必ずしも賛同しない。

(13) 前掲(2)「共同討議9(謡曲「狭衣」をめぐって)」。

(14) 昔はワキが地謡と合唱する部分を「同音」と称し、これが行われなくなった後も地謡部分をそう記すのが下掛り謡本の習いとして残ったが、上掛り謡本では早くから「地(地謡)」と書くように変わった。本稿の〈狭衣〉底本は下掛り系だが、文中引用の詞章では理解しやすさを優先して上掛り式に「地謡」と記してある。

(15) 川崎佐知子「謡曲『狭衣』についての考察」(『古代中世文学研究論集』第二集　和泉書院　一九九九年)。後シテ=女二宮とする(私に言わせれば)無定見は辞典類にも引かれる「通説」だが、川崎氏の当該論考はそうした無定見とは異なり、独自かつ精緻な分析に基づき『狭衣物語』巻一の和歌「身の代も」を解釈の根拠に据える理会を示している点、従来の「後シテ=女二宮」説とは明確に一線を画している。

(16) 前掲(12)一三二頁。

(17) 参考に金春流と観世流の現行〈東北〉当該部分の詞章を以下に対比して掲げる。一読して前者が祝言的、後者が情緒的なのは明らかである。

◆金春流◆

《ロンギ》

(地謡)げにや色よりも、げにや色よりも、香こそあはれに思ほゆれ。誰が袖触れし梅の花。

(シテ)袖触れて舞人の、返すは小忌衣。春鶯囀といふ楽は、これ春の鶯。

(地謡)鶯宿梅はいかにや。

（シテ）これ鶯の宿りなり。
（地謡）好文木はさていかに。
（シテ）これ文を好む木なるべし。
（地謡）唐のみかどの御時は、国に文学盛んなれば、花の色もますます匂ひ常より満ち満ち、梅風四方に薫ずなる。これまでなりや花は根に、鳥は古巣に帰るとて、方丈の灯を火宅とやなほ人は見ん。ここここそ花の台に、和泉式部が臥所よとて、方丈の室に入ると見えし夢は覚めにけり。見えつる夢は覚めにけり。

◆観世流◆
《大ノリ》
（地謡）げにや色に染み、香に愛でし昔を、よしなや今さらに思ひ出づれば、われながら懐かしく、恋しき涙をおちこち人に、洩らさんも恥づかし、いとま申さん。
《歌》
（シテ）これまでぞ花は根に。
（地謡）今はこれまでぞ花は根に、鳥は古巣に帰るぞとて、方丈の灯を火宅とやなほ人は見ん。ここここそ花の台に、和泉式部が臥所よとて、方丈の室に入ると見えし夢は覚めにけり。見し夢は覚めて失せにけり。

付記　本稿における『狭衣物語』本文引用は新潮日本古典集成『狭衣物語』（新潮社）に拠った。

I

内なる斜行

書き付けから始まる〈恋〉——『狭衣物語』中将妹君の登場を読む

井上眞弓

はじめに

狭衣のさまざまな女君との恋は、悲恋に彩られている。起筆より始まる妹同然に生い育った源氏宮への秘めやかな恋情は源氏宮の斎院卜定という結末となることをはじめとし、飛鳥井女君への恋は女君の失踪をもたらし、帝の内意を得て降嫁が約束されていた女二宮への恋は女二宮の出家という事態のなかで燃えくすぶり収拾を見ない。一品宮との間で噂をたてられて図らずも降嫁という事態を引き起こしたものの、その生活は互いに満足のいかない等、狭衣の意思とことごとく背離する状況となった。こうして女君とのなにひとつ円満な関係が構築できない狭衣は、出家を企てようとするも父によって阻止されるという帰結を迎えていた。巻三の、こうした狭衣の近くに姿を見せたのが宮の中将[1]である。この人物は後に狭衣帝の許に入内する藤壺の兄にあたり、これ以降の狭衣の生き方に大きくかかわっているとおぼしい。その中将と狭衣はそれぞれが持つ手習の紙と扇に和歌を書き付け合うという行為をみせる。

本稿は、狭衣と中将の間で書き付けられたことによって構築されたことばの世界と物語現実との関係について、狭衣や中将妹君の意識と行動という側面から考察するものである。書き付けに見出されるメタファーとその置換の方法は、物語に何をもたらしているのであろうか。

一　狭衣の外出――女君の母への懸想

宮の中将妹君の登場は、実に屈折した諸事情によって手繰られている。

発端を辿ってみよう。出家を阻止された狭衣が、一品宮の邸に出かけ、相変わらずのもてなしにすさまじさを感じ取っていた折、狭衣が日頃懇意にしている恋の手引きをする女房が、「今宵なんど、さりぬべき」と、忍び歩きの手立てをととのえてやって来た。その話にのって「かう物むつかしき心も慰みやする」(2)と外出を試みた。向かった先は、故致仕大納言のひとり娘のところであった。手引きしたのは左近君という女房であることが後に判明する。外出の途中で狭衣は、粉河で普賢菩薩の光を見たことを思い出し、忍び歩きをすることで係累が増え、煩悩が重なって、仏の救いに遠くなることを思い煩う。そして、この忍び歩きを興ざめなものに感じて中止しようかという心境に至った。その折しも、築地がところどころ崩れて、花の梢がおもしろく見える邸に目を奪われる。

門は鎖してけり。風に従ひて、柳の糸起き臥し乱るるに、花の梢も見るままに残り少なげになるは、いと見捨て難きに、琵琶、箏の琴など弾き合せてぞ遊ぶなる有様も、ゆかしきわたりなれば、下り給て、くづれよりやをら入り給ひて、（参考　大系　巻四　三六二）

そこは、故式部卿宮邸つまり中将妹君の住む屋敷であった。帰邸しようと思った狭衣が傍線部「見捨て難」く感じたのは、寂れた邸の植栽である桜と柳にあった。春風によって散り、残り少なげな桜の花とその風になびく柳の堅くかつ柔らかな動きが語り取られている。道行きからの流れに添って当該場面を読むと、狭衣が身動きできない閉塞的状況にあることが示され、今後、恋の進展など得られそうもない、障り多い状況下において桜と柳の景物が狭衣のまなざしに捉えられたことが読み取れるところである。こうした状況の下での景物に注目すると、以下に示す『源氏物語』の蓬生巻と椎本巻の場面が浮上する。

『源氏物語』蓬生巻に、須磨・明石から帰還した光源氏が、春の夕べに花散里の邸へ出かけようとした道すがら、荒れた庭を目にするという場面があった。

大きなる松に藤の咲きかゝりて、月影になよびたる、風につきてさと匂ふがなつかしく、そこはかとなきかをりなり。橘にかはりてをかしければ、さし出で給へるに、柳もいたうしだりて、築土もさはらねば乱れふしたり。

（『源氏物語』新大系②「蓬生」一四六）

そこは常陸宮の邸であり、末摘花との再会を果たす前段である。傍線部のように景物としての松と藤と柳が見える。柳は風に揺れて「乱れふし」ている状態であり、『狭衣物語』の当該部分に近似している。この後、光源氏は「藤」で常陸宮の姫である末摘花の邸を形容し、「藤浪のうち過ぎがたく見えつるはまづこそ宿のしるしなりけれ」と詠み、姫は、松に待つを掛けて「年を経てまつしるしなきわが宿を花のたよりにすぎぬばかりか[3]」と返した。柳の形象はこの場面には用いられないが、末摘花が貧窮の状態となってしまったにもかかわらずこの邸に残って光源氏を待った物思いは、柳の乱れふしている形象に通い合う。柳は、今現在の光源氏には見えない待つ女君であった末摘花の思いを喩的に表象しているのではないだろうか。そこには眼前にいる末摘花の背後に過去の末摘花像が隠されている。源氏の外出の目的地は花散里邸であり、他の女君の邸へ出かける途上に偶々気づいたという点も同じであることから、『狭衣物語』の当該部分は、『源氏物語』蓬生巻と設定が異なっているにもかかわらず、庭に目をとめる男君の心情が重なり合い、松と藤に柳の取り合わせから桜と柳の取り合わせへと変換させて女君の登場を促している場面であろうことが見えてくる。

また、桜と柳の取り合わせは宇治十帖に物語世界が移行して後の椎本巻において、匂宮が二月二十日のほどに初瀬詣を行い、夕霧の宇治別荘で中宿りをした翌朝の場面に見出だせる。

　はる〲と霞みわたれる空に、散る桜あれば今ひらけそむるなど、色〲見わたさるゝに、川ぞひ柳の起き臥しなびく水影など、おろかならずをかしきを、見ならひ給はぬ人は、いとめづらしく見捨てがたしとおぼさる。

（新大系④「椎本」三四二）

匂宮は、桜とともに「川ぞひ柳[4]」の「起き臥しなびく水影」の光景を見ている。そして、この後、対岸の八宮山荘から挨拶の歌が贈られたことを契機に皆で八宮邸へ赴き、八宮家の中君と匂宮が和歌贈答に至る。都とは異なる風景を「見捨てがたし」と見る男君の心内を通過させて桜とともに柳が焦点化され、「起き臥し」「なびく」動きが和歌的世界にある恋のもの思いやしぐさを想起させる。匂宮は薫の報告にあった八宮の姫君への関心から宇治の中宿りを楽しみに思っていたのである。今現在の匂宮には見えない女君の存在を誘い出しているところに、柳の喩的表象が確認されよう。この場面における「柳」は、今後出来する匂宮の中君への恋の気分を先取りする表現となっているのではないか。

このように、何か障りのある見えないなかでの恋のしぐさや恋情を、「柳」に因って指示する文学表現は物語間で認められるとともに、現実の詠歌行動からも指摘し得るところである。『狭衣物語』とごく近しい時代の恋歌にも「柳」はそのような意味を込められた歌ことばとして用いられ、その景物との取り合わせによる障りある恋のしぐさが確認される。

　麗景殿女御まゐりてのち、あめふり侍ける日、梅壺女御に　　後朱雀院御歌

一二五〇　春雨のふりしくころか青柳のいとみだれつつ人ぞこひしき

御返し　　　　　　　　　　　　女御藤原生子

一二五一　あをやぎのいと乱れたるこの比はひとすぢにしもおもひよられじ

又つかはしける　　　　　　　　後朱雀院御歌

一二五二　青柳のいとはかたがたなびくともおもひそめてむ色ぞかはらじ

御返し　　　　　　　　　　　　女御藤原生子

一二五三　あさみどりふかくもあらぬ青柳は色かはらじといかがたのまん

（『新編国歌大観』新古今和歌集　巻一四　恋四）

これらの和歌贈答では、青柳に縁のある「乱れ」「いと」「ひとすぢ」「よる」「なびく」「そめ」「色」等の歌ことばが交わされ、麗景殿女御（藤原延子）入内後における梅壺女御（藤原生子）との関係が透け見える贈答でもある。[5]ここでは明確に男女双方から、「柳」が自身の恋情表現として用いられ、恋の初めに立ち戻って、障りがあるがゆえにたゆたいながらも、強くしなやかな「柳」に準えた恋情表出となっているように思われる。つまり、『狭衣物語』は複数の物語場面を畳み重ねつつ時代の詠歌状況とも重なることばを用いて、これから始まるかもしれない狭衣の屈折した障りある恋の始発を語るのである。

果たして狭衣は、その邸から聞こえてきた琵琶や箏の音色を耳にし、奏でる人を知りたい気持ちになって、かいま見という行動へと至る。そして、この庭の風情と春の宵に奏でられた楽の音によって、中将の母宮をかいま見た狭衣は、中将の母宮への懸想という、思わぬ恋の思いにとりつかれ、中将妹君の母の面影を慕って以下の歌を詠む。

散りまがふ花に心をそへしより一方ならず物思ふかな

宣旨書きの歌　　　　　　　　　（参考　大系　巻四　三六四）

散る花にさのみ心をとどめては春より後はいかが頼まん　（参考　大系　巻四　三六八）

風で散ってしまい「残り少なげ」な桜に母を象る一方、「柳」は表層に見えず沈潜しており、そうであるがゆえに逆に妹君の存在が『源氏物語』の当該場面引用を通して透け見えてくるという形である。妹君の代筆をしているであろう母の返事は、「いかが頼まん」とあり、恋歌の典型ともいうべき手法で切り返される。母への恋から、見えないその娘への恋へと辿る奇妙な〈恋〉がここに始まる。

『狭衣物語』の当該場面は、狭衣の二者への恋情が語られる。同様に、『源氏物語』の若紫巻の、年齢がかなり隔たっている二人の女性、しかも一人は尼姿であり、もう一人は少女をかいま見した場面と、そこに揺曳する母恋の心情を想起することができるだろう。尼と少女を対としたそのアクロバティックな〈恋〉物語は、『狭衣物語』ではその設定をずらされている。狭衣の母堀川上と義妹源氏宮という義理の母娘をともに恋情に近しい感情でまなざした場面が巻一[6]にあるが、過去における狭衣の、変形された恋情表出の型としてまずは取り押さえることができるだろう。既視感を伴う捻れた関係の恋情が確認される。

このように屈曲し、道筋のおぼつかない恋の始発は、今までの狭衣の恋において見られた形であっただろうか。源氏宮への突然の告白、女二宮への突然の入り臥し、飛鳥井女君との偶然の出会いと名を隠した恋において、ここまでの屈曲はなく、逆に告白のその後、入り臥しのその後、出会いのその後の対応に悩ましくもたつき、過去を取り戻そうとばかりにもがく狭衣の独りよがりの恋が語られていたとおぼしい。その点で、中将妹君との〈恋〉[7]においては、出会いまでの屈曲が執拗に語られる。終わってしまった恋を生き直そうとする狭衣とはまた異なる、屈曲しつつも〈恋する狭衣〉像を認めておきたいと思う。

二　月と竹の中――逆説的な『竹取物語』引用

そもそもこの〈恋〉の前段として、中将によって妹君の存在が示され、狭衣が関心を寄せたという経緯があった。その場面にみる中将と狭衣の睦び合う親しい関係を見ておこう。

既に一品宮と結婚している狭衣は、女二宮、ついで源氏宮のことを思い出し、「あくがるる我が魂もかへりなん思ふあたりに結びとどめば」と手習いをしていたところに、中将が参上した。物思う狭衣の姿に中将は妹のことを思い浮かべ、狭衣に妹の相手をしていただきたいと思う。そこで、中将は、狭衣のすさび書きに自分の歌「魂の通ふあたりにあらずとも結びやせまししたがひのつま」を書き付けた。すると、狭衣は、「人の語りしことを、筆のすさびに」と言って、話題をそらせてしまう。しかし、狭衣は中将に余命はかないゆえに出家しようと思うと語るにつけ、中将は、狭衣の心にかなう「月の光」（女性）は難しいけれども、竹取翁のようにかぐや姫を捜し求めてきましょうか」と声をかけた。以下、中将の会話である。

「姨捨ならぬ月の光は、あり難げなる御心にこそ侍めれど。隔てなくだに、うけたまはりなばしも、竹の中にと（深川本：も）たづね侍なまし。『言ふとも人に』」など、恨むる様も、人よりはをかしきをや。

（参考　大系　巻三　三一三〜三一四）

「竹の中」ということばは、中将が狭衣のために竹取の翁となってこの世に定着できる女性を探しましょうかというメタファーが含まれるのだが、『竹取物語』において、かぐや姫との文のやりとりのなかでこの世と月の世界との相違を自覚し、この世に残ると決めたのは帝である。したがって、すばらしい女性を探索し、その女性への愛執ゆえにこの世に留まるという中将の描いた構図は、中将妹君を差し出すことで、狭衣をこの世に定着させられるような忍び妻を用意するといった意味であり、逆説的な『竹取』引用となっている。また、「竹の中」という『竹取物語』を想起させる中将のことばには、後の展開を考えれば、アイロニカルな響きが認められる。当の狭衣にとってかぐや姫に相当するのは、「姨捨の月」の女性であって、中将妹君はかぐや姫ではない。現実の悲恋とは異なる、もうひとりのかぐや姫の創造という新しい〈恋〉物語が用意されなければ、中将はいくら竹の中を探してもかぐや姫を見付け出せないだろう。(8)

さて、「竹の中」ということばは、『狭衣物語』において巻一にも出てきたことばである。繁華なところでも蓬の宿でも葎の門でもなく、竹の中に女性を求めるということばは、飛鳥井女君の居所であった乳母の家をも想起させるだろう。そこは、洛中にあって竹の多く植えられている「大宮といづくとや、大納言とかや聞ゆる人の向ひに竹多かりしとぞ思ゆる」(9)ところであった。中将は妹君を飛鳥井女君のようなはかない女性をさす「蔭の小草」と呼ぶが、図らずも「竹の中」表現は、飛鳥井女君の存在を物語に浮上させ、新しい〈恋〉物語にはかなげな女君像をさし招く。そして、この展開は、新しい〈恋〉物語を作ることへと二人の男君を向かわせていくのである。事実、傍線部のように、自ら「竹取」を標榜した中将に対して、狭衣が「竹取」と呼びかける場面がある。

「かの聞こえし竹取（深川本：竹取の翁なほ語らひ）給ひてんや、野べのこ萩も、さていかが（略）。

（狭）一方に思ひ乱るる野のよしを風の便にほのめかしきや」(10)　（参考　大系　巻三　三一六）

このように、この逆説的な『竹取』引用は新しい〈恋〉の創出へとつながっているのである。

三　絵と書き付けのメタファー——現実の世界を裏切る／同期する

二節で見た手習について、もうひとつの書き付けが狭衣と中将の間で交わされる。今度は中将の扇にまずは狭衣が書き付け、それに中将が返歌をする形で行われたものである。

中将の扇に、秋の野をかきて、風いたく吹かせたるに、（深川本：うふき）本あらの萩の、露重げなるに、しがらみかくるさ牡鹿の気色、をかしうかきなしたるを見給て「呉苑の秋風は、月の満つこと、頻りなり（異文あり、未詳歌。大系補注では、誤字を想定し、「呉苑の秋風は、月の霽《は》るること頻りなり」と校訂している。）」とかき給へるはざまに小さくて、

（狭）①　わが方に靡けや秋の花すすき心を寄する風はなくとも

（狭）②　心には標結ひおきし萩が花しがらみかくる鹿や鳴くらん＊

（＊深川本補：いつしか妹にと書きすさみたまへるさまざまの御才ども目も及ばぬにこれ）「少しも物おぼえん女の、目とどめぬはあらじかし」と、見えたり。

（中）③　招くとも靡くなよゆめ篠すすき秋風吹かぬ野辺は見えねど（深川本：ぬに）

（中）④　おしなべて標結ひわたす秋の野に小萩が露をおかじとぞ思ふ

など、かきすさびて見せ奉れば、「味きなき賢しらかな」と、笑ひ給て、「色どる風は」と、うちす給へる（深川本：うちすさみ）、なほ、愛敬こぼるばかりなり。（参考　大系　巻三　三一五）

中将の扇絵は、秋の野に風が吹いており、まばらに生えている萩には露が置き、牡鹿がその萩に行く手を阻まれた

格好で立っている情景と読める。さらに書き添えられた「月」のことばから、秋の月が描かれていた可能性もある。この扇絵を見ている視点は狭衣であり、語りはその情報に委ねられている。その扇絵に狭衣が①②の歌を、その後、中将が③④の歌を書き付ける。①では花すすきになぞらえられた中将妹君に靡き寄ってほしいと心情を吐露し、②では、さ牡鹿に他の男性をなぞらえ、心中で自分のものにしていたうつくしい女性（萩が花）に口説いているのだろうかと、問いかけている。それに対し、中将は、狭衣が色好みであると主張して③妹に狭衣へ靡くのではないと言い、④で秋風（女性に飽きる）が吹かない野辺などないのだから多くの女性を自分のものとしている秋の野（狭衣）に妹のような頼りない女性（小萩）は渡さないと切り返している。

しかし、一般的にみて、露は涙の比喩であり、秋風は飽きるに通じるところから、この扇絵には、恋の破綻が暗示されているとも読めるところである。さ牡鹿がまばらな萩に足をとられて、身動きできないという構図は、男性の恋が思うように行かない状況を暗示する。さらに、ここに見える萩・鹿・鳴く・露等の取り合わせの景物から、当時流布していたであろう歌の世界を看取することもできよう。たとえば、『古今和歌集』を紐解くと、巻四秋上二一六「秋はぎにうらびれをればあしひきの山したとよみしかのなくらむ」や同巻二一七「秋はぎをしがらみふせてなくしかのめには見えずておとのさやけさ」のよみ人知らずの歌や、巻十九雑体一〇三四　紀淑人「秋ののにつまなきしかの年をへてなぞわがこひのかひよとぞなく」歌等、枚挙に暇がない。また、秋の野という観点から、「秋の野のうつろふ見ればつれなくてかれにし人を草ばとぞ思ふ」という紀貫之の歌もある。(11) さ牡鹿は男君、本あらの萩は女君、風は存在を遠くに運んでしまい、悲恋をもたらす力であるとともに女君が狭衣へと靡く〈力〉ともなる両義的な存在であろうか。秋風の吹く中でさ牡鹿が山へ帰ることをしがらみとなって留める存在として萩があるとの解釈も同様に成り立つ。まさしく『狭衣物語』の前段からの流れで言えば、源氏宮への思いを遂げられないと自覚する狭衣は、出家を強く意識していた。出家へのしがらみとなって現世定着を果たせる女性こそが本あらの萩であるというメタファーが自ずと意識されるところである。

扇絵の世界は、見えるようで見えない、多様な解釈を許す絵でありながら、物語の進行が読み込み得るものとしても存立している。扇絵へ書き付けた狭衣の歌を再度振り返ってみよう。鹿は狭衣以外の男性であって、狭衣は、自分を鹿にはなぞらえていない。狭衣の書き付けに見えるメタファーは、先ほど列挙した歌の世界とは別の位相で捉えていることが判明する。つまり、秋が飽きに通じ、鹿と萩の男女はしがらみの中で泣いているという悲恋を象る位相ではなく、秋野に恋を見る発想である。

さて、扇絵のなかのさ牡鹿と萩の露へ連なる補助線を引いてみよう。『狭衣物語』の当該場面の場合、狭衣の書き付けによって、扇絵は新たな意味を持たされて更新され、転換もしくは一部は消去される。恋の場面を仕掛けた中将と架空の恋の場面を中将の思惑と重ねながらも、既に妹君を領有しているようにずらして作る狭衣は、二人で一つの物語を作り上げようとしているといえまいか。たとえば、『古今和歌六帖』第六や『万葉集』に所収されている人麻呂の「さをしかのいるのの薄初を花いつしか君が手枕をせん」、同じく『古今和歌六帖』第六と『貫之集』に所収されている紀貫之歌「野辺見ればおふる薄の秋わかみまたほに出ぬ恋もするかな」、『後撰和歌集』巻六秋中所収歌で、宇多上皇の御製に対する伊勢の返歌二八〇「うゑたてて君がしめゆふ花なれは玉とも見えてやつゆのおくらん」[12]等に通じる世界である。扇絵への書き付けという文芸的行為は、狭衣にとっては新しい〈恋〉の世界「秋の野」を現出させ、歌は、物語内で進展している女君たちとの悲恋を止揚させている。狭衣の歌では、既に中将から話のあった萩（中将妹君）は自分の標のうちの存在である。かつて帝の内意を得た女二宮への接近にも同様の心理が働いていると見えるところでもあるが、今後の展開において、鹿に他の男性をなぞらえたことがそのまま現実となり、中将妹君の前に東宮という さ牡鹿が現れ、男性二人で一人の女性を求婚し合うという新たなしがらみが出来してゆくのである。[13] つまり、扇絵と書き付けは物語の展開からいうと事後的な世界を差し出してもいるのである。

扇が中将から狭衣の手に渡り、書き付けを経て、再度中将へ手渡される。物語には具体的なこうしたやりとりは書き込まれていないが、なぜ狭衣が中将の扇の絵を見、さらにその扇に詠歌を書き付けることが出来たのかを問うとき、扇が両者の間でやりとりされるほどに両者は近しく接していることが挙げられよう。中将と狭衣の睦び合いにも似た近接した空間は、中将と狭衣がともにひとつの〈恋物語〉を作り合うということを可能にしたとおぼしい。本稿一節で陳べた屈曲している狭衣の〈恋〉は、中将妹君へなかなか到達できないバリアーの存在と同期し、どのようにその〈恋〉を成就へと導いていくのかを語るという、難題求婚譚の体をなした[14]〈恋物語〉であったことが判明する。

四　斜行する〈恋〉の時空

これらすべての和歌は、書き付けという形で和歌贈答の形をなしていた。現実とは異なるもう一つの世界がことばによって作られ、その世界では、狭衣は好き好きしい男君として中将妹君に懸想しかけているばかりか、妹君を領有した気分になって、他の男君の動向を気にしているそぶりである。扇の中の絵と和歌贈答は、いわば閉じられた世界であったにもかかわらず、物語現実において実は東宮も中将妹君に心を寄せており、東宮からの文が届けられることとなる。つまり、扇に書き込まれた架空のことが現実をたぐり寄せ、現実そのままではないものの恋のシナリオが書き留められているかのような体裁となっていた。

さて、この段階における狭衣は、中将の族の誰にも認められてはいない上に、当の中将妹君と和歌を交わしたこともなければ逢ってもいない。そうであっても扇にしたためられた狭衣の和歌そのままにその可能性に投企し、あたかももうひとりの自分がそこにいるように見える。現実とずれながらも仮構されたものに身を委ねることは、たとえば、屏風に書き付けられた歌を鑑賞しながらさらに自分の歌を付けたり、他の鑑賞者とともに歌を詠み合うといったこと、何かの出来事に偶々遭遇し、そのことに感興を覚えて漢詩の一句や和歌の一節を朗唱するといったこと、相手の手習を見つけてそこに書き付け、初手の詠歌の世界を変転させるといったこと等、平安時代の言語生活が持つ既に共有しているものを基盤としつつ、それに付け加え、あるいはそれを壊し、他者とともに新しく作っていく、遊びに満ちた文芸享受の精神とみることができるのではないだろうか。

これによってさ牡鹿の絵に東宮というもうひとりの男君が配され、物語の展開として東宮出現の方向が確認されるが、今一度狭衣の言動という側面も押さえておきたい。扇への書き付けが終わったところで、狭衣は妹君を渡さないとする中将に「味気なき賢しらかな」と笑い、「色どる風は[15]」と和歌の一節を唱える。ここで狭衣が口ずさむのは、二二三「あき萩を色どる風は吹きぬとも心はかれじ草ばならねば」という『後撰和歌集』巻五秋上所収の在原業平詠[16]の二句目であり、下の句を誘引させた引歌表現と見なされる。狭衣は、中将妹君に対して心変わりしないと言う。実はこの業平詠は和歌贈答の形で『大和物語』にも見える。

同じ内侍に在中将すみける時、中将のもとによみてやりける

秋はぎを彩る風の吹きぬれば人の心もうたがはれけり

とありければ、かへし

秋の野をいろどる風はふきぬとも心はかれじ草葉ならねば

となんいへりける。かくて住まずなりて後、（略）

（大系『大和物語』三三二）

『大和物語』では、染殿内侍とかわした業平の約束言《かねごと》「心はかれじ」は、内侍を裏切り、「かくて住まずなりて」という結末を迎えていた。狭衣は、業平の約束言《かねごと》世界だけを見据え、「色どる風は」と口ずさんでいるだろう。しかし、発話は扇の外部である現実でなされている。狭衣も業平同様、女君と「住まず」となるのか、いや「住む」となるのかという命題をさし出している。つまり、狭衣の発話はこの〈恋〉物語の行く末にも影響を及ぼしかねないものなのである。なぜなら『狭衣物語』は狭衣の「住む」をテーマのひとつとして持っており、「住む」のか「住まず」となるのかは、問われ続けていたからである。(17)

ここでは、メタファーによって別の位相のものがさし示され、存在しなくてもあるかのごとき様相を呈して滑り続けていく狭衣の〈恋〉を象る意識と言動について、「斜行」ということばで見ておきたい。「今、ここ」という現実は源氏宮への、もしくは女二宮への悲恋であっても、「今、ここにはないもう一つの世界」を狭衣と中将の両名は書き付けによって作り上げ、その仮構された世界に徐々に現実が近づいていくという、奇妙な語りの複層化が透け見えるのである。さらに書き付けられた扇の世界から出た物語現実において、狭衣の発話という身体行為は、扇絵に描かれていたもとあらの萩に行く手を阻まれているさ牡鹿の表象を再度あぶり出し、狭衣の現世定着物語を密かに呼び込んでもいく。

五　書き付けという断片的存在

さて、扇を用いた言語伝達の例は、平安時代のさまざまな作品に見ることができる。たとえば『枕草子』では、男性がみな書き付けがある扇を持っていたとされる。[18] また、乳母（高階光子か）が夫の任地である日向へ赴くことになった時、定子は自ら筆を執って餞別の扇に歌を書き付けたという記事も見られる。[19]『源氏物語』では、夕顔巻において夕顔の白い扇に和歌が書き付けられ、紅葉賀巻に源内侍の赤い扇には金色で森の絵柄が描かれ、「森の下草老いぬれば」の文字がしたためられていたという。それらの扇への書き付けは、メッセージ性が高く、意思伝達の表象ともなっていることが指摘されている。[20]

一方、『狭衣物語』においても、扇に書き付ける狭衣の姿がたびたび見られた。たとえば、西国へ赴任する乳母子の道成に自筆で歌を書き付けた扇を餞別として渡している。その扇を道成から手渡された飛鳥井女君は、それを狭衣の筆跡と認め、絵が消えてしまうほどの涙を流しながら、さらに自身の歌を書き付けている。[21] また、斎院の賀茂祭の折に狭衣は源氏宮へ扇を贈るのだが、扇本体では無く包んだ紙に和歌を書き付けていた。女二宮の場合、嵯峨院へ出かけた際、念誦堂にこもってしまった女二宮の居室に置かれた扇にそっと書き付けをして帰邸している。いずれの場合も、扇に書き付けられた和歌は、その返歌を入手する手立てが乏しい場合や女君の独言であったため、時間差のない狭衣との直接のやりとりには至らず、伝達不如意なものがほとんどであった。その点、『狭衣物語』の扇への書き付けは、『源氏物語』と異なる様相を呈している。また、この物語において扇への書き付けという行為が、物語の展開と極めて密接に結びついている点も指摘できる。今回取り上げた狭衣と中将の間で交わされた二種の書き付けも同様である。ただ、狭衣女君間でなされた書き付けと異なる点があるとすれば、それは、同じ手習の紙、同じ扇に時を隔てずに書き付けられ、贈答の体をなしていることと贈答し合うのが恋する相手ではないところである。[22]

手習や扇に書き付けられたことによって出来上がったことばの世界は、『狭衣物語』という大きな物語の中の小さな歌物語として独自の世界を保ち、狭衣や中将、中将妹君の将来を手繰り寄せていったように語り取られている。それは狭衣と中将の書き付けだったものが、結果として狭衣の〈恋〉のシナリオとなるところに因があろう。現実の悲恋も実のところは狭衣の独りよがりによって恣意的に創り出されたものであってみれば、これまでの狭衣は、自らの創り出した、想念世界としての、虚構ともまた現実ともつかぬものの中をたゆたっていたとも言える。[23] あたかも狭衣の悲恋を象っているかのように描かれた扇絵に書き付けられた和歌は、絵の世界と融合し、さ牡鹿に新しい男君の出現を見るなどのメタファーを生み出し、新しい意味を醸成させていった。物語現実の中で後に狭衣帝と藤壺中宮（中将妹君）という組み合わせを見顕していくのは、秋の野を占有していると詠んだ狭衣の和歌とリンクして物語が進行していったとも言い得る。また、扇絵はもとあらの萩（女君）とさ牡鹿（狭衣）の夫婦立てとして、中将妹君の行方と共鳴しているかのように描かれていた。このように、断片のように見える扇絵への書き付けは、物語の最終展開において再び焦点化され、この物語における語りの現象について雄弁に物語っているのである。

六　中将妹君の心情——消されたことば

こうした成り行きに対して、中将妹君はどのような位置に置かれていただろうか。実は、中将妹君の心中思惟は物語にほとんど見えない。また、この女君は、狭衣との和歌贈答において、初度は母の宣旨書きであり、以下の引用文例にみえるように、直接の逢瀬場面でも返歌をしないという言語伝達の不如意を見せる。[24]

女君、いとど侘びしうて引き被き給へるを、とかく引きあらはしつつ、見たてまつり給に、斎院にぞいみじう似たてまつり給へりける。（中略）

嘆き侘び寝ぬ夜の空に似たるかな心づくしの有明の月
と、聞え給へど、いらへ聞え給はねば、口惜しかりけり。
（参考　大系　巻四　三八七）

それでは、狭衣が帝位に即き、中将妹君が藤壺として入内した後の場面を見てみよう。女二宮所生の狭衣の実子である若宮が嵯峨院に赴き、母宮に狭衣からの文を届けることができず、むなしく内裏へ戻ってきた場面である。狭衣は元服した若宮を御簾内には入れず、二人は藤壺中宮（中将妹君）から離れたところで会話を交わしたのだが、その後、狭衣がふと「なほなほ立ち返る心かな」と独言を口端にのせてしまう場面である。

「なほなほ立ち返る心かな」と、御心にもあらず、しのびやかに言はれさせ給ぬるを、中宮はほの聞かせ給て、「なほもてはなれたる御仲にもあらざりける」と、心得させ給ふ。

（藤）たち返りした騒げどもいにしへの野中の清水水草ゐにけり
いかに契りし」など、手習に書きすさびさせ給に、近く寄らせ給へば、いとど墨を黒く引きひきつけて、御座の下に入れさせ給を、「かばかりの仲らひにさへ、なほはかなきことにつけて、隔て顔なる御心はあまりなるを、ならはし給なめりな」とて、引き出でてご覧じて、「ありつる忍びごとどもの、御耳とまりつるや交りたりつらん。あまり紛るる方なければ、心のうちも、見知られ奉るぞかし」と、おぼし知らる。

（狭）今さらにえぞ恋ひざらん汲みも見ぬ野中の水の行方知らねば
と書きつけさせ給て、
（参考　巻四　四五一～四五二）

藤壺中宮は、狭衣の独言より女二宮との間にはかつてなんらかの関係があり、現在、狭衣の心中にその恋への未練があることを察知する。「なほなほ立ち返る心かな」の独言は、諸注が引く『古今和歌集』巻一四恋四、題しらず紀貫之歌七三四「いにしへに猶立帰る心かなこひしきことに物わすれせで[25]」の二句目にあたり、女君の手習は、同歌の初句を用いている点で、狭衣の独言からこの歌を想起していると思われる。

女君の詠歌のうち、下句「いにしへの野中の清水水草ゐにけり」には、振り向かれることもないまま長く訪れない夫を待つ古妻が表象される。ここには大系頭注に指摘されるように、出家後に薨去した正妻の一品宮像を映し出してはいまいか。物語は確かにこの歌にあるような不実な狭衣を語り取っていた。そして、傍らでそれを見聞きした藤壺の、一品宮へのオマージュと狭衣への恋の恨みの心情が重なって生み出された歌であるとおぼしい。ここに藤壺自身の感慨が込められているとみるべきであろう。これに対して狭衣は、藤壺への弁明をしながらも、自分の罪深さを知ることになった。ただし、表面上、狭衣は、藤壺が手習を隠したことを隔て心があるととがめ恨むという姿勢を見せている。かつて口にのぼせた「色どる風は」という狭衣の発話は、女君との関係を問い続けることばとして語られていたことに気づかれよう。藤壺の心情に触れ得たとしても、そこには言及せず、藤壺の外側を解釈し続けている狭衣がここにいるのである。このように、藤壺は狭衣の愛情を一身に浴び、独占しているわけではないということを知っている女君であり、その思いを手習に書き留めることができるひとりの女君としての像を結んでいる。また、この場面は、この女君の和歌に関する教養と男君のことばに反応できる才覚を明らかにする場面でもあった。

さて、振り返って、中将妹君が堀川殿へ移居直後の状況も見ておきたい。中将妹君を迎えた狭衣の乳母大弐は、

御衾の下に埋もれて、人おはするも見えぬに、御髪ばかりぞこちたげに畳なはりいきて、いとど所せげなる
（参考　大系　巻四　四〇五）

と中将妹君を見ている。そして、髪の状態が源氏宮に似ていること、この髪のうつくしさゆえに狭衣が特別に思う

のはもっともなことであるとの評言を下している。また、姫の乳母である弁の君は、姫君を慮るよりは、堀川殿に仕える人々の素晴らしさを長い心中思惟で語り、「水鳥の汀に立ち出でたる心地[26]」と自身の感興に余念がない。兄中将も狭衣の近くに出入りして妹君を見、「故宮おはして、限りなき内裏参りに思し立ちたらましも、えかうしもや[27]」と父宮を偲び、「後ろめたなくいみじきものに、見置いたてまつり給て、消え果て給にし人[28]」である母が姫を置いて他界した心のうちを思いやる。すべて姫の扱いの素晴らしさや堀川殿のすばらしさであり、姫に関することは、豊かな髪のうつくしさだけであった。このように、当の姫の心情は語られず、また忖度されていない。姫の心情は置き去りにされ、他者のまなざしの中でいかようにも染めらた姫の外見と姫の置かれた堀川殿の環境が語られているのである。それはあたかも狭衣に見られないように手習を墨で消した姫の行動[29]に重ねられよう。立后という世間的には最上の地位についた藤壺のことばが見えないまま物語は進行する。ことばに出せない燻る心情がないとは言えないことが墨で消された跡ににじむ。中将に「色どる風は」と口づさんだ狭衣の約束言は、業平と同様に、言い放たれた約束言の域を出ず、危うさの中にあることが理解されてくるのである。后の地位と藤壺の置かれた立場は、「可能性」の域にあり、必ずしも万全ではないことを踏まえておくことが求められるのではないだろうか。

七　風が吹く空間の行方

中将とその妹君の登場以降、気づかれるのは、さまざまな風が強くまた弱く、吹き抜けていることである。中将の扇の絵には秋風が吹いていたとある。そして、狭衣の書き付けにも「風」が歌われ、答歌した中将も風を詠み込んでいた。第一節で確認したように、中将妹君の邸前でも柳を起き臥し乱れさせる風が吹き、改めての訪問時にも紛れて女君の居所に侵入してしまう。[32] このように、狭衣と中将や中将妹君の周りでは、たえず風が吹いているのである。

秋風や稲葉の風が吹いていた。[30] さらに、中将が妻の見舞いに出かけて邸を出払っていた折、狭衣が訪れ、衣に焚きしめられた香りが女房たちの居所まで届いた。[31] にもかかわらず、入り臥しと察知されないままに、狭衣は風の音に紛れて女君の居所に侵入してしまう。

むろん『狭衣物語』内にはしばしば風が吹き、その両義的な力で狭衣へ影響を与えてきたとは言えるだろう。[33] 中将妹君の母は姫君を「雨風」に当てないように大事に育ててきたのだが、中将妹君と狭衣の逢瀬も風が吹いてその関係や機会を作っていった。ここでの「雨風」は物理的な風雨のことのみを指さない。男女関係を含めたその人物の生き方に対する親の加護と恩愛を意味するものである。[34] そうであればこそ、狭衣の侵入は、入り臥しとして女君の人生を狭衣という男君の領有へと導く強制的な「力」であったとおぼしい。このとき既に母は亡く、狭衣によって堀川殿へ連れてこられたことは、外部から見れば掠奪と捉えられかねない、狭衣の意思による行為ということになるだろう。光源氏が自邸へ連れ出し、藤壺のゆかりとして育てた紫上と響き合う境涯を持つ中将妹君である。しかしながら、紫上とそのまま重なり合う造型ではない。また、入り臥しに遇った女君として、『狭衣物語』の女二宮や『源氏物語』の女三宮との差異を刻み、同じく入り臥しと居所の移動により「あらぬところ」[35] へ来てしまったと感慨を漏らす『源氏物語』の浮舟や『狭衣物語』の今姫君とその造型が接近しながらも身分上、重なり合わない。また、母宮の出家に伴って嵯峨の慈心寺近くに滞在していた女君の許を狭衣が訪れてまろ寝をする場面があるが、「逢坂越えぬ権中納言」や『源氏物語』の夕霧巻の引用も夙に指摘されているところである。[36] 一方、この女君は、自身の思いを他者を介することで表明できる聡明さを持ち、自身が外部によって空洞化されることに抗う姿勢を見せている。そして、小さな身体にたくさんの衣装をまとわされ、狭衣の詠歌に返歌しないという、一見風雅から逸れたところや柳が象られるところなど、『源氏物語』の女三宮を想起するに足る心幼い人物のようでありながら、なお重なり得ない存在として造型されているだろう。自身を語らないところや「蓬の小草」[37]と通じているところなどは、飛鳥井女君・姫君に通う。[38]入り臥しという「雨風」にさらされた女君である中将妹君は、その受苦のささやかな身体を衣に埋めているのである。

このように多くの女君との連関を通して語り直され、再コンテクスト化された存在がこの中将妹君なのである。そして、幾多の女君と代替可能である器でありつつも后の位に至るという設定ゆえに、中世王朝物語の女君たちへとその造型は継承されていったと思われる。特に『いはでしのぶ』の一品宮の場合、入り臥しにあって結婚する仕儀となり、一条院へ移居した宮の憂鬱な心情やささやかな身体において語りの類同を指摘できるばかりか、冒頭部に引き続く場面で「月比の御物思ひに打おもやせておはするしも、いよ〳〵ふきよらむ風の心もうしろめたう心ぐるしげに」[39]と、『狭衣物語』の中将妹君と狭衣が小正月の粥杖を行っている場面のことばをそのまま引用しつつ、「風」表現とともに一品宮のうつくしさを語っているところにおいて、その重なりは顕著に認められる。

今回、狭衣と中将の間で取り交わされた扇の絵と書き付けのことば、またさらに書き付けに絡む狭衣の発話に焦点をしぼり、語りの現象面を見てみた。この物語の展開に重要な布石となっていた書き付けは、物語の終盤において、中将と狭衣との間で二度取り交わされ、作為ある〈恋〉の物語を紡ぎ出していたことがみえるだろう。たとえば二度目の書き付けである扇への書き付けは、絵と和歌は互いを媒介させてメタファーを増殖させ、行為者狭衣の〈恋〉を斜行させている。しかも、扇絵に描かれたたたずむさ牡鹿ともとあらの萩は、最終的に象徴レベルで狭衣と藤壺（中将妹君）へリンクする回路を手放していないだろう。狭衣の発話行為によって、書き付けへの読み替えが付与され、確かにそこに書かれ、一定の意味として定着しているにもかかわらず、可変にして複合的なものである様を発現している。まさにこの書き付けは、『狭衣物語』という大きな物語を動かす小さな新しい〈恋〉物語であり、その小さな〈恋〉物語はさらに『狭衣物語』の枠を越えて他の物語をも動かしていったとおぼしい。物語内に入れ子状に収められているこの小さな物語（断片）が饒舌に物語生成の機構を露わにし、中将妹君の有り様が中世王朝物語群の女君像へと発展的に継承されていく端緒となった可能性を最後に指摘しておきたい。

注

（1）ここに登場する中将は、巻四との絡みで式部卿宮の宰相中将と判断される。深川本（西本願寺旧蔵）では　物語全編を通して「式部卿宮の宰相中将」として登場するが、流布本や内閣文庫本で巻二に登場するのが中務宮の中将と見られ、巻三の「宮の中将」が式部卿宮の中将と即座に判別しにくい。この人物に関して他本にも本文のゆれがある。後藤康文「『狭衣物語』の「宮の中将」をめぐって」（『狭衣物語論考【本文・和歌・物語史】』笠間書院　二〇一一年一一月）を参照されたい。

（2）参考　大系　巻四　三六一

（3）新日本古典文学大系②「蓬生」一五一、以下『源氏物語』本文は当該本による。

（4）「川ぞひ柳」の歌ことばは、後の展開で物語に登場する。中将妹君へ思いを寄せる東宮を見かねて狭衣の姉である東宮の母中宮からの文が中将妹君へ届くのだが、その中で中将妹君は「川添柳」と呼びかけられる。（参考　大系　巻四　四一六）また、『狭衣物語』内で東宮の心寄せが公然となっていたかどうかについての語りはない。本稿では、当該場面の「川ぞひ柳」引用は、巻四狭衣と東宮が中将妹君を巡って駆け引きを行うところへも響いているると読めるような語り方になっている点に着目している。

（5）『栄花物語』「晩待星」巻に収録。『栄花物語』では一一五二歌の三句目は「なびくとも」となっている。

（6）参考　大系　巻一　七六〜七七
（7）狭衣が造り演じたという点から〈恋〉という特殊なニュアンスを含み込むものである。また、いわゆる中将妹君を源氏宮の形代として読む観点からの先行研究は多いのだが、本稿は「形代」という符牒を一旦措いて、中将妹君が書き付けの存在によってその境涯を転変させていることに注視する立場を取る。
（8）『狭衣物語』全編における『竹取物語』の特異な引用、狭衣にかぐや姫を見る論として、鈴木泰恵「狭衣物語とかぐや姫――貴種流離譚の切断と終焉をめぐって」『武蔵野女子大学紀要』三二、一九九七年、後『狭衣物語／批評』翰林書房　二〇〇七年）、物語の女主人公はすべては結局のところ、かぐや姫にならざるを得ないという指摘が永井和子「寝覚物語――かぐや姫と中の君と」（『国文学』三一　一九八六年十一月）」論に見える。また、『狭衣物語』は狭衣という男主人公が「ことば」の交流を希求しつつ、片恋を現前化させているところにこの物語の〈恋物語〉を汲み取る鈴木泰恵「狭衣の恋文――新たな〈恋の物語〉を書く喜び――」（『国文学研究』一五七　二〇〇九年三月）があり、女二宮との和歌贈答を中心に「今、ここ」の仮構された恋を捉える。本稿は、中将との間で書き付けし合うという行為に狭衣の意識と行動の転換点を見いだし、他の女君に対してこれまで行ってきた行為をなぞりながらも新しい境地へ向かっていることを〈恋〉と捉えた。
（9）参考　大系　巻一　六八
（10）狭衣歌の三句目、流布本では「篠すすき」となっており、扇への書き付けと同期している。後藤康文氏は、古写本系の「野のよしを」について、『斎宮女御集』二〇一「いはでのみ忍ぶのしげき野のよしを風のたよりに尋ねつるかな」を本歌とし、『堤中納言物語』の「ほどほどの懸想」作中歌「したにのみ思ひみだるる青柳のかたよる風はほのめかさずや」と状況、措辞ともに似ていると指摘する。首肯されるものと思われる。「『狭衣物語』作中歌の背景・巻三」（注（1）の前掲書所収）
（11）『貫之集』『古今和歌六帖』第二所収。
（12）『拾遺集』『古今和歌六帖』にも所収されている。

(13) ただし、狭衣と宰相中将の詠歌を見てわかるように、ともに詠まれたすすきは、「秋の野をかきて」の中に韜晦されており、語り手による説明はない。萩ではなく野の一部をなしている草として、既に領有された存在として扇へ書き付けられ、狭衣と中将によって新たに創り出した新しい〈恋〉の世界であると言わんばかりである。

(14) 恋の中断を読む太田美和子「『狭衣物語』「朝津の橋」朗詠について――宮の姫君との中断に関わって――」(『國學院大學大学院平安文学研究』四 二〇一三年三月) 論がある。私見では、逆説的『竹取』引用による難題求婚譚としての側面と、物語現実における女二宮の物語と撚りあわされている語りの様相を見ておきたい。

(15) 参考 大系 巻三 三一五

(16) 『後撰和歌集』巻五秋上 二二三番歌は、「秋はぎを色どる風の吹きぬればひとの心もうたがはれけり」のよみ人しらず詠である。表記は『新編国歌大観』による。なお「秋萩を色とる風ははやくとも心はかれし草葉ならねは」は、『古今和歌六帖』に所収されている。(石塚龍麿稿田林義信編『校證古今歌六帖』上) 表記もこれに準じる。

(17) 『枕草子』頭中将のすずろなるそら言聞きての章段「男どもみな扇に書きつけてなむ持たる」(新編日本古典文学全集 一四〇)

(18) 『枕草子』御乳母の大輔の命婦日向に下るにの章段「給はする扇どもの中に、片つ方は、日いとうららかにさしたる、田舎の館などおほくして、いま片つ方は、京のさるべき処にて、雨いみじう降りたるに『あかねさす日に向かひても思ひ出でよ都は晴れぬながめすらむと』御手にて書かせたまへる、いみじうあはれなり。」(新編日本古典文学全集 三五九)

(19) 朴英美「扇に書く和歌――『源氏物語』におけるその会話的機能をめぐって――」(『比較日本学教育研究センター研究年報』十二 二〇一六年三月)、扇に歌を書く場面六例を検証し、『源氏物語』の女君たちは扇を用いることで身分差を超え、自分から和歌を詠むことができたと論じる。その他、扇への書き付けに関する論考として以下を参照した。三谷邦明「旅と櫛と扇と」(『むらさき』三六 一九九九年一二月)、三田村雅子「反転するまなざし――虚構性について―」(『枕草子 感覚の論理』有精堂 一九九五年二月)、原豊二「「書き付ける」者たち――歌物語の特殊筆記表現をめぐって――」(『日本文学』二〇一六年五月)。なお原論から、「「歌物語」の特殊筆記に現実性はかなり乏しく、創作の産物である。書くこと自体が生み出す可視化という実践行為、そして、それらがメッセージとして伝わるという実感が伴う」という観点を参照した。また、武藤那賀子「物に文字を書きつけること――『うつほ物語』の仲忠の例から――」(『学習院大学大学院日本語日本文学』七二〇一一年三月)論から、『うつほ物語』の書き付けに関する意義について参照した。現実の言表行為として、和歌の世界に「書き付け」の事例は多くあり、先行研究も多いが、今回は物語を中心として扱うことにした。

(20)「形見」の視点で野村倫子「『狭衣物語』の形見・ゆかり考」(『源氏物語』宇治十帖の形象と展開――女君流離の物語――』和泉書院　二〇一一年五月)論、「涙」の視点で鈴木貴子「メディアとしての涙――『狭衣物語』飛鳥井の女君と女二宮」『涙から読み解く源氏物語』笠間書院　二〇一一年三月)がある。

(21)今姫君の扇には、苗代の絵に「母もなく乳母もなくてうち返し春の新田に物をこそ思へ」、柳・桜の絵に「荒くのみ母代風に乱れつつ梅も桜もわれうせぬべし」という自身の書き付けが黒々と書かれていたとあった。この扇に狭衣は書き付けをしていない。(参考　大系　巻三　二三八)、飛鳥井女君や中将妹君との対応関係が考慮される箇所である。

(22)女君との恋の諸相については、緒言でまとめたことを見取り図としておくが、源氏宮への恋について一例を掲出すると、独り合点で惑乱する冒頭部などにそれが顕著に見出だせる。私見について、井上『狭衣物語の語りと引用』(笠間書院　二〇〇五年)を参照されたい。

(23)参考　大系　巻四　四〇一

(24)ここに、一品宮が狭衣からの後朝の文に白紙を差し出したことも合わせて注意する必要があるだろう。井上「比定する精神――『源氏物語』『狭衣物語』の「なずらひ・なずらへ」をめぐって――」『源氏研究』一〇　翰林書房二〇〇五年四月)

(25)『貫之集』、『古今和歌六帖』所収。

(26) 参考　大系　巻四　四〇八
(27) 参考　大系　巻四　四一一
(28) 参考　大系　巻四　四一二
(29) 『源氏物語』浮舟巻で匂宮との和歌贈答の折、浮舟は「降り乱れ」の歌を匂宮の手習書きの歌に書き付けたが、途中で書き消した場面があった。(新大系⑤二二五) 自身が詠んだ歌ことば「中空」について匂宮にとがめられ、かつ自分を恥じてその書き付けを破ってしまうという行動が見える。
(30) 参考　大系　巻四　三八一
(31) 参考　大系　巻四　三八二
(32) 参考　大系　巻四　三九七～三九八
(33) 井上「風の物語としての『狭衣物語』」(『狭衣物語　空間／移動』翰林書房　二〇一一年五月)
(34) 中将妹君について「姫君は、まいて、ただ一人の蔭いてこそ、雨風の音をも防ぎ給しか、言ひ知らず心細う思いたるもことわりにて」(参考　大系　巻四　三九七) とある。狭衣も同様に「雨風の荒きにも、月の光のさやかなるにもあたり給をば、いまいましくゆゆしうぞ思いきこえ給へる」(参考大系　巻一　三三) と親の庇護下に置かれていた。
(35) 新大系⑤「東屋」一七一、一七二、新大系⑤「手習」三四一および『狭衣物語』参考　大系　巻一　八二。井上「『狭衣物語』の転地――飛鳥井女君／今姫君／狭衣」(『狭衣物語が拓く言語文化の世界』翰林書房　二〇〇八年一〇月) を参照されたい。
(36) 『源氏物語』夕霧巻と『堤中納言物語』「逢坂越えぬ権中納言」の引用により、目の前にいる女君と逢瀬を遂げない／遂げられない男君が造型され、女君には「まろ寝」の女君像が付与される。夕霧――狭衣の「まめ人」ラインを引いてその相手となる女君の落葉宮 (女二宮) や「逢坂越えぬ」の恋の相手である姫宮をも喚起させている。(寺本直彦「「逢坂越えぬ権中納言」と狭衣物語宰相中将妹君物語と夕霧の巻と」(永山勇博士退官記念会編『国語国文学論集』風間書房　一九七四年三月）および寺本氏「源氏物語と同時代和歌との交渉」『源氏物語受容史論考続編』風間書房　一九八四年一月）

(37)　参考　大系　巻三　三一六、兄中将が妹君を象る場面で見える。鈴木泰恵「恋の物語の終焉——式部卿宮の姫君をめぐって」注（8）前掲書所収。なお鈴木論は源氏宮思慕との関わりにおいて論じており、この点は本稿と異なるのだが、中将妹君を多面的にして方法的な存在と捉えている点は既に鈴木氏の指摘にあり、首肯される。

(38)　「蔭の小草」は、巻一の三四頁、六二頁で飛鳥井女君のような身分が高くない女を意識させる場面で用いられる。なお『伊勢集』四七六「深山木の蔭の小草は我なれや露しげけれど知る人のなき」との関連について倉田実「頼通の時代と『狭衣物語』」（『日本古典文学史の課題と方法—漢詩和歌　物語から説話　唱導へ——』和泉書院　二〇〇四年）論があり、時代的な見取り図の必要性について参照した。なお飛鳥井姫君にも巻三の二八五頁に「蔭の小草」が用いられ、「かわいらしい、小さな」という意味での「雛」ということばとともに用いられている。

(39)　小木喬『いはでしのぶ物語——本文と研究』（笠間書院　一九七七年四月　巻一　一三五）、『狭衣物語』では、「吹き寄らむ風の心もうしろめたなく心苦しかりぬべくおぼゆ」（参考　大系　巻四　四一五）と狭衣の視点から中将妹君の華奢な身体とうつくしさが語られていた。両物語に見える「風の心も後ろめたなく（たき）」は、『拾遺和歌集』巻三秋、「天暦の御時、殿上のをのこども紅葉見に大井にまかりけるに」の詞書で源延光詠の二〇〇「もみぢ葉を手ごとにをりてかへりなん風の心もうしろめたきに」の引歌表現でもある。

付記　『狭衣物語』の本文として内閣文庫本の写真版をわたくしに翻刻したものを使用し、適宜漢字仮名遣いを改め、句読点を付した。また、参考として日本古典文学大系『狭衣物語』（岩波書店）の当該頁数を掲げた。

性空上人と『狭衣物語』——聖たちの時空を〈斜行〉する狭衣

井上新子

はじめに

『狭衣物語』巻二巻末において、狭衣は高野・粉河詣でを思い立つ。飛鳥井の君の失踪、女二の宮の出家、源氏の宮の斎院卜定という事態に直面し、愛した女君たちおのおのとの展望の見えぬ関係から心理的に追い詰められた狭衣は、出離の思いを胸に秘め少数の供とともに旅立った。粉河寺にて、狭衣は夜通し勤行を続け『法華経』を読誦した。その声は澄みわたり、周囲の者たちの涙を誘う。さらには普賢菩薩の示現をも招来してしまう。[1]ついに二十八品最後の「作礼而去」まで読み通し、暁となった。その後、狭衣は時折眠りながら「千手陀羅尼」を読む。すると、三昧堂の方で「千手経」を読む者がいる。[2]その声に惹かれ、狭衣はその声の主を呼びにやった。飛鳥井の君の兄僧との思いも寄らぬ邂逅である。兄僧との対面により、狭衣は、行方不明であった飛鳥井の君の消息をはからずも知ることとなった。周囲への憚りもあり、兄僧との対話は存分になされない。再び会うことを約したものの、兄僧へ飛鳥井危篤の報が届き、狭衣の知らぬうちに兄僧は粉河を出立してしまう。さらなる情報を得られぬまま、狭衣は取り残される。このことにより狭衣は飛鳥井母子への思いを強くし、厭うていた俗世へ大きく引き戻されることとなった。

兄僧との邂逅は、狭衣の生に大きな影響を及ぼし、物語の展開を突き動かす重要な転機となっている。[3]貴族社会の出身ながら、多年にわたる山野の修行に耐え抜いた兄僧の風貌は、狭衣や狭衣周辺の人々とは大きく異なっている。兄僧の存在は物語内部において独特の存在感を湛えながら、狭衣の属する京を中心とした貴族社会の外側には、狭衣の体験している苦しみとは異質な、過酷で混沌とした生の世界がはるかに広がっていることを知らせてくれる。『狭衣物語』の物語世界の解明に向けて、狭衣とは対極の世界で生き、狭衣の生を相対化する可能性を孕む兄僧の形象について考究することは少なからず重要ではないか。

本稿は、この飛鳥井の君の兄僧をめぐる物語の叙述を考察するものである。兄僧の形象の背後には、平安中期ごろからその活躍が顕著となった聖たちをめぐる伝承世界が横たわっていると考える。中でも、性空上人の伝記との接点が少なからず見出せるのではないかと思量する。以下、伝承世界と『狭衣物語』との交渉の具体相を見つめ、そうした営みの中から創出された『狭衣物語』の世界の一特質について考察する。

一　伝承世界の聖たちと飛鳥井の君の兄僧をめぐる形象

狭衣に呼ばれた兄僧は、暁月夜のもと、みすぼらしい風情であった。経文を読むことを促され、低い声で読み続ける。その尊い声を、狭衣は少し奥で聞いた。その後、狭衣の問いかけによって、兄僧の生の軌跡が明らかになっていく。

「この御寺におはするか」など問はせたまへば、「百日ばかりと思ひたまへてさぶらふなり。親などいふ者も候ひしかど、失せはべりて後は、ただ行き到る山の末、鳥の声もせぬ、また、木の上などに苔の筵を敷き、松の葉を食べて、虎狼といふものと語らひてなん、過しはべる」と聞こゆれば、（巻二　①三〇一）(4)

兄僧は、山奥において孤独で厳しい修行を繰り返してきたという。「ただ行き到る山の末」といった物言いからは、特定の寺に帰属・定住することなく、時に移動し修行を続けてきた生活がうかがえる。平林盛得氏が「聖」について以下のように説明している。(5)

聖とよばれて尊ばれる民間布教者の存在は、平安中期ころからしだいに顕著となる。それは既成教団から離脱した僧侶で、山間に隠れ、また市中に現われて庶民社会に布教した、反権力者の概念で捉えられている。聖の多くは浄土思想を宣布した点で特色があり、浄土教の展開史の中でも注目されている。

『狭衣物語』の兄僧は、こうした「聖」たちの面影を宿しているのではないかと考える。(6)彼の過酷で孤独な山間での修行の様子を示すため、「木の上などに苔の筵を敷き」・「松の葉を食べて」・「虎狼といふものと語らひて」といった形象がなされている。これらは、修行者、とりわけ『法華経』の持経者たちを語りとる文言として常套的に用いられる物言いであったようだ。

「木の上などに苔の筵を敷き」(7)は、人跡の絶えた奥深い山であることを表しているらしく、例えば以下の持経者法空法師の話の中に出てくる描写とも通じている。

即ちその間にして、人の跡通はざる、古き仙（ひじり）の霊しき洞を尋ね得たり。その仙の洞を見るに、五色の苔をもて、その洞の上に葺き、五色の苔をもて、扉となし、隔となし、板敷となし、臥具となし、乃至前の庭に敷けり。

（『大日本国法華経験記』巻中・第五十九　一二七）(8)

和歌の中では「苔の筵」が、以下のように山奥の修行の日々をかたどる言葉として使用されている。

山ぶしのこけのむしろをうちはらひくさのまくらをいくむすびしつ

（『六条院宣旨集』八三番・「こけ」）(9)

「松の葉」は修行者の過酷な日常を伝える食物として登場する。以下がそうした例である。

・うばそくがあさなにきざむまつのはやまのゆきにやうづもれぬらん

（『好忠集』三三九番・「くれの冬／十二月はじめ」）

・松の葉をすきて勤むる山伏だに、（『源氏物語』総角巻　⑤二二九）[10]

・穀を断ち塩を離れて、更に甘味を食せず。松葉を膳となし、また風水を服して、もて内外の不浄を浄め、焼身の方便となす。

（『大日本国法華経験記』巻上・第九　六四）

好忠歌では修行に励む「うばそく」が、『源氏物語』では「山伏」が食するものとしている。『大日本国法華経験記』は焼身供養をした応照法師の話のくだりで、焼身の前に不浄を浄めるための一つとして「松葉を膳となし」がある。いずれも、修行者たちの極度に禁欲的な日々を彷彿とさせる。

「虎狼といふものと語らひて」は、深山で唯一人修行に打ち込み、周囲には動物たちしかいない状況を強調する物言いであろう。修行者が深山において禽獣とともにあるといった描写は、以下のように多い。

・山鳥・熊・鹿纔に来りて伴となりぬ。

（『大日本国法華経験記』巻中・第五十九　一二七）

・而ル間、諸ノ鳥熊鹿猿等来テ、前ノ庭ニ有テ常ニ経ヲ聞ク。

（『今昔物語集』巻第十三・第四　①三〇一）[11]

・猪・鹿と並び居て、咲を含みて与に語り、狼・熊に交雑はりて、相共に走り遊ぶ。

（『大日本国法華経験記』巻中・第七十四　一四四～一四五）

・然レバ、猪、鹿、熊、狼等ノ獣、常ニ来テ、聖人ニ近付キ戯レテ、敢テ恐ル、気無シ。

（『今昔物語集』巻第十三・第二十七　①三五三）

前二例が法空、後の二例が玄常の山奥での修行の様子を叙述したくだりである。情理をわきまえぬ禽獣たちでさえ、修行者を慕うさまを語りとることによって、修行者の研ぎ澄まされた修行の様子を演出している。ちなみに、彼らは持経者である。

以上の用例は、『狭衣物語』との前後関係が判然としないものや明らかに後世のものも含む。しかしながら、これらの用例を勘案すると、『狭衣物語』の兄僧をめぐる叙述は、修行者、とりわけ持経者を象る際に常套的に用いられてきた表現によって構成されていると捉えられる。換言すれば、『狭衣物語』の物語世界に、伝承世界の聖を彷彿とさせる人物を登場させていると言えよう。そうした〈聖〉と、作り物語の主人公・狭衣とが邂逅し、物語の新たな局面が拓かれようとしている。

二　性空上人の面影の投影

兄僧の話に興味を抱いた人々は、兄僧の素姓等を強いて問う。これにより、兄僧は自身のこれまでの足跡を詳しく語ることとなった。

「平中納言と申す人にはべりけり。その子にてはべれど、幼くてかたは者になりはべりにければ、法師になりて比叡の山に行ひしてあらせんと申ししほどに、うち続き筑紫にて親たち隠れはべりて後は、安楽寺といふ所になんはべりし。妹一人、乳母といふもの候ひしかど、その行方も知らずなりはべりにしを、比叡の山拝みたてまつらん心ふかくてなん、筑前守の北の方離れぬ仲と聞き得はべりて、それにつきて京の方へまうでにし。さてなん妹と申しし者のありさまも、ほのぼのうけたまはりしに、なかなか夢のやうにあはれなることのはべりしかば、夜をだに明かさで、土佐の室戸といふ所に、二、三年はべりつる」と言ふを聞きたまふに、

（巻二　①二〇一～二〇二）

父親は「平中納言」[12]という人である。筑紫で両親が亡くなった後、「安楽寺」で修行をしていた。妹が一人いて、乳母が仕えていたけれども、行方も知れぬままになった。比叡の山を拝もうという気持ちが深くて、上京してきたという。妹の消息を知ることにもなったものの、夢のような悲しい出来事を耳にし、その直後、土佐の室戸に二、三年滞在し修行したという。

もともと京の貴族の生まれであったということ、修行の出発点が九州であったということ、各地を修行して巡っているということ等、兄僧の素姓やこれまでの足跡は、平安時代に知られた聖たちの一人である性空上人をめぐる伝承と少なからず共通していて、注目される。

性空上人をめぐる伝承は、伝記として最も古い「性空上人伝」や、続く「一乗妙行悉地菩薩性空上人伝」をはじめ、[13]『大日本国法華経験記』、『今昔物語集』他、多数の文献に所出する。[14]「性空上人伝」の記述からは、当時の人々によって受けとめられていた性空上人に纏わる基本情報がうかがえよう。

性空上人の父は、従四位下橘善根である。「性空上人伝」によれば、性空上人は成人ののち、母に従い日向国に下向、三十六歳の時出家した。霧島山に籠もり、日夜『法華経』を読誦、数年後筑前背振山に移り、三十九歳で『法華経』を暗誦している。その山間の修行では、さまざまな不思議な体験をした。やがて播磨国書写山に草庵を結ぶ。多くの人々の帰依を受け、花山院も二度にわたりかの地を訪れた。

兄僧と性空上人との共通点として、京の貴族の生まれであること、九州で出家・修行し、のち上京したこと、山間で厳しい修行生活を送ったこと、上流貴族あるいは天皇から信仰上慕われたこと等があげられる。ただし、出身が貴族層である史上の聖として、他に増賀（参議橘恒平の子）等がいる。九州と縁の深い聖としては、郷里が鎮西である皮聖行円があげられ、彼は貴顕からあつい帰依を受けた聖としても知られている。[15]また、山間で厳しい修行を行った僧たちは周知のように史上数多い。しかしながら、『狭衣物語』の兄僧の描出において着目したいくつかの要素を併せ持っている点において、性空上人はやはり注目されるのではないか。『狭衣物語』の兄僧の姿には、性空上人の面影が少なからず投影されていると考える。

三　「功入りたる声」・「紙衣」・「虎狼と」

『狭衣物語』の兄僧の形象には、伝承世界の聖たち、とりわけ性空上人の面影が取り込まれている。そうした観点から『狭衣物語』の世界をながめた場合、兄僧をめぐる道具立てや表現には、性空上人の伝承との繋がりの見出せる箇所がさらにいくつか存するように思われる。

兄僧は「千手経」を読んでいた。その声が狭衣の耳にとまり、狭衣と対面することとなった。その時の兄僧の読経の声は、「いみじう功入りたる声の少し嗄れたるして」[16]と形容されている。説話世界において、経文（とりわけ『法華経』の経文）を唱え続ける僧の姿はそこここに見られ、彼らの引き起こす霊験譚も数多い。性空上人も『法華経』を読誦する聖として、彼を語る説話の中にその姿をとどめている。『今昔物語集』に収載された性空上人説話では、書写山の庵における彼の生活が、

日夜ニ法花経ヲ読誦スルニ、初メハ音ニ読ム、後ニハ訓ニ誦ス。舌ニ付テ早キニ依テ也。然カ訓ニ誦スト云ヘドモ、其レモ吉ク功入テ、人ノ四五枚読ム程ニ、一部ハ誦シ畢ヌ。（巻第十二・第三十四　①二五五）

と語られている。念仏の修練の功を積んださまを「功入テ」と形容していて、『狭衣物語』と同様の言葉の用い方になっている。こうした用い方はそれほど頻出するものではなく、[17]また両例とも念仏の声を同じく称賛している点[18]

でも注目される。直接的な影響関係を想定することはできないけれども、性空上人の読経の声を「功入る」と受けとめる伝承の世界があったことに留意しておきたい。

続いて、兄僧の身に付けていた衣に着目する。呼ばれて狭衣の前に現れた兄僧は、「紙衣のいと薄きへ、麻袈裟といふもの」（巻二　①三〇〇）[19]を着ていた。この「紙衣」をとりあげたい。「性空上人伝」には、書写山で修行する性空上人を叙したくだりに「以レ紙為二衣裳一。」（五六五）[20]とある。また後年、多くの帰依者たちから慕われるようになったのちも、その粗末な衣裳を改めなかったことが「紙衣不レ改」（五六五）と記されている。「性空上人伝」では、性空が変わらず質素な修行生活を続けたことを象徴するかのように、「紙衣」着用への言及がなされている。

「紙衣」は、布より質素で粗末なものであったらしく、寒さがひとしお厳しくこたえるものであった。説話において修行者の「紙衣」着用に言及することは、その人物の質素に徹する姿、極めて厳しい環境に耐え抜く姿を伝える効果もあっただろう。説話の中に出てくる「紙衣」着用者は、もちろん性空上人だけではない。ただし、そう多くはなく、例えば『大日本国法華経験記』では応照法師、仁鏡聖、玄常聖がこれを着用している。応照法師の場合、「焼身の時に臨みて、新しき紙の法服を着て」（巻上・第九　六四）とあり、焼身供養に関わってこれを着用している。仁鏡聖の場合、「衣服を求めず、破れ損へる紙衣、単の薄く麁き布、或は破れたる蓑を着、或は鹿の皮を着たり。」（巻上・第十六　七三）[21]とあり、無欲で衣裳に拘泥しないさま、質素なさまを強調するため、着用している衣の一つとして言及されている。玄常聖の場合も、「着るところの衣服は、紙衣と木の皮にして、更に絹布の類を着ず。」（巻中・第七十四　一四四）[22]とあり、贅沢と遠いところにいる、極めて質素な彼の生活を象徴するものとして言及されている。また『今昔物語集』の横川僧都源信を語ったくだりには、「布衣ノ太ツカナルヲ着テ、下ニハ紙衣ヲ着タリ。裳袈裟ナドニモ布ノ太ツカナルヲ着タリ。」（巻第十四・第三十九　①五〇一）とあり、源信の質素な服装を述べる際に

「布衣」の下に「紙衣」を着用していたとしている。この源信の様子と比較すると、「紙衣」の上に「布衣」を着ていない分、性空上人や『狭衣物語』の兄僧の服装の方がより粗末なものであったと言えよう。僧による「紙衣」着用の例として、もう一例、命蓮聖の例もあげられる。『古本説話集』に「もとは紙衣一重をぞ着たりける。」(下・六五　五〇三)[23]とあり、信濃から上京した姉から「ふくたい」をもらうまでは、「紙衣」のみの着用であったことが知られる。『信貴山縁起絵巻』にもその姿が描かれていて、命蓮聖は「紙衣」着用の僧として少なからず著名であったのではないか。こうした事例を参照すると、「紙衣」から直ちに性空上人のみが連想されるわけではない。しかしながら、『狭衣物語』の兄僧同様、性空上人もまた「紙衣」の着用者であったことは留意すべきだろう。

もう一点、山中での修行時に禽獣たちが群れ集まる描写にも着目したい。前掲した、兄僧が自身の修行生活を語った「虎狼といふものと語らひてなん、過しはべる」(巻二　①三〇一)である。先に法空や玄常の例(『大日本国法華経験記』・『今昔物語集』)を掲げた。こうした発想・表現は類型的なものであったと考えられるものの、性空上人を語りとる伝承においても用いられている点に留意しておきたい。以下の「性空上人伝」の文言である。

山禽野獣知㆓心無㆑機馴而自至。毎㆑及㆓春時㆒前後羣集。先分㆓其食㆒施㆑之。　(五六五)

禽獣たちが性空上人に馴れ親しむさまが描写されている。先に掲げた法空や玄常の例もあわせ考えると、これらの例は、禽獣たちが集まり経を聞く(法空)、あるいは戯れる(玄常)、禽獣に食を施す(性空)といった相互の異なりも見出される。その差異も考慮しなければならないものの、禽獣たちが修行者に馴れ親しむといった大きな枠組みでは共通している。類型的表現ではあるけれども、山間の修行のさまを語る際に必ず用いられているわけではない。性空上人の伝承において用いられた点に着目しておきたい。

このように、飛鳥井の君の兄僧の描写に用いられた表現の断片を繋ぎあわせると、性空上人の面影との重なりが見出される。兄僧は説話世界の聖たちの形象を基底に語られていると同時に、とりわけ性空上人の面影を少なからず宿す人物として造型されていると言えるのではないか。

性空上人をめぐる伝承の流布については、「性空上人伝」の成立と流布の問題、性空上人に帰依した人物たちの広がりの問題が大きく関係してこよう。「性空上人伝」は、「花山院が自ら撰したものか、具平親王がそれを取捨したものか断定できないが、花山院が関与していることは間違いない」[24]とされ、一説に具平親王作とも伝えられている。また、周知のように性空上人に帰依した都の貴顕たちは、花山院をはじめ、藤原道長、公任、具平親王他少なくない。性空上人あるいは「性空上人伝」に関わった人々と、『狭衣物語』の成立圏に生きた人々との間には少なからず接点が存する。具平親王の娘たちの中には、周知のように藤原頼通室となった隆姫がいる。敦康親王室となった女性もいて、その女子・嫄子が後朱雀天皇に入内し祐子内親王・禖子内親王をもうけた。加えて、『拾遺和歌集』所収の和泉式部の詠「暗きより」歌をめぐる性空上人に纏わる伝承は、平安中・後期の貴族社会において著名であったろう。こうした状況からは、性空上人をめぐる伝承の平安後期における浸透・広がりが少なからず想定できる。和泉式部の歌をめぐる伝承のみならず、性空上人その人の伝記的事柄も、『狭衣物語』の作者と目される六条斎院禖子内親王家宣旨にとって何らかのかたちで触れることのできる情報であったと考える。[25]

四　聖たちの時空を〈斜行〉する狭衣

『狭衣物語』における飛鳥井の君の兄僧の形象には、説話世界の聖たち、とりわけ性空上人の面影が投影されている。ただし、そのように捉えた場合、兄僧と伝承世界の聖たちとの間には大きな相違点も存する。それは、『法華経』持経者としての形象の有無、奇瑞の有無である。

『大日本国法華経験記』その他には、山間の修行者や聖たちの話が多く所収されている。彼らは『法華経』持経者であり、その『法華経』読誦によって奇瑞を招き寄せる存在でもあった。性空上人をめぐっても、「性空上人伝」をはじめとする伝記や説話に『法華経』読誦によって出現した奇瑞が記しとどめられている。これに対し、『狭衣物語』の兄僧は、経を読む姿が描かれるものの、『法華経』持経者であることがことさらに強調されているわけではない。また、彼自身が奇瑞を起こすこともない。伝承世界の聖たちとは決定的に異なっている点である。

この、『法華経』持経者という要素や奇瑞を引き起こすという要素は、『狭衣物語』においてはむしろ主人公・狭衣の方に振りあてられている。作中、『法華経』の経文を口ずさむ狭衣の姿がたびたび語られる。[26]また彼の言動は、時に〈奇瑞〉を手繰り寄せてしまう。以下、兄僧と関わる狭衣の引き起こす〈奇瑞〉二場面をとりあげ、伝承世界を手繰り寄せつつも、これをずらし、特異な物語世界を拓いた『狭衣物語』の営みを見つめてみたい。

一つは、粉河寺において狭衣が『法華経』を読誦し、「普賢の御光」が見えた場面である。

「我爾時為現　清浄光明身」など、心にまかせて読みすましたまへるを、聞く人みなしみ入りて悲しくいみじきに、さばかりのあらあらしき修行者どもも涙を流したり。釈迦仏の説きたまひけんその庭だに、提婆達多てうたつはたなどは、嘲弄し笑ひみ着き流るるもありけるを、今宵はみな繞ずらんかしとおぼゆるに、まいて、身をつづめてとある誓ひは違ふべきならねば、御灯のほのかなるに、普賢の御光けざやかに見えたまひて、ほどなく失せたまひぬ。我が御心地に尊く悲しとも世の常なりや。（巻二　①二九八～二九九）[27]

『法華経』読誦の功により、何らかの奇瑞に遭遇するという伝承は少なくない。狭衣は『法華経』「法師品」の「我爾時為現　清浄光明身」に導かれるように、ひとときの普賢菩薩の示現を得た。こうした持経者の風貌と奇瑞の顕現とは、本来伝承世界の聖たちのものであったはずである。『狭衣物語』は、聖たちの時空を物語世界の兄僧の上に投影させながら、奇瑞の発生を狭衣の上にずらすことで、伝承世界とは異なる独自の物語世界を形成している。この狭衣による普賢菩薩示現の直後に、伝承世界の聖たちの面影を帯びた兄僧が登場してくる。兄僧の存在に狭衣が興味を抱いたのは、彼の経を読む声に惹かれたためである。宗教的関心が多くを占めていたにもかかわらず、対話の中で兄僧が狭衣に飛鳥井の君の消息をもたらすことで、結果的に狭衣を出家から遠ざけてしまう。兄僧はその宗教的風貌にもかかわらず、狭衣を俗世に立ち戻らせる役割をはからずも果たしてしまうのである。(28)兄僧や狭衣の形象の上に聖たちの時空を交錯させながら紡ぎ出された『狭衣物語』の世界は、ここにいたり、持経者の体験した宗教的救いの語られる伝承世界とは大きく隔絶する、迷妄の不条理な時空となっていると言えよう。聖たちの時空が物語世界に流入し、狭衣のすぐ目の前に迫り、また狭衣自身にも救いの可能性がひととき示されたために、そこからはじかれていく狭衣の生の救われがたさが、より一層際立つ仕組みになっているのではないか。

もう一つ、狭衣が亡き飛鳥井の君のために法事を行い、狭衣の夢に飛鳥井の君が現れた場面を検討する。

暁にもなりぬらんとおぼゆるまで居明かしたまひて、あまり苦しければ、やがて端にうち休みて、まどろみたまへるに、ただありしさまにて、かたはらに居て、かく言ふ。

　暗きより暗きに惑ふ死出の山とふにぞかかる光をも見る

と言ふさまの、らうたげさもめづらしうて、物言はんと思すに、ふと目覚めて、見上げたまへれば、澄み上りて、月のみぞ顔に映りたりける。雲の果てまで、さやかに澄みわたりたる空のけしきを、ただの寝覚めにだに、心細かりぬべき空のけしきなれば、かたはらにまだある心地して、見わたさるれど、人は皆遠く退きつついとよく寝たり。（略）「皆如金色従阿鼻獄」など、物のいみじう心細く思さるるままに、うち上げつつ読みたまふは、言ひ知らず悲しきに、寝たりつる人々も皆おどろきて、鼻うちかみつつ、仏も現れたまひし御声なれば、道季などは、「いかなる事かあらん。もの心細く思したるよ」など、恐ろしうて、人々に言ひ合せけり。

（巻三　②一四一～一四三）[29]

飛鳥井の君の詠じた「暗きより」歌は、以下の『拾遺和歌集』所収の和泉式部詠を下敷きにしていると考えられる。[30]

性空上人のもとに、よみてつかはしける　　雅致女式部

暗きより暗き道にぞ入りぬべき遥に照せ山のはの月

（巻第二十・哀傷・一三四二番）

和泉式部詠も故飛鳥井の君詠も、上の句において無明の闇を彷徨い続ける自身の身を象る点が共通している。続く下の句において、和泉式部詠では「遥に照せ山のはの月」と救いを希っている。これに対し故飛鳥井の君詠では「とふにぞかかる光をも見る」と狭衣のおかげで成仏できた旨を述べている。飛鳥井の君詠の直後、夢から覚めた狭衣が高く澄み上った「月」を見ている。飛鳥井の君詠の「かかる光をも見る」や直後に描写される「月」は、和泉式部の「遥に照せ山のはの月」という願いが言わば叶った状態ではないか。『狭衣物語』の「光」や「月」の表現に、和泉式部詠からの展開を見出したい。『狭衣物語』は、無明の闇からの脱出をせつなく希求する和泉式部歌の世界を踏まえながら、狭衣の供養のおかげでそれが叶った[31]飛鳥井の君の喜びを描出している。

和泉式部詠は、「性空上人」へと宛てたものであった。性空上人へ結縁を願った歌を引きつつ、『狭衣物語』では狭衣によって成仏の叶ったことを感謝する歌へとずらしている。『狭衣物語』の兄僧が性空上人の面影を宿すことは先に確認した。兄僧は妹・飛鳥井の君の臨終の報を受けて急遽粉河寺を跡にしたことが巻三巻頭で明かされる。すでに巻二巻末において、兄僧の手によって飛鳥井の君が出家を遂げたことは兄僧本人の口から狭衣へ告げられていた。兄僧と飛鳥井の君との関係やこれまでの経緯、兄僧が〈聖〉の面影を持つこと等を勘案すると、本来、飛鳥

井の君の仏教的な救済は、ほかならぬ、この兄僧の手によって導かれるのが自然な成り行きではなかったか。亡き飛鳥井の君詠が和泉式部詠を下敷きとしながらこうしたかたちで形象されたことは、性空上人の面影を宿す兄僧によってではなく、狭衣によって飛鳥井の君の救済が実現したことを読み手にあらためて意識させることになろう。ここでも聖たちの時空を背後に揺曳させながら、その時空とはずれてゆく『狭衣物語』の世界のありようが浮かび上がる。飛鳥井の君を往生へと導いたにもかかわらず、狭衣は以後も苦しい恋情に絡めとられ、憂愁の思いを胸に秘めて生きていかざるを得ない。そして、ついに自らの救済は実現しなかった。

物語において、狭衣は聖たちの時空に極めて接近しながら、あるいはまた、みずから〈聖の奇瑞〉を招き寄せたり〈聖の役割〉を果たしたりしながら、しかし、彼自身の身は救済から遠く隔てられている。そうした構図を用意し、物語は狭衣の周辺を迷妄の不条理な時空に仕立てていると捉えておきたい。

おわりに

『狭衣物語』の飛鳥井の君の兄僧をめぐる叙述に伝承世界の聖たち、とりわけ性空上人の面影が投影されているさまを追った。さらに、聖たちの時空が物語世界に取り込まれ、ずらされることによって、『狭衣物語』の中に現出した世界について考察した。つまるところ、それは、狭衣が聖たちの時空に限りなく接近しながらも、そこからはじかれて救済から遥か遠い場所に追いやられるという体のものであった。

粉河寺で対面した折、兄僧は狭衣の姿を拝し、言葉にできぬほどの狭衣の美しさに畏まる。(32) 兄僧とは比較にならぬ狭衣の優位性が示されている箇所と言えよう。しかし一方で兄僧は、狭衣が与えた衣を拒絶する存在でもあった。

巻二巻末、紙衣と麻袈裟のみを身につける兄僧をあわれに思った狭衣は、防寒の具として、また再会するまでの「形見」（①三〇四～三〇五）として、自身の着ていた「白き御衣」（①三〇四）を兄僧へ与えた(33)。しかし兄僧は、巻三巻頭において飛鳥井の君の危篤の報を受け狭衣の前から姿を消した際、例の衣を明かり障子に掛け残したままであった。狭衣の与えた衣は、山野で厳しい修行の日々を送る兄僧には分不相応の衣であり、不似合いなものである。したがって、これを受け取らなかったのは当然とも言える。しかし、狭衣が兄僧に衣を贈与し、これを兄僧が拒絶したことを物語がことさらに語りとることは注目される(34)。

この小さな挿話は、狭衣が聖たちの時空から排除されたことを示唆しているのではないか。毅然として狭衣の衣を拒否する兄僧が形象されたことは、狭衣の生きる世界とは異なる論理によって成り立つ別の世界がしたたかに存在することを伝えていよう。狭衣はそうした時空を憧憬し渇望しつつも、そこから拒絶される存在なのであり、彼を取り巻く世界の中に佇むしかない存在なのである。この狭衣の生きる迷妄の不条理な時空の形成に、『狭衣物語』の世界の一特質を見出しておきたい。

注

（1）当該の普賢菩薩示現については、深沢徹「往還の構図もしくは『狭衣物語』の論理構造（上）・（下）——陰画《ネガ》としての『無名草子』論——」（『文芸と批評』一九七九年一二月・一九八〇年五月。のち、王朝物語研究会編『研究講座狭衣物語の視界』新典社　再録）が「出離の確約」とし、鈴木泰恵「粉河詣で——「この世」への道筋」（『狭衣物語／批評』翰林書房　二〇〇七年。初出は一九八八年）がこれを追認し、「天稚御子事件のときに閉ざされた天界への道を再び開き、狭衣が兜率天に転生して、現世からの離脱を果たす可能性を指示している」と述べている。稿者もかつて「『狭衣物語』粉河詣で場面の仕掛け——仏教引用とそのずらし——」（王朝物語研究会編『論叢狭衣物語3——引用と想像力——』新典社　二〇〇二年）において、兜率天行きの長い道のりの出発点に立った狭衣の前途を守護するといった意味合いを読みとった。

（2）注（1）の前掲拙稿において、当該場面の「千手陀羅尼」及び「陀羅尼」について、『法華経』普賢菩薩観発品の内容との関わりを論じた。

（3）注（1）の鈴木前掲論文が、「〈粉河詣で〉とは、兜率天往生に向けて狭衣を現世から離脱させる可能性を指示する一方、「子の世」でもある新たな現世に狭衣を回帰させる可能性をも指示する旅であった」とし、狭衣は後者を選択したと述べている。

（4）日本古典文学大系本（岩波書店）も新潮日本古典集成本（新潮社）も、多少の文言の異同はあるものの、新編日本古典文学全集本とほぼ同内容の記述となっている。

（5）平林盛得『聖と説話の史的研究』（吉川弘文館　一九八一年）「序　視点と方法」。

（6）「聖」の概念や歴史的変遷については、『国史大辞典』（吉川弘文館）を参照。同書の「聖」の項目に、「平安時代の往生伝に数多くみられるように、寺院・教団を離れて山林に入って苦行したり、僧位僧官につかず民間に隠遁して念仏生活を送ったり、諸国を遊行したりする僧が聖・聖人・上人などとよばれたのは、奈良時代以降の民間仏教の伝統があったがゆえである。民間仏教の展開は多様な聖を輩出した。」とある。なお、石井正己「片目悪しき僧」の素性」（『時の扉（東京学芸大学大学院伝承文学研究レポート）』一五　二〇〇四年三月）が、兄僧について「柳田国男風に言えば、山野を漂泊する一目小僧ということになる」と指摘している。片目が不自由であるという兄僧の身体的特徴には少なからず留意されるものの、現時点ではその意味合いを論じ得なかった。今後の課題としたい。

（7）「木の上」の箇所は、大系本・集成本では「木の空洞（うつほ）」となっている。

（8）『大日本国法華経験記』の引用は、日本思想大系（岩波書店）に拠る。なお、本話は『今昔物語集』巻第十三・第四にも載る。
（9）和歌集の引用は、新編国歌大観（角川書店）に拠る。
（10）『源氏物語』の引用は、新編日本古典文学全集（小学館）に拠る。
（11）『今昔物語集』の引用は、新編日本古典文学全集（小学館）に拠る。
（12）大系本「師平中納言」、集成本「帥の平中納言」。
（13）林雅彦「性空上人説話攷――奇瑞・奇特譚を中心に――」（『穢土を厭ひて浄土へ参らむ――仏教文学論――』名著出版　一九九五年。初出は一九七四年）は、「性空上人伝」を「性空上人入寂前後のきわめて短期間に成立した」とし、「一乗妙行悉地菩薩性空上人伝」を「上人入寂後まもない期間に作られた」としている。
（14）性空上人説話については、注（13）の林前掲書、安田孝子「性空上人説話――『撰集抄』を中心として――」（『椙山国文学』七号　一九八三年三月）、同上「性空」（『国文学　解釈と鑑賞』一九八六年九月）他に詳しい。
（15）皮聖行円が貴顕に支持された具体的様相について、平林盛得「平安朝における一ひじりの考察――皮聖行円について――」（注（5）の平林前掲書所収。初出は一九六二年）が論述している。
（16）当該箇所、大系本は同文、集成本では「いみじく功入りたる声の尊きにて」となっている。着目する「功入りたる」という表現は、共通している。
（17）引用した『狭衣物語』や『今昔物語集』の例は、念仏の声を「功入る」と評した例としては古いものであろう。ちなみに『源氏物語』若紫巻では、長年の修練の感じられる念仏の声を「かれたる声の、いといたうすきひがめるも、あはれに功づきて、陀羅尼読みたり。」（①二一九～二二〇）と語りとっている。
（18）念仏の「声」の素晴らしさに特に注目した説話として、道命阿闍梨の話（『大日本国法華経験記』巻下・第八十六）他がある。
（19）大系本「紙衣のいと薄き一つ、真袈裟といふもの」、集成本「紙衣のいと薄きに、麻袈裟といふもの」。

(20)「性空上人伝」の引用は、群書類従（続群書類従完成会）に拠る。
(21)『今昔物語集』巻第十三・第十五の仁鏡をめぐる説話においても、「紙衣」への言及がある。
(22)『今昔物語集』巻第十三・第二十七の玄常をめぐる説話においても、「紙衣」への言及がある。
(23)『古本説話集』の引用は、新日本古典文学大系（岩波書店）に拠る。なお、『宇治拾遺物語』上・一〇一「信濃国聖事」もほぼ同文で、「紙衣」への言及がある。
(24) 平林盛得「花山法皇と性空上人――平安朝における一持経者の周辺――」（注（5）平林前掲書所収。初出は一九六二年）。
(25)『狭衣物語』の作者と目される宣旨の夫をめぐって、久下裕利「狭衣作者六条斎院宣旨略伝考」（『狭衣物語の人物と方法』新典社　一九九三年。初出は一九八〇年）が新しい伝記資料をも活用しながら従来説を検証している。結果、彼女ははじめ藤原高定と結婚し、のち離別して源隆国の妻となったと結論づけた。周知のように隆国は『宇治大納言物語』の編者と目されているので、夫を介して宣旨が説話世界へ親近した可能性もあるいは存するのかもしれない。
(26) 小峯和明「狭衣物語と法華経」（『国文学研究資料館紀要』一三号　一九八七年三月）が、「持経者としての狭衣像」に着目し論じている。
(27) 大系本・集成本ともにこまかい語句の異同は存するものの、狭衣の読経に修行者たちも涙を流して感じ入り、「普賢の光」が出現するという流れは共通している。
(28) 鈴木泰恵「『法華経』引用のパラドックス――物語の業」（『狭衣物語／批評』翰林書房。初出は一九九六年）が、兄僧の実際の役割について「粉河寺において示された狭衣の出家と、出家して生を終えた後に向かうはずの兜率天への道を阻むもので、仏敵提婆の罪深さとも通わざるをえないのだった」と指摘し、『狭衣物語』の時空を「『法華経』を引用しつつ『法華経』を突き放すパラドキシカルな時空で、人々を深く罪に繋いでいる」と解析している。
(29) 大系本・集成本ともにこまかい語句の異同は存するものの、亡き飛鳥井の君が狭衣の夢に現れて「暗きより」歌を詠じる点は共通している。なお、集成本では飛鳥井の君詠の第二句中の「惑ふ」が「迷ふ」となっている。

（30）諸注、和泉式部「暗きより」歌を注に掲げているものの、これを踏まえると明言しているわけではない。本稿は、後掲するように和泉式部歌を踏まえて当該場面が構成されていると解する。

（31）飛鳥井の君の「往生」をめぐり、注（28）の鈴木前掲論文が飛鳥井の君の遺児の処遇の問題が関係しているのではないかとし、「女君の魂は仏教の埒外にあって、あくまでも親子の煩悩に繋がれた罪深き魂のようだ」と述べている。この点のみならず、彼女のこうしたかたちの「往生」は、和泉式部が性空上人に求めた「救い」とは異なるあり方を示しているのではないか。この、飛鳥井の君の特異な「往生」の内実は、聖による一般的な救済のあり方をずらしたものとしても捉えられるのかもしれない。飛鳥井の君の「往生」をめぐっては、今後考察したい。

（32）「（略）御容貌の、月影に言ひ知らず清く見えたまふを、さる山伏の目にもめでたう、うちかしこまりて」（巻二①三〇二〜三〇三）とある。大系本は同文、集成本は「（略）御かたちの、言ひ知らずきよらに見えたまふを、さる山伏の目にもめでたくて、うちかしこまりて」（上二五三）となっている。

（33）大系本・集成本ともに記述が存する。続く衣の拒絶の記述も同様に存する。

（34）『狭衣物語』は「衣」が物語の叙述の要所に配された「衣」の物語である。「衣」が女君自身や狭衣と女君との関係、物語の展開を象徴・暗示する重要な役割を持つことは、すでに井上眞弓「楽の音とうた声が響く場」（『狭衣物語の語りと引用』笠間書院　二〇〇五年。初出は二〇〇一年）、土井達子「『狭衣物語』「衣」考――喩としての衣・形ある衣、「狭衣」の起点と行方――」（『岡大国文論稿』三〇号　二〇〇二年三月）が明らかにしている。こうした女君たちをめぐる関係のみならず、狭衣と兄僧との間柄を語る際にも「衣」をめぐる叙述が出現する点に注目しておきたい。

付記　本文として、新編日本古典文学全集『狭衣物語』（小学館）を使用した。また、本文引用箇所における日本古典文学大系本と新潮日本古典集成本の本文の状況については注において言及した。

〈斜行〉する狭衣の生——狭衣の内面と「世」のかかわりから

水野雄太

はじめに

『狭衣物語』は内面を語ることに傾斜した物語だ。[1] 源氏の宮へのひそかな恋心をはじめ、主人公狭衣の内面は人知れぬ思いで満たされ、物語はそうした内面を語ることによって展開されてゆく。物語の中心は紛れもなく狭衣であり、彼の内面こそが物語の核であった。

とはいえ、内面なるものが『狭衣物語』においてはじめて発見されたというわけではない。言うまでもなく、『狭衣物語』以前の物語文学でも作中人物の内面を語る場面が散見される。特に『源氏物語』では、長大な心内語によって心の動きが詳細に語られており、その内面描写の精彩には目を見張るものがある。しかし、それでもなお『狭衣物語』が内面の物語として特に大きな存在感を放っていることは、否定できない事実である。数多の物語文学が内面を語ってきたとはいえ、これほど内面に執着する物語は『狭衣物語』をおいてほかにない。

『狭衣物語』が、これほど内面の物語として印象深いのはなぜだろうか。こうした問いを立ててみるとき、『狭衣物語』において描きだされた内面が、執拗なまでに人知れぬものとして強調されていたことに思い至らざるをえない。『狭衣物語』の内面は、他者からは見えざるものとして再三強調され、それによって物語の核たりえた。狭衣の周囲に存在する人々は狭衣の見えざる内面によって戸惑い、ときにはとんでもない暴挙をはたらき、悲劇へと導かれてゆく。『狭衣物語』はアイロニーの文学と言われるが、[2]その中心にあるのは内面なる不可視の領域である。方法としての内面を駆使することにより、『狭衣物語』は知／非知のずれ＝アイロニーのドラマを描くことを可能とした。ただ内面を語るのみならず、その内面が方法とされてさまざまな展開が呼びこまれてくるところに、『狭衣物語』が内面の物語たるゆえんがあろう。

こうした性質上、『狭衣物語』ではただ内面を語るだけではなく、孤独な内面を抱える狭衣の周囲にうごめく他者たちの動向を、多く語ることとなった。『狭衣物語』は、ほかの後期王朝物語と比べて「世」の人々の言動を頻繁に語っている。[3]「世」の人々は狭衣の秘めたる内面を基本的には知りえないが、そうであるにもかかわらず彼を囲繞し、眼差している。そうした「世」の人々が存在するからこそ、狭衣の内面は人知れぬものとして独特の位置を占めてくることになる。[4]方法としての内面は、「世」とのせめぎ合いの中でこそ生きるものであった。言いかえれば、狭衣の内面は「世」の人々との関係性の中でこそ意味を持ちうるのである。

しかし、ここで注意が必要なのは、内面＝内部／「世」の人々＝外部という二項対立の図式は、『狭衣物語』においては決して安定したものではないということだ。鈴木泰恵が論じたように、狭衣の内面は基本的に人知れぬものとして強調されながらも、ときおり他者によって知られているかのように語られる。[5]また、本稿で詳しく論じてゆくように、狭衣の内面自体が他者の眼差しや言葉を通して構築されたり、人知れぬものであるがゆえに、暴力的に曲解されているさまが看取される。『狭衣物語』において、内面は必ずしも「世」から隔絶したものとは言い切れないのだ。『狭衣物語』の内面をめぐっては、「世」から隔絶されたものとして強調される一方で、「世」とのかかわりの中で描きだされる点に注意しなければならない。

狭衣の内面のこうしたありように、〈斜行〉性を見いだすことはさほど難しくない。「世」とのかかわりの中で描かれる狭衣の内面は、狭衣と「世」の人々の関係そのものが常に／すでにゆがみを伴う〈斜行〉的なものであること、またそうした関係性が、狭衣の生をさらにねじ曲げてしまう＝〈斜行〉させてしまうことを物語っているように思われる。以下、内面が「世」とのかかわりの中で曲解されるなどして、否応なく〈斜行〉した生を歩まされてしまう狭衣のありようを論じてゆく。

一　狭衣の定位と「世」

『狭衣物語』は冒頭直後から、狭衣の秘めたる恋を語っている。「いかにせん言はぬ色なる花なれば心の中を知る人もなし」（巻一　三〇）という狭衣の心内独詠が語られ、人知れぬ「心の中」を語る物語であることがあきらかにされる。

狭衣が苦悩しながらも恋心を秘めなければならない理由の一つに、「世の人聞き」（同）がある。源氏の宮との関係は兄妹として世間に知れており、そうであるがゆえに「世」の外聞がはばかられる。冒頭からすでにして狭衣をとりまく「世」のありようが示されており、『狭衣物語』が「世」との緊張関係のもとに狭衣の恋を描いていることが知られよう。

源氏の宮への恋心を語ったのち、物語は狭衣を主人公として定位させるべく、その素性を詳細に語りだす。堀川大殿一家の紹介に始まり、狭衣の秀麗な容姿が語られてゆくが、その中でまたも「世」の人々の言動がとり上げられる。

世中の人もうち見たてまつるは、あやしうこの世の物とも思ひ聞えさせ給はず、「これや、この世の末のた

めに現れさせ給へる、第十六の釈迦牟尼仏」とて、手をすり涙をこぼす多かり。（巻一　三三）

狭衣の父母をはじめとした「世」に生きる人々にとって、狭衣は「世の物」ならぬ天人や仏であった。「世」からのこうした逸脱性によって、狭衣は「世」の人々の視線にさらされることになる。「世」の人々は狭衣の内面などいざ知らず、彼を救世主として祭り上げているのだ。

右で見られたような「世」の人々の言葉は、物語の中心として狭衣が定位するにあたってきわめて重要な役割を担っている。「世」の人々は狭衣を仏として崇めているが、狭衣本人も「此世は仮初に世皆不牢固」（同　三四）とのみ思っているとされ、救世主を求める「世」の人々の欲望と、狭衣自身の言動とが完全に一致してしまっている。さらには語り手までもが「げに、世の人の言種におもひ聞えさせたるやうに、仏の現れさせ給へるにや」（同）といぶかしがってみせており、「世」に飛び交う声が狭衣の真実を突いている可能性が示唆されているのである。狭衣という主人公のなんたるかが、「世」の人々の言葉を通して語られてゆく語りの方法には、十分注意しておいてよい。

堀川大殿と大宮が「かくのみ世の中に言ひ賞でられ給を（略）いと余りゆゝしく危きものに思ひ聞えさせ給へり」（同　三六）と恐れているように、「世」の人々による手放しの賞賛は狭衣の「ゆゆし」き超俗的資質を強調し、「世」からの逸脱性を保証する。堀川大殿と大宮が「世」の声によって不安になるのは、「世」の人々が狭衣を賞賛すればするほど、狭衣が「世」から離脱すべき存在として位置づけられてしまうからだ。「世」から逸脱したものとして狭衣を祭り上げる「世」の言葉が、本当に狭衣を「世」の外部へと向かわせかねない、そうした恐ろしさがここにはある。

井上眞弓は、狭衣と「世」の人々との間にある「見る」「見られる」という相互の関係が、「①世人は狭衣を特別な人（超俗的属性による「仏の化身」などの呼称・境界人）という目で見ている。②狭衣は世人に見られている自分を意識する。さらに進んで、③狭衣は、世人に見られている自分を（あたかも鏡で自分を映し出すかのように）見る＝認識する。世人の思っている通りの自分として見せている。という形で展開されていることを指摘する。④狭衣は世人に自分を、(6)狭衣と「世」の人々のこうした関係性は、右で見たような語りの方法からも読みとれるのではないか。少なくとも語りのうえでは、狭衣の超俗的資質がア・プリオリに語りだされるわけではなく、「世」の人々の眼差しによって捉えられた狭衣の資質→狭衣自身による資質の自覚→語り手による追認という順になっていることに注意しておこう。狭衣が「この世の物」ではないという可能性、それは狭衣自身やその父母によって確信されていたものではなく、あくまでも「世」の人々の言葉によって拓かれてきたものとして語られるのである。

もちろん、狭衣は実際に天稚御子降下事件を引き起こすのであって、狭衣が本来的に「世」からの逸脱性を持っていたことは疑いようもない。が、そのとき帝が「世の人の言種に、天人の天降り給へると言ひ聞えたる、今宵ぞまことなりけり」（同　四七）と思っている通り、あくまでも天稚御子降下事件は「世の人」の噂を立証したかのように語られる。極論すれば、はじめに噂ありきというわけだ。狭衣の超俗的資質は、常に「世」の人々の言葉と関連づけられながら語られている。

天稚御子降下事件は、狭衣に「世」からの逸脱性を自覚せしめ、「世」から離脱する願望をあらためてかき立てる結果となった。が、そこでも狭衣は「げに殿の給ふやうに、この世には有り果つまじきにや」（同　五一）と考えているように、狭衣の「世」からの逸脱性は、あくまでも他者の言葉を通して規定されている。狭衣の超俗的資質を見抜いているのは、狭衣自身ではない。「世」に生きる他者こそが狭衣の資質を正確に捉えていたのであって、そうした他者のざわめきの中で、狭衣は自らの資質を自覚せしめられるのだ。言ってみれば、狭衣の自身に対する認識は、常に／すでに「世」の人々の言葉によって〈斜行〉させられているということである。その先にある天稚御子降下事件は、「世」に生きる他者の欲望が事件を通して現実化し、その欲望に沿って狭衣に自らの資質を自覚せしめる、そうした契機となっていると言えよう。

が、狭衣が超俗的資質を自覚したとしても、彼が「世」からの離脱を許されることなどない。天稚御子降下事件の際、激しく動揺する堀川大殿の様子が「昇りはて給はば、世は乱れはてぬるなんめりと見えたる御けしきどもなるべし」（同　四八）と語られているように、狭衣が「世」から本当に離脱した場合、「世」は間違いなく崩壊してしまうのだ。「世」の人々が求めているのは、狭衣が超俗的な資質を持ちながらも、「世」の中で生きてゆくことであった。狭衣の超俗的資質を立証した天稚御子降下事件ののち、「世」のありようは次のように語られている。

その頃の言ぐさには、たゞ此事を言ひのゝしる。朝廷にも、日記の御唐櫃あけさせ給ひて、天稚御子のこと、中将の作り交し給へる文ども書き置かせ給へり。その夜、さぶらはざりける殿上人・上達部などは、口惜しきことにぞ言ひける。道の博士ども、高きもくれたるも、この文を見て涙流さぬなし。はかばかしうまねばぬ際の人々は、所々うち返しなどし、道大路行交ひの賤の男どもも、かた言うちまぜ、たゞ此日の事にはめで言ひけり。（巻一　五四）

天稚御子降下事件は「世」の噂となり、そこで交わされた漢詩は朝廷で記録されるに至った。それにつけても、事件を目撃できなかった貴族たちは悔しがり、文章博士は身分の上下を問わず漢詩に涙する。それどころか、漢詩などとは無縁なはずの「賤の男」までもが漢詩を口ずさみ、賞賛しているという。狭衣の「世」から逸脱した超俗的資質がまたたく間に「世」の話題となり、普段は「世」の周縁に位置していた人々にまで浸透してゆく。その結果、本来はまったく異なる生活圏に位置したはずの階層が同じように感動し、ある種の一体感を生みだしている。

このとき、「世」は狭衣の超俗的資質によって一つとなった。「世」から逸脱しているという狭衣の資質が、皮肉にも「世」を構造化するのに一役買ってしまったのである。(7)「世」の欲望によって「世」からの逸脱性が保証され、それでもなお「世」の中で生きることを強いられる、それが狭衣という男であった。狭衣の自己そのものが「世」に生きる他者の言葉によって形成されるのであり、狭衣の自己同一性がア・プリオリに存在するわけではないのだ。「世」から逸脱する狭衣の超俗的資質は、他者によって〈斜行〉せしめられたうえで具体性を帯び、そうであるがゆえに逆説的に「世」の中心へと定位され、「世」にあふれる欲望の渦に閉じこめられる。狭衣の生は常に「世」によって〈斜行〉させられ、それによって「世」の人々とのゆがんだ関係性の中に置かれ続けてしまうのである。

二　「心」の謎

前節で見たように、『狭衣物語』は「世」との関係を通して狭衣の生を規定してゆく。しかし同時に、狭衣が「世の人聞き」をはばかることで、ひそかな恋心を隠し持っていることも語られていた。狭衣の自己までも形成してしまう他者のざわめきの中で、狭衣は孤独に内面を肥え太らせる。

ところで、物語文学において内面を語るということは、それほど簡単なことではない。内面なるものが問題とされるとき、そこには必ず誰が語っているのかという問題が付随するからである。もちろん、近年の研究成果があきらかにしているように、内面まで語ってみせる融通無碍な語りは、古代の物語文学に人称の概念が存在しないことによって実現されている。(8)が、『狭衣物語』のように「心の中」が人知れぬものとして再三強調される物語にあっては、知られていないはずの「心の中」がなぜ語られているのかということが、どうしても疑問として浮上してしまう。

かかる問題は、『源氏物語』の語りにおいてすでに顕在化していた。

中宮、御目のとまるにつけて、春宮の女御のあながちに憎みたまふらんもあやしう、わがかう思ふも心憂しとぞ、みづから思しかへされける。

おほかたに花の姿を見ましかば露も心のおかれましやは

御心の中なりけむこと、いかで漏りにけん。

（①花宴　三五五）

右に見られる歌は、藤壺が心内で詠んだとされる独詠歌である。ここでは語り手が「御心の中なりけむこと、いかで漏りにけん」と述べることによって、内面と語りとの間にある矛盾が前景化されている。もちろん、語る主体の自在性が自明視されるに至った現在の『源氏物語』研究の水準において、右のような語り手の言葉を額面通り受けとる必要はない。語り手が見聞した事柄を語ったという建前で、あえてその建前との矛盾を強調し、それによってリアリティを担保する方法である(9)。が、そうであったとしても、そうした方法の前提となるのは、内面を語るということが本来矛盾をはらむものだという認識である。『源氏物語』は語り手の認識した事実譚だという建前を強く意識し、そうであるがゆえに右のような方法を駆使することができたのだ。

内面を秘匿されたものとして描けば描くほど、その内面を語る語りの機構が問題となってくる。人知れぬ内面を語っている以上、語る主体として想定されるのは一人称の語り手である。が、建前とはいえ語り手を必ず置かなければならない物語文学においては、三人称で語る主体がどうしても想定されてしまう。藤井貞和は一人称に見える叙述においても語り手の声は必ず重なっていることを主張し、一人称／三人称という区分にくわえて「物語人称」

＝「四人称」を立てる。[10]また、陣野英則は物語の中に実体的な語り手や一人称の語り手が存在しているように見える場合でも、それは「複数のレヴェルの話声が重なりあった『源氏物語』というテクストのなかの痕跡として、析出されるもの」であるとする。[11]結局のところ、いかに作中人物の心の声を語ろうとしても、そこには他者としての語り手の声が混入してしまうのだ。それが物語文学における語りの宿命であり、内面と語りをめぐるアポリアであった。

では、内面をことさらに人知れぬものとして語る『狭衣物語』では、いかなる語りの機構が用いられているのだろうか。『狭衣物語』の語りを俯瞰してみると、内面をあまりにも当然のように語るため、語る主体を実体的に想定するのは不可能である。三谷邦明が言うように、『狭衣物語』の語る主体は「べし」などを伴う推量表現でなくとも内面を語ることができ、全知的視点を持ちながらも基本的には狭衣に焦点化しているという、きわめて自在性の高い語り手である。[12]『狭衣物語』が内面を語る物語であるがゆえに、語りもそれに適した機構を有しているのだと言えよう。

しかし、こうした概括的な把握にとどまっていては、『狭衣物語』における語りの特質をあきらかにすることはできない。たしかに、『狭衣物語』の語り手は推量表現でなくとも内面を語ることができる。が、そうした性質を持っているはずの語り手が、ときおり推量表現を用いることによってあえて狭衣から距離をとり、相対化しながら語る場面が見られる。[13]そうした場面にこそ、内面と他者をめぐる重要な問題が隠されているのではあるまいか。

中将の君は、みなれ給ふまゝに、あはれさ増りつゝ、なをざりの事にはあらず、行末までちぎり語らひ給［べし］。さるは、御心にも、この事の、人に勝れめでたきなど、わざと思すべきにはあらねども、これや、げに宿世といふ物なら［ん］。あはれになん思ゆれば、待たるゝ夜な〳〵もなく、紛れ歩き給ふ。御供の人々は、「かゝる事はなかりつるものを」「いかばかりなるべき吉祥天女ならん」「さるは、いと物げなき御事の気色ぞすめる」、或は又、「仁和寺の威儀師かなにぞ、盗みたりけん娘か」「盗みたりけるものかな」とぞ、その折の事ども見たりし者どもは、各々言ひ合せて怪しみける。（巻一　七三）

飛鳥井女君に耽溺する狭衣について、語りの推測と世間での噂が語られる場面を引いた。ここでは語り手が「ちぎり語らひ給べし」と語っており、推量の助動詞によって語り手と狭衣の距離が強調されている。飛鳥井女君に夢中になる狭衣に対して、語り手は「わざと思すべきにはあらねども」といささか冷静であり、また「げに宿世とい ふ物ならん」というように、狭衣と飛鳥井女君の関係を外側から語っているかのような印象を与える。そしてその直後に、語り手は狭衣の恋をめぐる世間の噂を語ってゆく。ここでの語り手は、狭衣に焦点化して彼の内側から恋を語るというよりも、世間で噂する人々に近い視点から語っていよう。基本的には狭衣に焦点化する語り手だが、ときには「世」の人々と同じ視点に立ちながら語ってみせるのだ。

右の引用で語られた世間の反応からも読みとられるごとく、身分の懸隔をこえた飛鳥井女君との恋は、「世」の視線からは正確に捉えがたいものであった。だからこそ、語り手はあえて狭衣から距離をとり、彼の内面を他者としての眼差しからいぶかしがってみせる。

女君の有様の、「いでや、さらば、とて、やむべくも思えねば、いかにせまし。殿に候ふ人々のつらにて、局などしてや、あらせまし」と、「人知れず思ふあたりの聞き給はんに、戯れにも心とゞむる人ありとは聞かれたてまつらじ」とおぼす心深ければ、さもえある[まじ]。さらでは、さすがに、こゝかしこもてあつかひ給はんも、いかにぞや思されつゝ、「いま、をのづから我と知りなば、えいとはじ。かくろへぬべき所あらば、有様に従ひて」とおぼすなる[べし]。（巻一　九〇）

右の引用は、一見心内語と地の文の区別がつきにくく、助動詞の機能も断定しがたいように見える。「さもえあるまじ」の「まじ」が狭衣の心内による打消意志か、それとも語り手による打消推量なのか、判別しがたいのである。が、直前に「おぼす心深ければ」、また直後にも「ここかしこもてあつかひ給はんも」と敬語が用いられていることから、その間のみ心内語とする処理には違和感を禁じえない(14)。とすると、「さもえあるまじ」とは語り手による打消推量の表現であり、狭衣の飛鳥井女君に対する今後の処置を外側から予想していることになる。また、末部の「おぼすなるべし」は狭衣の思考を推し量る表現であり、語り手が狭衣からあえて距離を置いていることが確認されよう。

右で見られるような語りは、飛鳥井女君の筆跡にどことなく魅了される狭衣の姿に「思なしにや」（同　九七）といぶかしがる語り手のありようとも関連するだろう。飛鳥井女君と狭衣の恋、それは身分の懸隔を乗りこえなければならないゆえに、「世」の常識に照らせばきわめて異常なものであった。なぜ狭衣ほどの貴公子が、飛鳥井女君程度の女にこれほど耽溺しているのか、仮に「世」の人々が狭衣と飛鳥井女君の関係を知っていれば、不可解きわまりなかったはずだ。他者の眼差しからは理解不能な、そうした恋を語るにあたって、語り手は狭衣に焦点化せず、あえて距離をとりながら語ってみせる。他者からの眼差しを意識的に用いることで、その恋が「世」にも珍しきものであることを強調するのである。

このように、『狭衣物語』の語り手は物語内容に合わせて語り方を柔軟に変えている。狭衣の内面を人知れぬものとして語る際には狭衣に焦点化し、「世」に飛び交う眼差しから狭衣を捉えたい場合は推量表現を用いるというのが、『狭衣物語』における基本的な語りの方法である。語り手と内面の距離感を操作することで、他者と内面のかかわり方を巧妙に描きだしているというわけだ。

『狭衣物語』中で、かかる語りの方法が最も先鋭的に用いられているのは、おそらく巻二の物語である。巻二から、いくつか例を引いてみる。

大将は、出で給ても、さまぐ〵に思し続くるに、「かけても思ひ寄らず、とばかりも聞くだにも、むつかしう煩はしかりつる御あたり、いかにたどり寄りつる夢の浮橋」と、現の事とだに思されず、心からあさましう思ひ定めて、「心と世にあり経る道のしるべになしたらん」と思へば、猶口惜しかる[べし]。「いかなりける事のありけるにか」と、煩はしうて、「なを」などは、え言ひ出給はぬものから、日の暮るゝまゝに心は空にて、雲の果てに物思はしさも、まめやかにわりなければ、「いかにせまし。一方に、おもひしみにし事は、月日に添へて有難げになり行めれば。さりとても、いかゞはと思ひなをり行くべき心地せず。この御事は、よろづに目安かるべきと思はざりつるにはあらねど、今はいかゞ。かばかりにて、かたじけなき方も、心苦しさも、なべての様に思過してやみぬべき心もせねど、さりとて、今はとて、ゆくりなく定まり居んも、事の、いみじう口惜しう」おぼさるゝは、我ながら返々も心づきなかりける心のすさび、いとゞ物懲し給ふ[べし]。（巻二　一四〇）

「ひとかたこそは、かく思ひの外になり給はめ。かの底の水屑をだにあらましかば、侮らはしきわたくし物にて、常に見扱いて心を慰めましものを。言ふ甲斐なきわざかなや。いかなる様にても、世にありと聞かませば、物ねぢけたりとも、いかゞはせんとも思えぬべきわざにこそありけるを。たゞうちほの見し目にも、心賢く思取ることは少なふ、たゞ懐しうらうたげに心苦しき様など、なべてならざりしかば、行末の身のならんやうも思ひ辿らず、後の世の罪の苦しさも思寄らず、暫しは、さても見つべかりし気色などを、心より外にひき別れて、袖にそよめくばかりにては聞かれじとのみ、思ひ取りて、我身一つにもあらず、形見をだに残さず、たゞこの人に残りなく見え馴れじと思ひ惑ひて、落ち入にけん心の程は、げに、はか〴〵しからざりけるにこそは」と、思ひ続くるも疎ましう、「心深かりけるかな」とは思えず、わがためは、あはれのみ深くまさりつゝ、「今は甲斐なく、いとかくしも思はじ」と、心強く忍び給へど、恋しきにや忘れ侘びぬらん。（巻二　一八五）

右の諸例では、狭衣の「心の中」を自由に見通すことができるはずの語り手が、あえて推量表現を用いて狭衣の心情を語っている。作為的に推量表現を用いることで、語り手は狭衣の「心」から巧みに距離を置いてみせるのだ。かかる語りの方法は、巻二の物語内容と密接にかかわっている。うかつにも女二の宮と逢瀬を交わした狭衣だが、源氏の宮への思慕ゆえに、女二の宮との関係をひた隠しにする。その結果、女二の宮は狭衣を疎み、果てには出家してしまう。また、女二の宮の母大宮は娘の相手が狭衣だと知らないがゆえに絶望し、女二の宮の子を大宮自身と嵯峨院の間に設けた子だと偽って出産させる。

こうした展開の中で問題とされているのは、ほかでもない狭衣の「心」である。自ら女二の宮と契りを交わし、その後も関係を続けているにもかかわらず、なぜか表立って通おうとはしない。その裏には源氏の宮へのひそかな恋情が隠されているのだが、それを知らない作中人物たちから見れば、狭衣の行動は不可解でしかない。そんな狭衣の行動に、中納言の典侍は「怪しう、心得ぬ御心かな」（同　一五二）と不審の念を抱く。狭衣の源氏の宮に対する恋情を誰も知りえないがゆえに、作中人物たちは狭衣の不可解な「心」に戸惑わざるをえない。いや、狭衣の周囲の人々のみならず、もはや狭衣自身でさえも、自らの「心」を捉え損ねている。女二の宮と契りを交わした際に、狭衣の内面が詳しく語られる場面を次に引く。

一重の御衣もいたく綻びてあらはに、おかしげなる御手あたり・御身なり・肌つき、「ことはり過ぎて、ならべつべし」と、上の御覧ぜられけん我が身も、いと心劣りせらるゝにも、かの、室の八島の煙焚きそめし折の、御腕思ひ出でられて、「こはいかにしつるぞ。もし気色見る人もありて召し寄せられなば、年比の思ひは、かた〴〵にいたづらにてやみぬべきか。あるまじき事とは深く思ひながらも、我も世の常に思ひ定めて、よそのものに見なしたてまつりてはやまじ。春宮などに参り給はんまでは、我心ながらも、ありか定めでこそ、山のあなたへも入らめ。かばかり心苦しき御有様を見たてまつりそめては、見えぬ山路へもとは、おぼえずもやならんとすらん。比御心にも、人知れず思し嘆かれんさま」などおぼすに、味気なく涙落ちぬべくて、心強く思しのかるれど、後瀬の山も知りがたう、美しき御有様の近まさりに、いかゞ思しなり給けん。（巻二　一三〇）

狭衣は女二の宮の美しさに魅了されながらも、やはり源氏の宮を思い起こさずにはいられない。もし女二の宮との関係が人に知られ、正式に女二の宮と結婚しなければならなくなったら、源氏の宮への恋情は断ち切らなければならない。私も世間並みに身を固めて、源氏の宮を自らと無縁のものと見なしておわるようなことはしまい、源氏の宮が春宮のもとに召されるまでは、自分の居場所を定めないでいて、そののち出家しよう……狭衣は自らの「心」を、（打消）意志の助動詞をもって定めようとする。しかしその直後には、女二の宮のこれほどいじらしい様子を見てしまったからには、自分の心としても出家しようなどとは思えなくなってしまうのではなかろうか……と、揺らぎかねない自らの「心」を推量している。ここで用いられた（打消）意志／推量の助動詞は、狭衣自身の「心」でありながら、狭衣の意志から逸脱しかねない、そうした不安定な内面をかたどっていよう。

そして、最後に語り手は「けむ（ん）」を用いながら、女二の宮の美しさを前にした狭衣の「心」が、いかなる思考へと落ちついたのだろうかといぶかしがってみせる。狭衣自身にとっても統御しえない不可思議な「心」を、あえて推量表現で語ってみせる語り手。そうすることによって、狭衣の不可解な「心」が語り手や読者にとっても不可解なものとして表象されているのだ。

さらに、女二の宮との逢瀬がおわった際にも、狭衣は自らの「心」を不審なものとして捉えている。

やをら立ち出づるをも、うしろめたうわりなき御有様なれば、「など、かく思ひ遣りなく怪しき心なるらん」と、いと我ながら身も恨めしきに、槙の戸の思ひかけず心安かりしも、夜べは嬉しかりしも、いとゞかく思ふ事添ひて出で給ふ我が御心の、猶恨めしければ、押し閉て給ふとて、

悔しくもあけてけるかな槙の戸をやすらひにこそあるべかりけれ

とまで思されけり。（巻二　一三二）

右で狭衣は、女二の宮と逢瀬を交わしてしまったことを後悔し、自身の「心」を「思ひ遣りなく怪しき心」と認識している。開いていた妻戸からやすやすと中に入ってしまったものの、もの思いを抱いて出てゆく今となっては、自身の「心」がことごとく恨めしい。後悔すればするほど、過去の「心」の動きが不可解なものとして捉えかえされるのである。

前節で、狭衣の認識自体が「世」の人々によって〈斜行〉せしめられていることを確認したが、その一方で、狭衣の内面は他者から隔絶したものとして強調されてもいる。他者と内面のせめぎ合いを描くにあたって前提となるのは、内面が他者から隔絶していることだからである。が、そうした前提を突き詰めてゆくと、内面は誰にとっても不可解なものとして立ち上がってくる。奥深く秘匿された内面には、「世」の人々はおろか、狭衣に焦点化できるはずの語り手も、あるいは狭衣自身でさえも立ち入ることができない。

ここにあるのは、「心」という謎めいたものに向けた問いである。狭衣の「心」は狭衣自身のものであるかのように見えて、実のところそうではない。狭衣の「心」は他者から〈斜行〉させられてしまうこともあれば、狭衣自身がその無軌道さに振り回されてしまうこともあるという、複雑きわまりないものなのだ。そうした「心」を持っ

ているがゆえに、狭衣は〈斜行〉した生を歩まざるをえない。

三　噂の猛威

狭衣の内面は他者から隔絶したものとして位置づけられる一方で、他者から曲解され、蹂躙されてしまうものでもある。『狭衣物語』は、狭衣の内面を無視したまま突き進む「世」の暴力的な力をも物語っている。それが狭衣と一品の宮の間に流れた噂である。[15] 飛鳥井女君との間にできた遺児が一品の宮に引きとられていると知った狭衣は、一品の宮のもとに忍びこむ。そこを一品の宮に懸想していた権大納言に見とがめられ、それが発端となって狭衣と一品の宮との間に噂が立ち、結局二人は結婚することになってしまう。

狭衣と一品の宮の間に立った噂は、きわめて暴力的である。権大納言はたしかに狭衣が一品の宮のもとに忍びこんだのを目撃したが、狭衣の目的は一品の宮ではなく飛鳥井女君の遺児であった。にもかかわらず、噂が立つや否や、経緯の実際など関係ないところで狭衣と一品の宮の関係は事実と化してしまうのだ。もちろん、作中人物の中にも狭衣と一品の宮の間に関係があったか否か、半信半疑の者はいる。権大納言から狭衣が忍びこんだことを聞いた中納言の君は、母の内侍の乳母にそのことを告げるが、内侍の乳母は「少将の命婦の局になん、時々寄り給とぞあなりしを、人の言ひなすらん」（巻三　二五九）と意外にも冷静であった。また、一品の宮の母女院も「いかなる心にて、かく濡衣にもなしたらん」（同　二六一）と、狭衣と一品の宮の関係が濡れ衣でしかないことを知っていた。にもかかわらず、噂は暴力的に広がってゆき、狭衣と一品の宮の関係を事実であったかのように捏造してしまう。狭衣の父堀川大殿にしても、長年狭衣が独身でいることに日ごろから頭を悩ませていたとあって、噂に飛びつき早急に結婚させることを決める。「なき事にてもある事にても、かばかりの人に名を立てたてまつりて、音もせでやみなんは、いとゞ不便のことなり」（同　二六三）という堀川大殿の言葉には、もはや噂の真偽など重要ではないとする認識が明かされていよう。

　こうした暴力的な噂について、神田龍身は「この噂は噂であるにもかかわらず、噂の言葉の誇張されたパロディ」にすぎないとし、「実際の噂がこのようなものであろうはずもない」と評している。[16] が、安藤徹が「うわさ（流言）を、真／偽のコードによって定義づけたり分析することはできず、信／不信のコードで考えなければならない」と指摘しているように、噂は本来的に真偽とは別の座標軸によって分析されるべきものである。[17] ここで問題とすべきは、事実を捏造する噂の機能がかように発揮されるほど、なぜ人々がその噂を信じたのかということだ。「世」の人々がこれほどまでに噂を信じ（ようとし）たのはなぜなのか。それは、狭衣の内面があまりにも秘匿されているがゆえなのである。「世」の人々は、狭衣に関する情報が常に不足しているからこそ、噂という情報にすがりついたのだ。

　一品の宮の御事は、八月十日比の程と定まりぬ。さばかりの御中におぼしいそがせ給へば、世の中ゆすりて、あらまほしき御事に世の人さへ思ひたり。「かゝる御事により、かく、今まで怪しかりつる御独り住みなり」など、疎きも親しきも思ひ合せ、つき〴〵しう言ひなしける。（巻二　二六七）

右のように、人々は狭衣と一品の宮が深い仲にあったという噂を信じることで、今まで抱いてきた疑問に一つの答えを得たのである。狭衣がなぜ女との交流に積極的になれず、今まで独身を貫いてきたのか。言うまでもなく、それは源氏の宮への秘めたる恋ゆえである。が、作中でその事実を知る人物はごく少数にかぎられている。そうした状況に置かれているからこそ、「世」の人々は情報不足による空白を埋めるべく、根も葉もない噂を信じこむのである。狭衣の父堀川大殿は「年頃も、この御事を思して、いとひがぐしきさまにて、思し離るゝ事もあるなりけり」（同　二六二）と、狭衣が女二の宮降嫁に積極的でなかったのは一品の宮との関係があったからなのだと納得したという。狭衣が女二の宮との関係を公にしないことで、彼の不可解な「心」に疑念を抱いていた中納言の典侍も、「げに、か、る事の侍るべければ、過ぎにし方は、心くるしき事はいと侍るこそ」（同　二六八）と言っている。狭衣の内面が人知れぬものであったからこそ、そこで発生する情報不足を埋めてくれるものとして、噂が価値を持つことになるというわけだ。

ここで語られている噂を、神田は「実際の噂がこのようなものであろうはずもない」と評していたが、むしろこの噂、本物の噂以上に噂らしい噂なのではなかろうか。たしかにこの噂は、実際のできごととはまったく無関係なところで事実を捏造してしまっており、その意味できわめて暴力的である。が、あらぬできごとを事実化してしまう機能は、いかなる噂にも大なり小なり備わっているものだ。(18)『狭衣物語』の噂が暴力的に見えるのは、この事実化機能が極端に誇張されているからである。本来備わっている特徴的な機能が極度に拡大された、本物の噂以上に噂らしく描かれた噂がここにある。

事実化機能に特化した噂の前では、他者から隠された内面など問題にならない。むしろ、内面が他者から隠され、情報不足状態が深刻化すればするほどに、噂は事実化機能によって暴力的に空白を埋め、「世」の人々の満足を生むことになる。内面を知らない他者が、そうであるがゆえに狭衣を蹂躙してしまう、そうした構図のもとに、ここでの噂は描きだされているのである。よって、この噂によってもたらされた狭衣と一品の宮の愛なき結婚は、もとをたどれば他者と内面の隔絶が引き起こした悲劇だということになる。内面を他者から隔絶した領域として強調したとしても、他者の眼差しや言葉によって〈斜行〉させられてしまう狭衣の生のありようを、ここにも見いだすことができる。

四　狭衣の即位と「世」

ここまで見てきたように、『狭衣物語』は狭衣の生を「世」の思惑とのかかわりから描いてきた。狭衣は内面を自らの奥底に抱えながらも、常に「世」の思惑の中で生きるしかない。そうした生のありようから逃げだそうとするかのように、狭衣は巻三の末においてついに出家を決意し、誰にも告げず「世」を離脱しようとする。しかし、結局そのもくろみも巻四の冒頭で賀茂の神によって暴かれてしまい、父堀川大殿に引きとめられてしまう。いかに狭衣が強い決意をもって「世」からの離脱を実行せんとしても、彼が「世」の中を離れることはついにないのである。

こうした展開に象徴的なように、『狭衣物語』の最終巻にあたる巻四では、狭衣がいかにして「世」の中に埋没せしめられてゆくかが語られる。出家の頓挫を語るところから始まり、巻四は狭衣が「世」に最も深く絡めとられる事態、すなわち狭衣の即位を語ってゆくのである。

狭衣即位に至るまでの過程を詳しく見ておこう。

その頃、世中いと騒がしうて、内裏・大路にゆゝしきもの多う、やんごとなき人もあまた亡うなりなどし給へば、あはれにはかなきことを誰も思すに、帝も、何となう例ならず思されて、心得ぬさまの夢、騒がしう見えさせ給へば、「我世の尽きぬるにや」と心細うならせ給にも、次のおはしまさぬことを、いかでか口惜しう思さざらん。（巻四　四二二）

右の記述から、物語は狭衣即位への道筋を語り始める。内裏や大路に多くの死体が転がっているという「世」の惨状が語られ、その「世」を治めていた帝も「我世の尽きぬるにや」と不安を隠すことができない。こうした「世」の騒ぎは収まることを知らず、次に引く記述においてはさらに悪化していることが見てとれる。

夏深うなるまゝに、世の騒がしさもいやまさりにて、高きも賤しきも、残る人少なげになり行きつゝ、月・日・天・星のけしき、雲のたゝずまゐも静かならず、心あはたゞしきさまに、帝も、いとゞ悩ましうのみなりまさらせ給へば、「なほ、わが世は尽きぬるなめり」と思し召して、昔の一条院に、降り居させ給べきになりぬ。（巻四　四二四）

これらの引用の中でくりかえされている、帝の「我世」という言葉に注目したい。帝の「我世」が治世と命のいずれを意味しているのか、確定することは難しい。「世」の荒廃から治世の終焉が意識されたとも、あるいは体調不良によって帝が自身の死を意識したとも読める。[19] もとより、「世」という語は多くの意味を未分化に内包した多義語であり、特に帝の場合は、命が尽きることはすなわち治世のおわりを意味する。[20] いずれにせよ右の引用では、「世」の語によって帝の生と治世とが一体のものとして描かれながら、新たなる「世」への変化が語りだされようとしているのである。

こうした状況の中で、次代の帝としてふさわしいのは誰かが問題となってくる。その問題を解決するうえで決定的な役割を果たしたのが、天照神の託宣であった。

天照神の御けはひ、いちじるく現れ出給て、常の御けはひにも変りて、さだ〳〵とのたまはする事どもありけり。「大将は顔かたち、身の才よりはじめ、この世には過ぎて、たゞ人にてある、かたじけなき宿世・有様なめるを、おほやけの知り給はであれば、世は悪しきなり。若宮はその御次々にて、行末をこそ。親をたゞ人にて、帝に居給はんことはあるまじきことなり。さては、おほやけの御ためにいと悪しかりなん。やがて、一度に位を譲り給ては、御命も長くなり給なん。このよしを、夢の中にもたび〳〵知らせたてまつれど、御心得給はぬにや」などやうに、さだ〳〵との給はすること多かりけれど、あまりうたてあれば漏らしつ。（巻四　四二五）

天照神によると、「世」が荒れている原因は、狭衣が比類なき美質を有しているにもかかわらず、それを帝が自覚しないままに「たゞ人」として扱っていることにあるという。「世」の乱れを治めるには、狭衣が帝になるしかないと、天照神は言っているのだ。(21)ここにおいて、狭衣の生は「世」の中に埋没してゆくことが決定された。「世」の平穏を保つべく、「世」の中心となって生きねばならないという運命が、天照神の託宣によって狭衣に課されたのである。

帝にとっての「世」が、自身の命のみならず治世そのものをも指すということは、すでに述べた通りである。狭衣が帝になるということは、彼の生がそのまま「世」と不可分のものとして規定されることを意味する。「世」からの離脱をくりかえし望んだ狭衣であったが、帝になってしまった以上、狭衣の生は「世」と一体化してしまう。狭衣と「世」の緊張関係をたびたび語ってきた『狭衣物語』は、その果てに狭衣の生が「世」そのものと同化する事態を語ってみせたのである。

「世に珍しかるべき事に天の下言ひ古しつれど」（同　四三〇）と語られるように、狭衣の即位は「世」の人々に驚きをもって受けとめられ、噂を喚起している。この記述を皮切りに、狭衣が即位した以降の物語ではたびたび「世」の人々の言動が語られるようになる。

世中の人は知らねば、たゞこれを始めたる事と思ふに、「いみじうとも、若宮の御思えは、今はいかにぞ」「坊に居給はん事も、さはいふとも、まことの当帝の今上一の宮をば、えをし聞え給はじ」など、まだしきに聞きにくゝ定め聞えさするを、嵯峨の院には、「げに、いかゞ」と聞かせ給ぞ、をこがましきや。この宮の御愛しさのなのめならんにてだに、うち〳〵の事知らせ給はぬ御心どもには、げに行末も思おとし聞えさせ給難げなる御気色どもなり。たゞ大宮・院などの御膝の上に、とりかへ〳〵扱ひ聞えさせ給さま、「げに、世の人の物言ひも叶ひぬべきにや」と見えたり。（巻四　四三九）

狭衣と藤壺女御の間に男児が設けられ、「世」の人々は嵯峨院の若宮への寵愛が薄れるのではないかと危惧する。もちろん、嵯峨院の若宮として認知されているのは、実は狭衣と女二の宮の間に設けられた子である。よって、「世」の人々の考えは杞憂にすぎないということになるが、藤壺女御の子が狭衣の第一子だと勘違いされているがゆえに、藤壺女御の子に堀川大殿・大宮の寵愛が集中し、結果「世」の人々が言う通りになりそうだとされている。「世」の中にあふれかえる的はずれな言葉は、真実を知る狭衣をよそに、「世」の進むべき道を指し示してしまうのだ。

ただし、物語の最後には、多くの「世」の人々が狭衣の真実にたどりついている。狭衣が「世」と不可分な存在となったことで、今まで知られていなかった真実が次々と「世」に知れわたることになる。嵯峨院の若宮が狭衣の実子だったという真実も、「忍びてありつる御文参らせ給を、かゝることもほの〴〵聞え出でて、うちさゝめき怪しがる人多くなりにたるに」（同　四四九）と、最終的には「世」の噂となって流布している。飛鳥井女君の遺児が狭衣の実子だったということも、裳着が行われることによって「世」に知れわたった。狭衣の内面が「世」から隔絶されているがゆえに秘密となっていた数多の事柄が、狭衣が「世」の中心に定位されたことによって、噂として次々に「世」の中へと流れだしてゆく。物語はさまざまな秘密の融解を語ることで、狭衣の内面と「世」との間にあった懸隔が失われ、狭衣が「世」の中に絡めとられたことを物語っているのである。

「世」とのかかわりの中で散々〈斜行〉を強いられてきたはずの狭衣の生が、そこになにもゆがみがなかったかのように「世」と一体化してしまう事態として、狭衣の即位は位置づけられよう。もちろん、それでも狭衣は内面で嘆き続けるのであって、最後まで狭衣の生の〈斜行〉が修正されることはついにない。〈斜行〉した生をいまだ歩み続けているにもかかわらず、その生がまるで「世」そのものと一体化したかのように位置づけられてしまうという点にこそ、狭衣の悲劇的なありようを読みとるべきであろう。

『狭衣物語』は、「世とともに、物をのみ思して過ぎぬるこそ、いかなりける前の世の契りにかと見え給ふめれ」という言葉で物語の内容を締めくくる。「世とともに」は「つねづね。絶えず。終始。」という意味を持つ慣用句であり、[22] そこにどれほど「世」そのものの語義が残っているかはわからない。が、いかなる「世」に生きていたとしても、狭衣が絶えずもの思いに悩まされるということはたしかだ。物語の最後に、狭衣は女二の宮のもとを訪れ、「後世もいたづらとかやになし侍らんこそいみじけれ」（同　四六五）と訴えていたが、前世、現世、後世、そのいずれにおいても狭衣が救済されることはついにない。そこに「世」、すなわち狭衣の生そのものが、あるいはその生を囲繞する関係性の網や共同体があるかぎり、狭衣は〈斜行〉を余儀なくされ、嘆きを重ね続けてゆく。『狭衣物語』は「世」に生きることの悲劇性を、狭衣と／の「世」によって描いた物語であったのだ。

おわりに

以上、内面と「世」のかかわりから、〈斜行〉した生を歩む狭衣のありようを論じた。

それにしても、「世」と内面のかかわりにこれほどまでに興味を抱く『狭衣物語』とは、いったいなんなのか。『狭衣物語』が物語史にあらわれるに至るまでの階梯は、いかなるものなのか。この問題を解き明かす鍵は、やはり『源氏物語』にあるように思われる。『源氏物語』が『狭衣物語』に与えた影響は測り知れないが、特に『源氏物語』第三部は狭衣の造型をはじめとして、あまりにも大きな影響を『狭衣物語』におよぼした。本稿で注目してきた内面と「世」のかかわりもまた、『源氏物語』第三部ののちに生み落とされた物語であったからこそ、『狭衣物語』の中核をなす要素として採用されたのではなかろうか。

『源氏物語』がその終末部で描きだした世界、それは「ものの聞こえ隠れなき世の中」（⑥蜻蛉　二一三）であった。蜻蛉巻において、浮舟失踪という奇怪な事件を「世」の目から隠すべく、女房の右近と侍従は奔走する。しかし、そうした努力も「ものの聞こえ隠れなき世の中」においてはむなしいものでしかなかった。蜻蛉巻の後半では、明石の中宮に仕える大納言の君という上臈の女房が、「いとあやしきことをこそ聞きはべりしか」（同　二五七）と言いながら、浮舟は入水したらしいと話している。浮舟失踪の情報は、宇治の邸の下童が小宰相の君という女房の実家を訪れた際にもたらされたものらしく、そこから大納言の君が知るに至ったとされている。大納言の君が「人に聞かせじ、おどろおどろしくおぞきやうなりとて、いみじく隠しけることどもとや」（同　二五八）と推測している通り、宇治の人々は浮舟の失踪を秘匿しようと必死であった。にもかかわらず、その情報はふとしたきっかけによって聞き伝えられ、都の中心に位置する明石の中宮のもとにまで届いてしまう。「世」には関係性の網が張りめぐらされており、情報は必ず漏れだしてしまうのだ[23]。

手習巻や夢浮橋巻においても、やはり「世」の中で情報が飛び交っている。浮舟は入水に失敗し、小野に身を隠すことに成功するが、それでも浮舟に関する情報は流れ続ける。蜻蛉巻において、浮舟は死んだものとして処理されていた。が、浮舟を出家させた横川の僧都が、都で女一の宮の夜居を勤めた際、浮舟を山中で発見し、最終的に出家させたことを語ってしまう。事情を知らぬ人々にとっては単なる怪奇譚にすぎなかったが、その話を聞いた人々の中には明石の中宮や小宰相の君がいた。僧都の話から事情を察した明石の中宮は、小宰相の君に命じて薫に浮舟生存の旨を伝えさせ、それによって薫は浮舟の生存を悟る。続く夢浮橋巻では、薫が横川の僧都を頼って浮舟との再会を望み、その結果浮舟は追いつめられてゆく。かかる展開にあきらかなように、浮舟がいかに「世」を離脱しようとしても、「世」の中の網の目は彼女を捉えて決して離さないのである。

噂が隠れていたはずのものをことごとく白日のもとにさらけだしてしまう、それが『源氏物語』第三部である。人と人とが執拗なまでにつながり合い、森羅万象ことごとくの情報が飛び交い、接続し合う「接続過剰」な世界、それこそが『源氏物語』第三部の果てに描きだされたものであったのだ。(24)

『源氏物語』第三部のこうしたありようを引き継ぐことで、『狭衣物語』が生みだされたのではないか。「世」に生きる人々は、「世」を支える中心たりうる人物を希求し、狭衣に熱い視線を注ぐ。そうした視線が集中すればするほど、内面という究極の内部が重たい意味を持つことになる。あらゆる情報が「世」の欲望のままに消費される「接続過剰」な世界の中で、唯一隔絶された領域として内面が希求されてきたというわけだ。かくして内面に対する『狭衣物語』の執着が発生したのである。

とはいえ、本稿でも見てきたように、『狭衣物語』における内面が本当に究極の内部として機能しているかというと、どうも疑わしいと言わざるをえない。狭衣の内面は「世」の人々の眼差しや言葉によって〈斜行〉せしめられたものであったし、そもそも狭衣自身にとっても制御不能で不可思議なものとして描かれていた。『狭衣物語』は狭衣の内面を外部から隔絶したものとして位置づけようとしながらも、そこに他者からの眼差しや言葉が混入しているという可能性を示唆してしまうのだ。「世」の中から隔絶されたものとして内面を強調するという試みは、『狭衣物語』においては不徹底であると言わざるをえないところがある。

が、こうした不徹底なありようにこそ、『狭衣物語』の独特な態度を読みとるべきなのではあるまいか。狭衣の内面が「世」の人々によってゆがめられていること、あるいは鈴木が述べていたように、人知れぬはずの狭衣の内面が実は「世」の人々によって知られてしまっていること、[25]そうした可能性を示唆しながらも、『狭衣物語』はなお狭衣の内面を人知れぬものとして語り続けようとする。どこから狭衣の内面を知ったのかすら特定できないような、「接続過剰」な「世」の不気味な広がりを物語の背後に匂わせつつ、その中でなお内面を究極の内部として語ろうとする、それが『狭衣物語』のスタンスなのではないか。内面が「世」とのかかわりの中でしか成り立ちえないものであるからこそ、よりいっそう内面の隔絶性が希求されているといった塩梅なのである。

『源氏物語』第三部のように「世」の網目の中にすべてを絡めとらせておわるのでもなく、内面を究極の内部としてユートピア化するわけでもない。内面が「世」の眼差しや言葉から自由ではないことを十分に知りつつ、なお内面が人知れぬ領域としてある可能性を信じてみる、そうした微妙かつ危うい方向性を、『狭衣物語』の語りに見いだすことができるのではあるまいか。内面を究極の内部として位置づけることの不可能性を自覚しながら、それでも内面を「接続過剰」な「世」から隔絶された領域として位置づけたいという執着を示しているのが、『狭衣物語』における語りのありようなのだ。

こうした語りのありように、「接続過剰」な「世」に対する冷たい眼差し、あるいは「世」にとり巻かれることを不可避なこととして認識しながらも、なおそこから逃れ出る領域を模索する態度を読みとることもできよう。「接続過剰」な「世」に屈することを是とするわけでもなく、また内面に究極の内部を幻視して逃避することを是とするわけでもない、困難な第三の道＝〈斜行〉の探求に『狭衣物語』の可能性を見いだすことができないかと、今はそう考えている。[26]

注

（1）神田龍身「方法としての内面――後冷泉朝期長篇物語覚書――」（『物語文学、その解体――『源氏物語』「宇治十帖」以降――』有精堂　一九九二年）。

（2）三谷邦明「『狭衣物語』の方法――〈引用〉と〈アイロニー〉あるいは冒頭場面の分析――」（『物語文学の方法Ⅱ』有精堂　一九八九年）。

（3）井上眞弓「視線の呪縛」（『狭衣物語の語りと引用』笠間書院　二〇〇五年）。

（4）なお、井上眞弓「「世」「世の中」と狭衣の恋」（注3前掲書）は、『狭衣物語』における「世」「世の中」の用法に「男女の仲」を意味するものが際立って少なく、「政治的社会的見地による「世」」と「宗教的（仏教的）見地による「世」」が多いことを指摘する。この傾向の原因を一概に特定することは難しいが、内面という内部と「世」という外部のかかわりが『狭衣物語』の重要な方法となっていることとも関連するのではないか。

（5）鈴木泰恵「〈人知れぬ恋心〉のはずが……――カタリの迷宮『狭衣物語』――」（『日本文学』五七―九　二〇〇八年九月）。

（6）注3井上前掲論文。

（7）なお、「世」から逸脱しているものが「世」の中心として祭り上げられるという皮肉な構造は、『源氏物語』第三部ときわめて類似している。ここで述べている『源氏物語』第三部の構造については、拙稿「『源氏物語』第三部始動の論理――匂兵部卿巻における光源氏の残像・「世」・語り――」（『学芸古典文学』八　二〇一五年三月）、拙稿「蜻蛉巻に見る、『源氏物語』第三部の語る論理」（『物語研究』一五　二〇一五年三月）で詳しく論じている。

（8）人称と内面の問題については、高田祐彦「語りの自在性」（安藤宏ほか編『読解講義 日本文学の表現機構』岩波書店　二〇一四年三月）、安藤宏「人称」（同）などを参照。また、陣野英則「ナラトロジーのこれからと『源氏物語』――人称をめぐる課題を中心に――」（助川幸逸郎ほか編『新時代への源氏学 9 架橋する〈文学〉理論』竹林舎　二〇一六年）では、『源氏物語』の語りが人称概念では分析不可能であるとし、作中人物の対象化のゆるさという視座から考察を進めている。

（9）高田祐彦「語りの虚構性と和歌」（『源氏物語の文学史』東京大学出版会　二〇〇三年）。

（10）藤井貞和「物語人称」（『物語理論講義』東京大学出版会　二〇〇四年）。

（11）陣野英則「作中人物の話声と〈語り手〉――重なりあう話声の様相――」（『源氏物語の話声と表現世界』勉誠出版　二〇〇四年）。

（12）注2三谷前掲論文。なお、三谷は「狭衣物語の位相・「時世に従ふにや……」――狭衣物語の語り手あるいは影響の不安とイロニーの方法――」（狭衣物語研究会編『狭衣物語が拓く言語文化の世界』翰林書房　二〇〇八年）において、『狭衣物語』の特殊な語りを「〈狭衣に焦点を当てた背後霊的女房視点〉」と評している。『狭衣物語』の語りについては、注3井上前掲書所収の諸論なども参照。

（13）なお、推量表現に注目して『狭衣物語』における語りの特質について論じたものとして、鈴木泰恵「『狭衣物語』のちぐはぐな「語り」――飛鳥井物語における道成の「不知」をめぐって――」（『日本文学』六六―一　二〇一七年一月）がある。

（14）小学館新編全集では、「さもえあるまじ、さらでは、さすがに、ここかしこもて扱ひたまはんも、いかにぞや」の部分を狭衣の心内語と解しているが、現代語訳で「ここかしこもて扱ひたまはんも」の部分における敬語を無視しており、処理に疑問が残る。

（15）鈴木泰恵「〈声〉と王権――狭衣帝の条理」（『狭衣物語／批評』翰林書房　二〇〇七年）は、狭衣と一品の宮の間に立った噂をはじめとして、さまざまな〈声〉を力として認識する『狭衣物語』のありようを、王権についての観点から論じている。

（16）神田龍身「狭衣物語――物語文学への屍体愛＝モノローグの物語」（井上眞弓ほか編『狭衣物語　文の空間』翰林書房　二〇一四年）。

（17）安藤徹「物語と〈うわさ〉」（『源氏物語と物語社会』森話社　二〇〇六年）。

(18) 注17安藤前掲論文は、「そもそも、ある事実なり実体なりが直接の発生源となって〈うわさ〉が伝播するのではない」としたうえで、「ここでの問題は、〈うわさ〉が〈事実化〉装置でもあるという点にある。実体・事実と対立すると見なされる〈うわさ〉によって、しかし事実でないことまでもが事実化していくということが起こるのだ。(略)〈うわさ〉は事実・実体から離れ変容していきつつも、かえって〈事実性〉が付与される(あるいは新たな〈事実〉を作り出す)という、矛盾したようなありようをも示すのだ」(傍点は安藤による)と述べている。

(19) 「我世の尽きぬるにや」の部分について、岩波大系では「自分の寿命も終りになるのであろうか」と注しており、「我世」を帝の寿命として解している。一方、小学館新編全集では「ご自分の治世ももはやこれまでか」と訳されており、「我世」は治世の意味でとられている。

(20) 高木和子「物語の「世」について」(『源氏物語の思考』風間書房 二〇〇二年)は、「自己の人生を指す「世」という語が、同時に他者との関係をも指すことは、自己を取り巻く関係性こそがすなわち自己そのものだ」という発想に依拠していることを指摘し、そのうち「最もわかりやすいのは帝の場合であり、ある帝の生命と、帝の支配する時空やその内部の種々の関係性は、不可分に一体のものであった」と述べている。

(21) 注3井上前掲論文では、天照神の託宣における「おほやけ」は帝のことであるとともに、国を構成する世人の総体をも意味しており、そうした民意に依拠して「世」の騒ぎを治める人物が要求されていると述べられている。

(22) 『日本国語大辞典 第二版』(小学館)の「よと共(とも)」の項。

(23) 神田龍身『源氏物語＝性の迷宮へ』(講談社選書メチエ 二〇〇一年)は『源氏物語』の蜻蛉巻以降で浮舟に関する情報が飛び交っていることに注目し、「浮舟物語では、(略)まさにグロテスクなほどに、あることないこと一切合切が白日のもとに晒されてしまっている」と述べている。

(24) 「接続過剰」という用語は、千葉雅也『動きすぎてはいけない――ジル・ドゥルーズと生成変化の哲学』(河出書房新社 二〇一三年)から借用している。千葉は、インターネットやグローバル経済によって他者との関係が過剰化する「接続過剰」な現代社会において、哲学的な課題として「接続／切断の範囲を調整するリアリズム」の再検討が浮上していると説く。そのうえで、ジル・ドゥルーズの思想に「無間な接続過剰から、部分的な無関係へ、すなわち、有限な接続と切断へ」の可能性を読みとってゆく。「接続過剰」な世界の問題は、今日的な課題でもあるのだ。『狭衣物語』に描かれた「世」と狭衣の内面の動態性から、現代社会に対してなにを言いうるか。その用意はまだないが、『狭衣物語』と現代をつなぐ回路を模索するという意味において、あえて「接続過剰」というタームを用いておきたい。なお、『狭衣物語』における人間関係のネットワークについては、千野裕子「飛鳥井女君物語の〈文目〉をなす脇役たち」（注12前掲書）が詳しく論じている。

(25) 注5・注13鈴木前掲論文。

(26) こうした『狭衣物語』の特質は、注24千葉前掲書で説かれている「部分的な無関係」、「有限な接続と切断」への可能性を考えるうえでの手がかりとなるのではなかろうか。

付記　『狭衣物語』の本文は三谷栄一ほか校注『日本古典文学大系』（岩波書店）により、『源氏物語』の本文は阿部秋生ほか校注・訳『新編日本古典文学全集』（小学館）による。なお、旧字体を新字体に私にあらため、句読点や記号の位置を変えている箇所がある。

『狭衣物語』諸本を〈斜行〉する古歌――「あな恋し」歌の引用をめぐって

萩野敦子

はじめに

多くの和歌と歌ことばによって綾なされる『狭衣物語』を読み解くうえで、引歌への注目は不可欠である。一つの目安として久下裕利・横井孝・堀口悟の三氏による労作『平安後期物語引歌索引――狭衣・寝覚・浜松』（以下『後期物語引歌索引』とする）(1)を例に取れば、『狭衣物語』において何らかの典拠を持つ表現だと先行研究で認定されたのは五四九箇所に及ぶが(2)、これは同書に併載されている『夜の寝覚』の二三〇箇所、『浜松中納言物語』の一四二箇所をはるかに上回る数字である。また、これもあくまで目安にすぎないが、伊井春樹『源氏物語引歌索引』(3)で指摘されているのは二一〇八箇所である。さすがに膨大な数字だが、物語の分量や参照された注釈書の数がまったく異なることからすると、やはり『狭衣物語』の引歌表現の多さやそれに対する着目度の高さは『源氏物語』に勝るとも劣らない。

鈴木日出男の言を借りれば「和歌ならではの情理にもとづく独自の発想や言葉が媒介になって、言葉から言葉への連想がその基盤」となり、「人間の内なる心のあり方と、外界の自然の様態とが融通するようにもなり、斬新な想像力を発揮させ」(4)る引歌表現は、当然『狭衣物語』を読み解くうえでの鍵として機能することになる。また、そこで引かれた和歌が著名なものであればあるほど、その効果が大きいことは言うまでもない。

たとえば、ここに一冊の『狭衣物語』の現代注テキストがある。物語の冒頭から提示される恋に悩める主人公が、一つ屋根の下で育った美しい義妹に想いを寄せながら、しかしその想いを口に出せない葛藤が繰り返し語られる、その一節が、次のように現れる。

（a）いとど人知れぬ心のうちに思ひこがれたまふさま、いといとほしう、音無の滝とやつひになりたまはむと見ゆるを、さすがによう忍び紛らはしたまふほどに、

多少なりとも古典文学に親しんだ経験を持つ者であれば、これが

恋ひわびぬ音をだに泣かむ声たてていづこなるらむ音無の滝　（拾遺和歌集　恋二　七四九　読人不知）

を引用した表現であるらしいことに気づくのは難しくないだろう。『源氏物語』でも引用されているこの古歌を脳裏に響かせながら狭衣の苦しい胸のうちに思いを馳せ、主人公が置かれている情況をより実感できる、効果的な引歌だ――が、しかし、それと同じ感触を、恐らく現在最もよく読まれているであろう別の『狭衣物語』のテキストを手に取った読者は、味わうことができない。そこにはこう書かれているからである。

（b）人知れぬ物思ひはやる方なくなり増さりたまひて、玉とや遂にとのみ、立ち居に思さるるぞわりなかりける。いとかくやる方なき御心の中を世に忍び過したまへば、

引用符「と」があることから「玉とや遂に」にも何らかの典拠はありそうだし、「玉」は涙を思わせるとともに「魂」を容易に響かせるので、この本文からも切実な情を感じ取ることはできる。しかし、残念ながら現在知ることのできる範囲ではこの表現に適合する古典和歌を思い浮かべることができないため、表現世界の奥行きに思いを馳せることなく読み進めてしまいかねない。（a）は、いわゆる流布本系本文を底本とする『新潮日本古典集成』（以下『集成』とする）からの引用であり、（b）は、いわゆる非流布本系本文を底本とする『新編日本古典文学全集』

（以下『新全集』とする）からの引用であったが、二つの現代注テキストの、いずれで読むかにより生ずる違いは小さくない。

この点については、一千年近い『狭衣物語』の享受の歴史が抱え続けてきた問題として、物語の本文と真摯に向き合ってきた研究者たちにより夙に注意されてきた。とりわけ、「異本文学論」と名付けられた三谷栄一の研究[5]と「ヴァリアント」への着目を出発点として諸本の様態を具に検討してきた片岡利博の研究[6]が、後続の研究者に示唆してきたものは大きい。複雑な本文の異同を、書承ゆえに生じる物理的な現象として処理するのではなく、ヴァージョンを異にする物語を生成させる創造的な現象と見なしたこれらの研究は、〈狭衣物語（狭衣）〉として目の前にある一冊の物語を無批判に『狭衣物語』として読み解くことの危険性について注意を喚起すると同時に、諸本を生成した者たちの意図を追体験する面白さをも発信したといえる[7]。本稿はそれら先学が到達した領域を出るものではないが、一つの著名な和歌の引用が『狭衣物語』の理解において孕む問題を取り上げることにより、その危険性と面白さを稿者なりにたどってみたい。

その、著名な和歌とは、

あなこひし今も見てしか山がつのかきほにさける山となでしこ　（古今和歌集　恋一　六九五　読人不知）

である。『古今和歌集』のみならず『新撰和歌』『古今和歌六帖』にも採られ、周知のとおり『和泉式部日記』に歌ごと引用されるほか、藤原仲実の『綺語抄』、範兼の『和歌童蒙抄』、定家の『八代抄』といった歌学書やアンソロジーの類にも見え、平安時代から現代に至るまで「古歌」としての高い認知度を得ている和歌だといえよう。『後期物語引歌索引』はこの和歌を引用ないしは参考にした表現として『狭衣物語』から四箇所を紹介しているが、これは八箇所に及ぶ「よのうきめ見えぬ山ぢへいらむにはおもふ人こそほだしなりけれ」（古今和歌集　もののべのよしな）、五箇所とされる「みよしのの山のあなたにやどもがな世のうき時のかくれがにせむ」（古今和歌集　読人不知）および「物思へば沢の蛍も我が身よりあくがれいづる魂かとぞみる」（後拾遺和歌集　和泉式部）に次ぐ多さである。『後期物語引歌索引』以後に刊行された注釈書では、さらに二箇所にこの和歌が典拠として指摘されており、『狭衣物語』の表現世界において一定の影響力を持つ和歌であることはまちがいない。

なお、本稿における和歌の引用は基本的に『新編国歌大観（CD－ROM版）』に拠るが、歌意が伝わりやすいよう私に漢字等を宛てて表記する。当該歌については「あな恋し今も見てしか山賤の垣ほに咲ける大和撫子」と表記し「あな恋し」歌と呼ぶこととする。また『狭衣物語』諸注釈からの引用本文は、適宜歴史的仮名遣いを統一し旧漢字を新漢字に改めるなどの処理をした。

一　巻一における「あな恋し」歌の引用

『狭衣物語』の巻一で「あな恋し」歌の引用が見られるのは二箇所である。その第一は、物語起筆から間もない、主人公狭衣の性質や日常を紹介する記事に登場する。ともに流布本系本文を底本とする『日本古典全書』（以下『全書』とする）と『集成』から、その箇所を掲げてみる。

○さこそまめだち給へど、ただ牽き過ぎ給ふ道の便りにも、少し故づきたる山賤の垣ほの撫子はおのづから目とまらぬにしもあらぬ程に、野を懐かしみ旅寝し給ふわたりもあるにや。（全書・上　一九二）

○さこそまめだちたまへど、ただひき過ぎたまふ道のたよりにも、すこしゆゑづきたる山賤の垣ほの撫子はおのづから目とまらぬにしもあらぬほどに、野をなつかしみ旅寝したまふわたりもあるにや。（集成・上　一六）

『全書』『集成』がともに頭注で「あな恋し」歌に言及するのは妥当であろう。しかしこの箇所は、非流布本系本文を底本とする『日本古典文学大系』（以下『大系』とする）と『新全集』では次のような本文となり、「あな恋し」歌の痕跡が消えてしまうのである。

○さこそ、おぼし離れたれど、なほ、この悪世に生れ給にければにや、たゞ、引き寄せ給ふ道の便にも、たゞ、少し故づきたる、山賤の柴の庵は、おのづから目とゞめ給はぬにしもあるまじ。まして菫摘みには、野をなつかしみ、旅寝し給ふあたりもあるべし。（大系　三四〜五）

○さこそ思し離るれど、なほこの悪世に生れたまひにければ、ただ引き避きたまふ道の便りども、ただ少し故づきたる山賤の柴の庵に、おのづから目留めたまはぬしもあるまじ。まして菫摘みには野をなつかしみ、旅寝したまふ辺りもあるべし。（新全集①　二五）

『新全集』と底本を同じくする『狭衣物語全註釈』（以下『全註釈』とする）には、「『源氏物語』若紫の巻において、北山の僧都の草庵で若紫の君を見出す箇所で、北山の僧都が自分の草庵を「同じ柴の庵なれど」と言っているところが想起される」という語釈があり、その『源氏物語』の須磨巻には光源氏による「山がつのいほりに焚けるしばしばもこと問ひ来なん恋ふる里人」という詠もあって「山賤—柴—庵」という組み合わせに不自然さはない。つまり本文が「山賤の柴の庵」であっても、この文脈において理解することが期待されるのは、生真面目な貴公子として振る舞う狭衣の中に揺らめく好き心であることには変わりない。『全書』『集成』のテキストが「あな恋し」歌を喚起させるほどの派手さはないものの、これはこれで安定した本文ではある。

ちなみに諸本の状況としては、「山賤の垣ほの撫子」または「山賤の垣根の撫子」が圧倒的多数であり、「山賤の柴の庵」は、右に見た現代注が底本とする内閣文庫本、深川本、そしてそれらと同系統と見られる平出本にしか見えない。(8) 原初の形態がどちらであったにせよ、本文が享受され生成する過程において「山賤の柴の庵」よりも「山賤の垣ほの撫子」が持つ喚起力に吸い寄せられる者のほうが多かったことは確かであろう。

第二の事例にもまた、「あな恋し」歌を引用する本文としない本文とが存在する。場面は巻一の後半、飛鳥井女君が運命のいたずらに翻弄されようとするなか、その危機的状況を察知できない狭衣が、彼女の懐妊を夢に見て動揺しつつ書く手紙の一部である。「あな恋し」歌を引用する本文を持つ『全書』と『集成』を先に見てみる。

○（夢の中での飛鳥井の様子が）「心細げなりつるはいかなるにか」など、常よりもおぼつかなくゆかしきに、夜さりもえおはすまじきなれば、こまかに御文をぞ書き給ふ。「常よりも今も見てしがとなむ。夜さりも、物忌なれば、えものすまじきにや。〈飛鳥川あす渡らむと思ふにも今日のひるまはなほぞ恋しき〉」（全書・上　二五八）

○「心細げなりつるは、いかなるにか」など、常よりもおぼつかなくゆかしきに、夜さりもえおはすまじきなれば、こまかに御文をぞ書きたまふ。「常よりも、今も見てしがとなむ。夜さりも、物忌なればえものすまじきにや。〈飛鳥川あす渡らむと思ふにも今日のひるまはなほぞ恋しき〉」（集成・上　九七～八）

「今も見てしが」から明らかに「あな恋し」歌の引用であることがわかり、それを意識すれば、添えられた狭衣の詠の末尾「恋しき」にも引歌の影響が及んでいるものと読め、典型的な引歌表現の体をなしていると思われるのだが、諸本を確認すると、ここでは「あな恋し」歌の第二句を引用する本文は多数派ではない。『校本狭衣物語巻一』に参照されている三十二本に若干の参照可能な本を加えて「今も見てしがとなむ」部分の異同状況を示せば、次のようになる。

今（いま）もみとりの心ちして――深川本・鈴鹿本・雅章本・宮内庁四冊本
今もみとりの心ちしてこそ――平出本・内閣本

いふもみとりになん――為秀本
いまもみとりになん――為相本・宮内庁三冊本・松井三冊本・吉田本・鎌倉本・松浦本・押小路本・前田本
いまもみ丶りになん――四季本・宝玲本・文禄本・三条西本
みとりになん――竹田本
今（いま）もみてしかなとなん――武田本・東大本・竜谷本・中田本・黒川本・神宮文庫本
今もみてしかとなん――鷹司本・元和古活字本・承応版本
うしろめたうこいしけれと――為家本
わりなうみたてまつらまほしきを――蓮空本・大島本
ナシ――京大五冊本

すなわち「今も見てしか」系の本文より「今もみとり」系の本文が優勢なのだが、この系統を底本とする現代注は、いずれも「今もみとり」のままでは読解不可能と判断したようで、次のように処理した本文を提示する。

○常よりも。今も、乱りの心地してこそ。明日も物忌なれば、え物すまじきにや。（大系　九六）
○常よりも、今も乱りの心地して。明日も物忌なれば、えものすまじきにや。（新全集①　一二四）
○常よりも、今もみだりの心地して。明日も物忌みなれば、えものすまじきにや。（全註釈Ⅱ　一九一）

「と」と「た」の草体は容易に紛れるので、この処理自体に無理はないのだが、それだけに「みたり」とする本文が一本も確認できない点が引っかかる。「みとり」のまま読む可能性を探るとすれば、当てられるのは「緑」であろうか。とすれば、先人たちは「常よりも、今も緑の心地」や「常よりも、今も緑になん」と筆写しながら、違和を感じていなかったことになる。たとえば、『寛平御時后宮歌合』で詠まれて『古今和歌集』に収載され、後代の歌論やアンソロジーで参照される機会の多かった源宗于の「常盤なる松の緑も春くれば今ひとしほの色まさりけり」あたりを念頭に、「常」「今も緑」から「松（待つ）」へと展開する歌ことばの世界を思い浮かべ、存外自然に受け止めていたのかもしれない。

ともあれ、ここで肝要なのは、飛鳥井女君の物語に「あな恋し」歌を響かせるか否か、である。少なくとも元和古活字本をはじめとする一定数の『狭衣物語』は、「あな恋し今も見てしか山賤の垣ほに咲ける大和撫子」の世界を、狭衣が飛鳥井女君に寄せる恋情を表象する和歌であるとし、狭衣が女君に寄せた「あな恋し」の想いを描き出したのである。そして、確認できる諸本のうち、ここで「あな恋し」歌を引用する本はすべて第一の事例においても「山賤の垣ほの撫子」の本文を採っている。つまり、これらの本では物語の初めから、源氏宮に対する一途な想いにもかかわらず狭衣が、「山賤の垣ほの撫子」によそえうる、はかなげで可憐な女君と恋に落ちる可能性を示唆していたと読める。しかし一方で、二つの事例のいずれにおいても「あな恋し」歌と無関係な本文を示していた深川本や内閣文庫本等に拠って読む場合には、そのような読みをもたらす契機はないのである。

二　巻二における「あな恋し」歌の引用

前節で見た巻一における「あな恋し」歌の引用は、諸本間に有無があるため、どの本に触れるかによって大きく読みの様相を違えるものであった。しかし、本節で見る唯一の巻二の事例は、「あな恋し」歌を引用しているという点においては諸本間に揺れがない。まずは、非流布本系本文に拠る現代注三書の当該本文と流布本系本文に拠る二書の当該本文とを、やや長くはなるが、それぞれの注や語釈とともに挙げてみる。天稚御子降下の夜以来ねんごろに降嫁を望む帝の意向を十分に知りながら敬して遠ざけてきた女二宮と、唐突に関係を持ってしまった翌日、狭衣が後朝の文をしたためつつも葛藤している場面である。

○御帳の側に、ひき隠して書き給。心苦しげなりつる御けはひの、なべての事ならず身に添ひたる心地すれば、「垣ほに生ふる」とも言はれぬべきを、なほ、つ、ましさのわりなくて、書きもやられ給はず。さりとて、「これをさへや」と、人やりならず、嘆く〱、あらぬ様にぞ書きやり給ふ。（大系　一二四）

頭注―古今、恋四、読人知らず「あな恋し今も見てしが山がつの垣ほに咲ける大和撫子」により、女二宮に今にも逢いたいの意を託す。

○御几帳のそばにひき隠して、書きたまふ。心苦しげなりつる御けはひの、なべてならず身に添ひたる心地すれば、垣根に生ふるとも言はれぬべきを、なほつつましさのわりなく、書きもやられたまはず。さりとて、これをさへやと、ひとやりならず嘆く嘆く、あらぬさまにぞ書きなしたまふ。（新全集①　一八〇）

頭注―「あな恋し今も見てしが山賤の垣穂に咲ける大和撫子」（古今集・恋四　よみ人知らず）。四句目の「垣穂」を「垣根」とするのは雅経本、「咲ける」を「生ふる」とするのは本阿弥切、大江切、関戸本など。

○御几帳の側に引き隠して書き給ふ。心苦しげなりつる御けはひの、なべてならず、身に添ひたる心地すれば、「垣根に生ふる」とも言はれぬべきを、なほ、つつましさのわりなく、書きもやられ給はず、さりとて、これをさへやと、ひとやりならず嘆く嘆く、あらぬさまにぞ書きなし給ふ。（全註釈Ⅲ　一三七）

語釈―内閣文庫本、及び第二、第三系統には「垣穂に生ふる」とある。そのため諸注「あなこひし今も見てしか山がつのかきほにさける山となでしこ」（『古今和歌集』恋四　六九五　詠み人知らず）の引き歌表現とする。第四句が「垣穂に生ふる」となる異伝は『古今和歌六帖』や応永本『和泉式部日記』などに見える。「垣根に生ふる」となる異伝は現在見られない。校本『狭衣物語』では、「垣穂に生ふる」とする本文が圧倒的多数であり、「垣根に生ふる」とあるのは底本のみ。和歌の場合、「垣根」は多く「卯の花」と結びつき、底本の表現には多少疑問が残るところだが、『古今集』の歌を踏まえ、女二の宮を撫子に喩えて、「今も見てしが（今すぐにでも逢いたい）」という狭衣の思いを表現したものと見ておく。

○御帳の側に引き隠して書き給ふも、心苦しかりつる御気色は俤に立ちて、垣穂に生ふるにも劣らねど、「もし見る人あらむに」と慎ましさのわりなくて、書きも遣られ給はねど、さりとて、これさへおぼつかなくては苦しかりぬべければ、人遣りならず嘆く〳〵、よろづあらぬさまに書きなして、（全書・上　二九五）

補注―引歌「あな恋し今も見てしが山がつの垣穂に咲ける大和撫子」（古今、恋四・六帖第六、撫子・和泉式部日記）。但し、和泉式部日記の応永本に「あな恋し今も見てしが山がつの垣穂に生ふる大和撫子」とある。又、拾遺集巻十三、恋三に、「天暦の御時、広幡の御息所久しく参らざりければ御文遣はしける　御製「山がつの垣穂におふる（イ、咲ける）撫子に思ひよそへぬ時のまぞなき」。女二宮を撫子に譬へてたつた今も見たいといふ気持を述べた。

○御帳のそばにひき隠して書きたまふも、心苦しかりつる御気色は面影に立ちて、垣穂に生ふるにも劣らねど、「もし見る人あらむに」とつつましさのわりなくて、書きもやられたまはねど、さりとて、これさへおぼつかなくては苦しかりぬべければ、人やりならず嘆く嘆く、よろづあらぬさまに書きなして、（集成・上　一四六）

頭注―「あな恋し今も見てしが山賤の垣ほに咲ける大和撫子」（『古今集』恋四）。『古今六帖』（第六）、『和泉式部日記』なども「垣ほに咲ける」だが、「垣ほに生ふる」の異伝も『拾遺集』（恋三）、『和泉式部日記』（応永本）などに見える。

それぞれの注や語釈で縷々述べているように、この箇所でまず問題となる「垣ほ／垣根」「咲ける／生ふる」の歌句の異同については、本歌自体の伝来の過程で生じた異文として諸々の痕跡が確認できるので、ひとまずこの箇所が「あな恋し」歌を引用していることは動かないだろう。また、『新全集』『全註釈』の底本である深川本が採る

「かきねにおふる」については、確認できるかぎり諸本唯一の形なので転訛と見なしてよいかと思われるが、『古今和歌集』の静嘉堂文庫所蔵寛親本の異文注記に「カキネニオフル」とあることを、一応指摘しておく。(9)

傍線部分の本文について、諸本の状況を改めて示すと、次のようになる。

かきねにおふるともいはれぬへきを――深川本

かきほにおふるともいはれぬへきを――鈴鹿本・雅章本・書陵部四冊本・為家本・四季本・宝玲本・文禄本・平出本・内閣本

かきほ（を）にお（を）ふるにもをとらねと――為相本・宮内庁三冊本・松井本・武田本・東大本・竜谷本・中田本・京大五冊本・竹田本・押小路本・鷹司本・黒川本・元和古活字本・承応版本・大島本

かきほにおふるにもお（を）とらねとも――松浦本・蓮空本・神宮文庫本

かきをにをふるやまとなてしこにもをとらねと――高野本

かきをにをふるやまとなてしこにもをとらねとん（も）――前田本

かきをにをふるやまとなてしこにもをとられねとん――平瀬本

かきほにおふる共思はねとも――吉田本・鎌倉本

「大和撫子」を加える高野本・前田本・平瀬本のような本文を、本歌への過剰な意識がもたらした派生形だと見なせば、大まかには「垣ほに生ふるとも言はれぬべきを」系と「垣ほに生ふるにも劣らねど」系に分かれる。そして、その派生形の存在が示唆するように、「垣ほに生ふるにも劣らねど」系の本文で読む場合、「心苦しかりつる御気色」が「大和撫子」の花の姿にも劣らないほどのはかなげな可憐さであったという、女二宮の風情が引歌表現によって焦点化されてくる。一方「垣ほに生ふるとも言はれぬべきを」系の本文では、「心苦しげなりつる御けはひの、なべての事ならず身に添ひたる心地すれば」女二宮を「あな恋し」あるいは「今も見てしか」と思ったという、狭衣の恋情の揺らめきが焦点化されることになる。

いずれにせよ女二宮の物語に「あな恋し」歌が響いていること自体は動かないわけだが、今上帝鍾愛の皇女という高貴な存在を「山賤の垣ほに咲ける大和撫子」になぞらえる発想に至るには、間にもう一つ段階があった。それは、『全書』が補注で触れる、『拾遺和歌集』に収められた次の和歌である。

天暦御時、広幡御息所久しく参らざりければ、御文遣はしけるに　御製

山がつの垣ほに生ふる撫子に思ひよそへぬ時のまぞなき　（拾遺和歌集　巻三　八三〇）[10]

村上天皇と広幡御息所（女御源計子）という最高位にある男女の恋歌に引用されたことにより「あな恋し」歌の波及力と表現の可能性は一気に拡大したのかもしれない。この点について『源氏物語』を参照してみると、[11]夕顔（とその娘である玉鬘）や浮舟あるいは誕生と同時に生母を失う夕霧といった拠り所のないはかない女性・子供に対しての引用に加えて、長じた夕霧が落葉宮（朱雀院女二宮）を訪ねた小野の山里の風情を描き出す夕霧巻の場面に引用が見られる。

○垣ほに生ふる撫子のうちなびける色もをかしう見ゆ。前の前栽の花どもは、心にまかせて乱れあひたるに、水の音いと涼しげにて、　（新全集④　夕霧　四〇二）

これは単なる風景描写ではなく、夕霧の落葉宮に寄せる想いを投影した景情一致の描写とみてよいであろう。もちろん、寵薄い更衣腹に生まれ、愛されぬ夫婦生活の末に夫柏木に先立たれ、今や病身の母と洛外の山荘に住まう落葉宮のはかなさは、もとより「あな恋し」歌を引き寄せるにふさわしいかもしれない。しかし、「垣ほに生ふる撫子」というフレーズがそのまま採られていることから、村上御製の影響を重ね見てよいのではなかろうか。「あ

な恋し」歌の表現世界は、村上御製を取り込んだ『源氏物語』の落葉宮を介することで『狭衣物語』の女二宮においても違和感なく引き寄せられ、同じく高貴な女性である『夜の寝覚』の寝覚女君や『とりかへばや』の入れ替わり後の今尚侍に対して「今も見てしか」と情念を昂ぶらせる内大臣や帝に見られるように、後期物語においては男の切なる恋情を象る素材として、女の身分の上下にかかわらず定着していったものと思われる。

やや脱線したが、話を女二宮と「あな恋し」歌との関係に戻すと、巻二のこの場面において両者が結びついたことにより、左に掲げる巻三の場面の表現が、重層性を帯びることになる。ここでは小異にとどまるが、一応異系統の本文を採用する現代注二書を並べてみる。

○いと暑かはしげなりつる前栽ども、雨に心地よげに思ひたる中に、大和撫子の、いたう濡れて、傾きたるを折らせて、嵯峨の院に、参らせ給ふ。〈恋佗びて涙にぬるゝ故郷の草葉にまじる大和撫子〉とあるを、御らんぜさすれど、例のかひあらむやは。（大系　二六六〜七）

○いと暑かはしげなりつる前栽どもの、雨に心地よげに思へる中に、大和撫子の萎れたる気色、中にもらうたげなるを、一枝折らせ給うて、嵯峨の院に参らせ給ふ。〈恋ひわびて涙に濡るる古里の草葉にまじる大和撫子〉とあるを御覧ぜさすれど、例の甲斐あらむや。（全書・下　六四）

この箇所の直前には、狭衣が女二宮腹の若宮と共に過ごしながら悔恨の情を深めている様子が記されているので、読者はまず「大和撫子」から「撫でし子＝若宮」を想起するだろう。加えて「恋ひわびて涙に濡るる」のだから「大和撫子」は狭衣自身を指してもいる。さらに、巻二における「あな恋し」歌との結びつきを知る読者であれば、狭衣が惹かれて折り取り女二宮に贈った「大和撫子」に、可憐な女二宮の風情をどうしても重ねてしまうにちがいない。ここは『後期物語引歌索引』にも各現代注にも「あな恋し」歌への言及がない。しかしながら、恋する男

〔父〕と恋された可憐な女〔母〕と生まれた撫子〔子〕というネットワークをまるごと表象しうる歌語「大和撫子」を詠んだ原拠としての「あな恋し」歌の存在に、読者の連想が及ぶこと、ないしは及ぶであろうと期待することは、決して不自然ではあるまい。

三　巻三における「あな恋し」歌の引用

次に挙げる巻三の事例は、いずれの本文においても文脈が入り組んでいて読解が難しい箇所である。あらぬ誤解から思いがけない結婚を強いられることになった狭衣が、やはり意に染まぬなりゆきに心を閉ざしている一品宮との索漠たる新婚生活の味気なさから、源氏宮（＝室の八島）や女二宮（＝嵯峨野の花）に思いを馳せる場面である。前節と同様に現代注五書を並べるが、主語や目的語を小字で挟み込む『大系』の体裁を、注や口語訳をもとに他の注釈書にも用いて、それぞれが当該箇所をどのように解釈したかがわかるようにしてみる。

○〔女二の〕さばかり飽かぬ所なく、らうたげに美しかりし御有様をだに、「なほ、『室の八島』に、〔女二は〕たちや並び給はざらん」と、〔狭は女二を〕せちにおとしめ思やり聞え給ふも、〔狭の〕御目の慣ひには、ことわりぞかし。〔狭は〕まづ、〔源と女二を〕うちおもひ出られ給ふ、〔二人が〕いとゞ恋しくて、「垣生に生ふる」とぞ言はれ給ひぬべき。「いと、〔源の〕さばかりの宿世こそ難からめ。など、この嵯峨野の花はよそのものになして。げに何事かは、なのめに、『いでや』と思ゆる事の、〔女二に〕ありし」と、〔狭は〕思出給ふも、さはいへど、〔女二の〕けぢかき程のあはれはこよなし。　〔大系　二七九〕

○〔女二の〕さしも飽かぬ所なく、らうたげにうつくしかりし御ありさまをだに、なほ室の八島には〔女二は〕え立ち並びたまはざらんと、〔狭は女二を〕せちに貶しめ思ひやりきこえたまひしも、〔源や女二を見慣れた狭の〕御目慣ひには〔一品宮を貶めるのも〕ことわりぞかし。〔狭は〕まづ〔※源を〕うち思ひ出でられたまふをも、〔源が〕いとど恋しうて、「垣ほに生ふる」とぞ言はれたまひぬべき。いと〔源の〕さばかりの宿世ぞかたからめ、など、この嵯峨野の花はよそのものになして、げに、何事かは、なのめにいでやとおぼゆることの〔女二に〕ありしと、〔狭は〕思ひ出でたまふも、さは言へど、〔女二の〕け近きほどのあはれはこよなし。　〔新全集②　一一一～二〕

〔※引用者補〕口語訳は「源氏の宮のことが」とするが、頭注で「あるいは、女二の宮を、二人をと解することも可能か」と記して注意を促す。

○「〔女二の〕さしも飽かぬ所なく、らうたげにうつくしかりし御有様をだに、なほ、室の八島には〔女二は〕え立ち並びたまはざらん」と、〔狭は女二を〕せちに貶め思ひやりきこえたまひしも、〔源を見慣れた狭の〕御目慣らひには〔女二を貶めるのも〕ことはりぞかし。〔狭は〕まづ〔源を〕うち思ひ出でられたまふをも、〔源が〕いとど恋しうて、「垣穂に生ふる」とぞ言はれたまひぬべき。いと〔源の〕さばかりの宿世ぞかたからめ、などこの嵯峨野の花はよそのものになして、げに何ごとかは、なのめにいでやとおぼゆることの〔女二に〕ありし」と〔狭は〕思ひ出でたまふも、さは言へど、〔女二の〕気近きほどのあはれはこよなし。　〔全註釈Ⅵ　二六九〕

○〔女二の〕さばかり飽かぬ所なく、らうたげにうつくしかりし御有様をだに、「猶室の八島には〔女二は〕立ち並び給はざらむ」と、〔狭は女二を〕切におとしめ思ひやり聞え給ひし御目のならひに、〔一品宮を貶めるのも〕ことわりぞかし。〔狭は〕まづ〔源を〕うち思ひ出でられさせ給ふもいと侘しうて、〔源について〕「垣ほに生ふる」とぞ言はれ給ひぬべき。「いと〔源の〕さばかりの宿世こそ難からめ、などこの嵯峨野の花は余所の物になし果て聞えけむ。何事かは斜にいでやと思ふ事の〔女二に〕ありし」と〔狭は〕思ひ出でられ給ふにも、さはいへど〔女

二の〕気近き程のあはれはこよなく偲び所多かるにや、涙もこぼれぬるを、　（全書・下　七九〜八〇）

○〔女二の〕さばかり飽かぬところなく、らうたげにうつくしかりし御有様をだに、「なほ室の八島には〔女二は〕立ち並びたまはざらむ」と、〔狭は女二を〕せちにおとしめ思ひやりきこえたまひし御目のならひに、〔一品宮を貶めるのも〕ことわりぞかし。〔狭は〕まづ〔源を〕うち思ひ出でられさせたまふもいとわびしうて、〔源について〕「垣ほに生ふる」とぞ言はれたまひぬべき。「いと〔源の〕さばかりの宿世こそかたからめ、などこの嵯峨野の花はよそのものになし果てきこえけむ。何事かはなのめにいでやと思ふことの〔女二に〕ありし」と〔狭は〕思ひ出でられたまふにも、さはいへど〔女二の〕気近きほどのあはれはこよなうしのびどころ多かるにや、涙もこぼれぬるを、　（集成・下　九八）

解釈が揺れるのは、棒線部分と波線部分である。まず棒線部分については、囲みで示した、非流布本系本文の三書のように係助詞「も」を入れる場合と、流布本系本文の二書のように「も」がなく過去助動詞の連体形「し」がそのまま下接していく場合とで、些細な違いながら文意が大きく変わってしまう。「も」が入る前者の場合は、『大系』『全註釈』のように「（狭衣が女二宮を）無理に低く見ようとお思い申し上げなさったのも、（源氏宮を）見慣れた（狭衣の）御目に（おいて）は、（女二宮へのその扱いは）もっともであるよ」と解釈するのが最も自然であろう。一方「も」が入らない後者の場合は、『全書』『集成』のように「（狭衣が女二宮を）無理に低く見ようとお思い申し上げなさった（ような源氏宮を）見慣れた（狭衣の）御目に（おいて）は、（一品宮への貶めは）もっともであるよ」と解釈するのが妥当であろう。非流布本系ではあるものの『新全集』はここで「（狭衣は女二宮を—引用者補）ひたすら見劣りするとお思いなさったのだから、その美しい方々を見慣れた君の目からは、一品の宮のご容貌がひどく衰えていると思われるのも当然のことであった」と苦心の跡がうかがえる口語訳を示しているが、恐らく流布本系本文のように

「ことわり」を捉えようとしたために、非流布本系本文の文脈に沿った解釈としては無理が生じてしまったのだろう。

波線部分については、「恋し」と「わびし」の相違はあるものの非流布本系本文と流布本系本文は比較的近似しているので、一緒に見比べてみる。『新全集』『全註釈』『全書』『集成』はいずれも、狭衣が「まづ」源氏宮を思い出し、彼女について「垣ほに生ふる」とついつぶやいてしまったと解釈するが、『大系』のみ、「まづ」思い出したのは源氏宮と女二宮の両方であり、二人について「垣ほに生ふる」とつぶやいたのだとする。多数決でいえば圧倒的に『大系』は不利な状況なのだが、叙述内容の構成・順序からすれば「まづうち思ひ出で」たのは女二宮であると取っても不自然ではない（少なくとも形式的にはそうなっている）のだから、『大系』説は簡単に葬り去れないように思われる。

ちなみに、古註釈（石川雅望・清水浜臣による書入および紹巴による『下紐』）では「垣ほに生ふる」を「若宮の御事」としており、その理由を「前に御歌有し也」と説明している[12]。この「御歌」とは、前節で触れた「恋ひわびて涙に濡るる古里の草葉にまじる大和撫子」の歌のことである。この旧説そのものは、女性たちをめぐる思念にとらわれている当該箇所の狭衣の様子からして採れないと思うが、「垣ほに生ふる」を女二宮が産んだ若宮に絡めて解釈する点には注目しておきたい。

また「垣ほに生ふる」については、『全書』が頭注で「同じ棟の下で育つた源氏宮が恋しくてならない」と記しているが、「同じ場所で生い育つ」という意味が「垣ほに生ふる」にあるのか疑問である。確かに物語において狭衣が源氏宮を恋しがる様子は強調されているが、巻二以降は女二宮に対してもそうであるし、前節でみた巻二の「垣ほに生ふる」の事例があるだけに、この「垣ほに生ふる」に対して源氏宮を指向した引歌表現と即断するのは、いかがなものであろうか。稿者としては、諸注釈にない判断となるが、この「垣ほに生ふる」は女二宮に対して寄せられた表現と考えたい。試みに、非流布本系より多くの読者に読まれてきたであろう流布本系の元和九年古活字本を底本とする『全書』本文を私に口語訳してみると、次のようになる。

あれほど物足りないところがなく、可憐で可愛らしかった（女二宮の）ご様子をさえ、「やはり室の八島（＝源氏宮）には肩をお並べになることはないだろう」と無理に貶めて判断申し上げなさった（狭衣の）御目の習慣において、（一品宮への冷視は）もっともなことだよ。まず（女二宮を）ふと思い出してしまいなさるにつけてもまったくどうしようもなくて、「垣ほに生ふる」と無意識にも口に出ておしまいになるにちがいない。「まったくそれ（＝源氏宮と結ばれる）ほどの宿縁は難しいだろうが、どうしてこの嵯峨野の花（＝女二宮）はよそごとにしてしまい申し上げたのだろうか。（あの方の）どのようなところに不満でどんなものかと思うことがあったのか」と思い出してしまいなさるにつけても、そうは言っても隔てなき仲となった感慨は、格別に恋い慕うところが多いのであろうか、涙もこぼれてしまうのを、

物語の開巻から源氏宮という存在は狭衣の中にほとんど運命と呼んでよいほど無条件に貼り付いているが、それにもかかわらず、女二宮という存在が無意識に（「うち思ひ出でられさせ給ふ」「言はれ給ひぬ」「思ひ出でられ給ふ」）浮かんできてしまう、というのが、現在の狭衣が置かれている葛藤に満ちた情況であろう。一品宮と結婚する前後の狭衣の行動からしても、ここでまず前景化されているのは女二宮であり、後景化しつつも狭衣の行動体系全般に影響力を持つのが源氏宮である、という関係性において、この場面は構成されていると考えるべきである。多様にして複雑な伝本状況においてすら、ほぼすべての本が持っている巻二の「垣ほに生ふる」と巻三の「垣ほに生ふる」は、そう読むことに蓋然性が認められる限りは同じ対象に向かう表現として把握したほうがよいであろうし、ここまで

分析してきたとおり、それら両方を女二宮の表象とすることに決して無理はないと思われる。「垣ほに生ふる」女二宮とは、一度は手に取ったことにより「あな恋し」「今も見てしか」と繰り返し狭衣に情念を湧かせながらも、「よそのものになし」てしまった「花」なのである。

ところで巻三には、『後期物語引歌索引』の時点では「あな恋し」歌を指摘しない（古注および現代注の『大系』『全書』『集成』では引歌の指摘がない）が、『新全集』や『全註釈』には引歌ないしは参考歌として指摘される事例が二箇所存在している。そのうちの一つは、右に検討した箇所に先立つ、狭衣が一品宮との仲を誤解され結婚に至ってしまう原因となった、飛鳥井女君の遺児（もちろん父親は狭衣である）が宮に引き取られているという事実を狭衣に伝えた常盤尼君の発話の中に出てくる。若干の本文異同があるので、『大系』以下五書の本文を、傍線部分について引歌等を指摘した注記とともに挙げる。

○「（前略）世に知らぬ愛しさを聞かせ給ひて、一品の宮の、いみじうゆかしがらせ給しかば、百日の折に、まゐらせ給へりしを、（中略）いとあはれに恋しう、思聞えさせながら、かゝる山賤（※）の垣ほに生ひ出で給はんも口惜しきを、『いかゞはせんずる』などぞ、思したりし。（後略）」（大系　二四五〜六）

（※引用者補）『大系』の初期の版では傍線部は「山蔭の垣ほに生ひ出で給はん」となっていたが、後の版において「山賤」と訂正された。

○「（前略）世に知らぬうつくしさと聞かせたまひて、一品の宮のいみじうゆかしがらせたまひしかば、百日の折に参らせたまへりしを、（中略）いとあはれに恋しうは思ひきこえながら、かかる山がつの垣ほに生ひ出でたまはんも口惜しきを、いかがはせんずるなどぞ思したりし。（後略）」（新全集②　五九〜六〇）

頭注―「あな恋し今も見てしが山がつの垣ほに咲ける大和撫子」（古今集・恋四　よみ人知らず）。「山蔭の垣ほ」「山がつの垣根」などの本文もある。

○「（前略）世に知らぬうつくしさと聞かせたまひて、一品の宮のいみじうゆかしがらせたまひしかば、百日の折に参らせたまへりしを、（中略）いとあはれに恋しうは思ひきこえながら、かかる山賤の垣穂に生ひ出でたまはんも口惜しきを、『いかがはせんずる』などぞおぼしたりし。（後略）」（全註釈V　三三二）

語釈―「あな恋し今も見てしか山賤の垣穂に咲ける大和撫子」（『古今和歌集』巻一四・恋歌四・六九五）。「山賤の垣穂わたりをいかにぞと霜かれがれに訪ふ人もなし」（『拾遺和歌集』巻一七・雑秋・一一四三）。「山賤の垣穂荒るともをりをりにあはれはかけよ撫子の露」（『源氏物語』帚木）。

○「（前略）世に知らぬ御うつくしさを聞かせ給ひて、一品の宮のいみじうゆかしがらせ給ひしかば、百日の折に参らせ奉りたりしを、（中略）いとあはれに恋しきものに思ひ聞え給ひながらも、かかる山がつの垣根に生ひ出で給はむもいと口惜しきを、『如何はせむ』などぞ思いたりし。（後略）」（全書・下　三八～九）

頭注―（参考）「山がつの垣根に生ひし撫子のもとの根ざしを誰か尋ねむ」（源氏、常夏）。

○「（前略）世に知らぬ御うつくしさを聞かせたまひて、一品の宮のいみじうゆかしがらせたまひしかば、百日の折に参らせたてまつりたりしを、（中略）いとあはれに恋しきものに思ひきこえたまひながらも、かかる山がつの垣根に生ひ出でたまはむもいと口惜しきを、『いかがはせむ』などぞおぼいたりしが、（後略）」（集成・下　四八～九）

現代注は以上のとおりだが、諸本においてもやはり「山賤の垣ほ」と「山賤の垣根」が拮抗している。諸本の状況を概観するために巻三の『校本』を参照すると、「山賤の垣ほ」（「山蔭の垣ほ」も「山賤」の転訛としてこちらに含む）とするのは、「第一類本　第一種」のA系統からG系統まで全てと、「第一類本　第二種」のA系統（前田本＝紅梅文庫本）とC系統（竜谷本と中田本）および「第二類本」（大島本＝九条家本と京大五冊本）である。「山賤の垣根」とするのは、底本（元和九年古活字本）および「第一類本　第二種」のB系統とD系統からG系統（ここに承応版本が含まれる）までである。

もう一つも実は、飛鳥井女君の遺児に関わる記事である。姫君が狭衣の実の娘であることを察知した女房からの注進により一品宮が真相に気づいているとは知らず、彼女の前で夫の狭衣は「私にはよそに産ませた子もいないから、この姫君を大事にしよう」と白々しく口にする、その発話である。非流布本系本文に拠る三書は大同小異なので、代表させて『大系』の本文を示す。

○「（前略）例の人のやうにもあらましかば、おのづから、託ち出る（※）、山賤の垣ほにもあらまし。今は、いかゞはせん。姫君をこそ、頼み聞ゆべかめれ」　（大系　二八七）

（※引用者補）「託ち出る」は、『大系』が底本とした内閣文庫本では「かたらひ出る」とある。

傍線部分について『大系』では言及されないが、『新全集』『全註釈』は「あな恋し」歌を典拠として指摘する。ところが、流布本系本文の『全書』『集成』では傍線部分が「おのづからかこち出づる人もやあらまし」となっており、「あな恋し」歌の痕跡はまったくないのである。諸本の状況を確認すると、やはり「山賤の垣ほ」と「人」とが拮抗している。

ここでは前後（たとえば「かこち出づる」が「うち出づる」になっているなど）の違いには目をつぶり、「山賤の垣ほ」か「人」かに絞って、再び『校本』を参照すると、「山賤の垣ほ」とするのは、「第一類本　第一種」のA系統からG系統まで全てと、「第一類本　第二種」のA系統および「第二類本」である。「人」とするのは、底本および「第一類本　第二種」のB系統からG系統までである（うち一本のみ「事」とするが、「人」からの転訛だろう）。つまり、「第一

類本　第二種」のC系統（竜谷本と中田本）を除き、先に見た常盤尼君の発話の中の「垣ほ」と「垣根」の異同と同じ分布を示していることになる。

やや話が細かくなったが、肝要なのは、ここで追加的に検討した二つの事例において、「あな恋し」歌を引歌や参考歌として指摘できる「山賤の垣ほ」の本文を両方とも持つか、それとも両方とも持たないか、が、はっきりしているという点である。そして、現代注五書のうち『大系』『新全集』『全註釈』が拠る非流布本系本文は「持つ」であり、『全書』『集成』が拠る流布本系本文は「持たない」であった。翻ればこの分布は、第二節で検討した巻一における「あな恋し」歌の引用状況と、ちょうど逆になっているのである。

おわりに

鈴木日出男は『源氏物語』の葵巻に引用された「あな恋し今も見てしか山賤の垣ほに咲ける大和撫子」について、次のように述べている。

古今集時代以後、一般に「撫子」が幼い愛児を象徴するようになったが、この「大和撫子」は若く美しい女のこと。おそらく、万葉時代の表現の名残であろう。しかし物語の大宮の歌では、幼い若君（夕霧）をさすものとして、この歌をふまえている。「垣ほ荒れにし」とあり、母を亡くした児の不憫さをいう。[13]

この鈴木の説明を借りて、「あな恋し」歌の「大和撫子」は「あな恋し」という想いを喚起させる女性を表象していたこと、しかし「撫でし子」の響きから幼い子を指す表現に転化し、両義的な表現世界を担ったことを確認しておきたい。両義的であるがゆえの振り幅は、「あな恋し」歌を想起させる物語場面に接する読者の読み取りにも、影響を与えたはずである。そして、『狭衣物語』のような享受と継承、生成がしばしば一体化する物語においてその振り幅は、「先人が残したものから、いかなる本文を選び取るか」「後人に向けて、いかなる本文を伝えるか」といった意思をも巻き込んで、同じ『狭衣物語』でありながら異なる読みの可能性を創出していくことになるのである。

このことを今まで確認してきた事例に照らし合わせて、本稿のまとめに代えたい。

非流布本系本文で『狭衣物語』を読む場合、「あな恋し」歌の引用は巻一になく、巻二において狭衣が女二宮という「花」を折り取ることによって立ち現れる。「垣ほに生ふる」可憐な風情をまとった女二宮の印象は、生まれた若宮の存在と相まって「大和撫子」として持続する。さらに巻三以降においては、「山賤の垣ほ」に咲く飛鳥井女君から生まれていたもう一人の「撫子」の存在が、「あな恋し」歌を響かせながら物語にせり上がってくる。つまり「あな恋し」歌の引用は、母のない子供たちの存在を介して狭衣の不如意を揺曳する役割を果たしている。

古活字本に代表される流布本系本文で『狭衣物語』を読む場合、「あな恋し」歌の引用はまず、源氏宮への一途な想いを抱えつつも男の性として狭衣の中にふすぶる揺らぎとして示され、飛鳥井女君への恋情の表象として機能する。さらに巻二以降は、やはり源氏宮を慕いながらも手折ってしまった女二宮への恋情の表象ともなる。流布本においては「あな恋し」歌は、狭衣にとって「山賤の垣ほに生ふる」想定外の恋の世界を提示する役割を担っており、生まれた子供たちの存在に関わるものではない。

現代注テキストの注記や口語訳等に疑問を抱かなければ、右のような読みは生まれない。多様な異同が産む本文の揺れ、難解な文脈が産む解釈の揺れにより、『狭衣物語』は幾つもの物語世界を産出していく。「あな恋し今も見てしか山賤の垣ほに生ふる大和撫子」のような著名な古歌の場合、著名であるだけに歌そのものに想像力を喚起する力があるので、その引用を含む場面の解釈はさらに多様になるだろう。諸本のあいだを〈斜行〉する古歌を追いかけながら、読者もまた『狭衣物語』という迷宮を〈斜行〉していくしかない。

注

（1）新典社　一九九一年。
（2）ただし、本書は「古注釈書から現代の注釈書に至るまで、本文解釈に関して引用する和歌・歌謡・漢詩文・仏典などを、できるだけ広い立場から採録」（同書凡例より）するという方針のもと編まれたものなので、この数字はあくまでも他作品と比較するために掲げたものである。
（3）笠間書院　一九七七年。本書は「古注釈書から現代の注釈書まで、本文の解釈のために引用した和歌（引歌）、歌謡を、できるだけ広い立場から採録した」（同書凡例より）もので、注（1）書の編集方針のヒントとなっていよう。ちなみに、鈴木日出男の認定（注（4）書）では、引歌表現の総数は九九一箇所とされている。
（4）『源氏物語引歌綜覧』（風間書房　二〇一三年）六二二頁。
（5）多大な研究は『狭衣物語の研究〔異本文学論編〕』（笠間書院　二〇〇二年）に集約されている。
（6）多大な研究は『物語文学の本文と構造』（和泉書院　一九九七年）および『異文の愉悦　狭衣物語本文研究』（笠間書院　二〇一三年）に集約されている。
（7）片岡の右掲二書からは多くの刺激を与えられるが、その研究スタンスを典型的に示す発言を、後者の最終章（第九章・源氏物語研究への提言）から引用する。
　そのような巧緻な作風をもつ物語を読み進めていく読者にとって、構想のそこかしこに先行物語の面影を見取ることは、狭衣物語を読むときの大きな楽しみのひとつであっただろうと思う。そして、そうした読者が物語の書写者となったとき、自らの炯眼を披瀝すべく、テキストにさかしらな加筆が行われるのであろう。その証拠に、こうした露骨な〈源氏取り〉本文は、概して、ごく一部の特定の本だけにしか見られないのである。そうした特定の本だけを見て、そこにあらわれた〈源氏取り〉ないし〈物語取り〉を、直ちに原作者の創作手法であるとしてしまうような短絡的な論は、平安時代における物語の享受のありようや物語の書写の実態についてのイマジネーションを欠くものといわざるをえないと、私は思う。（『異文の愉悦　狭衣物語本文研究』　三三六頁）

なお、この前の章（第八章・引用論と本文異同）において片岡は『狭衣物語』研究における「引用論」の危険性について幾つかの事例を挙げつつ警鐘を鳴らすが、その一方で、

しかしながら、（中略）「引用」という視点は、諸本文の成立時期や流布状況を考える際に重要な資料を提供しうる大きな可能性を秘めているともいえる。（同書　三〇六頁）

とも指摘する。こういった片岡の姿勢は、狭衣物語歌集や注釈など『狭衣物語』を「受容」しつつ制作されたさまざまな文物を研究対象とした須藤圭『狭衣物語　受容の研究』（新典社　二〇一三年）にも通底すると思われ、本稿は須藤書からも多くの示唆を得ている。

（8）『校本狭衣物語　巻二』によると、この三本は「第一類本　第一種　A」として括られている。

（9）片桐洋一『古今和歌集全評釈（中）』（講談社　一九九八年）の「あな恋し」歌（六九五番）評釈の【校異】による。

（10）当該歌は『村上天皇御集』にも収載されるが、『拾遺和歌集』による増補部分とされる（新編国歌大観の同集解題等）。後には『定家八代抄』にも収載された。なお、『御集』には「知るらめや垣ほに生ふる撫子を君によそへぬ時のまはなし」という類歌もみえる。

（11）注（3）伊井書および注（4）鈴木書を参考にした。

（12）『狭衣物語古註釈大成』（日本図書センター　一九七九年）。

（13）注（4）鈴木書　九三頁。

「斜行」する「形見」たち

野村倫子

はじめに

狭衣は成就しなかった恋について自らの「ゆかり」を「形見」として求めつづける。[1] 五人の女性たちがそれぞれ立場を異にして狭衣と関わり、[2] 兄妹のように育ち至上の存在である源氏の宮は別格として、出家した女二の宮、亡くなった飛鳥井の二人とは結ばれることなく、一条院の一品の宮、次いで式部卿の宮の姫君とは次々に結婚する。中でも飛鳥井は狭衣の知らないところで入水・救出・出産・出家・病没と人生を紡いでいる。そして、それらの情報が後日飛鳥井周辺の人物から次々と伝えられる。[3] 二度の死のそれぞれに「形見」が残され、情報伝達と相関して狭衣及び周辺人物の価値認識が移り変わってゆく。そして、狭衣自身の意識も、それに対応するかのように変貌を遂げている。他の女君の「形見」と量・質ともに凌駕する飛鳥井の「形見」の斜行のあり方を読み解いていく。

（以下、「形見」「形代」の例について、狭衣の女君に関わる認識には☆を、狭衣の意識の範疇にないものには★を附した）

一　源氏の宮（斎院）の「形代」、女二の宮（入道の宮）の「形見」

まず、飛鳥井以外の女君のうち結ばれなかった二人を確認しておく。

源氏の宮は同じ堀川邸で兄妹同様に生育する。物語開巻時に狭衣の恋情が示されるが、狭衣から直接恋情を訴えかけられて以後宮は狭衣を疎むようになる。東宮入内を目の前に、神意により斎院となり、斎院渡御の準備のために宮が堀川邸を離れても、狭衣の恋情は収まらない。やがて一条院の皇女一品の宮と結婚するが、意思の疎通はなく、物語六年目に至って宮の中将が妹（式部卿の宮の姫君）を勧める。当初は心が動かないが、宮邸を垣間見した狭衣は母北の方の美しさが母堀川の上にも劣らないと興味をもつに至る。ようやく八年目に至り、母を喪った姫君を自邸に引き取った狭衣は、源氏の宮との相似に驚きつつも喜びを隠せない。

☆1（前略）ただ、あながちなる心の中を、あはれと見たまひて、かかる形代と神の作り出でたまへるにやと、思し寄るにも、涙ぞこぼるる。（巻四②二八一～二八二）

狭衣は源氏の宮に対して「形代」を得た喜びを「…なかなかなる形代をこそ見たまへしか。いでや、されどしばし忘るる心は、神もえつけたまはぬわざにや、今少しあやかりやすにぞなりにて侍る。空目にやと、いかで、御鏡の影に、御覧じくらべさせん」（巻四②三三七）と語るが、宮自身は不快に思い、また「形代」と呼ばれた式部卿の宮の姫君（女御として藤壺に入内しても）は源氏の宮の存在を強く意識するに至る。

この「形代」は初発から「形代」として求めたものではない。偶然に結ばれて後に相似に驚き「形代」と追認したのである。式部卿の宮の姫君については、四節で改めて述べるが、鈴木泰恵氏は、『狭衣物語』の〈形代〉は、視覚によって相貌の近似の認められる『源氏物語』の「身代わり」を意味する「形代」とは区別すべきだとされ、次項の女二の宮もまた源氏宮の〈形代〉であるとされる[4]。

一方、女二の宮降嫁が帝から発案されたのは、源氏の宮への告白がまだなされぬ五月五日、狭衣が殿上で演奏した笛の音に天稚御子が降下し、狭衣が同道されかけたことへの恐れからである。その時の帝の歌に「形見」の語が詠み込まれている。

★2九重の雲の上まで昇りなば天つ空をや形見とは見ん　（巻一①四四）

狭衣が天上に飛び去ることになれば、空を狭衣の「形見」として見ようという。喪失するものへの愛惜の念から生じ、喪うまいとする思いである。物語に登場させられた初発の女二の宮は、狭衣を喪って「形見」にすがりつく事態を回避するための手立てであった。

しかし、源氏の宮を思慕し続ける狭衣は宮の降嫁を拒む。にも関わらず、宮の生母皇太后宮の不在に弘徽殿に侵入し、女二の宮と契りを結ぶ。

★3さばかりの夢にてだになくて、こはいかにすべき忘れがたみぞ。　（巻二①二〇〇）

懐妊が発覚する前に過ちを知った皇太后宮は「誰とだに知らばや」（同一九五）と言ったが、★3は宮の懐妊を知ってからの発言である。垣間見・文遣いを狭衣に乞われる中納言典侍も、当初は真相を知らなかった。しかし、宮の出産後、新生児の「ただ左大将の顔」（同二一八）と、仲介した典侍の和歌から宮方は真相を知る。狭衣は自身の子と知るが皇太后宮の皇子と奏上され、女二の宮ともに自分の手から失うことになる。出産を見届けた母皇太后宮の薨去後、宮は出家をする。出産直前まで、狭衣は女二の宮の懐妊を知らず、皇太后宮方では女二の宮以外相手を知らず、事態は進行する。中納言典侍のみ真相に思い至るが、狭衣と宮方の人々は事実にたどり着かない。総てを知っている女二の宮のみが、狭衣を徹底して拒み、出家を敢行する。しかし、狭衣との関係を知らない帝は自身の出家を望んだ時に狭衣に若宮を「うしろむべき」（巻二①二六二）と決意する。

☆4さてもいかやうにか思さるらんと、御心の中も恋しうゆかしき慰めに、懐に入れたてまつりて、いとうつくしき御身なりのめでたきを、ただかやうにこそはなど、思ひ出でられて、いみじうかなしきに、げにおろかなる

べき形見にはあらざりけり。（巻三②二九〜三〇）

若宮を抱いた狭衣の思いであるが、口には出されない。その場では、次の一首を詠む。

☆5塵積る古き枕を形見にて見るも悲しき床の上かな（同三〇）

女二の宮との仮初めの契りを「古き枕」と詠む狭衣の懐の中には、女二の宮の「形見」である若宮がいる。この一首は女二の宮の耳に届き、宮は「床の上の形見などは残りなく聞きたまひてけりと思すに」（同三一〜三二）と若宮の出生の秘密が女房から世間に漏れたかと疑惑を抱く。「形見」で象徴される「古き枕」は過去となった「契り」を指すが、対比されるように「今」に残る「形見」の若君は狭衣の手の中にある。

「基盤を異にする」とあえて頭注（巻二①一六九）で触れられるが、『源氏物語』の「花の宴」を想起させる狭衣の宮への侵犯は春のことであり、光源氏が東宮に入内する予定であった朧月夜と出会ったのもともに「春」である。その後光源氏と朧月夜との関係が右大臣に知られるのは雷鳴の響く夜、すなわち「夏」であった。右大臣は顛末を桐壺帝の女御弘徽殿に語り、朧月夜の東宮入内は中止、光源氏は須磨に身をひき、政治勢力の地図が塗り替えられてゆく。対して、宮と狭衣のたった一度の関係は、皇太后宮の懐妊奏上と隠蔽されるとともに、宮の病気を理由に狭衣への降嫁は中止となる。

源氏の宮への思いから降嫁を回避したい狭衣が侵入によって間近に宮の美質を見、以後惹かれるようになり関係を求めても、出家を遂げた宮の方は狭衣忌避の念を強く抱き、その喪失感を埋めるように、「形身」である若宮が狭衣の手元におかれるようになる。若宮を「形見」と規定するのは☆4の一例のみである。

若宮の後見となっていた女三の宮の斎院決定後には、代わって斎院を退下した女一の宮の降嫁が計画される。堀川大臣から「さし放たれたるあたりだにあらず」（巻二①二六五）、あるいは「三の宮の御事ども口惜しきかはりに、前斎院はいかがおはすらん」（同二八九）とは言われるが、狭衣はそもそも結婚に気が進まず、同母の姉妹であっても女二の宮の「形見」あるいは「形代」と思うこともない。以後、尼となり入道の宮と呼ばれるようになった女二の宮に対し、狭衣は在俗のときと同じような恋情を抱き、あるいは自分の志す仏道に進んで同じ立場に身を置いて間近く接しようと、交渉は継続される。若宮という「形見」は手に入れたものの、思慕・恋情の対象として女二の宮（入道の宮となっても）が現世に存在し続ける以上、「形見」を手に入れても思いは収束できるものではなかった。

二　飛鳥井（道芝の露）の「形見」その一

飛鳥井は狭衣との子を懐妊の身で、狭衣の家司道成の妻にと乞われ、九州へと同道される。その下向の途、船より投身し、死去したと思われていた。しかし、兄の僧に救われ、叔母である常盤の尼君のもとで姫君を出産し、そこで病没する。「形見」は飛鳥井に関わる様々な人から認定されつつ物語内を変転してゆく。その「斜行」に大きな特徴がある。まず、「形見」の一として遺児の姫君の諸相を見る。

巻一で行方をくらました飛鳥井を探す狭衣は、乳母子の道季の話から入水した道成の妻が飛鳥井かと知った時に、その懐妊を思い出し、「形見」がこの世に留められなかったことを悔やむ。

☆6（前略）我も我が身ひとつにもあらず、形見をだにも残さず、ただこの人に残りなく見馴らされじと思ひ惑ひてうち入りにけんも……　（巻二①二六〇）

この時点での「形見」は喪ったわが子という抽象的な存在、一般的な表現であったが、常盤で飛鳥井の遺児の存在を知って「形見」と認識してからは実態として行方を求めることになる。(5)やがて出家の思いを抱いて参詣した冬の粉河寺で、飛鳥井の兄とは知らずに山伏に邂逅する。飛鳥井の存命を知り、明日の再会を約して、「我が着たまへる白き御衣のなよなよと着なされたる、移り香ところせきまで薫り満ちたる」（巻二①三〇四）を渡そうとして一旦は拒否される。

★7あかきほどに、また対面するまでの形見に見たまへ。　（同三〇四〜三〇五）

その衣を、再び「形見」として贈り翌朝の再会を期すが、飛鳥井重態の報に接し、山伏は下山する。翌年常盤を訪れた狭衣は尼君に遺児の存在を問う。

☆8「かひなくとも、形見には、今は誰をかはなど、頼みきこえてなん。…[6]」　（巻三②六一）

狭衣は一条院の妹である一品の宮のもとに姫君が引き取られている事を聞き、垣間見ようとしたところから生じた風聞をそのままにできずに結婚し[7]、その後ようやく姫君を手に入れる。

☆9姫君をかき抱きて、こなたに入れたまひぬ。

忍ぶ草見るに心は慰まで忘れがたみに漏る涙かな　（巻三②一一〇）

喜びの一首であるが、この「忘れがたみ」は女二の宮懐妊の時に皇后宮が嘆いた★3の用例とも語としては共通する。男性の名残を意識した子どもを指すが、★3は女二の宮の歓迎せぬ懐妊を否定的に、☆8は愛する人の遺児ということで肯定的に、皇后宮、狭衣それぞれ、その時の立場での発語は、子の運命とも関わってゆく。

狭衣にとって不幸なことに、「「忘れがたみに」とありし御独り言を、宮の御乳母子の中将といふ、障子のつらにて、いとよく聞きけり。」（巻三②一一三）と、乳母子の中将が障子の陰で漏れ聞く。この一首は中将からさらに一品の宮に伝えられ、宮は、この姫君を求めたがゆえに狭衣が自分と結婚したに過ぎないことを知る。一品の宮は養い子としてかわいがってはいたが、実母については慮外で、姫君を飛鳥井の「形見」とは思いもしない。「げになべての人のゆかりとはいふべうもあらず、大将にもうちおぼえたてまつりたまひて」、「心づきなきゆかり」と思い、「かばかりまでほのめきたまふも、ただこの御ゆかりと心得たまへば…」（巻四②三三二）と、狭衣の縁者と認識し、不快になる。「ゆかり」の語は畳み掛けられるように繰り返される。心得ない結婚の経緯もあり、遺児の姫君の「何心なき御さまのうつくしさを、さすがにあはれにも」（同）思いつつも、一品の宮は姫君をも疎む方向に向かう。

このような一品の宮とは対極的に、堀川院・大宮は我が子狭衣の血をひくものとして「形見」と認識する。ただし、それは一品の宮との不仲が決定的になり、狭衣が神慮により即位した後である。すでに早くから一品の宮やその生母女院に依頼されて姫君の着袴を世話していた堀川院夫妻であるが、狭衣の忍び所であった当時は飛鳥井に興味を払っていなかった。むしろ巻一の段階では女二の宮降嫁を勧める最中でもあり、狭衣の他出に対して否定的でもあった。姫君を狭衣の子と認識して以来、一品の宮は仏道に傾斜する。狭衣即位の後も後宮に入ることを拒否して、姫君のみを弘徽殿に入れる。

☆10（前略）弘徽殿にひとり住みたまふ姫君の御事を、心苦しう思し扱へるに、宮、亡せたまひて後は、堀川院も大宮も、常に渡らせたまひつつ、見たてまつらせたまふに、いとはかなう聞かせたまひし、道芝の露の形見と、紛らはすべうもあらず、なまめかしうをかしげなる御かたちは、似たりけん母君の御さまさへ思しやられて…（巻四②三七八）

堀川大臣夫妻は成長した姫君を見て、改めて生母飛鳥井の美質を思い致して「道芝の露の形見」と認識する。身分が低いながらもようやく飛鳥井の存在を認定したといえる。

三　飛鳥井（道芝の露）の「形見」その二

飛鳥井の「形見」として二つめに「扇」が挙げられる。

飛鳥井は入水の直前扇に遺詠をしたためる。この扇は「形見」の意味を二転三転して物語内を移動してゆく。旧稿に詳しいが、改めて示しておく。[8]

最初は、飛鳥井を誘拐した道成によって、主人狭衣から餞別として拝受した「狭衣の形見」として登場する。靡こうとしない飛鳥井に、自分は狭衣大将に仕え、餞別に手慣らした扇を貰った身であると誇示したもの。

★11いたう手馴れにけりとて、惜しませたまひつれど、形見に見よとて、賜はせたるぞ。（巻一①一三八～一三九）

特に、この扇には狭衣の筆跡が残されていること（同一四〇）から、「手馴れにけり」という狭衣の記憶が扇にある。[9] 表に狭衣の手跡の残された扇に自らの思いを書き付け（巻一①一五二）、結果一本の扇の両面に互いの和歌を留めることになる。この扇は、道成にとって入水した「妻の形見」と認識される。上京後、道成は事情を知らぬまま狭衣に扇を「かき汚してはべりし」（巻二①二五〇）と妻の入水の経緯を語り、後日求められて扇を持参する。狭衣は遺詠の「風に伝へよとあらんも、ゆかしう」（巻二①二五二）と思うが、道成の思惑は別にある。

★12「これは長き世の形見と思うたまふれば、返したまはりなん。」（同）

★11で主人狭衣の「形見」とした扇を、今度は亡妻の「形見」とみなし、狭衣に取り戻され、失うことに抵抗する。狭衣は遺詠の筆跡が飛鳥井のものと確認して「形見」と認め、「いまはとて落ち入りにけんありさま、心の中見る心地」（巻二①二五三）までして、手元に留め置く。『集成』では、道成のこの発言のあとに、狭衣の「聞くやうなるうとうとしさならば、形見などあながちに偲ばでもありなむかし。せめてあらぬさまに言ひなさるるほどの虚言か」（上二二〇）と、道成の「形見」とすることを否定する言葉が続く。一方で『狭衣物語全註釈巻二下』によれば、大島本は「命の候はん限りは見たまへんと思ひたまふる」と「形見」の語を欠く。道成にとっては飛鳥井の「形見」とは認識されていないと解釈でき、「扇」は☆13のごとく、狭衣ただ一人のみの「形見」となる。初発は道成にとっての「狭衣の形見」であったものが、飛鳥井の手跡を留めることによって「飛鳥井の形見」となって狭衣の手元に戻ってくる。これも「形見」の斜行の一といえる。

☆13（前略）扇とり出でて見たまふに、げにこそ千年の形見なりけれ。（巻二①二八一）

この扇は、終生狭衣の手元に置かれる。☆6の段階で、投身によって飛鳥井との子も喪ったと認識したからこそ扇を「千年の形見」と呼んだが、後に粉河寺で遺児の存命を確信してからは「形見」と呼ばれることはない。しかし、一本の扇の表と裏に二人の詠歌を記して飛鳥井との記憶を封じ込めて、物語の最後まで狭衣に寄り添ってゆく。飛鳥井の遺品が届けられ、「絵日記」の形で飛鳥井の絵姿を目にしたあと、すべての記憶の品々が処分されても、この扇だけは残される。しかし、「ありし扇ばかりを残させたまひて、皆細々となして、経紙に加へて漉かせたまひて、金泥の涅槃経、御手づから書かせたまひけり。」（巻四②四〇三）と、「形見」とは呼ばれない。過去の助動詞「き」を使うことで、今に残る（あるいは将来にも残るべき）「形見」とは異なる次元の存在であると意識されている。

ともあれ道成は妻の死を直接経験し、狭衣は伝聞によって「死」を確信した。

なお★7・★11はともに狭衣が下位の者にとらせた「身の代」の「形見」であるが、結果的に飛鳥井の二つの「死」（入水と常盤での病死）の情報伝達にそれぞれ関与している機能も大いに注目される。

ところで道成は、妻の「形見」を「扇」以外にも認定している。

★14あとなき水をかたみにてなん、まかりはべりし。　（巻二①二四八）

『集成』ではこの一文を欠く。(10)飛鳥井が入水した「海」を飛鳥井の「形見」と認識し、★2の「天つ空」と同様、喪った人の「形見」として大きな自然を対象にする。故人を偲ぶ具体的な「もの」が欠如するとき、狭衣が昇天した「空」や飛鳥井が入水した「海」など自然そのものが「形見」と認識され、「空」と「海」は対になって配置されているかのようである。

飛鳥井の「形見」といえるモノには「扇」の他に「絵日記」がある。

飛鳥井を偲ぶ「形見」は、未遂に終わった入水と、実際の「死別」と二つの時点で生じている。扇は入水時の「形見」であるが、死別による「形見」に絵（日記）がある。常盤の尼君の没後、娘の少将が遺児の姫君（狭衣帝の一品の宮）に献上した櫃に収められた産衣や絵のうち、特に「絵」が一品の宮によって「形見」と認識される。

★15（前略）絵をなん、いみじう描いたまひしなど、さきざきも聞かせたまひて、あれをだに、御形見に見ばやなど、思し願ひつれば、…　（巻四②三九四）

一品の宮にとって、「産着」は自らの過去(11)であり、「絵」は生前の母の姿が留められた、母自身の手になる「形見」である。「絵」である必然性は母との相貌の近似性を、自身の目で確認するためである。しかし、狭衣はそれらの絵をしても「これや、昔の跡ならん。…」（巻四②三九七）と呼び、「形見」とは言わない。狭衣の手に留められ、後まで残されることになる「扇」さえ、遺児の姫君を手に入れてからは「形見」とは呼ばれていない。飛鳥井自筆の狭衣との思い出の日々を記録した「絵日記」も狭衣にとっては「形見」ではない。「昔の跡」と呼び、過去のものであると対象化する。狭衣にとって「形見」の物語は姫君を手に入れて完了した。

四　一条院の一品の宮と式部卿宮の姫君

狭衣には二人の妃がいる。一条院の一品の宮と式部卿宮の姫君である。

一条院の一品の宮は、飛鳥井の遺児を探し求めた狭衣が忍び入ったために堀川大臣家から降嫁の奏上があって狭衣の正室となったが、最初から誤解の上の成婚であった[12]。前節で述べたとおり、宮は遺児を狭衣の「ゆかり」と認識し、それゆえに忌避するようになった。愛情も薄く狭衣との間に子供も無かったが、死後、養い子として世話をしていた飛鳥井所生の姫君を、兄の後一条院が皮肉なことに「宮の形見」と認識し、裳着の祝いを贈るに至る[13]。

★16一条院にも、昔は故宮のあはれに思し扱ひたりし御事、御覧じ知りにしかば、形見にも誰をかはと思しめして、かかる御急ぎをも聞き放たせたまはず、心殊なる御装束ども、扇・薫物などやうの物をぞ、御心ざしのしるし殊にて、たてまつらせたまひける。（巻四②三七九）

狭衣の実子とは知らない頃に宮が「あはれ」と養ったとの記憶から、兄の一条院により「宮」の「形見」と認識され、一条院の一品の宮の子の待遇で宮と同じ「弘徽殿」に入る。その結果、出自の低い実母飛鳥井の存在は抹殺され、飛鳥井は一品の宮の位置に置き換えられる[14]。

帝以下が飛鳥井の遺児を一品の宮の養女であるとして格上げしていく中、狭衣が一品の宮の「形見」として認識することはない。宮が狭衣の心をつかめなかったからではなく、狭衣にとって、飛鳥井の遺児はどこまでいっても飛鳥井の「形見」であり、宮の「形見」とは認められなかったからである。

一品の宮との不仲が決定的になった頃に、宮の中将から妹の式部卿の宮の姫君を勧められ、やがて姫君は狭衣の二人目の正妃になる。源氏の宮にそっくりであったことから「形代」と呼ばれることは一節で触れたとおりである。[15]正式に成婚することなく子供を成した女二の宮の子と飛鳥井の遺児がともに狭衣から「形見」と呼ばれるのに対して、正式な結婚で生まれた若宮が「形見」と呼ばれることは当然ない。

母の北の方を喪った直後の悲しみの中、姫君は次々と「母の形見」を意識する。「名残とまれる心地する日数のほどは、日々に顕れ出でたまふ経・仏などを、形見に見たてまつり慰めたまふを」（巻四②二九四）とか、「ことわりの年の暮とは見えながら積るに消えぬ雪もこそあれ」のような「はかなき言の葉のみ、昔の形見には思し慰めける」（同二九八）と、仏事の為の仏具、母を悼む言葉をそれぞれ「形見」としている。

母君を垣間見て心ひかれ、そこから姫君への思いが募るが、母君の死（「長月に死ぬ」予感）によって心許ない日々を過ごした姫君が狭衣に引き取られるまでは「若紫」を引用している。[16]「若紫」では、「十月に朱雀院の行幸」（①二三九）を控えた頃、若紫を求める光源氏が山里に尼君の容態を問わせたところ、尼君はすでに「たちぬる月の二十日のほど」（同二四〇）に亡くなったと知らされる。尼君の忌が明けると、若紫は父兵部卿の宮邸に引き取られる計画であると知ると、宮に先駆けて若紫を二条院に移す。二条院での朝、今までの生活と打って変わった豪華な邸内の景に若紫は驚く（同二五六～二五八）。「冬」の転居、新居の華麗さの表現が一致している。

また、『源氏物語』には、庇護者を失って男君に引き取られる女君がもう一人存在する。若紫とは異なり既婚であったが、夫柏木を喪い、母の庇護の元に余生を送っている落葉の宮である。夫の死後、柏木と近しかった夕霧の弔問を受ける間に母御息所を亡くし、夕霧に強引に婚姻を迫られる。[17]

（前略）御佩刀に添へて、経箱を添へたるが御かたはらも離れねば、

恋しさのなぐさめがたき形見にて涙にくもる玉の箱かな

黒きもまだしあへさせたまはず、かの手馴らしたまへりし螺鈿の箱なりけり。誦経にせさせたまひしを、形見にとどめたまへるなりけり。（④四六五）

この「形見」は経の料にと考えられた、「手馴らしたまへりし」と故御息所の身の回りにあったものである。それに対して式部卿の宮の姫君は、新しく作られた「経・仏」などを母北の方の「形見」としている。「若紫」では使用されなかった「形見」の語の存在や女君がすでに成人してるところから、式部卿の姫宮との結婚は、庇護者を喪って男君の邸宅に引き取られる「夕霧」の影響下にもあるといえる。また『源氏物語』の女君が庇護者を喪って転居するのがともに「冬」であることの影響も、式部卿の宮の姫君と共通する。

五　『源氏物語』、「養女」と「形見」

ところで、遺児を探す物語は、『源氏物語』にも見える。頓死した夕顔の遺児を光源氏が求め、二〇年以上の時を経て再会する下りである。(18) 光源氏は夕顔頓死後、女房の右近に遺児の存在について問いかける。

「さていづこにぞ。人にさとは知らせで我に得させよ。あとはかなくいみじと思ふ御形見に、いとうれしかるべくなん」（夕顔①一八六）

「人」は玉鬘の実父頭中将を指し、自分のもとで亡くなった夕顔の「形見」として我が物にしたいと願う。しかし、再会を果たす「玉鬘」以後の巻では、玉鬘を一度も「形見」とは呼ばない。一方で、かつて夕顔に仕えた右近が玉鬘と再会する場面の直前では右近を「形見」と繰り返して認識する。

・右近は、何の人数ならねど、なほその形見と見たまひて、らうたきものに思したれば、古人の数に仕うまつり

馴れたり。　（玉鬘③八七）

・（前略）言ふかひなくて、右近ばかりを形見に見るは口惜しくなむ。　（同一二三）

勿論、当の遺児の行方が不明のままなのであるから、夕顔に仕えた右近を「夕顔の形見」として扱うしかないのであるが。「形見」と呼ばれた右近も「夕顔の頓死」という不吉な記憶を避けてか、再会した玉鬘を「夕顔の形見」とは呼ばず、「夕顔の露の御ゆかり」（同一二〇）と光源氏に伝える。その一方で、「玉鬘」巻において玉鬘を「夕顔の形見」として傅いたのは、夕顔の死を知らずに待ち続けた乳母一家である。

（前略）若君だにこそは、御形見に見たてまつらめ、…　（同八八）

主人の形見である玉鬘を奉じて、筑紫まで下向した。姿を消したまま消息の絶えた夕顔の生死は問わず、「夕顔の形見」として守り抜いたのである。夕顔の「形見」は状況によって使い分けられたといえる。[19]

その後九州から上京した玉鬘は長谷寺で右近に邂逅し、光源氏の六条院に迎えられる。光源氏の姫君と喧伝されて多くの懸想人も集めるが、実父内大臣（昔の頭中将）との再会は果たせないまま、翌年十二月の大原行幸のあとに、宮仕えを勧めて裳着を「年かへりて二月に」（行幸③二九五）と光源氏から計画される。実父内大臣との対面も果たし、次いで今上帝（冷泉）へ尚侍として入内する運びとなるが祖母大宮の弔事のために服喪し、出仕は「十月ばかりに」（藤袴③三三八）と延期される。尚侍として出仕すると聞いた懸想人から手紙や和歌がよせられる中、玉鬘は蛍兵部卿宮にのみ返歌をし、新たな展開が予想されるが、続く「真木柱」の冒頭で、玉鬘が髭黒大将の手に落ちたことが知らされる。実母夕顔の存在を隠し光源氏の養女とのみ公開されて本来の帰属もあやふやな存在と化し、「夕顔の形見」である必然性は物語社会では皆無である。光源氏と内大臣両者の政治的緊張関係の中にのみ大きな意義をもって立ち上がってくる。結果として第三勢力ともいえる髭黒の手に落ちて狂想曲のような求婚譚は終焉するが、髭黒にとっては光源氏の養女であることがすべてで、玉鬘の出自は不問にされる。

その渦中、紫の上の養女となっていた光源氏のもう一人の姫君である明石の姫君の方が、「劣り腹なれど、明石のおもとの産み出でたる」（常夏③二三七）と言われ、のちに入内するが、明石で生まれた実母の陰がまとわりつく。もう一点光源氏の二人の姫君については徹底的な差がある。

六条院入り、出仕の決定、略奪婚、出産と都での玉鬘は、光源氏の養女として広められるまでの九州下向の経緯は別として、出仕・結婚の顛末は帝も知るところの事件として展開する。同様に、紫の上の明石の姫君引き取りも、世間には伏せていても光源氏は当事者として関わっている。このように養女に関わる事柄が、『源氏物語』では事件・出来事として顕現し周知の事象であるのに対して、『狭衣物語』では秘密裏に運ばれ、狭衣を疎外して進行する。そのために、狭衣は「形見」として女君達の「記憶」を求めて新たな物語を紡ぐことになる。

六　「斜行」する『狭衣物語』の「形見」たち（まとめに代えて）

飛鳥井の入水、常盤での病死、と飛鳥井は二度死んでいる。「形見」は残された者にとっての「誰の」思い出かが重要で、実体化するものがなければ★2の「空」や★14の「海」のような自然さえ強引に「形見」とすることになる。入水を知らぬ狭衣は行方を求め、冬の粉河寺で存命を知る。そして常盤にたどり着いたのは飛鳥井の四十九日の法要目前である。飛鳥井の二度目の死ともいうべき常盤での最期から飛鳥井の成仏を夢で確認する一方で、遺児の姫君を追う物語へと転じる。さらに飛鳥井の特徴として、狭衣が自身の★11「扇」や★7「衣」を「形見」として与えた道成や山伏がそれぞれ飛鳥井の「死」と関わり、対面叶わなかった狭衣に飛鳥井の「死」の情報と「形見」を伝えることが挙げられる。

女二の宮は出家し、「忘れ形見」の語で懐妊させた相手を指し、狭衣にとっては女二の宮の「形見」となる。立場により、相手・価値が動くのである。結婚の可能性がなくなったとはいえ宮は存命で、狭衣は道を希求する自身の思いを訴える形で迫ることもあり得た。

源氏の宮は狭衣に「形代」を与えるが、それは源氏の宮が遺した者ではない。狭衣が勝手に「形代」であると認定しただけであり、源氏の宮も式部卿の姫宮も互いに意識はしていない。狭衣に「形代」と認識されたことで式部卿の宮の姫君は源氏の宮の存在を意識し、狭衣との間に微妙な感情が生じている。

狭衣は結ばれ得なかった女君達の「形見」「形代」を求め、手に入れる。源氏の宮の「形代」は、〈身代わり〉の式部卿の宮の姫君である。飛鳥井の「形見」の姫君は☆10のように飛鳥井生き写しに成長した。飛鳥井が亡くなったために「形代」とはついに呼ばれない。しかし、女二の宮の「形見」の若君は、出生時の「ただ左大将の顔」（巻二①二一八）以降、「御顔の、ただかの御児のほどとおぼえたまへるを見るに」（同二二一）、成長するに従い、「いとど異人とさへおぼえたまはぬ面影」（巻四②三八二）、「月日の過ぐるままに、上の御容貌・ありさまに違ひきこえさせはまふ所なう、めでたうおはすれば」（同三八七）と狭衣に似て、女二の宮の容貌は写していない。

狭衣は飛鳥井の死だけでなく女二の宮の出家にも立ち会っていない。狭衣の知らないところで事態は進行していた。倉田実氏は飛鳥井の恋をめぐって狭衣と飛鳥井は「知らせない／知らない」関係であるとされる。[20]狭衣は隠された事件から「形見」を求めることになる。そこは光源氏と大いに異なる。玉鬘と髭黒の結婚についての関与は不明であるが、源氏はすべての事件を掌握して自己の管理下に置いている。狭衣は真相を知らず、やがて知らされ、「形見」を求め、そこから新たな関係を構築しようとする。「形代」である式部卿の宮の姫君に対してのみ主体的に動く点で「形見」のありようとは異なっている。「知らない」ところで始動する「形見」、主導権をもって行動する「形代」、両者の違いは大きい。そして何よりも「形見」は固定的ではない。物語の進行、人々の状況・立場の変化によって「誰の、誰にとっての、どのような形見か」という意味を変化させてゆく。つまり「斜行させてゆく」のである。

『狭衣物語』の場面の幾つか、あるいは登場人物の設定の幾ばくかが『源氏物語』の引用・影響下にあることは紛うことのない事実であるが、狭衣が〈見えない〉世界を抱え込むことによって生じる「形見」の「斜行」は、『狭衣物語』独自のあり方であろう。

注

（1）拙稿「『狭衣物語』の形見・ゆかり考」『『源氏物語』宇治十帖の展開と継承』（和泉書院　二〇一一年）

（2）倉田実氏『狭衣の恋』（翰林書房　一九九九年）が五人の女君との恋の諸相を和歌引用を基点に論じている。

（3）拙稿「『狭衣物語』の飛鳥井姫君の叙述手法――登場人物たちによる語りと女君の生涯における時間の流れ――」（注1に同じ）

（4）『源氏物語』では「紫のゆかり」あるいは宇治十帖の八宮の姫君たちなどが「形代」として示されると指摘される（「〈形代〉の変容――認識の限界を超えて――」（『狭衣物語／批評』　翰林書房　二〇〇七年）に拠る。

（5）『集成』（旧東京教育大学国語国文研究室本）では「在りと聞かましかば、忍ぶ草一人をば、ものねぢけたりともいかがはせむ、尋ねとるやうもありなましを」（上二一六～二一七）と「形見」の語を欠き、代わって「忍ぶ草」となっている。『狭衣物語全註釈巻二下』によれば、天和九年の古活字本も同様。

（6）『狭衣物語全註釈巻三上』によれば、大島本では「甲斐なくとも、今は誰をかは」とあるのみで、「形見」の語を欠く。
（7）千野裕子「『狭衣物語』と『源氏物語』夕霧巻――一品宮物語を中心に――」（日本文学協会『日本文学』747　二〇一五年九月）
（8）注1に同じ。
（9）主人が使用人に対して身につけた自らの「分身」ともいうべき品を「形見」として与えるのは狭衣だけではない。『源氏物語』では、末摘花が筑紫下向する乳母子侍従に「形見に添へたまふべき身馴れ衣もしほなれたれば、年経ぬるしるし見せたまふべきものなくて、わが御髪の落ちたりけるを取り集めて鬘にしたまへるが、九尺余ばかりにていときよらなるを、をかしげなる箱に入れて、昔の薫衣香のいとかうばしき一壺具してたまふ。」（蓬生②三四一）とある。
（10）『狭衣物語全註釈巻三下』によれば大島本以下二系統・三系統に分類された多くの諸本で同様にこの一文を欠く。
（11）「アイデンティティー」の確認との指摘が田村良平氏（「『狭衣物語』における飛鳥井母子の位相」（早稲田大学大学院王朝文学研究会『中古文学論攷』8号　一九八七年十二月））にある。
（12）注7に同じ。
（13）拙稿「狭衣物語の女院」（注1に同じ）
（14）倉田実「飛鳥井の姫君の位置づけ」（『王朝摂関期の養女たち』翰林書房　二〇〇四年）に詳しい。
（15）大倉比呂志「『狭衣物語』――冒頭と巻末、そして〈身代わり〉の独自性」（中野幸一編『平安文学の交響――享受・摂取・翻訳――』勉誠出版　二〇一二年）。源氏の宮と宮の姫君の近似性は〈形代〉として機能しているが、宮の姫君は母北の方の〈身代わり〉でもある。井上眞弓「女君の母子関係」で宰相中将姫君と源氏宮は「同化と異化をたゆた」って、「形代が形代でなくなる」との指摘があり、鈴木泰恵氏「〈形代〉の変容」（注4に同じ）では、式部卿宮の姫君を源氏の宮の「形代」と認めつつも、〈身代わり〉と明確に認識されていない女二の宮も〈身代わり〉の存在感が重く担わされているとする。
(16) 土岐武治『狭衣物語の研究』(風間書房　一九八二年)
(17) 「夕霧」引用については千野裕子氏(注7に同じ)が一条院の一品の宮との結婚を論じている。筆者は式部宮の姫君との結婚について「夕霧」引用を考えており、別稿を予定している。
(18) 星山健氏は「『狭衣物語』における飛鳥井女君の造形方法——反転された夕顔物語——」(『王朝物語史論——引用の『源氏物語』』笠間書院　二〇〇八年)で、飛鳥井と狭衣の出会いの顛末は『源氏物語』の「夕顔」を反転引用していると分析されている。
(19) 『源氏物語』の「形見」については杉浦和子氏が「『源氏物語』の「形見」——「分かれた人の形見の物」から「亡き人の形見の人へ」——」(『中古文学』九十八号　二〇一六年十二月)で詳細に論じられている。
(20) 「狭衣という人」(注2に同じ)

付記　本文として、新編日本古典文学全集『狭衣物語』①②(小学館)を使用した。また参考として、日本古典文学集成『狭衣物語』上下(新潮社)・『狭衣物語全註釈』(おうふう)を使用した。

立命館大学日本文学会二〇一六年度大会(二〇一六年六月一二日)の講演の一部である。

結ぼほる大君——『夜の寝覚』の斜行するまなざしをめぐって

三村友希

はじめに

『夜の寝覚』は、太政大臣家の大君と中の君の姉妹の物語でもある。『無名草子』が「はじめより、ただ、人ひとりのことにて、散る心もなく、しめじめとあはれに、心入りて作り出でけむほど思ひやられて、あはれにありがたきものにてはべれ」（二二五）とまず評価したように、中の君が最初から女主人公として定位される一方で、大君については、その心理描写が少ないことが指摘され、前半に登場するのみの端役的存在であるにすぎないと言われる(1)。超越的な美質を備えた妹に常に比較され、夫を奪われてしまう姉は、引き立て役に徹した気の毒な女君であり、『源氏物語』の葵の上像と類似していながらも取り澄ましているだけの造型ではないことや(2)、奪い奪われる関係構造に追い込まれつつも、姉妹がその運命を小姫君の譲渡によって変容させていくことなど(3)が論じられてきた。

男主人公をめぐり、姉妹の関係はやがてこじれていく。しかし、姉妹はもともとは仲がよく、助け合い、寄り添い合って成長してきたはずである。

　北の方、一所は按察使大納言の女、そこに男二人ものしたまふ。帥の宮の御女の腹には、女二人おはしけり。形見どもをうらやみなくとどめおきて、競ひかくれたまひにし後、世を憂きものに懲りはてて、いと広くおもしろき宮にひとり住みにて、男女君だちをも、みな一つに迎へ寄せて、世のつねにおぼしうつろふ御心も絶え

て、一人の御羽の下に四所を育みたてまつりたまひつつ、　（巻一・一五）

二人の北の方の死後、独身を守って子どもたちと暮らす父だけが姉妹の庇護者であり、父「一人の御羽の下に四所を育」んでいるという状況は、二人の異母兄がいるものの、『源氏物語』宇治十帖の八の宮と大君・中の君姉妹の関係性に似ている。宇治十帖においては、大君や浮舟という個性の強い姉と異母妹に挟まれてはいても、北の方が命と引き換えに出産したのは中の君であり、母の遺言ゆえにも父八の宮は中の君を特にかわいがっているようであり、当初は十分にヒロイン的属性をもっていた。(4)ところが、ヒロイン的な位置を浮舟に譲り、匂宮の妻として「幸ひ人」(5)と呼ばれつつ、次々に起こる問題に苦悩しながら対処し、(6)独自の生き方を模索していく中の君の現実が描かれることになる。中の君は経験し、思い知る女として造型されるのであった。(7)経験する以前に先回りして悲観的になる大君は、過大な不安を高めて、病に倒れてしまった。『夜の寝覚』の大君と中の君が同母姉妹として設定されている点も宇治十帖を踏襲しているだろうが、(8)より抜き差しならない状況に直面することになる。

本論の関心は、女主人公の姉である大君の人物造型やその語られ方にあり、大君に向けられる、斜行するまなざしにある。父太政大臣や男主人公などの斜行するまなざしこそが、大君を中の君の端役に落とし込み、中の君の引き立て役以上の役割を与えない作用をもたらしているのではないだろうか。

一

父太政大臣は、大君には琵琶、中の君には箏の琴を教えていたという。しかし、中の君が、八月十五夜の夢の中で天人から伝授されたのは、姉が習っていたはずの琵琶であった。

いと静かなるに、端近く御簾巻き上げて、宵には例の箏の琴を弾きたまひて、人静まり夜更けぬるにぞ、琵琶を、教へのままに、音のあるかぎり出だして弾きたまへれば、姫君、「つねに弾きたまふ箏の琴よりも、これこそすぐれて聞こゆれ。昔よりとりわき殿の教へたまへど、つねにたどたどしくてえ弾きとどめぬものを、あさましき君の御様かな」と、聞きおどろき、うらやみたまふ。（巻一・一九）

この場面は、薫が垣間見をした、橋姫巻における大君・中の君の演奏場面を想起させる。大君、中の君それぞれの性質と楽器が逆になっていることが不審の橋姫巻に対して、『夜の寝覚』はその違和感を楽器の取り違えであると解釈したのであろうか。

大君にとっては、中の君が琵琶までも見事に習得したことは予想外の事態である。自分は「つねにたどたどしくてえ弾きとどめぬ」のに、これはどうしたことなのか。驚くばかりでなく、大君は「うらや」んでいる。父から琵琶を教えられているのは私なのに……という思いは無理もない。

ここではまだ、姉妹の葛藤は生まれていなかった。薫が姉妹二人を同時に見たのとは異なり、天人は「天の下には君一人なむものしたまひける。これもさるべき昔の世の契りなり」（巻一・一八）と言っており、中の君だけに「さるべき昔の世の契り」を感じて、琵琶を伝授したのであり、ここに楽器＝運命の交換がある。天人が教えたのが、本来は姉が父から習っていた琵琶であったことによって、妹が姉の運命を奪う構図が見えてくる。(9)その交換のただ中で、大君は中の君の奏でる音色やその技量、資質を羨んでいる。父の溺愛までも、大君はかすかに妬んでいるのかもしれない。とはいえ、中の君が「思ひあまりて、姉君に、『夢に琵琶を教ふる人こそあれ』とばかり」（巻一・二〇）を打ち明けているのは、中の君の姉に対する思慕や信頼からだろう。

大君の縁談を決めるにあたっての父太政大臣の思いからして、物語は姉妹に対する父の偏愛を包み隠さずに語っていく。男主人公を婿に迎えることは「帝の御母、后に居ざらむ女は、この人の類にてあらむこそめでたからめ」（巻一・二二）というほどの良縁であり、父太政大臣としては中の君への「御心ざしはこよなくたちまさりたれど、限りあれば、まづ大姫君の御事」（巻一・二二）をまとめることにするのである。

「中の君こそ、さし並べたらむに、いますこしあはひよからめ」とおぼしながら、姉君はえ引き越したまはで、片つかたの御心には、「いかで、これに劣らぬさまにも、とりつづき見てしがな」と、おぼし乱れたるに、

（巻一・二二〜二三）

父太政大臣の本音としては、中の君こそが男主人公の妻にふさわしいと考えており、大君の結婚を優先させる理由は年上だからという以外にはない。そうであれば、姉に劣らない縁組みをさせたいと思い、中の君の行く末に期待をかけるのである。この父太政大臣の中の君贔屓ゆえの逡巡は、ある意味で正しかったことになる。「世の光と、おほやけ、わたくし思ひあがめられたまふ人」（巻一・二一）である男主人公には、「月の光にも劣るまじきさま」（巻一・一七）の中の君が似つかわしいにはちがいない。やがて男主人公は、謎の女が「むら雲のなかより望月のさやかなる光を見つけたる心地する」（巻一・二九）のを垣間見て、契りを交わしてしまう。男主人公はまた、まだ見ぬ大君に対して積極的になれない。婚約者の妹（中の君）の病気のために婚儀が延期されても、男主人公は「人知れず、『逢ふ夜もあらば』とおぼすことのあればにや、いたく口惜しうもおぼさ」（巻一・四九）ないのである。ようやく婚儀が整った時点で、男主人公の気持ちはすでに謎の女に占められてしまっていた。

御心ざしおろかなりとなけれど、ならひにし寝覚めの、ありしに変はるけぢめもなし。昼見たてまつりたまへば、二十に一つばかりや余りたまひつらむ、かたなりなるところなくととのひ果てて、程すこしぞろかなれど、見苦しうもあらず。頭つき、様体いときよげにて、あざやかに気高く、きよらなるかたち、もてなし、有

様も、心恥づかしげに、よしある気色ぞ、人にことなる。「人の御程、かたち、これこそ限りなき際なれ。面影は、などて、さは様ことにすぐれしぞ」と、まづあやしきまで思ひ出でらる。（巻一・五五）

男主人公は、姉妹の関係にはまだ気づいていない。ここで注意しておきたいのは、大君の美質を「人にことなる」と認めながらもなお、はじめて見た妻の様子から、謎の女（中の君）の「面影」を「まづあやしきまで思ひ出で」ている点である。大君の過不足のない美点が強調されればされるほど、その賞賛が空しく響く。新編日本古典文学全集の頭注には、「中納言は、今見る大君の美しさを納得するにつけて、それ以上に見えたあの夜の女の美しさが不思議なのである」とある。女を思うあまりに、もはや「寝覚め」が「ならひ」となっている中での、男主人公の斜行するまなざしである。父太政大臣は中の君に対する溺愛そのままに大君を見ていたが、男主人公のまなざしもまた、眼前の妻を見つめながら意識は女の「面影」のもとに引き戻されてしまう。[10] 男主人公は繰り返し「面影」を思慕している。男主人公のまなざしの中には、中の君の「面影」がすでに潜んでいるのであった。

①忍ぶれど面影山のおもかげはわが身をさらぬ心地のみして　（巻一・三八）

②「見るに、すべて、ほのかなりし月影になずらふべきぞなきや。あさましくも、目もあやなりしかな」と、心にかけて思ひくらべたまふ。（巻一・四〇）

③面杖つきて、つくづくとながめ出でつつ、昨夜の面影は身を離れず、（巻一・四二）

④をさをさ夜離れなくありつきながら、月ごろになりゆくままに、面影見まほしき心焦られには、宮を絶えず申したまへば、（巻一・六二）

⑤「いなや、月影に見たまへしよりは、こよなく劣りにたり。月映えする人にこそあめれ」とうち笑ひて、（巻一・六六）

⑥「月影の、もてなし用意したまへりしは、世のつねなりけり。これをむなしくなしてむことよ」とおぼすに、（巻二・一三二〜一三三）
⑦あるかなきかなりつる面影、身に近かりつるけはひ、手あたりなど、身を去らぬやうなるに、「平らかにあらせて、あひ見ばや」とおぼすよりほかのことなし。（巻二・一三七）
⑧身を去らぬ火影の、堪へがたく思ひ出でらるるままに、「今宵、さりとも、かならず」と、ありしならひに、心ときめきせられたまへるを、（巻二・一五六）
⑨「かの石山にて、あるかなきかなりし火影に、いとよく似たりかし」と、まもりたまふに、いと悲しければ、（巻二・一六九）
⑩推し量らるる面影の、ただ今向かひたる心地して、（巻二・二一〇）
⑪ながめ出でたる、月影のけはひなつかしく、なごやかなるさま、君の御有様を明け暮れ見ならふべかめれば、（巻二・二一五）

③までが男主人公と大君の結婚以前、④以降が結婚後の用例になる。最初は但馬守の三女であろうと勘違いをしていた、謎の女が忘れられず、④でいらだちを募らせるまでに、その「面影」を一途に求め続けていく。⑤では但馬守の娘を見てがっかりしている。巻二に入っても「面影」の用例は消えず、⑥では最初の逢瀬以上の魅力を感じ、⑦⑧になると女の「面影」が「身」から離れないような思いが高まっていく。⑨では石山の姫君を見ては中の君の「面影」を見出している。⑩⑪になっても、広沢で心細く過ごす中の君の箏の演奏を聞いては、まるで今目の前にいるような気がして、懐かしく思う男主人公である。[11]
結婚後、太政大臣邸に通うようになり、なまじ姉の気高く立派な様子を見ると、おのずと中の君のことが「思ひ

やられ」て、男主人公の恋心が募らざるをえなかった。

女君の、いと気高く、恥づかしきさましたるを見るにつけても、思ひやられて、ともすれば涙ぐましく、静心なくて、人間には中障子のもと立ち離れず。心にくくのみもてなして、つゆも女房のけはひなども漏れ聞こえず。心はそらにあくがれて、涙こぼるるをりのみ多かるを、（巻一・七五）

眠れぬ夜、男主人公はこのような斜行するまなざしから中の君を思い、中の君の部屋の気配をうかがって、「同じ心に寝覚めたるにこそあめれ」「他事ならじを」（巻一・七六）などと一方的に思い込むのである。

前掲の場面において、男主人公ははじめて見た大君を「限りなき際」であると高く評価していた。大君はどのような人物か。「かたなりなるところ」がなく成熟し、背丈が高くて、髪も容貌も申し分がなく美しくて気品があり、物腰も立派で奥ゆかしい、という。大君が立派であればあるほど、それよりも優れた中の君の素晴らしさが強調されてしまう、語りの方法がある。

正月に集った兄たちからも、大君は賛美されていた。

左衛門督、宰相中将もこなたに参りたまひて、中納言の上も渡りたまへり。紅の御衣八つばかり、かげ見ゆばかりなるうへに、桜の五重なる御衣、萌黄の小袿、ものよりことに気高く、あてに、きよげに、御髪、色なるかたによりて、こまごまとさはらかにきよらにて、袿の裾にゆるゆるとおはす。「これこそは、限りなき人の御様なれ」と見るに、（巻一・八一）

大君の髪が「さはらか」であるというのは、薫が見た宇治大君の「髪さはらかに落ちたるなるべし」（椎本⑤二一八）に通じる。『源氏物語』では宇治の大君のほか、玉鬘に「髪の裾すこし細りて、さはらかにかかれるしも」（初音③一四八）、明石の君に「髪のかかりのすこしさはらかなるほどに薄らぎにけるも」（初音③一五〇）とあった。『夜の寝覚』の大君の髪は、艶々と美しいものの、毛先が細くなったり抜け落ちたりしたのか、些か量感が足りないようである。[12] しかし、巻二後半、秘密が露顕した後、髪が抜け落ちていないかと心配されていたのは中の君であった（巻二・一九八、二二〇）。中の君をあれほどまでに思慕する男主人公と大君は、夫婦関係が必ずしも良好ではない。大君の髪にはすでに、不幸の兆候が表れ始めているのかもしれない。

さて、男主人公も兄たちも、大君を「気高し」と評していた。女房たちも、愛らしく親しみやすい中の君に対して、大君は「いと気高く、もの遠きさまして、御けはひもうるはしく重りかにのみおはすれば、うちとけがたきものに」「みなつつみきこえて」（巻一・六二）いたという。姉妹の性質の差異がはっきりと描き分けられているわけであるが、『源氏物語』の「気高し」「重りか」「はづかし」は宇治大君に、[13]「うるはし」「重りか」「うちとけがたし」は葵の上に用いられていた形容である。大君の人物造型の根底に、宇治大君や葵の上をやはり透かし見ても良さそうである。

二

男主人公が中の君の懐妊を知り、出産が近づくにつれて、大君の語られ方は変化する。

女君の、ものわづらはしげなるまみにて、はかなきことにも心置きて見咎めつべきに、心苦しくて、嘆きをだに声立ててはえすまじきに、思ひわびぬ。大殿がちに紛れつつ、（巻一・九四）

以前のようにただ立派な佇まいの大君ではなく、「ものわづらはしげなるまみ」を見せ、ちょっとしたことにも敏感に反応して咎め立てをするというのである。大君は、しだいに神経をとがらせていく。夫の心が別の方向に傾いていることに、大君ももちろん勘づき始めているはずである。男主人公は実家で過ごす時間が多くなり、大君も父に付き添って広沢に渡ってしまう。

大君は当初、夫婦関係がうまくいかないのは、自分が至らないせいだろうと悩んでいたらしい。何もかもまさる妹に比較されて育ったせいなのか、自身には「見るかひ」がないと思われているのではないかと「おぼし知」っているという自己評価の低さも、宇治大君と同じであると言えるだろう。

> 夜は寝覚め、昼はながめ暮らしてのみ過ぐしたまふ気色、いみじくさりげなくもてなし忍びたまへど、女君は、「見るかひなくおぼすにや」と、恥づかしくおぼし知れど、いかがはのたまふべき。あやむべきかたなければ、心に結ぼほれてのみありわたりたまふほどに、（巻一・一一〇～一一一）

大君の「心」は、男主人公から「見るかひ」がないと思われているのではないかという不安から、その気持ちを訴えることもできずに「結ぼほれて」しまった。すなわち、男主人公の斜行するまなざしに対する、確信に近い疑いから、「結ぼほれ」たわけである。

これ以降、大君は心を閉ざしたままである。中の君と親しい宰相中将も、「上の、いみじく世を乱れおぼしたる気色なるを」（巻一・一一九）と案じていた。大君の心は「解け」ない。

> 女君、例の解けがたく、きよげなるさまにて、いとどうちしをれたまへる、心恥づかしげにものものしき気色のあなづりにくげなるも、（巻二・一四二）

ましてや、関白家に姫君が引き取られたと聞いては、大君は「世の中」を恨むしかなく、「上べばかり」を取り繕った夫婦関係を思い、「身の宿世」を思い知るのである。

> 御五十日の日を数へて、世の営み、響きを、かの御方には聞きたまひて、「かかる人出で来る所もありけるを、

知らざりけるよ」と、いとなべて世の中恨めしく、ものしげにおぼしたるを見たまひて、（中略）年ごろも、おぼしのどめたる上べばかりさりげなくて、世には、もの嘆かしげに、静心なげなる御気色とは見つれど、さしてそのこととなきには、おのづから深くも咎められたまはぬに、姫君迎へられたまひて後、身の宿世つらくおぼし知られて、やすげなき御気色を、（巻二・一六七〜一六八）

かくのみやすげなく、おぼし恨みたる気色なれど、（巻二・一六八）

やがて夫と妹の仲を疑うようになった大君は、ますます心を閉ざしてしまう。

「いかにせまし」と、ただこのことをのみおぼされて、このごろは、いとど解けたる御気色もなく、目も見合はせたてまつりたまはず。（巻二・一七二）

一方で、男主人公は中の君を思って「結ぼほれ」（巻二・一七三）ている。夫婦の関係は容易には修復されない。鬱々とした閉塞感に覆われた大君は、これまでは「殿おはせぬほどは、夜も昼もこなたに渡りておはするを、この日ごろは、かき絶えて御消息もなく、渡りたまは」（巻二・一七三）なくなってしまったと語られ、姉妹の間の亀裂は深い。中の君が「つひには、いかに憂きものにおぼし果てむ」（巻一・一〇六）と恐れていた事態が現実のものになったのである。

そして、大君は、出家願望までほのめかして自閉していくが、男主人公にしてみれば、弁の乳母が中の君の悪口を声高に言うことも、それを諌めない大君の態度も「これを聞く聞く、あな、聞きにくとも、諌め、のたまはざなり」（巻二・一八四〜一八五）と気に入らない。「忍びて吾を恨」めばいいのに、と不満に思う。それというのも、中の君を気づかってのことである。

さなめりと心得たまふとも、なだらかにもて消ちて、人目のためにも聞きにくかるべきことは制し、聞き入れたまはで、忍びて我を恨みたまはむこそ、世のつねのことなれ。（中略）この御身は、なぞ憂はしき節なるぞ。我も人も、いみじく所を置きてつつみ憚る、本意なく」とおぼしつづけて、いと世の中うとましく、あぢきなくながめ入りたるを、（巻二・一八六～一八七）

男主人公にしてみれば、大君の身の上は「憂はし」くなく、中の君こそが「中空」（巻二・一八六）で気の毒なのである。これは、前掲の父太政大臣の考え方に似ている。大君は妹と比較されることから自由になれない。

上は、ただ心癖に見なしたまひて、いみじく心やましかりければ、ゐざり出でて、「日に添へて、あらぬさまにおぼし移ろふ御気色こそ、ことわりぞやと思ふものから、見るたびに心動きはべれ。ただ心に任せて、あなたにおはしましつきね。一つ心に、誰も隔ておぼすに、なかなか心づきなさまさる」とのたまふを、「言に出でて、などて言ひなしたまふ」と思ふがにくければ、のどやかに後目にかけて見やりたれば、ものこまやかに、なつかしく愛敬づきてこそあらぬさまなれど、きよげなる御顔の、もののいみじく心やましかるべきまみ、いと赤くうつろひたるが、つねよりも、あなきよげと見ゆるは、さすがに目とどまりて、（中略）心恥づかしげにのたまふつれなさに、いとどものも言ひやらず、ほろほろと泣きたまひぬるを、「げに、いと若やかなる人の御上ならば、目とまるまじきを、すこしすくよかに、もの遠く、づしやかなる人の、忍びあへず心弱げなるぞ、いかばかりおぼえたまふことならむ」と思ふに、いと罪得がましく、いとほしく、あはれになりて、（巻二・一八七～一八九）

大君はまた、「ただ心癖に見なし」て、男主人公の心が別な人＝中の君に移っていくのは当然であると思われるから、思いのままにあちらに住みついてほしい、と皮肉を言う。夫と妹が「一つ心」で自分に「隔て」を置いての け者扱いをするから不愉快だ、というのである。主張する大君が新鮮に感じられ、ついには泣き出してしまった妻の気弱な様子に、男主人公は事態の深刻さを実感することになる。

近くさし寄りて、いとなごやかにうち慰めたまふ気色の、なまめかしくめでたきを、「まいて、さばかりなる気色に、心を尽くしてあはれと見せたまふらむを、かの君もいかに思ふらむ」とのみおぼし寄るに、つゆも慰まず、いと妬きに、涙のみ流れまさりて、

あま衣たちわかれなむと思ふにもなに人わろく落つる涙ぞ

とのたまふけはひなど、いと由々しく、心にくきさまに、これも、なずらへの人には似ず、まさりたる御様なれば、いと心苦しくあはれにて、我も涙ぐまれて、「あが君や、など、かくまめやかに、つらき御心ぞ」と、うち泣きて、

かさねじと思ひたつともあま衣この世とのみも君を頼むか

（巻二・一八九〜一九〇）

大きく動揺する大君の思考回路においては、男主人公に優しくされれば、中の君もこの人をいかに思っているであろうかと想像してしまう。冷静沈着な大君が、このあたりで遂に涙を見せ始める。大君の出家をやめさせるためにも、「世のつね」（巻二・一九〇）の夫婦のように過ごすが、「げにと、たわむところなく、くせぐせしく、なだらかならぬ気色のみ、まさ」（巻二・一九二）っていくのであった。

そもそも大君がこれほどまでに中の君に嫉妬し、心を閉ざしてしまうのは、父親に溺愛される中の君に対し、積年のコンプレックスがあるからなのであろう。出家願望を左衛門督に告げる際、大君は次のように吐露していた。

えも忍びあへたまはず、左衛門督に、「昔より、殿の御心ざしの、あの君にはこよなくおぼし落としたれど、ことわり、親の御目にも、こよなくすぐれたまへる人の様なれば、いかでかおぼさざらむ。我が身のはかばかしからぬ面起こしにも、いかで面立たしく見なしたてまつらばや、となむ、上のおはせずなりにし代はりに、

とのみ、はかばかしからずとも、かたみにこそは頼みをかけて、後見思ひきこえめ、と思ひわたるに、背き背きにさし隔てて、他人よりは人聞き恥づかしかるべきことをなむ、聞きはべる。げに、心とあることにはよもはべらじを、ねんごろに心を尽くしてきこえをかす人の、あればこそあらめ、と推し量るに、かく乱りがはしきこと聞くべき類やははべる。身の宿世の、いと心憂きにはべれば、人を恨むべきかたなし。似つかはしき御あはひにもあるべきを、同じくは、思ひなきさまにてあらせたてまつりて、ここには形をも変へて、この世のこと見聞かざらむところに入りなむと、思ひはべり。昔より、とりわきたる御心ばへの、あはれに思ひ知られはべれば、かくもきこえはべるなり」とて、うち泣きたまふに、（巻二・一七四〜一七五）

この饒舌な訴えにおいても、大君は「身の宿世」を感じている。大君にとって、中の君は父の「御心ざし」の深い妹であり、親の欲目にも優れた人であって、「我が身のはかばかしさ」の面目回復のためにも、姉として「上のおはせずなりにし代はりに」と思ってきた、というのである。出家願望もさることながら、ここに大君の劣等感とそれゆえに母代わりをつとめようと考えていた思いが窺えることが重要であろう。この役割意識は、宇治の大君の造型を踏襲した語り方でもあると思われる。(14) しかし、宇治の姉妹の物語では回避され、起こりえなかった、一人の男を奪い合う姉妹の葛藤と誤解の物語が、ここでは展開されていくのである。

中の君もまた、姉妹が密着した関係であった過去を回想している。

年ごろあの御方ともろともに、明け暮れながめつつ、故上の御面影の我はおぼえぬを、言ひ出でなどしたまひつつ、月をも花をももろともにもてあそび、琴の音をも同じ心に掻き合はせつつ過ぎにし昔の、恋しきに、「残りなく飽き果てられぬる世なれば、いよいよ山より山にこそ入りまさらめ。またしも帰り見じかし」とおぼすに、池に立ち居る鳥どもの、同じさまに一番なるもうらやましきに、涙のみこぼれつつ、

立ちも居も羽をならべし群鳥のかかる別れを思ひかけきや
我が身の有様の、すべて現様なることはなく、夢のやうにおぼえながら、御車にたてまつる。
（巻二・一九六〜一九七）

男主人公が追い求めたのは中の君の「面影」であったが、中の君がはじめから喪失してしまっていたのは母の「御面影」である。それを補完し、優しく語って聞かせてくれたのは姉であり、「もろともに」「同じ心」で助け合い、慰め合ってきた、絆の強い姉妹のはずであった。その慕わしい姉に「残りなく飽き果てられぬる世」であるならば、深い山に入って帰ってくる必要もないとまで思うのである。

物語冒頭に「一人の御羽の下に四所を育みたてまつりたまひつつ」とあったが、この中の君の詠歌「羽をならべし群鳥の」は、あの橋姫巻の八の宮父娘の「水鳥」の唱和（橋姫⑤一二二〜一二三）を想起させずにはおかないだろう。ここでは、宇治の八の宮家のように父と姉妹の唱和は語られない。父のもとから巣立つことでなく、「羽をならべし群鳥」のような姉妹の仲が壊れてしまうことが問題提起されているのであった。

三

中の君の重病を案じるあまりか、自身も体調を崩した父太政大臣は、出家を決意し、遺産分けを考えた。女主人公を溺愛する父の不公平な相続配分に対し、長兄の左衛門督は、「など、いと妹まさりにはおぼし分かたせたまふ」（巻二・一四七）と反論している。ところが、父大臣は考えを変えない。

「などてか、それは。大納言殿の上をば、かく見たてまつる。頼りなきが、寄るかたなからむこそ、いとほし

かるべけれ」とのたまふを、（巻二・一四七）

父親の思いとしては、「寄るかた」のない中の君にこそ、頼りになる財産を残さなければ可哀想だというわけである。大君には頼りがいのある夫がいるのだから、心配はないだろう、と見ている。大君自身、父親が自分については一方的に安心しきっていることを感じとっていた。

「さ言ふばかりにはおはせざるべかめれど、年ごろの本意あり、かかるついでにと、おぼしたつになむはべる。身には頼もしげありとはおぼえぬ御心ばへを、一人は寄るべありとのみおぼしたるこそ、人目なかなかに、かたはらいたけれ」とのたまふが、おいらかならぬ気色も、近江の海のこと思ふには心騒ぎせられて、「数ならぬ身の際よりほかは、なにとか頼もしげなき節とは御覧ぜらるらむ」とばかり、言少なになり。（巻二・一四三）

大君その人が、「おいらかならぬ気色」で、夫である男主人公にこのように言っている。大君には「寄るべ」があるから安心だという判断は父親の勝手な思い込み、早合点であり、大君の「身」としては夫の「御心ばへ」はもはや「頼もしげありとはおぼえぬ」ものにすぎないのである。

実は、父太政大臣もまた、「『一人は寄るべあり』と安心しきっているわけでない。やはり夫婦間のすきま風を見てい」（新編日本古典文学全集・鑑賞欄）た。「大納言の北の方は、ただ今の定めにては、うしろめたかるべきにあらず。まことにすぐれて深き御心おはせずとも、おはしつきなむ。心をもて軽めおぼすべき人ならず」（巻二・一四五）と宰相中将に語っている。「寄るかた」「寄るべ」である男主人公が大君にとりわけ深い愛情を抱いてはいない事実を見抜いており、とはいえ、男主人公は大君を軽んじるような人柄ではなく、現時点においては不安がないとする論理なのである。男主人公にも直接、「さりとも、よも、むげにおぼし過ぐさせたまはずやと、深く頼みはべり」（巻二・一四五）と念を押してもいる。そもそもが中の君贔屓の父親なりに、大君の今後のことも危惧しているにはちがいない。

この時点においては、大君自身も父太政大臣も、男主人公の心を占めているのが他ならぬ中の君であるとは思いも寄らないが、大君が皮肉を言うように、その「寄るかた」「寄るべ」が「身には頼もしげありとはおぼえぬ御心ばへ」であるとすれば、将来の夫婦関係がどうなってしまうのかはわからない。『源氏物語』の女主人公・紫の上は晩年、「世のたとひに言ひ集めたる昔語どもにも、あだなる男、色好み、二心ある人にかかづらひたる女、かやうなることを言ひ集めたるにも、つひによる方ありてこそあめれ」（若菜下④二一二）と思い、自分にはそれがなく、浮草のような人生であると気づいて病に倒れた。[15]『夜の寝覚』は『源氏物語』の影響を強く受けているが、大君をめぐる「寄るかた」「寄るべ」の言説は、紫の上物語の「よる方」なき不安を引き受けながら、さらに「寄るかた」「寄るべ」があるにもかかわらず抱えなければならなかった、否応のない「身」の不安を語っているのではないか。

大君の穏やかでない様子に、男主人公は「近江の海のこと」、すなわち、中の君のことを思っている。男主人公の目の前にいるのは妻の大君であるのに、男主人公の思いは中の君と共有する秘事に向かい、「数ならぬ身の際」であるとは言え、どこに「頼もしげなき節[16]」があるのかと常套的な言い方で言葉を濁すしかない。

さて、やがて大君は、男主人公の相手が血を分けた、ともに育った妹であると知ってしまう。

> 上も、大納言の月ごろの御気色をおぼし合はするに、なにの疑ひおかれず、「我よりは、よろづのことに、いとめでたくすぐれたる君なれば、げによろしくは思ひたまはじを。いかにこよなくおぼしくらぶらむ」とおぼすに、よその人よりはいと恨めしく、「いかなる巌のなかを求めても、かく心づきなきことを見聞かであらばや」と、おぼし乱れたることを見咎めきこえたまはむことも、　（巻二・一七二）

夫が「我よりは、よろづのことに、いとめでたくすぐれたる」妹と自分を比べているだろうと思えば、「よその人よりはいと恨めし」い。心を閉ざしがちな大君が「巌のなか」までも求めようというのであるが、中の君もまた、同じように望んでいる。

「かやうなるほどは、琴掻き合はせ、何となく思ふことなかりし、いつなりけむ。片時も立ち離れたまふは心細くおぼえし殿にも、中納言の上にも、見えたてまつるは、いと苦しくおぼえなりにたり。親しく使ひ馴れし人々にも、かげ恥づかしくて、いかで、人の見ざらむ巌のなかにもと、思ひなりにたる」（巻一・八二〜八三）

姉と再び合奏をすることはかなわかった。今となっては父にも姉にも会うのが苦しく、いっそ人の見ない「巌のなか」にでも何とかして隠れてしまいたい……。この逃避願望だけは、姉妹の間に奇妙に共通している。この「巌のなか」への逃避願望も、姉妹のあやにくな運命を象徴しているように思われる。様々に交錯し、絡み合っていた関係構造の網目の中で、これがくっきりと浮かび上がってくる。

さらにいえば、中の君が生んだ石山の姫君とまさこ君は男主人公のもとで養育されるが、大君の娘は逆に中の君に託されることになるというのも、斜行した関係構造であると言えよう。楽器の取り違えで起こった運命の交換が、姉による小姫君譲渡で新たな局面がひらけたということであろう。そして、生霊事件の発端に死霊として登場するなど、物語後半においても、大君は中の君の物語に影響を与えていくことになるのである。

注

（1）志水富夫「『夜の寝覚』の心理描写――『大君』『対の君』の場合――」（『聖徳学園短大部　文学研究』第六号、一九九一年二月）。

（2）加藤史子「『寝覚物語』における『大君』考」（『大東文化大学　日本文学研究』第二十八号、一九八九年二月）。
（3）津崎麻衣「『夜の寝覚』の姉妹――奪い／奪われる姉妹の変容――」（『学芸古典文学』第五号、二〇一二年三月）。
（4）藤本勝義「宇治中君造型――古代文学に於けるヒロインの系譜――」（『源氏物語の人　ことば　文化』新典社、一九九九年）。
（5）原岡文子「幸い人中の君」（『源氏物語　両義の糸』有精堂、一九九一年）。
（6）苦悩を深めることで、中継ぎ的な人物造型を超え、独自のあり方を見せる中の君については、石阪晶子「『思ふ』女の未来学――中の君物語における思惟――」（『源氏物語における思惟と身体』翰林書房、二〇〇四年）。石阪論文ではまた、宇治十帖の中の君と『夜の寝覚』の中の君について、宮下雅恵「病と孕み、隠蔽と疎外――〈女〉の身体と〈男〉のまなざしをめぐって」（『夜の寝覚論　〈奉仕〉する源氏物語』青簡舎、二〇一一年）を踏まえて両者の物語の差異を論じた上で、『源氏物語』が姉幻想を描いたのに対し、『夜の寝覚』では妹の問題が浮き彫りにされるようになり、大君以上に中の君が後期物語に影響を与えていることを示唆しているのは重要な指摘であると思われる。
（7）三田村雅子「大君物語――姉妹の物語として――」（『源氏物語研究集成　第二巻　源氏物語の主題下』風間書房、一九九九年）。
（8）鈴木紀子「『夜の寝覚』と『源氏物語』宇治の姉妹――同母姉妹への関心――」（片桐洋一編『王朝文学の本質と変容　散文編』和泉書院、二〇〇一年）は、『夜の寝覚』が橋姫巻に酷似する点に着目しながら、大君と女主人公をはじめ、老関白の遺児姉妹や対の君姉妹など、登場する姉妹がすべて同母姉妹であることを指摘する。また、鈴木紀子「『夜の寝覚』『浜松中納言物語』の作者の関心――『姉妹』の宿命――」（『京都橘女子大学　研究紀要』第二十二号、一九九五年）も参照。
（9）二〇一五年度下半期放送のNHK「連続テレビ小説　あさが来た」でも、姉妹による許嫁の交換が序盤に描かれたことが興味深かった。姑が姉を選んだからこその許嫁の交換だったにもかかわらず、交換を承諾した妹の結婚相手に選ばれなかったことをコンプレックスに思うのは、こちらでも姉のほうであった。

(10) 男主人公が当初、女を但馬守の三女であろうと誤認することにより、男主人公のまなざしは、一方向にではなく、さらに複雑に斜行している。また、宮の中将は、「さやかにもみつる月かなことならば影をならぶる契りともがな」(巻一・四三)、「石山の峰に隠れし月影を雲のよそにてめぐりあひぬる」(巻一・六九)と詠んでおり、宮の中将の「月」の「影」をめぐる物語も同時進行している。また、男主人公が乳母の「火影」を見る場面もある(巻二・一九五)。

(11) 中の君も、「ありしにもあらず憂き世にすむ月の影こそ見しにかはらざりけれ」(巻二・二〇五)と「月の影」を詠んでいる。

(12) 中の君の髪が「五重扇を広げたらむやうに」(巻一・五九)とあるのは、出家して短く切りそろえた浮舟の髪が「五重の扇を広げたるやうにこちたき末つきなり」(手習⑥三五一)と語られていたことを想起させる。

(13) 『源氏物語』第三部に登場する姉妹たちの性格の対比に関しては、三田村雅子「第三部発端の構造――〈語り〉の多層性と姉妹物語――」(『源氏物語　感覚の論理』有精堂、一九九六年)。

(14) 大君の母代わりとしてのあり方については、斉藤昭子「中の君物語の〈ふり〉――宇治十帖の〈性〉――」(物語研究会編『源氏物語を〈読む〉』若草書房、一九九六年)が問題にしている。

(15) 伊井春樹「紫上の回想――『よるかた』なき生涯」(『国文学』一九九三年十月、学燈社)など。

(16) このあたりの「頼りなき」「頼もしげ」については、稿を改めて考えたい。

付記　『夜の寝覚』『源氏物語』『無名草子』の本文の引用は、新編日本古典文学全集(小学館)による。

『狭衣物語』を斜行する者——大弐の乳母をめぐって

千野裕子

はじめに

『狭衣物語』において、女房たちは男女の関係が生じる場に居合わせず、情報を握ることもできないまま行動することによって物語を悲劇へと導いている。[1]これは、女房たちのなかで最側近であるはずの乳母たちも同様である。飛鳥井女君の悲劇は、乳母の対応によるところが大きい。女二宮と狭衣が通じたとき、出雲の乳母はその場に居合わせず、相手が誰と知らないまま偽装工作を進めた。一品宮と狭衣との噂が立ったとき、何も知らなかった内侍の乳母は保身に走っただけであった。「乳母がそれぞれの姫君に対して登場し、いちはやく事件の鍵をにぎってゆく。母親亡き後は、それに代わってさらに重い責任を負って姫君の生活に関わっている[2]」との指摘もあるが、彼女たちの行動というのは、ことごとく後手に回るか裏目に出るかであり、それにより姫君を不幸に陥れているのは明らかだ。

しかし、それは姫君の場合である。『狭衣物語』において唯一の〝男君の乳母〟である狭衣の乳母——大弐の乳母と呼ばれる者である——の役割は、姫君たちの乳母とはいささか異なるようである。本稿では大弐の乳母の役割を分析し、その特異なあり方をあぶりだしていきたい。

一　「大弐」となる乳母

狭衣の乳母である大弐は、次のように紹介されて物語に登場する。

この殿の御乳母の大弐の北の方にてあるありけり。子どももあまたある中に、式部大夫にて、来年、官得べき、かやうの人の中には、心ばへ、容貌などめやすくて、少々の上達部、殿上人などよりは、世の人も心ことに思ひたり。（巻一①一一七）

巻一のいわゆる飛鳥井女君物語において、飛鳥井女君は狭衣の乳母子である道成に略奪されてしまう。その道成の初登場場面において、「この殿の御乳母の大弐の北の方」と紹介される。乳母が「大弐の北の方」であるというのは、『源氏物語』の光源氏と同じである。光源氏の乳母であり、惟光の母親であるこの人物は、

六条わたりの御忍びありきのころ、内裏よりまかでたまふ中宿に、大弐の乳母のいたくわづらひて尼になりにける、とぶらはむとて、五条なる家尋ねておはしたり。（夕顔①一二一）

と紹介されている。光源氏はこの乳母の見舞いに行く途中で夕顔に出会うことになる。飛鳥井女君物語における夕顔引用に関しては多くの先行研究があるが、(3)「大弐の乳母」もそのひとつとして指摘できるものである。また、『源氏物語』においては、もうひとり「大弐の北の方」として蓬生巻に末摘花の叔母が登場する。この末摘花の叔母に関しても、飛鳥井女君物語とのかかわりが指摘されている。(4)

どうやら飛鳥井女君物語は、「大弐の北の方」という存在を導入することによって男女双方に『源氏物語』を引用しているようである。保護者的な立場にある女性に地方へ強引に連れていかれそうになる、という点において女

君がわは末摘花の物語のように展開する。とはいえ末摘花の場合、「大弐の北の方」は末摘花の保護者である。一方の飛鳥井女君の場合、保護者である乳母は「陸奥の国に将軍といふ者の訪るるを、さてや往なまし」（巻一①八八）と、将軍に従って陸奥に行こうとする。末摘花をふまえた展開を取りつつも、大宰府とは正反対の陸奥へ向かうという構想である。しかし、飛鳥井女君が陸奥へ行くことはなかった。その代わりに登場したのが道成であり、彼を西へと向かわせる「大弐」である。結局、飛鳥井女君は、末摘花も行くことがなかった西国に連れ去られることになる。「大弐の北の方」という存在は女君がわの人物から男君がわにずらされつつも、女君を地方へと連れ去るという『源氏物語』では回避された展開を取るのである。

さらに、「大弐の北の方」が導入されることによって、男君の物語にも『源氏物語』の力学が響いてくることになる。同じ「大弐の北の方」を男君の乳母とし、その存在が語られた夕顔巻に飛鳥井女君物語との親近性があるのならば、この乳母子は、惟光としての道成となろう。道成は、「男君と女君の仲を引き裂く」という点において確かに「惟光とはまったく正反対」(5)のようでもあるが、むしろ〝惟光のもしも〟とはいえないか。なぜならば惟光は、次のように思っていたからである。

> かくまでたどりありきたまふ、をかしう、さもありぬべきありさまにこそは、と、おしはかるにも、わがいとよく思ひ寄りぬべかりしことを、ゆづりきこえて、心ひろさよ、など、めざましう思ひをる。（夕顔①一四七）

惟光も夕顔を自分のものにできたと考えているのである。彼にとって夕顔は「わがいとよく思ひ寄りぬべかりしこと」であり、光源氏には「ゆづ」ったのであり、その「心ひろさ」を自負している。むしろ自身が夕顔と交際する方が自然であるかのようにとらえているのだ。惟光が夕顔を我が物にするということは、可能性として語られているのである。それは『源氏物語』においては可能性にとどまったことであるが、それを引きうけ、その「もしも」の続きを背負う者として道成は登場したのである。

二　不在という存在

『狭衣物語』における大弐の乳母は、光源氏の乳母を彷彿とさせるものであった。しかし、両者には決定的な違いがある。光源氏の大弐の乳母は既に「大弐の北の方」ではない。彼女は一線を既に退き、病身となって出家した身である。それに対し、狭衣の大弐の乳母はこれから夫と任地に赴く身である。道成が飛鳥井女君を連れ去ろうとするきっかけは次のようなものであった。

されど、この式部大夫、親の送りに、筑紫へ下るに、さうざうしきに、さるべからん人の、をかしからんをがな、率て下りて、やがて我が国へも行かばやと思ひて、太秦の人を尋ねけるに……　（巻一①一一八）

道成は当初、飛鳥井女君への求婚を乳母に断られていた。乳母がわとしても仁和寺威儀師に生活の面倒を見てもらっているという事情があったからである。しかし、ここに挙げたように道成は、親の大宰府赴任にあたって再度の求婚を試みる。その時には飛鳥井女君の乳母も威儀師と連絡がつかなくなっていて、生計への不安から道成の話を受けることになる。こうした乳母がわの事情もあるが、道成としては、「親の送りに、筑紫へ下る」という状況があったからこそ飛鳥井女君への求婚を試みた。つまり、既に現役を退いていた光源氏の乳母の大弐とは対照的に、狭衣の乳母は「大弐の北の方」に「なった」ということに意味がある。飛鳥井女君の悲劇というのは、道成の母親であり狭衣の乳母である人物が「大弐の乳母」と呼ばれる存在に「なった」ことを引き金にしているといえるのだ。

大弐の乳母が飛鳥井女君物語に直接その姿を見せることはない。しかし、実体として登場しない彼女の、水面下での動きが物語を動かしている。そして直接には登場しないからこそ、狭衣が知り得ない、遠く離れた地での出来事の情報をもたらすことになる。

飛鳥井女君は道成を拒否して海に身を投げた。その情報は次のように狭衣のもとに届く。

大弐の、道より参らせたる文に、「式部大夫道成が具して下りし人のにはかに亡くなりて沙汰候ふ。物のはじめに、いまいましきことを嘆き思ひてはべる」など申したるを、「誰ともなくいみじうしのびて、にはかに人の行きしななり。あはれなりけることかな」など、大臣ものたまはするに、中納言殿は、一人例のながめ臥したまへるところに、道季参りて、「あやしきことをこそうけたまはりつれ。道成が妻は海に身を投げてさぶらふなりけり。乳母なるものの申しけることどもうけたまはれば、ただ身の行方なくなりたまへる人とぞおぼえ候ふ……」
（巻二①一五八〜一五九）

堀川大殿のもとへは道成の父親である大宰大弐から文があった。一方、狭衣のもとへは、道成の弟である道季から情報がもたらされる。それは、「乳母なるもの」である大弐の乳母からもたらされたものであった。飛鳥井女君の物語は「狭衣に近い人から次第に飛鳥井に近い人々へと移り、最後は自らの「絵日記」で生涯を総括する」[6]ことが指摘されているが、その最初の情報源が大弐の乳母なのである。これを受けて、道季は兄道成が連れた女が狭衣の思い人たる飛鳥井女君であったことに気づき、狭衣も女君失踪の真相を知る。飛鳥井女君の悲劇は、飛鳥井女君の乳母や道成道季兄弟による誤解と思い込みの連鎖や情報網の機能不全によって展開したものであったが、そもそもの引き金となった大弐の乳母が、最後に情報をもたらして、それを解きほぐしたのである。

乳母が「大弐の北の方」となって京を離れていく。その不在が悲劇的展開を作るという意味においては、大弐の乳母の役割も女君の乳母たちの役割に近しい。しかし、大弐の乳母の不在は、他の乳母不在の物語をも包み込む、

いる。さらに大きな物語の外枠の役割を果たしているようだ。大弐の乳母の不在は、巻二においても次なる展開を導いて

内裏にさぶらふ中納言典侍は、大弐の乳母の妹ぞかし。皇后宮も睦ましきゆかりにて、幼うより候へば、宮たちをも、ことのついでにも時々聞こえいでしかば、大将殿もをかしき御ありさまと耳とどめたまはぬにしもあらねど、かかる御けしき見たまひて後はわづらはしくなりて、同じ百敷の内ながらも、弘徽殿はことに見ることもしたまはぬを、大弐の乳母くだりてのちは、「同じ心にてこそ」など申し置きしが、常に見、睦びきこゆれば、折々に局のわたりに立ち寄りなどしたまひけり。（巻二①一六六～一六七）

大弐の乳母の妹として、中納言典侍が登場する。大弐の乳母の筑紫下向により、その指示によって中納言典侍と狭衣は親しくなっていた。そして、いつものように中納言典侍のもとを訪れたものの彼女が不在だったことがきっかけとなって、狭衣は女二宮と逢うことになる。[7]

ところで先に引用した箇所の再掲となるが、光源氏の乳母は次のように紹介されていた。

六条わたりの御忍びありきのころ、内裏よりまかでたまふ中宿に、大弐の乳母のいたくわづらひて尼になりにける、とぶらはむとて、五条なる家尋ねておはしたり。（夕顔①一二一）

夕顔巻は、乳母を尋ねたところから思わぬ男女関係に入るという物語であった。ここで示される「大弐の乳母」の存在は、夕顔巻を再度呼び起すものになりはしないか。女二宮物語は、大弐の乳母自身が、その役割を妹の中納言典侍に託すところから始まる。彼女が「大弐の乳母」と呼ばれる身となって筑紫へ下向し、「養君に尋ねられる乳母」の役割を内裏女房である妹に託すことで、思わぬ男女関係発生のきっかけを生む。飛鳥井女君の物語同様、乳母が「大弐の乳母」と呼ばれる存在になったことが事件の外枠をつくっているのだ。[8]

大弐の乳母が「人間関係における構成の要とも言える存在であるが、実際の活躍は巻四をまたなければならない」のは確かだが、[9] 不在であるがゆえにその存在感は小さくない。女二宮物語においてはきっかけを作るという大きな役割を果たしただけではなく、ところどころにその影響をうかがわせる箇所がある。

中納言典侍、月ごろあやしあやしと目とまることも耳にたつこともおほかりつれど、我が心の癖にやと思ひ消ちつるに、かの峰の若松の御ひとりごとを聞きけるに、いとどさればさればよと思ひあはせられて、あはれなりける御宿世を、いかなることに思し定めてしのび過したまふらん、あればかりうつくしき御ありさまを、おほやけものにしなしたてまつりたまひてんとするよ、大殿の、「言ひ知らぬ賤の男のもとにも、などかこの御子のなからん」と、明け暮れのたまふなるものを、ましていかばかり思し喜ばまし、大将もかくと知りたまひなましかば、さりともえしのびあへたまはざらましものを、口惜しくと返す返す嘆かれけり。御湯よりのぼりて臥したまひける御顔の、ただかの御児のほどとおぼえたまへるを見るに、大弐の乳母にこれを見せたらん、いかばかり人目も知らず喜び愛しがりきこえんと、我だにいみじうらうたうおぼえたまひて、いかで、疾く見せたてまつらんと思ひあまりて……

（巻二①二二〇〜二二一）

女二宮の生んだ若宮を見て中納言典侍は「大弐の乳母にこれを見せたらん」と思う。中納言典侍にとっては、狭衣と自らをつなぐ存在が大弐の乳母である。中納言典侍は若宮を狭衣の子として公表できないことを嘆くが、それは堀川大殿が「言ひ知らぬ賤の男のもとにも、などかこの御子のなからん」と「明け暮れ」言っているからである。そしてこれは「明け暮れのたまふなるものを」と、伝聞の形で語られている。[10] 堀川大殿の嘆きを中納言典侍に伝えたのは、おそらく大弐の乳母であろう。狭衣に関する中納言典侍の行動・思考には大弐の乳母の影響がうかがえるのだ。

また、次のような場面もある。

ありし寝覚めの後は、片つかたの思ひもいとどまさりて、あはれにいみじくのみ思ひやられたまひつつ、いかでかばかりすさびたらん御さまを、近きほどにてだに、いま一度見たてまつらん、いとかくあさましういぶせき心の中も、人づてならで、聞こえ知らせてしやと心かけたまひつれば、中納言典侍にまめやかに語らひありきたまふ。過ぎにしかた、かからましかばと恨めしくおぼえたまへば、いでや、ためこそ人のともの憂がるを、「例の心憂く、よそ人のやうに常にのたまふよ。大弐ならましかば、堪へぬことなりともかからましや」とのたまふを、「げに」と心苦しかり。（巻二①二四七）

狭衣は女二宮への仲介を中納言典侍に求めるが、典侍はこれに難色を示す。それを狭衣は「大弐ならましかば、堪へぬことなりともかからましや」と言う。大弐の乳母が自ら代理に指名した中納言典侍に、狭衣もその役割を求めようとするのである。わずかな箇所ではあるが、女二宮物語においても、大弐の乳母は不在であることでその存在感を見せているのだ[11]。

三　何もかもを知る者、語る者

大弐の乳母が初めて実体として登場するのは、巻四、狭衣が宰相中将妹君を引き取ってからである。

大弐の乳母参りて、「昨夜も、いづくにおはしますぞと、問はせたまふに、知りはべらぬよし申ししかば、おろかなりと、さいなみたまひしこそ、わりなく侍りしか。なほ、歩かせたまはん所、知らせたまへ」（巻四②二〇九）

このように、大弐の乳母は狭衣の忍び歩き先を知りたがる。知らなかったことにより「おろかなり」と叱られたと言っているが、逆にいえば知っているべき存在であるということになる。乳母なのだから当然のことであろうが、まず注目しておきたい。それから甲斐甲斐しく世話をしてくる大弐の乳母に、狭衣は宰相中将妹君を連れてきたことを語る。

「かの聞こえしわたりの、故郷にひとり立ち帰りて心細げなれば、今朝やがて迎へたるぞ。問はせたまはざらんかぎりは、上などにも何か申さるる。宮のわたりにも、いと折あしき頃なれば、よきことども、のたまはせじ。三条に渡るまでは、ただ忍びやかにてと思ふなり。老人一人ぞ具したるを、ありつくべきやうに物せよ」とのたまふを聞くほどは、ただうち笑みて、「殿・上にも、なにしにか、聞こえさせたまはん。人をば、いかでとこそのたまはすめれ。まいて、あなかたじけなや、いかに思しめし喜ばせたまはんものを。あなうれしや。思ふことなう侍りぬれ」と聞こゆれば、「心とまるなど、たちまちに定むべきならねど、心細げなめる人なれば。何かは。心安からず、物むつかしき世の中の慰めにもと思ふなり」（巻四②三一二）

「かの聞こえしわたり」とあるように、狭衣は宰相中将妹君のことを大弐の乳母にはあらかじめ話していたということが分かる。とすれば、昨夜の居場所こそ問うていたが、大弐の乳母は狭衣の私生活をかなり知っているのではないかということが想像できる。また、狭衣は「問はせたまはざらんかぎりは、上などにも何か申さるる」と言っているが、これは逆にいえば、堀川の上から聞かれてしまった場合は答えても構わないという指示にもなろう。実際、大弐の乳母は、宰相中将妹君の存在を知ったときの両親の喜びに思いをはせているのであり、彼女から漏れるのは時間の問題となろう。大弐の乳母は狭衣の私生活を握り、語ることができるという存在なのだ。

この直後、狭衣はその場を離れて両親のもとへ行く。その隙に、大弐の乳母は宰相中将妹君を見る。

語らひ置きて、渡りたまひぬる間にぞ、大弐近う参り寄りて、御帳のかたびら引き開けて見れば、御衾の下に埋もれて、人おはするも見えぬに、御髪ばかりぞこちたげに畳なはりゐて、いとど所狭げなる。いで、よも何ごともなのめにおはせん人を、かうまでもてなしきこえたまはじとは、思ひつれど、うち見るは、なほ驚かるれば、寄りて、引き延べて、裾うち遣りたる、まことに、おくれたる筋なしとは、これを言ふにやと見えて、取る手もすべるやうなる筋のうつくしさなど、斎院の御髪にいとよう似たまへり。（巻四②三一一〜三一二）

衾に埋もれる宰相中将妹君の姿に、自ずと大弐の乳母の視線は豊かな髪に向かう。そして、さらに近寄り、その髪の美しさに驚嘆するとともに、それが源氏宮に似ていることに気づく。無論、狭衣は宰相中将妹君が源氏宮に似ているからこそ魅かれたわけだが、大弐の乳母も似ていると気づいたということは重大ではないか。そしてこの直後は、次のようになる。

長さぞ、まだ少し劣りてやと見ゆるは、御年のほどに従ひたまへるにやと見るから、驚ききこゆるけはひを聞きて、弁の乳母も寄り来たれば、「殿の御けしき、まだ見たてまつり知らぬさまに見えさせたまへるが珍しさに、驚かれはべりて、近うまゐり寄りて侍る。ことわりにこそと、この御髪ばかりに、まづ思ひたまへなりぬ。世とともに世の中をただよはせたまひて、明け暮れ、殿・上の御前よりはじめ、私の心肝惑はしはべりつつ、ただ少しの絆に、思しとまりぬべからん人を、聞き出でてばやと、唐国までも尋ねまほしげに思し騒ぐめる御祈りの験にやと、かつがつ胸もやすまる心地しはべりてなん。まいて、上の御前など聞かせたまはば、いかばかり思し喜ばせたまはんものを。一品の宮わたりに聞かせたまはんに、この頃は、折さへいとほしくなど、思しめすにや、誰も暫しなどこそ、のたまはせつれ」など、君の御心の浮かれ惑ひたまひて、つゆばかり心とどめたまふ人もなう、もて騒がれたまへる、年頃の物語、細やかに、語り出でて喜ぶ。（中略）「あなまがまがしや。おほろけに思しめし定めたる御心には侍らじ。よし、見たてまつりたまへ。東宮に参らせたまふらんに、劣りたる御ありさまには、よも、もてないたてまつりたまはじ」など、心をやりて言ひ散らしつつ、御髪をうちも置かず愛で居たり。（巻四②三一二〜三一四）

大弐の乳母は、宰相中将妹君の髪の長さがまだ劣るのは若いためだと考える。劣る、というのは源氏宮と比較しているからだ。源氏宮の髪に「いとよう似」ていた髪だからこそ、両者の髪を比較し、驚いている。そしてその様子を聞いて、宰相中将妹君の乳母である弁との会話が始まる。

ここで大弐の乳母が弁の乳母に語ったことは何であったか。大弐の乳母は、宰相中将妹君を見て、狭衣の執心を「ことわりにこそと、この御髪ばかりに、まづ思ひたまへなりぬ」となったと語る。宰相中将妹君の「御髪」を根拠に「ことわりにこそ」と思ったというのである。この納得を、どうとらえるべきだろうか。大弐の乳母は、宰相中将妹君の髪を見て、源氏宮の髪と似ていると思っていた。そして、その髪を根拠に「ことわりにこそ」と思った。つまり大弐の乳母は、狭衣が執心したのは、宰相中将妹君が源氏宮に似ているからこそだ、ということに気づいたことになりはしないか。

大弐の乳母は、まるで狭衣の源氏宮思慕を知っているかのようである。無論、物語がそれをはっきりと語っているわけではない。既に指摘されているように、『狭衣物語』には、狭衣の源氏宮思慕を誰にも知られぬ恋としながら、一方で東宮（後一条帝）の発言などから知られている可能性を示し、「〈人知れぬ恋心〉なのか〈人も知る恋心〉なのかは決定不可能」とする語りのあり方がある。(12) この大弐の乳母の発言にも、それが見えるのではないか。大弐の乳母の判断、そして弁の乳母への発言は、彼女が源氏宮思慕を知っている可能性があることを示すものとなっている。

先に確認したように、この場面で大弐の乳母は、狭衣から忍び先を聞き出そうとする者として登場してきた。そして狭衣も、彼女に宰相中将妹君のことを「かの聞こえしわたり」とかねて話していたことが分かる口ぶりで語る。宰相中将妹君のことを、狭衣は「問はせたまはざらんかぎりは、上などにも何か申さるる」と、口止めするようでいて、その実、語っても構わないというような指示をする。この流れだけでも、大弐の乳母がいかに狭衣の私生活を握り、また、それを漏らすことのできる存在であるかは明白であろう。その上、源氏宮思慕まで知っているかもしれない可能性が示されたのだ。彼女はいったいどれだけの〈秘密〉を握っているのだろう。

大弐の乳母は、源氏宮に似ているとした宰相中将妹君の髪を「うちも置かず愛で居たり」という状態のまま、弁の乳母と会話をする。それは、ここ数年の狭衣の様子を「細やかに」語ったり、不安がる弁の乳母を励ます言葉を「言ひ散らし」たりとされる。ただ語るだけではなく、それが詳細なものであったことが示されている。宰相中将妹君の髪――それは狭衣にとっての〈秘密〉そのものであるかもしれない――を手に握ったまま、大弐の乳母は細かに語る。彼女は物語が断片的にしか語ってこなかった狭衣の私生活を握り、本人の裁量次第でいくらでも語れるのではないか。何もかもを知り、何もかもを語ることができる可能性を持つ存在として、ここにいるのである。

それでも大弐の乳母は、宰相中将妹君のことを堀川の上に安易に漏らすことなく、狭衣の指示通り、聞かれてから答えた。それが次に挙げる場面である。少し長いが引用する。

殿、上の、御けしきの少し世の常なるを、ただ、御祈りどもの叶ふなりけりと、うれしくのみ思さるれば、宮に、夜もげに泊りたまはぬことも、うちうちには嘆きたまへど、え申したまはぬに、若宮、「大将の御方には、斎院の御前に似たてまつりたる人ぞある。宮の姫君にやあらん。されば、まろをば懐に夜も寝させたまはず」と、恨めしげに思してのたまふを、あやしと、聞きたまひて、大弐が参りたるに、「まことにさることや」と、問ひたまへば、はじめよりのことどもを聞こえさせて、「問はせたまはざらん限りは、何か申す。よからぬことぞさいなまんと、のたまはすれば、聞こえさせでなん。宮に、いとど物憂げに思しめして、まいて、よしなし歩きなども今はせさせたまはず。こよなう世づきたる御けしきに、見えさせたまへば、うれしく見たてまつりはべるなり。御かたちなどこそ、いとよき御あはひと見えさせたまへ。斎院にぞ、あやしきまで似たてまつらせたまへる」など語りて、いとめでたしと思ひきこえたるを、聞きたまふ御けしきも、げにいとうれしげなり。「など、さのたまふとも、自ら一人には、今までのたまはざりつらん。数ならざらん人の際にてだに、少しもあはれと思したらんは、おろかにも、え思ふまじきを。いと心苦しき御事にこそあれ。俄に渡りたまひて、いかにつつましうのみ思さるらん」など、聞こえ扱ひたまふほどに、殿も入りたまひて、「何事ぞ」とのたまへば、「しかじかの事ありけるを、今まで知らざりけるあやしさ。かの御心一つに思ひ扱ひたまふらんも、本意なき事もや」とのたまへば、いみじう聞き驚きたまひて、「すべて、大弐、心なく口惜しきなり。自らこそ、内裏に聞かせたまはんことなどによりて、さもつつみたまはめ、さりとても、それに従ひて、そこにさへ知らず顔つくりてあるべきかは。その伴にあらん人も、宰相も、いかに危ふく、思ひの外なるやうに思ふらん」とて、いみじうむつかりたまひて、さるべき人々召しつつ、御しつらひ、物の具、調度なども、ひきかへ改むべきさまにのたまはせなどして、思し掟て、もてなしかしづききこえさせたまへるさま、限りなきものに思ひきこえさせたまへる斎院の御心ざしに、劣りたまふべうもなかりけり。（巻四②三一九〜三二一）

まず若宮（女二宮腹であり、嵯峨院と大宮との子ということになっている男児である）が堀川の上に漏らし、大弐の乳母は堀川の上に問われて初めて語る。大弐の乳母は、「問はせたまはざらん限りは、何か申す。よからぬことぞさいなまんと、のたまはすれば、聞こえさせでなん」と狭衣の指示通りであったことを主張しつつも、「はじめよりのことども」を語る。大弐の乳母は宰相中将妹君のことをあらかじめ知っていたわけだが、そのあたりのことから語ったのであろうか。先に確認した弁の乳母との会話の場面と同じく饒舌な様子である。さらに、「よしなし歩きなども今はせさせたまず」という発言も、かつては「よしなし歩きなど」があり、それを堀川の上に報告していたということを示すことになろう。報告を聞いた堀川の上も、続いてこの場に現れた堀川大殿も、大弐の乳母が宰相中将妹君のことを隠していたことに憤る。それは裏を返せば、大弐の乳母が狭衣の私生活を握る者として期待されていたことになる。

大弐の乳母のこの役割は、乳母である以上、当たり前であるといえるのかもしれない。しかし、『狭衣物語』において女君たちの乳母がほとんど機能していなかったことを思えば、この大弐の乳母という存在は異様である。何より注目すべきは、堀川の上に向けて放った「御かたちなどこそ、いとよき御あはひと見えさせたまへ。斎院にぞ、あやしきまで似たてまつらせたまへる」という言葉である。狭衣と「いとよき御あはひ」であることを保証するかのように、源氏宮に「あやしきまで似」ていることを語るのだ。大弐の乳母はいちはやく宰相中将妹君が源氏宮に似ていることに気づき、その似ている髪でもって納得したと弁の乳母に語り、狭衣とお似合いであると堀川の上に言う。大弐の乳母が狭衣の源氏宮思慕を知っていたかどうかは定かでない。しかし彼女は宰相中将妹君が源氏宮に似ていることを繰り返し語り、狭衣の相手にふさわしいと主張する。やがて事情を知った堀川大殿により、宰相中将妹君は「限りなきものに思ひきこえさせたまへる斎院の御心ざしに、劣りたまふべうもなかりけり」という扱いを受けるに至る。繰り返された大弐の乳母の発言こそが、宰相中将妹君を源氏宮の位置にまで持っていったといえるのではなかろうか。

おわりに

『狭衣物語』における唯一の男君の乳母である大弐の乳母は、この物語において重要な役割を果たしている。その存在は『源氏物語』引用を呼び込む。「大弐の北の方」という呼称でもって末摘花引用を呼び込み、末摘花の叔母の役割を飛鳥井女君の乳母に与える一方で、自らは光源氏の「大弐の乳母」と同じ位置にある存在として〝惟光のもしも〟としての道成の物語を導く。そしてその不在が飛鳥井女君の悲劇の引き金となりながら、不在であったからこそ狭衣の知り得なかった地での出来事の情報源となって物語を回収する。さらにその不在は女二宮物語の発端ともなる。巻四においては、ついに実体として登場するが、狭衣の私生活を握り、それを漏らす可能性のある存在であることが示され、繰り返されるその発言によって堀川邸において宰相中将妹君を源氏宮の形代の位置にまで押しあげる。

ときに存在そのものが『源氏物語』の世界を複雑に呼び込み、情報をコントロールし、物語に新たな展開をもたらす。レヴェルの異なるいくつかの役割を果たしているが、それは物語の展開をまっすぐに押し進めるというよりは、斜めから力を加えているようではないか。大弐の乳母の存在――不在という存在も含めて――は、この物語の空間の外縁を形づくるとともに、そこに強烈な斜めの力を与えているのである。

注

（1）井上眞弓「あとがきにかえて――「女房文学」としての『狭衣物語』――」（『狭衣物語の語りと引用』笠間書院二〇〇五年）は「『狭衣物語』においては『源氏物語』のように、男君のしるべをして活躍したり、雅の心を主人と共有したり、その雅の世界で存在を証明したりする女房がいない」と指摘する。また、拙稿「『狭衣物語』の女房たち――女二宮物語から」（物語研究会編『記憶の創生』翰林書房　二〇一二年）・「飛鳥井女君物語の〈文目〉をなす脇役たち」（井上眞弓・乾澄子・鈴木泰恵・萩野敦子編『狭衣物語　文の空間』翰林書房　二〇一四年）で論じた。

（2）久下晴康（裕利）「『狭衣物語』の乳母たち」（『平安後期物語の研究　狭衣浜松』新典社　一九八四年）。

（3）土岐武治「先進文学との典拠関係」（『狭衣物語の研究』風間書房　一九八二年）、千原美沙子「飛鳥井と夕顔・浮舟」（『古典と現代』六九　二〇〇一年一〇月）、土井達子「飛鳥井女君〈巫女〉・〈遊女〉考――『狭衣物語』巻一・飛鳥井物語をめぐって――」（『愛文』三五　二〇〇〇年三月）・「『狭衣物語』――飛鳥井女君」（『人物で読む源氏物語　夕顔』勉誠出版　二〇〇五年）、星山健「『狭衣物語』における飛鳥井女君の造型方法――反転された夕顔物語――」（『王朝物語史論――引用の『源氏物語』――』笠間書院　二〇〇八年）、野村倫子「『狭衣物語』飛鳥井と一品の宮母子の物語――『源氏物語』引用を基点に――」（『立命館文学』六三〇　二〇一三年三月）など。

（4）関根賢司「狭衣物語の世界」（『物語文学論　源氏物語前後』桜楓社　一九八〇年）。

（5）前掲注（3）星山論文。なお、星山論文は、宮田和一郎「構想の上から見た源氏と狭衣」（『国語国文』一〇－四一九四〇年四月）や前掲注（3）土岐論文が惟光と道季との共通性を指摘したのに対して、道成に注目すべきであるとしている。本稿でも惟光としての道成という点に着目するが、巻二以降の道季のあり方もやはり惟光との関連を考えるうえで無視できない。『狭衣物語』は惟光の役割を道成・道季のふたりに振り分けていることになるのであろうが、その物語的意義については別稿にて論じたい。

（6） 野村倫子「『狭衣物語』の飛鳥井の叙述方法――登場人物たちによる語りと飛鳥井の生涯における時間の流れ――」（『『源氏物語』宇治十帖の継承と展開――女君流離の物語――』和泉書院 二〇一一年）

（7） 「同じ心にてこそ」が誰のどういう言葉なのかに関しては解釈が揺れている。新編全集は「中納言典侍を私と同様にお考えくださいという大弐から狭衣への伝言と取る。しかし、狭衣の心を「御心」ではなく「心」とすることに不審があるとし、「（私と）同じ気持ちで（狭衣さまにお仕えなさい）」と大弐が中納言典侍に伝言したと取る全註釈の説に従いたい。なお、他系統では「申し置きし」にあたる箇所がなく、中納言典侍の言葉となる。このあたりの異同は全註釈Ⅱ七一頁注一一に詳しい。

（8） 齋木泰孝「狭衣物語における乳母――女三宮、飛鳥井女君、今姫君の物語――」（『物語文学の方法と注釈』和泉書院 一九九六年）。

（9） 前掲注（2）久下論文。

（10） 『校本狭衣物語 巻二』（桜楓社 一九七八年）によれば、新編全集の底本である深川本をはじめとして「のたまふなる」とするものと、「のたまはするものを」という「なり」のない諸本に分かれる。内閣文庫本は「心もとなかり給を」。流布本系は「のたまはすなるものを」。注意を要するところであるが、底本に従ってこの「なり」に注目してみたい。

（11） 大塚誠也「『狭衣物語』の「大弐三位」と大弐三位藤原賢子――物語の終末部に関して――」（『国語国文』九三-四 二〇一六年四月）もこれらの場面における大弐の乳母の存在感に注目している。なお、大塚論文は大弐三位（大弐の乳母）を史上の大弐三位藤原賢子とのかかわりから論じたものであるが、本稿では実在の人物や成立圏の問題には立ち入らない。

（12） 鈴木泰恵「〈人知れぬ恋心〉のはずが……――カタリの迷宮『狭衣物語』――」（『日本文学』六六三 二〇〇八年九月）。また、同氏は「『狭衣物語』のことば――ことばの決定不能性をめぐって――」（狭衣物語研究会編『狭衣物語が拓く言語文化の世界』翰林書房 二〇〇八年）で会話の分析から『狭衣物語』におけることばの決定不能性を、「『狭衣物語』のちぐはぐな「語り」——飛鳥井物語における道成の「不知」をめぐって——」（『日本文学』七六三　二〇一七年一月）では飛鳥井女君物語における矛盾をきたす語りの分析から、『狭衣物語』の語りを「イデオロギー表象」としての「物語」を機能不全に陥らせるものであると論じている。

付記　本文として、新編日本古典文学全集『狭衣物語』（小学館）、新潮日本古典集成『源氏物語』（新潮社）を使用した。

II

関係性の斜行

『夜の寝覚』——斜行する〈源氏〉の物語

乾　澄子

はじめに

『夜の寝覚』は従来、特徴である丹念に描かれる女君の心理描写を中心に、主に女君の主人公性、苦悩の人生が表現するものなどに研究の焦点があてられてきた。稿者も同様の観点からこの物語について論じてきた。

寝覚の女君は、生まれながらにして与えられた環境—一世源氏の太政大臣家の娘、恵まれた美貌、才能、天人に選ばれしもの—にふさわしい生き方を願っていた。それが思うようにかなわず、「憂き」思いを抱えて生きるはめになるのは、彼女の女性としての美しさ、セクシュアリティゆえである。そこには平安期の女性たちが共通に抱えた、男性たちが築き上げた社会体制の中で自らの生きる場を模索していく姿がある。(1)

この寝覚の女君の選んだ生き方を、少し視点を変えてその置かれている物語社会—そしてそれは同時代の社会体制の反映でもある—を通して、考えてみたい。

『夜の寝覚』の研究史に目を向けると、近年相次いだ新資料の発見も手伝って、活況を呈してきた末尾欠巻部分の研究も進展してきた。(2)昨今、男君、帝をはじめとする男性登場人物や他の登場人物についての考察や、史実との関わり、準拠の問題などについての研究なども進みつつある。(3)なかでも男君に関して、その人物像のみならず、藤原氏としての立場、摂関家としてのあり方について注目が置かれてきている。「頼通文化圏」や「頼通時代」をキーワードに『夜の寝覚』の作者かとされる孝標女周辺の研究も含めて、稲賀敬二氏、和田律子氏、久下裕利氏、倉田実氏、横井孝氏などにより深められてきている(4)。

摂関家との葛藤の中で必然的にもたらされてきた帝権威の問題、御堂関白家の摂関独占による世襲化、それに伴う貴族社会の活力の低下と安定による文化の成熟などの時代背景を考慮に入れ、より複合的にこの物語について見ていく視点が必要になろう。この摂関家全盛時代—頼通時代を補助線として、本稿では女君の恋の相手である、二人の男性を取り上げながら、考察したい。

一　『夜の寝覚』の「帝」とはどんな人物か

（一）

まず、この物語において重要な人物である帝について、検討してみたい。

後に冷泉院と呼ばれる帝は、父が朱雀院（寝覚の女君の父源氏太政大臣の兄）、母は大皇の宮である。物語当初より中宮として関白左大臣家の娘がおり、彼女は男君の同母妹で東宮の母にあたる。そのほかの后として、朱雀院の兄弟の式部卿宮の女で女三の宮の母の承香殿女御、右大臣の女で女一の宮、女二の宮の母の梅壺の女御の存在が知られる。

さて帝は物語には中間欠巻部分から登場する。現存部分の帝の回顧の場面からそれを知ることができる。

「源宰相中将の、琵琶の音のこと奏し出でたりし秋の夕より、いとわざとなりにし心を、やがて入道の大臣の聞き入れず、故大臣に許し放ちてしを、年ごろ、妬うも口惜しくも、心にかかりて忘るるときなかりしに、大臣亡くなりて、『今だに、さるかたにつけて、浅くもてなさじ』と思ひ寄り、『内侍督に』と心ざししに、あながちにかけ離れ、人に譲りのがれたまひにしを、いみじう恨めしとは思ひながら、（巻三　二七八〜二七九）

それによると、たまたま女君の琵琶の音を立ち聞きした宰相中将（宮の中将）からその音色のすばらしさを聞いた帝は女君の入内を熱望するも、父太政大臣はすでに出家の身で、はかばかしい後見もないところから固持、入道は熱心に求婚してきた老関白と縁づかせたという経緯があった。そして帝は老関白の死後、女君を内侍督として入内するように求めるが女君は固持、かわりに故老関白の長女を宮仕えさせる。

そのような『夜の寝覚』における帝について、関根慶子氏を初め、長南有子氏、永井和子氏、坂本信道氏、宮下雅恵氏、大槻福子氏、伊勢光氏らによって論じられてきた。(5)

その帝像を簡単に整理すると、

・垣間見をする帝…母大皇の宮の援助による
・闖入をする帝…母大皇の宮の援助による
・男君への激しい嫉妬
・位への執着のなさと女君への強い執心
・プライドと卑下
・得られない女君の代替として、女君の継子の督の君と実子まさこ君を寵愛

がその特徴としてあげられる。垣間見をする帝と帝を拒絶する女君という構図は『竹取物語』を想起させながら、母親の援助、対立する求婚者への激しい嫉妬など、いずれも今までの物語の帝像からは逸脱しているといえよう。少し詳しく検討してみたい。

物語現存部分の巻三において、冒頭より帝の女君への執心が語られる。帝は故関白の長女の内侍督としての入内に母代として付き従った女君に、

「故大臣の、病のはじめに、御事をなむ言ひおきしかば、昔よりの心ざしに添へて、いかでと思ふ心深きを、いとはしげにのたまひ捨てたんめりし九重のうちに、大人び、立ち添ひて参りたまへるも、いとあはれになむきこしめす。」（巻三　二四四）

と思いをかき立てられ、何とか接触をとろうとするが女君は応じない。それゆえに帝の執心は

「かくてあるほどに、いかでかならず、けはひ、有様を聞きてしがな」（二四六）

「いかに構へて、けはひ、有様を、このついでに見てしがな」（二四八）

いかで、名高うきこえはべるけはひ、有様ばかり、見たまへまほしけれ」（二五〇）

と「いかで」を重ねて、その思いを募らせていく。

そして、母代として女君が宮中滞在中に、母、大皇の宮のたばかりにより弘徽殿にて、物陰から女君を垣間見した帝は、

御殿油心もとなきほどにほのかなるほど、様体小さやかに、をかしげに見えて、さやかなる火影に類なく、夜見む玉はかくやと、御心おどろかれて、めづらかに御覧ぜらるるに、（二五二）

うつくしう、らうたげなるさまなど、言ひ尽くすべくもあらず。声、けはひ、ほのかなる有様、かけまくもかしこき御命にも替へつばかりに、いみじと御覧じしませたまふ。（二五二）

あたりにほひ満ちたるさま、「目も輝くとは、これをいふにこそありけれ」と、御覧じ入るに、（中略）「長恨歌の后の、高殿より通ひたりけむかたちも、うるはしうきよげにこそありけめ、いとかう、愛敬こぼれてうつく

しうにほひたるさまは、えこれに及ばざりけむ」とぞ思し知らるる。（二五四）

その美しさに心を奪われ、いよいよ思いを募らせていく。清涼殿に戻った帝は老関白が「我が身と思ひ知らるることと、これを生ける世の思ひ出にてありぬべし。『官、位も用なし』」（二五七）といったことは大げさだと思ったが、

(a)髪、かたち、様体、もてなし、様、声、けはひ、このなかに、『なほそここそ後れたりけれ』と見ゆる節のなかりつるよ。いかで、かうしもすぐれけむ。手うち書いたるさま、見る目に劣らざめり。心や多くあらむな。(b)まだ女ながら、内の大臣に名立ちけむよ。いと重くはあらぬにやあらむ。そはまた、いとわりなく、かばかりのさまを、兄姉のかたはらにありけむに、ほのかにも見聞いて、いかでか人のやすくもあらむ。心ならで、かならず、この人の名は今も立ちなむ。源氏の大臣ぞ、いと口惜しき心ありける人かな。かかりける女を、はかばかしき後見なしとて、我には得させで、故大臣にとらせし心ばへよ。(c)いみじき一の人の女、東宮の母といふとも、この人を、我、なのめに思はましやは。世の誹り、人の恨みも知らず、上なき位にはなしあげてまし。（二五八～二五九）

これだけ何もかもに優れた女性はほかにいない（a）、しかし若くから内大臣との浮き名も立ち、そう重々しいこともあるまい（b）、現在の中宮がたとえ一の人の娘で、東宮の母であっても、世間の誹りも顧みず、この人をそれ以上の「上なき位」にあげようと思惟する。そして帝の「闖入事件」として知られる場面を呼び込むことになる。すなわち、帝の母大皇の宮は自室に女君を呼び出し、その後大皇の宮は席を外し、入れ替わりに帝が侵入するという形で物語は展開していく。

　何とか女君に胸の内を訴えたいとする帝の説得は繰り返し語られ、入内を許さなかった女君の父入道への恨み、故老関白、男君（内大臣）への対抗意識もうかがえる。また

なかでも、注目すべきなのは、

身のおぼえ、片端に、いみじく屈じ卑下せられて、かくてものしたまふほど、昔よりの心のうちを、あはれとも、心憂しとも、きこえ知らせむとて、（二七二）

ただ心を鎮めて、きこえむことをよく聞きたまひて、『げに、あはれ』とも、また『にくし』とも、一言答へたまへ。ただ人や、人の心許さむ振舞を押し立つらむ、いとかくところせき身は、人の進み参り、もしは上りなどするを、待ちかけつつのみ見るものと、ならひにたれば、御心許されぬ乱れは、よもせじとよ」（二七三）

「これも『あるまじ、便なし』と、世にも言ひ誇り、人もそねみ言はば、国の位を捨てて、ただ心のどかに心をゆかせて、起き臥し契り語らひてあらむに増すうれしさ、ありなむや」（二七八）

など、帝の「卑下」と「矜持」、女君への思いが遂げられるなら国の位を捨ててもよいとまでする「執心」であろう。

そんな帝に対して、女君は、

「あな、いみじ。内の大臣の聞きおぼさむことよ」（二七〇）

「内の大臣に言ひ聞かせたまはむことは、ただ同じことなれど、我が心の問はむだに、心清く、底の光をかこつかたにも」（二七四〜二七五）

「なべての世の人聞きなどまでもただ今はおぼえず、内の大臣に。「あな、思はず」と、うち聞きつけられたらむ恥づかしさ、苦しさに」（二八〇）

と思う。内大臣への潜在的な愛情に気づく女君の心中表現として着目されてきたところではあるが、、ここで問題にしたいのは帝への思いである。

人目心憂く、言ふかひなきさまにおぼし寄らせたまひけるは、数ならむ身を。ことわりに思ひたまへ知るに、乱り心地もくらさるるやうにて、えこそうけたまはり分くまじうはべれ」（二七五）

さるは、いささか、「ひきつくろひ、世のつねなる有様にて御覧ぜられむ」とはおぼえず、「いかならむ憂き気色をも御覧ぜられて、疎ましとおぼしのがれ、立ち離れたてまつりてしがな」（二七七）

直接対面の場においても、帝が嫌な女だと思うどんな態度を見せてでも、帝に嫌われ、この場を逃れたい、帝の求愛を拒否したいとする女君の強い拒絶の言葉と態度、特に心中表現ながらその言葉の強さは王朝物語の女君として特異といえよう。

この後逢瀬を遂げずに、後を期して還御した帝は、「ただ今年のうちにこの位をも捨てて、八重立つ山の中を分けても、かならず思ふ本意かなひてなむ、やむべき」（二八二）「すべて現心もあるまじければ、『我も人も、いたづらになるべかりける事の様かな』となむおぼゆる」（二八二）と執念とも言うべき思いを抱き、末尾欠巻部分に至るまで続く。

直接対面を果たしながら、女君と契りを結ぶまでに至らなかった帝は、女君の強硬な態度と自分の愚かしさを嘆く。一方女君は昔から浮き名を流し、親兄弟を嘆かせてきたとする思い、帝の接近時にまず男君への思いに至り、みずからの潔白を知ってほしいと思った自らに対する不審、今の浮き名を流しかねない状況に自分が置かれるようになったのはそもそも男君との関係のせいとその思惟はめぐるが、帝への情は見られない。そして、この後帝からの消息に女君は一切反応せず、一方帝は、なかなか内裏退出のための輦車の宣旨を出さない。膠着状態の後、男君の計らいにより何とか女君は宮中から退出を果たす。

思いを果たせなかった帝はその後も女君にたびたび消息するも、女君は全く応じず、帝はその思いを中宮にも訴えたりもする。その帝の姿は中宮の眼に「のたまはする御ものうらやみの、童げたるを、をこがましく見たてまつらせたまふ」[6]（巻四 三六三）と映るほどであった。さらに帝は女君の代替として、女君の継子督の君、実子まさこ君を寵愛する。

（二）

自分の息子である帝に応じず、娘である女一宮を男君が大事にしないのは、女君のせいと思い込む大皇の宮によって、引き起こされた「偽生霊事件」に傷ついた女君は広沢の父のところに移居し、出家を願う。しかし二人の子どもたちを伴い広沢に出かけ、女君とのこれまでの経緯を父入道に告白した男君は、女君の父入道の許しを得て、公然と女君を伴い帰京、女一の宮、女君ともに男君邸に同居、女君は三度めの懐妊へと物語は動く。一方、帝の執心はやむことはない。

「いかで位を疾う去りて、すこし軽らかなるほどになりて、いみじき大臣のもてなし限りなしといふとも、いま一度の逢瀬を、いかでかならず」と、おぼし急ぐ御心深くて、冷泉院を急ぎ造らせたまひつつ、皇子のおはしまさぬ嘆きをせさせたまふ。（巻五 五一五）

その思いは譲位をも決意させ、末尾欠巻部分へとつながっていく。
そして、近年断簡の発見が相次いだ末尾欠巻部分ではその内容として

◇偽死事件

退位した冷泉院の女君への接近（白河院幽閉か）→「そらじに」（擬死か）？→蘇生→帝に知られず白河院脱出→男君をはじめ、周囲のものにはしばらく蘇生を秘す

冷泉院、女君の死に衝撃を受け出家か

女君、女児（第四子）出産

◇まさこ君勘当事件

まさこ君と冷泉院の承香殿女御の女三の宮との若い純愛を冷泉院が立腹、冷泉院は女三の宮を連れて白河院に移居。まさこ君の窮状を見かねた女君が意を決して冷泉院に消息。生存を知られる。が、すでに冷泉院、女君ともに出家の身

が知られる。いずれも帝（冷泉院）の女君への執心が引き起こすことになる。その攻防の激しさは幽閉、女君の「そらじに」（擬死か）、脱出、出家と心理面のみならず、身体面での移動を含め、生死をかけて展開する。以上見てきたように、巻三以降長きにわたって、帝の女君への懸想は繰り返される。ひとりの女のために帝位を投げ出してもよいとまで思う帝、后妃に価値を見いだささず、徹底的に帝の懸想を拒否する女君、いずれも物語における王権の常道を相対化するあり方といえよう。

二　男君の周辺――「摂関家」として

（一）

次に女君のもうひとりの恋の相手である男君について、検討する。

男君とはどんな人物か。

左大臣の御太郎、かたち、心ばへ、すべて身の才、この世には余るまですぐれて限りなく、世の光と、おほやけ、わたくし思ひあがめられたまふ人あり。年もまだ二十にたらぬほどにて、権中納言にて中将かけたまへる、ものしたまふ。関白のかなし子。后の御兄、東宮の御をぢ、今も行く末も頼もしげにめでたきに、心ばへなどの、さるわがままなる世とても、おごり、人を軽むる心なく、いとありがたくもてをさめたるを、「帝の御母、后に居ざらむ女は、この人の類にてあらむこそめでたけれ」とおぼしえて、（巻一　二一〜二二）

時の関白左大臣の嫡男で当代の中宮の兄、東宮の伯父という「今も行く末も頼もしげにめでたき」男君は、その出自も容姿、性格、才能にも優れ、すべてに恵まれており、『源氏物語』の男性登場人物たちを圧倒するほどの人物である。太政大臣（女君の父）と関白左大臣がともに補任されるのは頼通以降であることや十代で権中納言と中将兼務の初例は教通男師実であることなど、[8]頼通の時代の反映が見られる箇所がいくつか指摘されている。[7]特に摂関家の嫡男としての男君について、史実との関連で赤迫照子氏に詳細な論がある。赤迫氏は、この物語の関白左大臣（大殿）、老関白、男君（関白）の系譜を視野にいれ、細かく史実との関係を考察した上で「『夜の寝覚』は、藤原氏の栄華を描いた物語である」という重要な指摘をされた。[9]また、宮下雅恵氏は助川幸逸郎氏の「摂関家物語」という用語を受けて、この問題について言及され、[10]勝亦志織氏も『夜の寝覚』における「后」たちの構造の考察から摂関体制との関わりについて言及されている。[11]

それらの御論に導かれながら、ここでは物語に表現されている論理に添って検討していきたい。

さて、この物語には摂関家的な論理が物語のあちこちに見え隠れする。

A　「などてかは。皇女たちよりほかは、この人こそやんごとなかるべきよすがなれ。うしろやすく、目やすかるべき御仲」　〈男君の父関白左大臣〉（巻一　二二）

B「いと角生ひ、目一つあらむが、なほ品ほどもあなづらはしからざらむ人聞きこそ、深き心ざしなくとも、用ゐらるべきものにははべれ。さる基さだめて、うち忍びては、海人の子をも尋ねはべらむ。」〈宮の中将〉（四五）

C「大殿の『中納言殿の御子をとく見むとてこそ、尋ねしか。まださる気色のなきにやあらむ。いみじく口惜しき際なりとも、この人の子とだに名のり出づる人あらば、人のそしり、もどき知るべくもあらず、数まへ、ものめかさむ』とのたまふなりとて、かの御方の弁の乳母、宰相などが、祈りまどひ、心もとながるに、あやにくに、いみじのわざや」と、心肝をくだき思へど、〈父関白〉（七八～七九）

D「一日も、殿の、『二十がうちにまうけつるこそよけれ。今まで子をまうけざめるが口惜しきなり。ここらさぶらふ女房のなかに、中納言子と名のり出づるがあるまじき』とのたまひしものを。〈父関白〉（九五～九六）

E「このついたちごろになむ生まれはべりける」「母は誰ぞ」「よも口惜しきあたりには出でまうで来じと、おぼしめせ」ときこえたまへば、「さはれや、言ふかひなき際なりとも、めづらしく差し出でたる、いとうれし」とのたまひて、殿にもきこえたまひて、〈母上〉（巻二　一六二～一六三）

F思ふさまにて女にておはするうれしさ限りなきに、まだ見えぬ顔つきにて、二所して抱きうつくしみたてまつらせたまふに、いささかうち泣きなどもしたまはず、〈父関白　母上〉（一六四）

Aは娘大君の結婚相手に「帝の御母、后に居ざらむ女は、この人の類にてあらむこそめでたからめ」（二二）と判断した太政大臣の縁談話に同意したときの関白左大臣（男君の父）の考えである。しかし、結果的には中間欠巻部分で、大君の在世中に朱雀院の女一宮を男君の正妻に迎えることになる。細かい事情は知られないがおそらく大君の父太政大臣が出家したことによる政治的な力の減退への顧慮、さらに女宮を降嫁させることによって関白との関係をより確かなものにしたい大皇の宮のもくろみと双方の思惑がみえる。しかし、太政大臣の娘がすでにいながら、さらに后腹の皇女を迎えるのは異例である。源太政大臣家にも天皇家にも遠慮のない立場をうかがわせる。Bは方違えに来ていた女君を但馬の守三女と誤解したまま契りを結び、彼女への思いを募らせながらも身分の違いを強く意識している男君に、宮の中将が語った言葉である。その正直ともいえるあからさまな身分意識による正妻論について男君は、

我が思ふやうにうるせくものを言ふかな。なほ人に抜けたる人なりや。この君だちだに、かく思ひけるよ。まことに、今宵ばかりを明かす心地、堪へがたくわりなくおぼゆれど、知られて尋ねわび、かかづらひまどはむも。いと音聞き軽々しう、便なかるべし。（巻一　四六）

と、同意し、一時の思いに駆られて安易に名を名告らなかったことに安堵している。

一方、Cは対の君を通して語られる関白の言葉、Dはやはり男君の妹中宮を通して語られる関白の言葉で、いずれも大君との間に子どもが恵まれないなら、母は誰でもよい、息子である男君の子どもでさえあればとする考えである。頼通の女二の宮降嫁の話に際して、道長が言ったという「男は妻は一人のみやは持たる、痴れのさまや。いままで子もなかめれば、とてもかうてもただ子をまうけんとこそ思はめ」（『栄花物語』たまのむらぎく巻　五六）というエピソードが思い出される。E、Fは男君が女君との間の女児を（石山姫君）を母の名を秘して、連れてきたときの関白左大臣と母上の喜びようである。一方、関白家の子迎えの噂を耳にした大君の嘆きや源太政大臣家に対して配慮する様子はまったく描かれない

（二）

次にあらわにされる帝への対抗意識について見てみたい。

死ぬばかりおぼゆとも、なほしばし思ひ念じて、中宮に申して召し取らせたてまつりて、宮仕ひざまにて見む。さだに出で離れなば、ほかに誘ひ出でなどして、また思ひ増すかたなき心のとまりにて、さる私物に忍びて見む。さては人の耳立つべきことにもあらず。采女を召す帝は、なくやはありける。これはまして、宮仕へ人を限りなくもてなし思はむ、咎にもあらず。さのみこそはあれ。（巻一　三七）

最初の九条の邸での女君との出会いの後、女君を但馬守三女と誤認し、たとえ「死ぬばかりおぼゆとも」身分の差を考えて自制した男君は、妹の中宮のところに女房として召し出して自由に逢おうと画策する段である。女房なら気楽に会えるとする文脈のなかに「采女を召す帝は、なくやはありける」と男君は思う。男君の立場であれば、特に問題とされる振る舞いでもないと思われるが、その自分の行為を帝と比較して考える。個人としての「帝」ではなく、「帝」という地位に対して男君が意識していることがわかる場面であろう。

さらに、参内した女君の部屋に母大皇の宮の手助けを得て侵入してくるいわゆる「帝闖入事件」の後、それを知った男君は帝に対して嫉妬心をあらわにし、それがなんどもくり返される。

かしこき御前とはいひながら、さばかりも、けはひ、有様を御覧ぜられけむは、いと愁はしう思ひつづけられ、いと心地むつかしうなりぬれど、（巻三　三〇四）

「上の、いといたうおぼし入り、うちながめさせたまふ御かたち、有様の、にほひやかになどこそえおはしまさね、気高くなまめかせたまひて、艶にをかしうおはしますを、まいて、さばかりいみじき言の葉尽くさせたまひつらむを、さりとも見たてまつりつらむかし。さはいへど、なべての人には異にもとや、思ひくらべたてまつりつらむ」と思ふにぞ、かたじけなけれど、いみじう妬う、腹立たしきや。（三〇五）

掲出の例は一部であるが、帝であるからとの遠慮はなく、男君は一人の男性として嫉妬する。

また、女一の宮側、特に大皇の宮に対する意識にもそれは現れている。男君は広沢の父入道に石山姫君とまさこ君を伴い、今までの女君との関係を打ち明け、れっきとした正妻である女一宮のいる京の内大臣邸に、女君を伴う。それに不快感を示す大皇の宮に対し、

「あまり、こはなぞ。片時横目すべくもあらず、年月を経て恋ひわびわたりつるも、誰ゆゑならむ。我なればこそ、せめて思ひ忍びてあながちにはもてなせ。ただ心を心とせむ人は、帝の御女といふとも、あながちに心を分けじものを」とぞ、あまりには、むつかしくおぼさるる。（巻五　五一二）

とあらはに不快に思う。

一方帝もまた、男君に激しい嫉妬をする。そこには身分、立場などを越えた一人の男性として、女君を争奪する帝と男君という構図がうかがえる。

赤迫照子氏は『夜の寝覚』は男君の父関白、老関白、男君へと継承されていく藤原摂関体制を基盤とし、『源氏物語』を相対化し、それでいて『源氏物語』を引用し、虚構を生成する物語とする。「物語内の藤原摂関体制は揺るぎないものとして縁取られながら、関白達が寝覚の女君・石山の姫君に奉仕し、源氏一族の皇統回帰が実現するように展開するのである」とされた。(12) 確かに女君の父入道もまた石山姫君に王権への思いを託し、鍾愛していたはずの女君には教えなかった「琴の琴」を孫である石山姫君へ伝授する。(13) しかし、女君の立場からみるとき皇統回帰と簡単に言い切れないのではないか。

史実との呼応もさることながら、物語内に細かく書き込まれていく摂関家の論理は重層化され物語の通奏低音として響き続け、時に表に浮上して、物語を領導していく。

三 「寝覚の広沢の准后」

『風葉和歌集』の作者名表記によれば、寝覚の女君は「広沢の准后」となっている。『風葉和歌集』の作者名表記は勅撰集にならい、おおむね最終官位であることから、末尾欠巻部分において、女君は「准后」宣下を受け、やがて出家して広沢に滞在したと思われる。[14]女君が「准后」となったことの意味について改めて考えてみたい。

女君が「准后」とされたことについて、最初に正面から論じられたのは稲賀敬二氏である。稲賀氏は「後期物語は『源氏物語』の亜流か―「寝覚の広沢の准后」と「源氏の准太上天皇」―」[15]において、寝覚の女君が准后になった経緯を詳しく論じられた。光源氏が准太上天皇に叙せられたことと比較しながら、現実にあってもおかしくないリアリティに『夜の寝覚』の工夫と新しさを見いだした論であった。

「准后」すなわち「准三宮」「准三后」は、しかしながら、光源氏の准太上天皇位とは異なり、史実では多く見られる称号である。天皇の勅に基づいて三宮に準じて年官年爵および封戸を給与される特殊な待遇で、九世紀半ばから一九世紀に至るまで千年にわたる歴史を持つ。樫山和民氏に「准三宮について―その沿革を中心として―」という准三宮の歴名を網羅し、その沿革と意義をたどった詳細な論がある。[16]それによると、准三宮は貞観一三年（八七一）に藤原良房に与えられたことから始まり、摂関に授与された。やがて女性にも与えられるようになり、女性准后の初例は天暦八年（九五四）、醍醐天皇皇女の康子内親王とされ、次の資子内親王とともに宣下を行った天皇の同母姉にあたる。次の恵子女王は摂政伊尹の室であったが、娘の懐子が花山天皇の母であることから天皇の外祖母として、准三宮に叙されている。以後も女性准后の場合圧倒的に皇族が多い。一方、皇族ではない例、後宮准后の初例は教通娘、後冷泉女御歓子である。後冷泉天皇には中宮に章子内親王、皇后に寛子が冊立されており、それを受けての歓子の待遇と考えられる。

さて、ここで、特に参考にしたいのは藤原道長の妻倫子の場合である。倫子は天皇の妃でもなければ、皇女でもないが、『小右記』長和五年（一〇一六）六月一〇日条に

摂政准三宮、可給年官年爵幷三千戸封、忠仁公例、又以左右兵衛舎人各六人為随身事、摂政北方可賜年官年爵幷本封外別給三百戸、惠子女王例也、惠子華山法皇外祖母、

とあるように（『御堂関白記』にも同様の記述あり）、天皇の外祖母として叙せられた惠子女王の例にならって、准后宣下された。『栄花物語』には、

われはただ今は御官もなき定にておはしますやうなれど、御位は、殿も上の御前もみな准三后にておはしませば、世にめでたき御有様どももなり。殿の御前の御華山はさらにも聞えさせぬに上の御前のかく后と等しき御位にて、よろづの官爵得させたまひなどして、年ごろの女房もみな爵を得、あるは四位になさせたまふもあり、さまざまにいとめでたくおはします。（たまのむらぎく巻　九一〜九二）

と准三宮に叙せられた時の喜びの様子が描かれている。臣下でありながら、倫子が准后に叙せられたのは、関白の妻、加えて天皇の外祖母という資格によるものであろう。非皇族の女性が准后の例はこのあと院政期の藤原忠通室の宗子まで見られないことから、この倫子の処遇は印象の強い出来事だったと思われる。そして、この例が寝覚の女君の「准后」という位設定に影響を与えたのではないだろうか。すなわち、関白の妻であり、中宮の母（石山姫君）、東宮の祖母（養女督の君の若宮）であることがその理由となったのであろう。寝覚の女君は老関白、さらに男君（関白）と二人の関白の妻となってもいる。加えて、倫子と同じように一世源氏の娘である。臣下の女性としての最

高位を得た倫子の例にならった「摂関家の室」として寝覚の女君はこの物語において役割を与えられていることにもっと目を向けたい(17)。

末尾欠巻部分で男君と女君の娘、石山姫君は立后し、督の君の若宮が立太子する。その時の状況を、『無名草子』は、

また、后の宮、東宮など一度に立ちたまふ折、中の上、ゐざり出でて、寝覚めせし昔のこともわすられて今日の円居にゆく心かな
と言はれたるほど、いと憎し。　（二三二）

と批判する。しかしながら、女君のこの喜びは首肯せらるものではないであろうか。この段階では石山姫君はいまだ皇子を産んでおらず、立太子したのは督の君の皇子、すなわち老関白の孫であるが、関白の妻として、摂関家の一員としての立場で考えたとき、これに勝る慶事はないであろう。そして、おそらくこの慶事に対して女君は准后に叙せられたと思われる。

四　相対化される〈王権〉・〈源氏〉

平安後期物語の特徴の一つに同時代性があげられる。藤原摂関期全盛時代を背景にもつ『夜の寝覚』は『源氏物語』が舞台を少し前の時代に設定したのに対し、同時代の状況を敏感に意識して描かれた作品であるととらえられる。

女主人公である『夜の寝覚』の物語には、政治向きのこと、王権への関与が少ないことが従来指摘されてきた。

確かに女君の父入道は一世源氏で太政大臣の身でありながら、政治的な動きはまったくせず、（娘が二人いるが、はなから入内を考慮外に置く）物語の序盤でさっさと出家してしまう。

また、『夜の寝覚』の「帝」は王者らしい風格を示すというより、〈帝〉らしさという点から逸脱した人物である。女君への執着は形を変え、物語に何度も語られる。その立場からすれば、気に入った女性ならば入内させることも可能であったはずだが、あくまで帝は一人の懸想する男性として描かれる。一方、女君は女君で帝に対して身分、立場に縛られることなく、どこまでも帝を拒絶する。『竹取物語』の帝とかぐや姫を想起させながら、あくまで地上の懸想が展開される。王朝物語における「帝の懸想」は珍しいものではないとはいえ、ここまで一方的なのはこの物語の特色であろう。帝の「らしからぬ」ふるまい、帝、男君の双方のあからさまなライバル意識、女君の拒絶と、物語から見えてくるのは帝の権威の低下、王権の相対化といえよう。そして「帝」という存在に対して、厳しく拒絶できるのは、主人公が女性だからではないであろうか。天皇を中心とする律令体制に組み込まれている男性たちは、実質はともかくとしても、ここまで強く帝の命、思いを拒否する人物として描けたであろうか。

一方、帝の権威の失墜にともなうかのように物語表面に浮上するのは、摂関家の論理である。娘を後宮に送り込むことによって、摂関の地位を争う—そのような時代は終わりを告げ、『夜の寝覚』の男君の一族も御堂関白家のように、関白職を世襲していく。その摂関家の論理は登場人物の「言葉」としてあるいは「行為」として、物語のそこここに投影されている。女君のふるまいをみると内侍督を老関白の長女に譲ったのも、（老）関白家の正妻としての行為ととれるし、女君に与えられた准后が、国母の母（養母）、帝の祖母ゆえの地位だとしたら、それもまた、倫子を嚆矢とする女性摂関准后を準拠とする摂関家の側の立場によるといえよう。帝と男君による女君への恋争いの背景に透けて見えてくるのは物語が作られた時代との響き合いである。

寝覚の女君は、一世源氏の娘である。母もまた帥の宮の娘で皇族の血を引く。にもかかわらず、娘時代は父太政大臣の考えによって、夫老関白亡き後は自らの考えによって、后妃への道を歩まない。女君が表面的には栄え、准后になることによって、女性の出世の物語とする考えもあるが、女君の境遇、持って生まれた才能、美貌、資質などからすれば、物語の女主人公が苦難の末歩むのは「准后」というより、入内→后妃→皇后・国母→女院の可能性であろう。養女である老関白の遺児、督の君が皇子を出産した時の女君の感慨、

「これこそは、女のあるかひありと言ふべき御宿世なめれ」（巻五　五三七）

は本音と思われる。しかし、この物語は女君がそれまでの物語と同様、王統腹の人物であることを最初からうたい、容姿、資質、人柄ともに他より抜きんでていて、さらに天人の降下を招く存在として、誰よりも王権に関わる人物としての資格があることを強調しながら、その道を描かない。『源氏物語』の女君たちが〈源氏〉とのつながりを大事にされてきたのとは異なるあり方といえよう。物語始まり早々描かれる男君との九条での一方的な不幸な一夜はその後の女君の運命―摂関家の女として生きる―を象徴しているかのように機能している。帝の求婚を排除し、二代の関白の妻として、女君は「摂関家の女性」として生きたのである。

女君の社会的立場に目を向けて、この物語を見直すとき、この物語に王権の相対化、そして〈源氏〉（臣籍降下した皇族／『源氏物語』）の相対化が見える。この物語以後主人公は〈源氏〉であることとの呪縛から解き放たれていく。『夜の寝覚』が中世王朝物語への志向胚胎することはすでにさまざまな点から指摘されてきているが[18]、物語の主人公性という点からもそれがいえよう。皇族でもなく、后妃でもない女性が「准后」となるという倫子の印象的な出来事を物語の背景に響かせながら、寝覚の女君は「源氏の女」として生まれ、「摂関家の女」として生きる。そのあり方は〈斜行〉といえようか。そして、娘として、母として、妻として、立場の移行を重ねながら織りなし

ていく物語が『夜の寝覚』という作品なのである。

注

（1） 拙稿「夜の寝覚―母なき女子の宿世」（『古代文学研究 第二次』一九九七年一〇月）、「夜の寝覚―女君の『憂し』をめぐって―」（『講座平安文学論究 第一八輯』二〇〇四年五月）

（2） 高橋由記「摂関家嫡子の結婚と『夜の寝覚』の男君―但馬守三女への対応に関連して―」『国語国文』二〇〇四年九月）、赤迫照子「『夜の寝覚』の摂関体制―「おほやけの御後見」の相対化と〈藤原氏の物語〉」（『平安後期物語の新研究』新典社 二〇〇九年）、大槻福子『『夜の寝覚』の構造と方法』（笠間書院 二〇一一年）、宮下雅恵『夜の寝覚論 〈奉仕〉する源氏物語』（青簡舎 二〇一一年）など

（3） 末尾欠巻部分の研究状況については田中登「『夜半の寝覚』欠巻部資料覚書」（『平安後期物語の新研究―寝覚と浜松を考える―』新典社 二〇〇九年）、栗山元子「『夜の寝覚』・『巣守』の古筆切を巡る研究史」（『王朝文学の古筆切を考える』武蔵野書院 二〇一四年）に詳しい。

（4） 久下裕利「あとがき―頼通の時代を考える」（『狭衣物語の新研究』新典社 二〇〇三年）他、倉田実「頼通の時代と『狭衣物語』」（『日本古典文学史の課題と方法』和泉書院 二〇〇四年）、稲賀敬二「後期物語は『源氏物語』の亜流か―「寝覚の広沢の准后」と「源氏の准太上天皇」―」・「平安後期物語の新しさはどこにあるか―『寝覚』執筆時に意図された「新しさ」―（ともに『後期物語への多彩な視点』（稲賀敬二コレクション）4） 笠間書院 二〇〇七年）、和田律子『藤原頼通の文化世界と更級日記』（新典社 二〇〇八年）、横井孝「『寝覚』の風景二―「しらかはの院」―」（『源氏物語の風景』武蔵野書院 二〇一三年）他

（5）関根慶子「寝覚物語における『帝闖入事件』を考える」（『源氏物語及び以後の物語　研究と資料』一九七九年）、永井和子「寝覚物語の帝」（『続寝覚物語の研究』　笠間書院　一九八九年）、長南有子「夜の寝覚の帝」（『中古文学』五八号一九九六年一一月）、坂本信道「物語力の衰微」（『国語と国文学』　二〇〇五年七月）、伊勢光「物語における機能としての帝―女の「かぐや姫」性をめぐって」『学習院大学大学院日本語日本文学』六　二〇一〇年三月）、宮下雅恵『夜の寝覚論　〈奉仕〉する源氏物語』（青簡舎　二〇一一年）、大槻福子『『夜の寝覚』の構造と方法』（笠間書院　二〇一一年）

（6）宮下雅恵「反〈ゆかり〉・反〈形代〉の論理―真砂君と督の君をめぐって」（『夜の寝覚論―〈奉仕〉する源氏物語』　青簡舎　二〇一一年）

（7）倉田実　注（4）論文

（8）稲賀敬二　注（4）論文「平安後期物語の新しさはどこにあるか―『寝覚』執筆時に意図された「新しさ」―」

（9）赤迫照子　注（2）論文

（10）宮下雅恵「『夜の寝覚』の男主人公再説―物語史のために」（『夜の寝覚論〈奉仕〉する源氏物語』　青簡舎　二〇一一年）、なお、本稿ではこの物語を「摂関家物語」とするとは考えない。この物語を「摂関家物語」として捉えるとしたら男君側からの視点であろう。しかし、この物語の主人公はあくまで女君であるので、主人公が源氏から摂関家へと移行する転機の作品として考えたい。

（11）勝亦志織「『中宮』という存在（一）―『夜の寝覚』を起点として」（『物語の〈皇女〉―もう一つの王朝物語』笠間書院　二〇一〇年）

（12）赤迫照子　注（2）論文

（13）拙稿「『夜の寝覚』の父」（『平安後期物語』　翰林書房　二〇一二年）

（14）『風葉和歌集』の作者名表記はよく知られている人物であれば、出家しても「尼」などと表記されるとは限らない。

（例　藤壺…薄雲女院　女三の宮…二品内親王）

（15）稲賀敬二（『後期物語への多彩な視点』（稲賀敬二コレクション4）　笠間書院　二〇〇七年）。なお、女君が准后になったことに関しては久下裕利「孝標女の物語―『夜の寝覚』の世界」（『更級日記の新研究―孝標女の世界を考える』新典社　二〇〇四年）、宮下雅恵「「准后」と「夢」―『夜の寝覚』女主人公の〈栄華〉と〈不幸〉―」（『夜の寝覚論〈奉仕〉する源氏物語』青簡舎　二〇一一年）などにも言及がある。特に宮下氏は帝に対して准「后」という位は言葉の上で対応し、冷泉帝の執念の象徴ともとれるとされる。ここでは帝―后の対応というより摂関に与えられた位としての准后という見地から女君について考える。

（16）『書陵部紀要』三六（一九八五年二月）

（17）なお、男君の妻として朱雀院の女一宮が降嫁してきているが、末尾欠巻部分の現存資料からはその後の展開がうかがえない。ただ、子ども、特に女の子がいれば、当然入内等の記述があると思われるが、諸資料からは寝覚の女君の子どもたちの栄達のみ知られることから、おそらく子どもはいなかったと推測される。

（18）辛島正雄「物語史〈源氏以後〉・断章―『夜の寝覚』『今とりかへばや』から『我身にたどる姫君』」（『源氏物語とその周縁』一九八九年）、大槻福子『『夜の寝覚』の構造と方法』（笠間書院　二〇一一年八月）、宮下雅恵『夜の寝覚論〈奉仕〉する源氏物語』（青簡舎　二〇一一年）、鈴木泰恵「『夜の寝覚』の夢と予言―平安後期物語における夢信仰の揺らぎから」（『カルチュール』（明治学院大学）二〇〇八年三月）

付記　本文として、『夜の寝覚』『栄花物語』『無名草子』は新編日本古典文学全集（小学館）を、『小右記』は「増補史料大成」を使用した。

『夜の寝覚』の寒暖語と〈風〉——物語展開における働き

山際咲清香

はじめに

『源氏物語』の桐壺巻、野分の段冒頭には、「野分だちて、にはかに肌寒き夕暮のほど、常よりも思し出づること多くて、靫負命婦といふを遣はす」（桐壺①二六、傍線筆者、以下同じ）という一文がある。桐壺の更衣を失った帝が更衣の母へ使いを出すのは、強い風が吹き急に肌寒くなった夕暮のこと、亡くなった更衣が、いつにも増して思い出されたからである。続いて、命婦の帰りがけに見られる「風いと涼しくなりて」（桐壺①三二）は、野分に比べ、おだやかで寒さのやわらいだ風であり、弔問により、いくらか母の心が慰められたことを反映していると考えられる。また、若菜下巻「これは風ぬるくこそありけれ」（若菜下④二五〇）という源氏の言葉をきっかけに、女三の宮と柏木の密通が発覚する。「ぬるし」は密通事件を貫く語脈となっており、女三の宮をめぐる源氏・柏木・夕霧の自己評価の端的な表現であるとともに、各人が味わった負の感情の表象でもある。[1] 遡って、女三の宮降嫁に際し、紫の上の眠れない様子が「風うち吹きたる夜のけはひ冷やかにて、ふとも寝入られたまはぬを」（若菜上④六八）と語られており、若菜上・下巻では、源氏の華やかな繁栄と内部崩壊、紫の上と女三の宮の性質、さらに、出来事によって乖離していく紫の上と源氏の心情とが、寒暖の感覚に集約され、対照されている。[2]

このように『源氏物語』の重要な場面には、何らかの形で〈風〉とそれにまつわる寒暖の感覚がクロスして働いている。これら寒暖の感覚を表す寒暖語と〈風〉は、環境描写でありながら人物の心理状態を象徴しており、『源氏物語』において、ストーリー展開を促すキーワードとなっているのである。[3][4]

それでは他作品における寒暖語と〈風〉はどうであろうか。これまで筆者は『源氏物語』以降の作品である『狭衣物語』及び『浜松中納言物語』について論じてきた。[5]『狭衣物語』の寒暖語と〈風〉は、ともに物語の要となる場面にあり、狭衣の卓抜性を示しながら、恋愛に関連して男女双方の心情を象っている。『浜松中納言物語』の〈風〉は、実際に吹くものと概念としての〈風〉に分かれており、時として「月」や寒暖語と関わりながら、中納言及び唐后や吉野の姫君を取り巻くように表れ、物語展開のモチーフとなっていた。

さて、『夜の寝覚』は周知のとおり中間部（第二部）と終末部（第四部）に大きな欠巻部分があるが、心理小説と言われる側面をもち、特に第三部（巻三・四・五）において寝覚の上の心理が細やかに語られている。一方で自然描写は少なく、登場人物の心理との関わりはあまりないとみられてきた。[6]本稿では、これまで論じられてこなかった寒暖語と〈風〉に注目して、物語展開における働きを考察し、『源氏物語』『狭衣物語』『浜松中納言物語』との比較を通して、『夜の寝覚』の特徴を探るとともに、作品の中で寒暖語と〈風〉が、他作品からどのように「斜行」[7]しているのかという点について論じていきたい。そのことによって、他作品にはない『夜の寝覚』独自の語りの方法に迫ることができると考えるからである。

『夜の寝覚』における寒暖語には『狭衣物語』とリンクする部分があり、それらは『源氏物語』の寒暖語のイメージと重ねられつつ、ある点でずらされている。いわば綱引きのような語り分けの中で、作品の言葉が表す世界と、『源氏物語』を知る読者との間にギャップを生じさせもする。ここでは、そのような先行作品との関わり方に一種のひねりが見られる現象を「斜行」としておきたい。

一　寒暖語について――男君との出会いの場面――

『夜の寝覚』の中に寒暖語は一八例あり、主に男君との関係における女君側の表現となっている。また、〈風〉は二〇例あり、女君の楽器演奏に関連する場面と、男君が女君への思慕を深める場面とに大別できる。

まず寒暖語について見ていこう。巻一では中の君と中納言の初めての逢瀬、すなわち九条で中納言に侵入される場面に「涼し」「涼み」「暑し」が一例ずつ見られる。

かたみになつかしくおぼえて、風涼しく月明き夜、山里めかしくおもしろき所なれば、端近くゐざり出でて、物語などしたまひつつながめたまふ。（巻一、二六）

人は池のわたりなど涼み歩くなるべし、そなたに声などあまたして、いと静やかなるに（巻一、三〇）

「御前に恥ぢきこえたまふ人々は、暑きに、さし退きてを」と、さりげなく言ひなして（巻一、三二）

中の君は物忌みで九条に行き、来合わせた但馬守の女と、「風」の「涼し」く吹く夜に月を眺めて語らい、やがて箏を演奏する。「風」に運ばれたその音色に誘われて、中の君の姿を垣間見た中納言が美しさに惹かれ、契ることになる。女房達は池の辺りで「涼み歩」いており、女君の近くには人がおらず、男君にとって侵入しやすい好条件となっていた。さらに、中納言が中の君のところへ忍び入っているのを見た対の君が、〈暑さ〉を理由に下がるように言い、人を遠ざける。二人のことを気取られないための機転である。

この場面については『源氏物語』の夕顔巻及び橋姫巻との類似が先行研究により指摘されているが、[8]寒暖語に着目すれば、帚木巻において源氏が涼しさを理由に方違えの場所を選び、空蝉に逢うことになる例をも想起させる。

水の心ばへなど、さる方にをかしくしなしたり。田舎家だつ柴垣して、前栽など心とめて植ゑたり。風涼しくて、そこはかとなき虫の声々聞こえ、蛍しげく飛びまがひてをかしきほどなり。（帚木①九三～九四）

日中暑苦しかった左大臣邸から紀守邸へ移った源氏は、「風」が涼しく吹き情趣ある庭に心惹かれるとともに、雨夜の品定めを思い出して空蝉に興味を覚え、夜中に忍び込む。『源氏物語』中に「風涼しく」とあるのは、この他に宿木巻で中の君が懊悩する場面のみで、その上「暑きに」も作品中に二例しか見られない。[9] その二つのキーワードの組み合わせで提示されるのが帚木巻であり、そこでは、夏の〈暑さ〉から逃れるために設けられた「涼し」い場所において、源氏が空蝉との逢瀬を遂げる。『夜の寝覚』においては、「涼し」い環境に身を置いているのは中の君であり、積極的に人を遠ざけようとする口実としての「暑きに」も、対の君の言葉となっている。〈暑い〉季節に「涼し」い環境で男君が偶然見つけた女君と契るという構造は『源氏物語』と類似するものの、寒暖語の表れ方は、男君側を主体とする『源氏物語』とは異なり、女君側を主体とする表現になっているといえよう。[10]

『狭衣物語』では狭衣が心の内を初めて源氏の宮に告白する場面が「暑さのわりなき頃」（巻一、五四）とされ、「いと暑きに。いかなる御文御覧ずるぞ」（巻一、五五）と話しかける狭衣の言葉にも「暑し」系の語がある。そして、狭衣が去った後、女房達は「暑さのわりなさ」（巻一、五七）のため昼寝をしていたことが判明する。狭衣の恋心が盛り上がるきっかけになると同時に、告白を可能とした「人少な」な状況の主因として〈暑さ〉が関係している。『夜の寝覚』で男君にとって有利に働く「人少な」な条件は『狭衣物語』と共通するが、「涼み歩く」という語は、他作品に見られない独特の表現である。加えて、『狭衣物語』『夜の寝覚』ともに、物語の発端となる主人公の恋、男女関係の始発となる重要な場面において〈暑さ〉が出来事を導いている点は注目される。

ちなみに、『源氏物語』の「暑きに」は不快感を表す源氏自身の言葉、『狭衣物語』では狭衣が源氏の宮に話しかけるきっかけの言葉、『夜の寝覚』においては事態を隠すための対の君の言葉であり、発せられる目的は作品によって異なるものの、いずれも自然描写ではなく「暑し」を不快とする人物が発する言葉となっている。

なお、作品中には「暑し」系の語として他に「暑気」があり、巻五に頻出するという特徴がある。次節で具体的に考察したい。

二　「暑し」系の語について――カムフラージュとしての機能――

次に挙げるのは巻五冒頭の、女君の体調不良の様子が語られる場面である。

かしこには、五月つごもりごろより、(ア)御心地例ならず苦しうおぼさるれど、我ながら、「(イ)いとかくものを思ひ入らむに、いかでか苦しからぬやうあらむ。命もあまりはえ堪へじ」とおぼゆるに、日に添へては、いといみじくのみなりまさりたまへど、(ウ)物真似びのやうならむもかたはらいたければ、「(エ)暑気なめり」と、せめてさらぬ顔にもてないたまひつつ　（巻五、四三一）

傍線部ア「御心地例ならず苦しう」とあり、体調不良に陥った寝覚の上（かつての中の君）が、傍線部エ「暑気」のせいであろうと言っており、実際よりも軽めにカムフラージュしている。その理由は、波線部ウにあるように、内大臣（かつての中納言）の妻である女一の宮が病に伏せっていたため、まるでそれを真似たかのような状態であることを避けようとしたからである。ここに寝覚の上が女一の宮を意識していることが読み取れるわけだが、さらに波線部イ、寝覚の上の心中表現に着目したい。

「いとかくものを思ひ入らむ」とは、「北殿の御生霊、恐ろしげなる名のりするもの出で来て」（巻四、三八二）に始まる、いわゆる〈生霊事件〉をさしていると考えられる。内大臣は「よろづ覚めたまひて」（巻四、三八三）即座に否定し、その後も寝覚の上の生霊であるとは信じていない。ところが、噂を伝え聞いた寝覚の上自身は「いとあさましう、胸ふたがりたまひぬ」（巻四、三八八）と衝撃を受けていた。その時の心理をたどると、彼女が気にしているのは「いかにいみじう聞き伝へ、世にも言ふらむ」（巻四、三八九頁）という外聞、とりわけ内大臣の受け止めであった。[11]「『げに、さりげなくて、さもやあらむな。疎まし』とも、聞き思ひたまふらむかし」（巻四、三八九頁）と推測しており、心乱れた状態で箏の琴を演奏した際、最後に想夫恋を弾いていることからも、内大臣を意識していることが見て取れる。その後、訪れた内大臣の様子を「いかでかは、その気色をあらはには見えむな」（巻四、三九二頁）とあるように表情に出さないだけだと受け止めたり、「『さることこそあれ』と、うち笑ひも、あさみもしたまひてまし。げにとおぼしけるなめり」（巻四、三九三頁）のように、口にしないのは噂を信じているためだろうと憶測を働かせたりしていた。退出する内大臣から、物わかりの良い態度ではなく自分を責めてくれればうれしいのにと言われた際には「「されど、あくがるる魂もあなれば」とは答へまほしけれど、いと世のつねび、ざれたる心地すべきも、うたてあれば」（巻四、三九五頁）とあり、事件についてふれたい気持がありながらも、最後まで言葉を呑み込んでいる。後日、石山の姫君を尼君の元へ戻すと告げられた際にも「深くまこととおぼすなめり」（巻四、三九九頁）、「「かく、様悪しきあたりにあらせたてまつらじ、この御おぼつかなさに、かうやうにえさらず立ち寄るも、心の暇なし、となめり」と、我が心も、おいらかならず思ひなさるれど、さ答へむやは」（巻四、四〇〇）と先の憶測を繰り返して心穏やかでない上に、やはり、その心の内を口にすることはない。

こうした心の鬱積が、先に見た波線部イ「いとかくものを思ひ入らむ」には込められており、それは「命もあまりはえ堪へじ」とさえ思われるほどに女君を追い詰めていた。ところが、そのような心の内を隠して「暑気なめり」とだけ言うのである。[12] やがて病状は悪化し、冷たい水を口にしても受け付けないような重態に陥る。矢継ぎ早に来る男君からの手紙に「かく例ならぬ御心地」（巻五、四三四）と言付けるも、内大臣は「ただ返り事せじと、のたまひなすなめり」（巻五、四三五）と仮病を疑っていた。この内大臣の認識は、後の伏線にもなってくる。体調を崩したのは五月末で、七月になっても快復しないが、「おぼすこと一つあるにより、人々の訪ひにおはせむもところせければ、おどろおどろしくも言ひなさせたまはず」（巻五、四三五）とあることから、人々の訪問を避けるために重篤な様子を伏せさせていることがわかる。その要因となる「おぼすこと一つ」とは出家願望をさす。生霊事件の際にも「思ひ離れ、飽き果て、籠り居なむと思ひ寄りにしものを」（巻四、三八九）と回想されるように、出家願望は随所に窺える。そして、ついに、「世を背くさまにてや、もし、いましばし長らふるやうもはべる」（巻五、四三六）と出家を父入道に請うたのは、「夕涼みには、さはいへど、秋の気色になりたる風の音も、山里には殊にあはれに聞きなさるる」（巻五、四三五）という折であった。

他方、寝覚の上の病状を聞いた内侍の督の君が「暑気にとのみあれば、よろしうこそ思ひきこえつれ、いとあさましかりけることかな」（巻五、四四三）と驚いており、内大臣のみならず、周囲にも「暑気」による体調不良だと伝わっていたことが示されている。その後、まさこ君を迎えた内大臣の言葉「暑さもいと苦しう、上の御心地もさはやぎたまはざめれば、内にも久しう参らで、恋しかりつれば、迎へつるぞ」（巻五、四四四）にも「暑し」系の語がある。呼び寄せたまさこ君を通じて、寝覚の上の出家を阻止したい大弐の北の方（かつての対の君）から内大臣への伝言が成立する仕組みになっており、ここで、内大臣の参内しない理由が「暑さ」による「上」の体調不良のためとされているのである。続く場面にも以下のように「暑し」系の語が連続して表れている。

①「おはしなどや、さすがにせむ」とおぼすに、いとむつかしかりければ、臥しながら、さすがにみづから、

「暑気に、昼こそ例ならず思ひたまふべけれ、夕暮などはさもはべらず。今日明日過ぐして出ではべりぬべければ、さてこそきこえさせめ」と、いとさりげなう書いたまひつれば
（巻五、四四五）

②「『暑気には、いづれの夏もかくのみなむ』と、御返りはいとなごやかに、さらぬ顔にてのみあれば、『さばかり隔てたまふ御心に、苦しからむを念じてのたまふにはあらじ。げにさにこそは』とて参りたれども。ことのほかにのみもてなしたまふが人目も悪ければ、この日ごろは参らざりつる。（後略）」
（五巻、四四七）

③「暑きほどは、いつもかくはべれば、さにやと思ひて、誰にもことごとしくきこえなしはべらぬものを」と、ものはかなくのみ答へないたまふに、せめて恨み果つべきかたもなし
（巻五、四五二）

まず寝覚の上自ら筆を執り内大臣へ記した返事には、「暑気」によるものであることが前面に出されている。①波線部「いとむつかしかりければ」が示すように、重篤だと伝わることによる内大臣の訪れをおそれたためである。果たして、内大臣は寝覚の上の筆跡を見て安心する。これまで病を理由に返事をくれないことに不満を抱き、仮病さえ疑っていた内大臣にとって、直筆の手紙を得たことは大きかった。内大臣は寝覚の上の返事を、②波線部「いとなごやか」「さらぬ顔にてのみ」と解釈していたと大弐の北の方に伝えており、その理由は「暑気」による毎夏のことと返した寝覚の上にあるとしている。つまり、一時的ではあるが、先の手紙は寝覚の上にとって思惑通りの効果があったといえる。

だからこそ、その直後に大弐の北の方から寝覚の上の体調について聞かされた内大臣は、同時に出家を志していると知り、驚くことになる。先に伏線としたのはここに生きてくるわけで、それまで大したことがないと受け止めていた内大臣の心の揺れが際立ってこよう。内大臣はまさこ君と石山の姫君を連れて広沢へ直行する。寝覚の上は内大臣に、③傍線部「暑きほど」はいつもこのように体調不良に陥ると答えているが、先述した①②に寝覚の上の

返事として表れるだけで、それ以前に具体的な場面として「暑気」による例年の体調不良が語られているわけではない。

内大臣はついに、寝覚の上の父入道に寝覚の上との事実を打ち明け、さらには寝覚の上が懐妊していることに気づく。それゆえ、それまでの体調不良は懐妊によるものであったと明らかになるのである。寝覚の上は内大臣から指摘されて初めて気づいたとされており、「うちゆるび、思ひ直さるることはなきながら、秋のつもり、風のけはひの涼しさに、限りありける心地は、やうやうさはやかにおぼしならるれど」（五巻、四七七）からわかるように、秋が深まり「風のけはひ」が涼しくなると、あれほど重篤であったのが「限りありける心地」と語られ、寝覚の上の心情は「やうやうさはやかに」とされるに至る。

以上のように、寝覚の上が体調を崩して出家を願い、父入道が「出家することでこの世に留まれるなら」と許可した矢先、内大臣が真実を明かして引き留めるという展開において、繰り返し夏の〈暑さ〉が体調不良の原因とされ、果てには懐妊していたことが判明する。結果として〈暑い〉時期の懐妊による体調不良という『源氏物語』『狭衣物語』との共通点が見られる。

まず、『源氏物語』において、「暑し」とともに不調が語られるのは、藤壺・紫の上・中の君の三人で、すべて女性である。このうち藤壺と中の君は懐妊している。

藤壺懐妊の場合を見てみよう。

まことに御心地例のやうにもおはしまさぬはいかなるにかと、人知れず思すこともありければ、心憂く、いかならむとのみ思し乱る。暑きほどはいとど起きも上がりたまはず。三月になりたまへば、いとしるきほどにて、人々見たてまつりとがむるに、あさましき御宿世のほど心憂し。人は思ひよらぬことなれば、この月まで奏せ

させたまはざりけることと驚ききこゆ。わが御心ひとつには、しるう思し分くこともありけり。（若紫①二三一〜二三二）

源氏の子を宿した藤壺の苦悩が語られている。藤壺が内裏を退出した里に源氏が「心もあくがれまどひて」（若紫①二三〇）訪れ、懐妊は、その密会の結果であった。もともとの病気に加えて妊娠が重なり、しかも、お腹にいるのは不義の子である。藤壺の精神的重圧は相当なものであったろう。「暑きほどは」の一文から彼女の衰弱した様子が伝わってくる。また波線部からもわかるように、この場面において藤壺は懐妊を自覚している。

続いて、宿木巻に見られる中の君の不調は、匂宮が六の君と婚約したことによる心痛が語られた直後の場面にある。中の君の体調が「例ならぬさまになやましく」（宿木⑤三八五）と語られ、匂宮が「まださやうなる人のありさまよくも見知りたまはねば」（同）とされることから、それは懐妊であるとわかる。妊婦の様子を知らない匂宮は、普段と違う体調の中の君について「ただ暑きころなればかくおはするなめり」（同）と思う。中の君の不調は妊娠のためとも受け取れるが、前後は匂宮が六の君と婚約したことにより中の君が苦しむ場面となっている。中の君は周囲に心の内を見せまいと、噂も聞かなかったかのような態度で過ごしていた。ついに六の君と結婚した匂宮は、翌朝、中の君を気に掛けて戻り、「などかくのみなやましげなる御気色ならむ。暑きほどのこととかのたまひしかば、いつしかと涼しきほど待ち出でたるも、なほはればれしからぬは、見苦しきわざかな」（宿木⑤四〇七）と言う。しかし、先に確かめたように、実際は「暑きほどのこと」と中の君が言ったのではなく、匂宮自身がそう思っていたのである。匂宮が中の君の懐妊を知らず〈暑さ〉によると思っていたことを『夜の寝覚』は逆手にとって利用しているともいえるのではないだろうか。

ここで若菜下巻の紫の上の場合を見てみよう。「女君は、暑くむつかしとて、御髪すまして、すこしさはやかにもてなしたまへり」（若菜下④二四四）に続いて、「池はいと涼しげにて、蓮の花の咲きわたれるに、葉はいと青やかにて、露きらきらと玉のやうに見えわたるを」（若菜下④二四五）という光景を目にした紫の上の感慨として「あはれ」の語が表れる。紫の上は目に映る光景を自分の心と一体化させており、五戒を受け源氏の愛情に執着することを乗り越えた心情の変化が、この「涼しげなり」に表象されていると考えられる。それ以前に見られた女三の宮降嫁を巡る苦悩は、この後語られず、紫の上は仏事に関する場面において登場するようになる。このような出家に関連する「涼し」は宇治十帖へと引き継がれており、「涼し」の語は仏教思想を背景にしていることが窺える。

『夜の寝覚』にも、出家と関連した「涼し」の例がある。父、太政大臣が出家した際の「本意のごと御髪下ろさせたまひて、戒の力にや、御心地もさはやかに、よろづ涼しく思ひなさるるなかにも」（巻二、一四七）である。出家してなお娘の心配をしており、俗世を離れてすっきりというわけではないものの、出家を果たした心境として表現されている。また、先述したように、巻五において寝覚の上の出家願望と関連して「涼し」系の語が表れる点は紫の上の場合と類似する。

「暑し」に話を戻すと、『狭衣物語』では女二の宮懐妊に関連して「暑し」系の語が繰り返される。「やう〳〵暑き程にさへなりぬれば、いとゞ消え入りぬべき御有様を、おぼし嘆かせ給こと限りなし」（巻二、一四四）、「暑ささへあやにくなる年かな」（巻二、一四八）と女二の宮の衰弱を嘆く帝の様子は、『夜の寝覚』において鍾愛する娘の身を案じる父入道と重なる。懐妊に気づいた母大宮は「いと苦しげに、暑さを扱はせ給さまも、後めたげなれば」（巻二、一四七）と厚着をさせて見舞った帝に隠した上、大宮自身が出産したことにする。かくして、狭衣の子である若宮は帝の子として育てられることになるが、当初自覚のなかった女二の宮の心情が「御心地の苦しう、暑きに添へても、大宮の聞こえさせ給へることさへ、現心なきまで思さる」（巻二、一四八）と語られる際には、大宮に指摘され、女二の宮自身が懐妊の事実を知っているのである。

また、式部卿宮の姫君の母について、体調不良に関係する「暑気」の例がある。体調のすぐれないことが「例も暑気には、さのみこそは」（巻四、三七六）とされ、その後、暑さが引いても快復せず、出家する。狭衣は当初、姫君の母に心惹かれており、この場面における夏の暑さは、狭衣の恋心をかきたてるものともなっていよう。やがて狭衣は見舞いに訪れるが、ほどなく母は亡くなり、狭衣は残された姫君の世話をするという流れにつながっていく。姫宮の母が出家後亡くなるのに対して、寝覚の上は出家が叶わず体調は快復する点で異なるが、「暑気」による体調不良を例年のことと設定されている点は共通している。さらに言えば、寝覚の上の病状はかなり深刻で、姫君の母同様、亡くなることも危惧されており、それが父入道による出家の許可につながっていることも押さえておきたい。

ちなみに『浜松中納言物語』には、巻四で吉野の姫君への思慕が繰り返される際、吉野の姫君の体調不良と関わりのある「暑し」が見られる。吉野の姫君がわらわ病みで衰弱する時期が「暑きほど」とされるのであるが、吉野の姫君は懐妊しておらず、また男君の行動に悩んでいるわけではない。

このように、他作品においても〈暑い〉時期に女君が衰弱する例は散見される。そのうち、紫の上、式部卿宮の姫君の母、吉野の姫君を除く、藤壺、中の君、女二の宮の三名は懐妊している。加えて、寝覚の上も実は懐妊していたことが明らかになるが、内大臣が見抜いて初めて気付くまで自覚は無かったとされる点が他作品とは異なる。(13)

先に引用したように、巻五冒頭で女君の様子が「御心地例ならず」（巻五、四三二）とされるが、作品内で「例ならず」が体調不良をさす例は、中の君のみならず、父入道「つゆも例ならずものせさせたまふには」（巻二、二一一）「乱り心地の例ならずはべるままに」（巻四、四〇八）、帝「御心地の例ならずおはします」（巻四、三六二）など、他の人物についても見られる。

他作品において体調不良と関連する「例ならず」を見ると、女君については、懐妊の場合（『うつほ物語』俊蔭の女「あやしく、などか、御様の例ならずおはします」（俊蔭三二）・『源氏物語』中の君「例ならぬさま」（宿木⑤三八五、同四七〇））と、そうでない場合（『源氏物語』浮舟「などか、かく、例ならず、いたく青み痩せたまへる」（浮舟⑥一六四））の両方がある。加えて、寝覚の上の「御心地例ならず」は、話の展開上、まず『源氏物語』における六条御息所の「御心地なほ例ならず」（葵②三三）を想起させ、物の怪の噂に悩む女君を浮かび上がらせる。同時に、他作品と重ねることで、懐妊しているとも、していないとも読むことができ、後に懐妊の事実が判明した時点で、「御心地例ならず」の要因に懐妊も含まれていたと振り返ることができるような仕組みになっているのは特異である。

さらに、『源氏物語』では「暑きほど」の語は、語り手あるいは男君の言葉となっており、『狭衣物語』における女二の宮の場合も父帝の言葉、あるいは語り手の言葉である。それに対して『夜の寝覚』においては、寝覚の上自身が「暑気」を体調不良の理由とし、それが周囲に広がる運びとなっている。夏の暑い時期に男君との関係に懊悩している点、及び体調不良によって悩みが表立たない点は『源氏物語』と共通するが、実際の温度としてではなく、女君の心境を反映した、自らの言葉として繰り返される上に、男君への消息にも記すなど女君が積極的に「暑気」を利用しているといえる点、結果として懐妊の事実が隠されていたという、さらなるカムフラージュの機能を果たしている点において「斜行」性が見られ、『夜の寝覚』の独自性が看守されよう。また、『源氏物語』において、「暑し」系の語とともに語られる懐妊と出家の問題は、それぞれ、藤壺・中の君と紫の上のように、別々の女君に託されていたのだが、『夜の寝覚』においては、双方が一人の女君に収斂されていることも興味深い。(14) このように、『夜の寝覚』の懐妊と〈暑さ〉との関わりは、『源氏物語』よりもさらに企図的になっているといえるのではないだろうか。

しかも、巻二には「一昨日のあなたの日にやはべりけむ、暑かりしかば、衣をただ一かさね着て御遊びにさぶらひしに、暁まで、ものおほせられなどせしかば、え立たで、ひややかにおぼえしより、風起こりはべりて」（巻二、一四二〜一四三）という例がある。実際は中の君を見舞っていた男君が、妻である大君へ訪れなかった口実として、暑かったため薄着して冷え風邪を引いたと述べているのである。他にも、巻五で寝覚の上を見舞った父の入道が「暑けにいたう涼み過ぐして、乱り風の例ならずはべりしかば、昨日もえ渡り見たてまつらざりし」（巻五、四六八）と話す場面がある。「暑け」のため涼み過ぎて風邪を引き、見舞いに来られなかったというのだが、実際は、これまでのいきさつを内大臣から打ち明けられ、衝撃を受けていた。巻一で対の君が人を遠ざける理由とした「暑きに」も含め、寝覚の上以外の人物によって使われる場合においても、「暑し」系の語は作品中で寝覚の上に関連した口実とされていることを付け加えておきたい。

三　実際に吹く〈風〉——女君の演奏との関連——

続いて〈風〉について考察する。〈風〉は、『夜の寝覚』という作品中でどのような働きを担っているのだろうか。まずは女君の演奏に関連して実際に吹く〈風〉を取り上げる。月の明るい八月十五夜、中の君は夢で天人から琵琶を伝授される。人知れず心待ちにしていた二年目の同日は朝からあいにくの雨であった。「月もあるまじきなめり」（巻一、一九）と中の君は落胆していたが、「夕さりつかた風うち吹きて、月、ありしよりも空澄みて、明くなりぬ」（巻一、一九）とあるように、夕方になって「風」が吹く。一年前よりも澄んだ空に月が明るく照らす中、同様に残りの五曲を伝授された。三年目は月が出ているものの、もはや天人は現れない。残念に思いつつ中の君は「暁の風に合はせて」（巻一、二〇）琵琶を演奏する。その「言ふかぎりなくおもしろき」（巻一、二〇〜二一）音を父太政大臣が耳にして「めづらかに、ゆゆしくかなし」（巻一、二一）という感想を持つ。なお、主人公のすぐれた楽器演奏と関連した〈風〉が表れる点は『狭衣物語』における狭衣の場合と共通している。

次に、男君とのことが噂になり、広沢に移った中の君が箏の琴を演奏する場面を挙げる。

さすがに、姨捨山の月は、夜更くるままに澄みまさるを、めづらしく、つくづく見出だしたまひて、ながめ入りたまふ。

ありしにもあらず憂き世にすむ月の影こそ見しにかはらざりけれ

そのままに手ふれたまはざりける箏の琴、引き寄せたまひて、掻き鳴らしたまふに、所がらあはれまさり、松風もいと吹き合はせたるに、そそのかされて、ものあはれにおぼさるるままに、聞く人あらじとおぼせば心やすくて、ゆくかぎり弾きたまひたるに　　（巻二、二〇五〜二〇六）

中の君が箏の琴を奏でると「松風」が唱和し、誰も聞く人がいない遠慮のなさから存分に弾く。演奏を聴いた父の入道が仏道修行を中座して中の君方に渡り、演奏を中止した中の君を促して合奏する。巻一で「ゆゆしくかなし」と思われたのとは異なり、この時は父入道にプラスに受け止められている。また、「かやうに心慰めつつ、明かし暮らしたまふ」（巻二、二〇六）という語りから、このような場が日常となっていったことがわかる。この場面では「松風」が唱和することで、失意にあった女君が心ゆくまで演奏に打ち込める心境になるよう促す働きをしている。

このように、「風」は中の君への天人からの琵琶伝授の際、月が姿を現すために雨雲を吹き払い、その後中の君の演奏の音色を運ぶ役割を果たしている。さらに、九条で「涼し」を導くものとして表れる「風」によって運ばれた音色は中納言と契るきっかけともなっていた。「夜更けて人静まりぬるほどに、いと近く、吹きかふ風につけて、琴の声、一つに掻き合はせられていとおもしろく聞こゆる」（巻一、二六）とあるように、中納言は「風」により運ばれてきた演奏に心惹かれて中の君を垣間見して契るのであり、それは中の君が「風涼しく月明き夜」（巻一、二六）に観月しながら演奏していた音色だったのである。

四　概念としての〈風〉（一）——男君の女君思慕との関連——

それでは、次に概念としての〈風〉の表れ方を見ていきたい。中の君と初めて契った中納言の心中表現「今宵を過ぐしてまた言ひ寄らむ風の便りも、さすがにあるべきやうもなし」（巻一、三〇）には、言い寄る機会を示す「風の便り」という喩えが見られる。さらに、宮の中将から但馬守の女のことを聞き、昨夜の女とは反応が違うと女君の様子を思い出し、中納言が女君の様子を喩えた中にある「秋の風に吹き乱る刈萱の上の露乱れ散りつらむ気色」（巻一、四四）という表現からは、女君に対してははかないイメージを抱いていることがわかる。その後、姉の大君と結婚した男君が中の君を見つけて忍び込んだため、「中の障子も、上の渡りたまふをりならでは、つと掛け固めて、いささかの風のまよひもあるべくもあらずのみもてなせば」（巻一、一一〇）という件にも〈風〉表現があり、中の君側が厳重に錠を下ろし、大納言が忍び入る隙を与えない様子を喩えていた。そして、二人の距離という意味では反対に、入道にいきさつを打ち明けた後、男君が寝覚の上に寄り添う様子の「あはれに夢の心地するままに、隙間の風もあるまじく、御衣引きかはして」（巻五、四八六）という喩えがあり、二人の間に「風」が吹き入る隙間もないようだとする密着度が窺える。(15) これら概念としての〈風〉表現が男君による女君への思慕に関連して表れるのは、初めての逢瀬のきっかけとして「風」が重要な働きをしていることと深く関わっていよう。

次に挙げるのは、大納言が一年前の逢瀬を思い出す場面である。

　七月七日の夜、月いと明きに、「去年のこのころぞかし」など、思ひつづくるに、恨めしき風の音ももの悲しきに、つくづくと寄り居たまひて聞けど、言問ひ寄るべきかたなく、虫の音のみ乱るるを、「我だに」などひとりごちたまひて、格子を、いと忍びつつうち叩きて、

　　あはれともつゆだにかけようちわたしひとりわびしき夜半の寝覚めを　（巻二、一七〇〜一七一）

「風の音」が「恨めしき」とあるのは、中の君に逢えない大納言の心情を反映したもので、続けて「もの悲しき」ともある。中の君に逢えない恨めしさと悲しさ。一年前、逢瀬の契機となった中の君の演奏の音色を「風」が運んだのとは逆の、内側の気配や中の君の情報を運ばない「風」に対して嘆く男君の姿がある。しかも、ここは、男君の様子を見た者が、意中の人は中の君であると悟り、噂が広まってしまう場面なのである。

もう一人、寝覚の上に惹かれる人物、帝から見た女君の様子に「もてなしなどは、鶯の羽風もいとはしきまで、たをたをとあえかに、やはらぎなまめいて」（巻三、二五六）という〈風〉表現が見られる。また、同じ場面で香りを運ぶ「風」が吹き、帝の気持をますます傾かせていく。その後、いわゆる〈帝闖入事件〉の際には、督の君入内にかこつけて寝覚の上に胸中を打ち明けられるかと期待したと語っており、打ち明ける機会を喩えた「風の紛れ」（巻三、二七九）という例がある。さらに、同じ場面で「このごろのしだり柳の、風に乱るるやうにて、さすがにいと執念くて、靡くべくもあらず」（巻三、二八〇〜二八一）という、帝に責め立てられ弱っている寝覚の上の様子を喩えた表現もある。これらの表現は『源氏物語』女三の宮の比喩と共通している。

五　概念としての〈風〉（二）――女君の姉君思慕との関連――

他方、女君と関わりのある〈風〉も存在する。中の君が姉、大君を思い出す二つの場面を見てみよう。

思ひ出ではあらしの山になぐさまで雪降る里はなほぞ恋しき（巻二、二〇七）

我をばかくもおぼし出でじかし」と、推し量りごとにさへ、とどめがたきを

「大納言の上、いつ、かやうにおぼし許されなむ。幼うより、またなう思ひ睦れならひきこえしかば、吹く風につけても、まづ思ひ出できこえぬ時の間もなく、恋しく」思ひきこえたまひけり（巻二、二一二）

冬の場面、「雪かき暮らしたる日」（巻二、二〇七）に、姉君と雪山をつくらせて見た一年前のことを思い出し、「つねよりも落つる涙を、らうたげに拭ひ隠して」（同）中の君が詠んだ歌に「あらしの山」とあり、地名の「嵐山」と厳しさを表す「あらし」とが掛けられている。恋い慕う姉から許されない厳しさが込められており、涙もとどめがたく、広沢に遁世しても慰められない心情が詠まれている。その上、二つ目の引用のように別の場面で、「風」につけても思い出さない時はないという姉君を慕う中の君の心中表現もある。これら二つの概念としての〈風〉表現は、男君との関係により姉君に疎まれた女君のつらい気持を集約しているのである。

おわりに

『夜の寝覚』の巻一の場面において、「風涼しく」という環境は女君にとって心地良いものであった。同時に男君

にとっては恋心の高まりを覚える場面であり、その男君の行動により女君の世界は〈快〉から〈不快〉へと転じていく。すなわち「涼し」と「暑し」とは女君を取り巻く環境でありながら、女君が身を置く世界の表象ともなっているのではないだろうか。巻五における「暑し」系の語は、女一の宮を意識し男君との関係に懊悩する女君の〈現在〉を反映し、「涼し」は出家によって得られる境地を徴表している。女君は〈不快〉の世界から〈快〉の世界への移行を望むものの、懐妊ゆえに叶わない。しかしながら懐妊の自覚が無かった間、女君は「暑し」系の語に代表される現実とは対照的な「涼し」の境地への離脱を夢みることができた。出産経験がありながら懐妊の自覚が無かったとされる寝覚の上については「不自然」と見る向きが多いが、「暑気」を始めとする「暑し」系の語は、一見不自然に思われる設定をカバーする役割を果たしているのである。

「暑気」の語は、『夜の寝覚』以前には『うつほ物語』に四例あるのみで[16]、そのうち三例が女性の体調不良と関連し、うち二例は懐妊しており、他の一例も懐妊を疑われている。これら『うつほ物語』の例が想起されれば、寝覚の上が懐妊していることは疑いないが、『夜の寝覚』において懐妊の事実が明かされるのは内大臣の見あらわしによる。だからこそ、それ以前に寝覚の上は出家を父に請うことができたのである。出家は叶わなかったが、体調の快復する時期に「風のけはひの涼しさ」が語られるのは、寝覚の上が到達した「涼し」の境涯を示すと読むこともできるのではないだろうか[17]。内大臣が父入道に語ることでそれまでのいきさつが明らかにされ、今まで長い間、公表できなかったことを隠す必要がなくなった。懐妊の事実が判明するものの、過去二回とは異なり、周囲から祝福され、晴れて内大臣の子として出産できる状況に至ったという境涯である。

ところで、これまでふれてこなかったが、作品に一例のみ見られる「そぞろ寒し」は、石山の姫君の演奏についての評価となっている。「母君の御琴の音は、すごくあはれになつかしきところぞ、げに天人の耳にも聞き過ごさるまじくいみじき、これは、いとおもしろく美々しく、そぞろ寒く上衆めかしきこと、今からすぐれたまへるに」（巻五、四九一～四九二）とあり、母である寝覚の上と比較されながら石山の姫君の演奏の素晴らしさが讃えられている。これは寝覚の上が帰京する前に入道が催した管弦の宴の場面にある。「風のさと吹きたるに、木々の木末ほろほろと散り乱れて、御琴に降りかかりたるやうに散りおほひたる」（巻五、四九三）という〈風〉も見られ、宴もたけなわというところで内大臣が登場する他、同じ場面に禄の品の喩えとして「朝ぼらけの霧の絶え間に風の覆へる紅葉の色々」（巻五、四九六）という表現もある。天人から琵琶を伝授される二年目、雨雲を吹き払ったとおぼしき〈風〉が、以後、女君の演奏場面に吹いていたこととも関連していよう。

付け加えると、『源氏物語』の「そぞろ寒し」は〈風〉表現とともに、紅葉賀巻における青海波や、初音巻の男踏歌など行事の場面に見られ、源氏の素晴らしさが周囲の人によって確認されるとともに、源氏の繁栄を寿ぐ語となっている。『狭衣物語』でも狭衣の演奏により天人降下が起こる場面にあることから、非日常の超越性を感じさせる語である。主人公以外の演奏である点は『浜松中納言物語』における吉野の姫君と共通しているが、『夜の寝覚』においては姫君が寝覚の上の琴を継承する者として位置づけられており、「そぞろ寒し」は今後の繁栄を予想させるものとなっている。

寒暖語が主に女君側を主体とした表現であるのに対して、〈風〉表現は男君側を主体とする例が多く、主に逢瀬の場面とその後の男君が女君に逢いたいと願う場面に見受けられた。中納言を惹きつけたのは「風」が運んだ女君の音色であり、帝を惹きつけたのは同じく「風」が運んだ女君の香りであった。二人の男君にとって「風」は女君の魅力を運ぶものとして機能しているといえよう。また、概念としての〈風〉について見ると、もの思いの主体は主に男君であり、女君への思慕と関わっていた。加えて男君が女君を喩える表現でもあり、中納言にとっては秋の季節の〈風〉、帝にとっては春の季節の〈風〉が選び取られている。[18]『狭衣物語』において源氏の宮が春の季節と、女二の宮が秋の季節と関連し、それぞれ狭衣の想い人として位置付けられているのとは男女が逆転した例となっている。女君が主体の場合は、男君との関わりにおいて表れる寒暖語とは異なり、〈風〉は姉大君との関わりにおいて、男君のために関係の悪化した姉を慕う心情とともに見られた。いずれの場合も、他者を意識した時に揺れる心の象徴になっている。

さらに、作品中に寒暖語と〈風〉が重なる場面は三例あった。一例目は女君と男君の出会いの場面の「風涼しく」、二例目は女君が出家願望を打ち明ける際の「夕涼みには、さはいへど、秋の気色になりたる風の音も」、そして三例目は体調快復時の「秋のつもり、風のけはひの涼しさに」である。これら三つの場面は、全て女君にとって人生の転換点であり、物語展開においても転換点になっているといえよう。女君が出家願望を父に打ち明ける場面に「風」が「涼し」く吹くものの、結局出家は叶わない。そのかわりに、男君とのことが公になり、懐妊が明らかになって「涼し」が表れるのは、男君と関わりの生じる場面が「涼し」で始まったことと照応している。作品の中で、女君と男君との関係は〈風涼し〉に始まり、〈風涼し〉で一段落しているのである。

最後に、『源氏物語』では「暑きに」と顔をしかめた源氏が〈涼しさ〉を求めてドラマになるが、『夜の寝覚』では「風涼しく」と始まる場面で、男君が「風」に運ばれた音楽に惹かれていった結果、〈暑さ〉が招かれることになり、『源氏物語』とは逆転した語り方になっていることを指摘しておきたい。

つまり、『夜の寝覚』のこの場面には〈涼しい〉風が〈暑さ〉を連れてくるというアイロニーが見てとれるのである。[19]〈涼しい〉モチーフから出発し、快い場面だったはずが、いつの間にか〈暑い〉場面になっていくのであり、そこで発生した女君の苦悩は物語の終わりまで継承される。巻五では実際の場面が「暑し」とされるのではなく、男君との関係に悩む女君に「暑気」として感じられる、心理的なものとされている。すなわち「風」という自然現象に導かれる「涼し」は、やがて女君の心理現象として表れる「暑し」へと反転しており、これもまた『夜の寝覚』独自の語り方といえよう。このように、寒暖語と〈風〉の表れ方をたどっていくと、『源氏物語』をはじめ先行作品から影響を受けつつも、そこから「斜行」した『夜の寝覚』の語りの方法が捉えられるのである。

注

（1）「ぬるし」については「『源氏物語』における「ぬるし」が示すもの――若菜巻の密通事件をめぐって――」（『日本文学』五一巻九号、二〇〇二年九月）で論じた。

（2）若菜上・下巻における寒暖の感覚の対照性については「若菜上・下巻の「風」と寒暖語」（『学芸国語国文学』第四十七号　東京学芸大学国語国文学会　二〇一五年三月）で取り上げた。

（3）『源氏物語』に見られる「そぞろ寒し」「そぞろ寒げなり」「涼し」「涼しげなり」「冷やかなり」「肌寒し」「寒し」「寒げなり」「暖かげなり」「暑し」「暑げなり」「ぬるし」など温度に関わる語を寒暖語と定義する。そのうち「涼し」と「ぬるし」には、温度と関わりのない例も含まれる。

（4）『源氏物語』における寒暖語については、「『源氏物語』における「そぞろ寒し」――光源氏の繁栄――」（『古代中世国文学』一二号　一九九八年一一月）、「『源氏物語』における「涼し」「涼しげなり」について――恋愛と出家に絡んで――」（『古代中世国文学』一三号　一九九九年七月）、「『源氏物語』における「冷やかなり」「肌寒し」「寒し」「寒げなり」について――恋愛の交錯――」（『古代中世国文学』一四号　一九九九年一二月）、『源氏物語』における「暑し」について――男女の亀裂――（『古代中世国文学』一五号二〇〇〇年七月）で検討した。

（5）「『狭衣物語』における寒暖語と〈風〉――狭衣と女君との関わりを中心に――」（『学芸古典文学』第八号　二〇

一五年三月)、「『浜松中納言物語』の〈風〉と寒暖語──「月」との関わりから──」(『古代中世文学論考』第三三集　新典社　二〇一六年)で考察した。

(6) 鈴木一雄氏「ともかく、『夜の寝覚』の心中思惟の量は物語文学の中でも群を抜いている。巻四、巻五などは、全体量の二割を超える心中思惟なのである」「『夜の寝覚』について」(『物語文学を歩く』有精堂　一九八九年)の指摘など。また、永井和子氏は「寝覚物語──かぐや姫と中の君と──」(『続寝覚物語の研究』笠間書院　一九九〇年)において「粗雑な表現をすれば、内的な心中描写と、極めて外面的な情景描写とは、交互に干渉し合わずに並行しているのである」と述べられている。

(7) 「斜行」とは、辞書的意味でいえば「斜めに進む」ことであり、そこから「傾斜する」「逸脱する」、あるいは「分岐する」「屈折する」といった意味をも含む言葉である。後期物語は『源氏物語』を始めとする先行作品から影響を受けながらも、そこにひねりを加えることによって、それぞれの作品世界を編み出している。その様相をここでは「斜行」と定義する。

(8) 鈴木一雄氏『夜の寝覚』(小学館　一九七四年)、野口元大氏『夜の寝覚研究』(笠間書院　一九九〇年)、池田和臣氏『源氏物語　表現構造と水脈』(武蔵野書院　二〇〇一年)など。

(9) 一例目は方違えの直前、葵上の父、左大臣が話しに来た折の「「暑きに」とにがみたまへば、人々笑ふ」(帚木①九一─九二)という源氏の言葉である。ここで〈暑さ〉は左大臣の話をうるさがる理由になっている。源氏はくつろいだポーズをしながら、内心、暑苦しさを感じているのであるが、それは夏という季節のみによるものではなくて、その場から彼が鋭敏に感じとった閉塞感の隠喩として働いている。

二例目は、続く空蝉巻にある。源氏が小君に導かれて紀伊守の留守邸へ赴いた際、「なぞ、かう暑きにこの格子は下ろされたる」(空蝉①一一九)と小君が尋ねると、二人が碁を打っているのだという答え。このやりとりに耳を傾けていた源氏は、さっそく覗いてみる。「この際に立てたる屏風端の方おし畳まれたるに、紛るべき几帳なども、暑ければにや、うちかけて、いとよく見入れらる」(同)から窺えるように、暑かったおかげで、源氏は、部屋の中にいる二人の女性の様子をじっくりと観察することができたのである。

(10) 菊池成子氏「中の君の苦悶はここから出発しながら自然の介入なく、中納言の恋の苦しみの根本はこの印象深い九条邸に兆しているのである」(「『夜の寝覚』における自然描写」『實踐國文學』第二十九号　一九八六年三月)という説もあるが、「風涼し」い中に身を置くのは中の君であり、「涼み歩く」中の君の女房や「暑きに」という言葉を発する対の君など、すべて女君側の人物となっていることからも、この場面において中の君側についても「自然の介入」があると考えられる。以下、どのように関わっているか論じていく。

(11) 野口元大氏「危機的な情況において、ヒロインが意識する外からの視線は、実は彼女自身の、自分自身に向ける否定的情意の投射にほかならなかった」(「第三部における人間の認識」注(8)前掲書)、乾澄子氏「「なべての世の人聞」が彼女の意識を縛っており、逆に言えばそれだけ女君の心は世間に対する防御で固められていたともいえよう」(「「夜の寝覚」――〈母〉なるものとの訣別――」『古代文学研究(第二次)』二号　一九九三年一〇月)などの言及がある。

(12) 田村義雄氏「『夜の寝覚』第三部における寝覚の上の性格をめぐる一考察――生霊事件と「暑気」を中心に――」(『日本文学研究』第十八号、一九七九年)に寝覚の上の「暑気」について「煩わしさから逃れるための「心上手」と言われる対処の仕方があるのである」との指摘がある。便宜的に〈暑さ〉を利用しているかのように論じられているが、「暑し」を口実とする例は巻一での対の君による機転を始め、中納言、父入道など他の登場人物にも見られ、その全てが女君に関わりのある例となっている。しかも、巻五の〈暑し〉系の語は、焦燥感を含む女君の内面と深く関わっており、「心上手」にとどまらないものである。

(13) 宮下雅恵氏は「女主人公の〈病〉と〈孕み〉」(『夜の寝覚論〈奉仕〉する源氏物語』青簡舎　二〇一一年)において「藤壺と宇治の中の君をめぐる記述と読み合わせることでそれ〈懐妊：筆者注〉は「可能性」を帯びて見えてくる」「しかし同時に、思い悩むあまり「例ならず」「心地悪しくて臥し」物も口にできぬほどになっていたため妊娠ではないかと疑われていた浮舟の記述を考え合わせるとき、寝覚の上の懐妊の可能性は揺らいでくるのもまた事実ではあるまいか」と論じられている。他にも中の君に浮舟の影響を見る論がいくつかあり、首肯できるが、「暑し」を軸に考えた場合、懐妊していない女君として紫の上が浮かび上がってくる。出家した浮舟よりも、出家は叶わないものの「涼し」の境地に至った点においても紫の上と寝覚の上は類似しているのである。

(14) 永井和子氏「源氏物語と寝覚物語――花散里と中君――」（注6前掲書）に「寝覚物語の中君は、源氏物語の女性達が分担して負っていたものを、総括的に一人で収束しているような存在である」と述べられている。

(15) この場面について、三田村雅子氏は「寝覚物語の〈我〉――思いやりの視線について――」（物語研究会編『物語研究』第二集　新時代社　一九八八年）の中で「外面的には絵のように美しい調和のなかで、男君の「我も人も」の陶酔に向かいあいながら、女君は「我は我」と心中でつぶやいている」と論じられており、概念としての〈風〉が男君側を主体としたものになっていることの証左ともなろう。

(16) 『うつほ物語』における「暑気」の例は以下の通り。①朱雀帝から、なぜ迎えを寄こしたのに来なかったのかと聞かれた仁寿殿の御息所が「まめやかには、日ごろ、暑気にや侍らむ、あやしく、悩ましく思ひ給へられてなむ、参上り侍らぬ」（内侍のかみ三七七）と答える。朱雀帝は「まこと、なでふ悩ましさぞ。もし、例のことか」と懐妊を疑い、御息所は「あな見苦し。今は、よにも」と否定する。②仲忠が梨壺の懐妊を知った際、「いつばかりよりかは」と尋ね、梨壺が「相撲の節の頃、『暑気にや』など思ひしほどよりにやあらむ」（蔵開中五五一）と答える。③兼雅が体調不良の女一の宮を見舞った際、正頼が『片方は、暑気などにや』とぞ見給へ侍る」（国譲中七一二）と答える。女一の宮は懐妊している。④藤壺が参内しないため東宮の機嫌と体調が悪いと朱雀院が嘆くのを、母である后の宮が「何か。珠なることにもあらじ。暑気などにや。さては、そぞろなることを思すにこそあらめ」（国譲中七四〇）と藤壺恋しさであることに思い当たる。①は懐妊が疑われる例、②③は懐妊している例である。

(17) 永井和子氏の注6前掲論文に「出家は閉《ママ》されて不可能であるというより、「まことは、世のつねにとまる心のなきも、心やすきわざなりけり。この世にしむ心のあらましかば、恨めしき節なくはあるまじき」（頁省略：筆者）というような一つの自在さに至っているのである」と位置づけられている。また、助川幸逸郎氏が「ヒステリー者としてのヒロイン――『夜の寝覚』の中君をめぐって――」（狭衣物語研究会編『狭衣物語が拓く言語文化の世界』（翰林書房　二〇〇八年）において、『源氏物語』紫の上、浮舟と比較して「『夜の寝覚』の中君の苦しみには根本的な解決策がない。彼女の不幸は、姉の婚約者と偶然、通じてしまったことを端緒とする。中君自身の境遇には、苦難の人生をもたらすような矛盾は存在していない。あくまで偶然から始まった不幸には、有効な対策は立て難い。また、仮に出家したところで、天人の予言の呪縛が解けることはないのである」とされるような、必ずしも出家を「是」としない立場からみれば、この境涯は本作品における一つの到達点ということもできよう。

(18)　河添房江氏は「いわゆる男女の逢瀬の場面で、女主人公寝覚の上のありようを、「秋の風に吹き乱る刈萱のうへの露乱れ散りつらむ気色したりつるこそ（巻一　六八）「このごろのしだり柳の、風に乱るるやうにて、さすがにいと執念くて、靡くべくもあらず。」（巻三　三〇四）と朧化するあたりも、『寝覚』固有の花の喩の転用として注目されよう」（「花の喩の表現史2源氏・寝覚の花の喩」『源氏物語表現史喩と王権の位相』翰林書房　一九九八年）と論じられている。河添氏が花の喩において注視された二つの喩は、概念としての〈風〉を考える上でも重要である。

(19)　ちなみに、この場面は七月一六日で暦の上では秋であり、確認したように、翌日、中納言が女君を喩えた中に「秋の風」という表現が見られる。つまり、この場面において、秋の季節でありながら「暑し」が前面に出されるのは意図的な語りと解釈できよう。

付記　本文として、新編日本古典文学全集『夜の寝覚』（小学館）、新編日本古典文学全集『源氏物語』（小学館）、日本古典文学大系『狭衣物語』（岩波書店）、『うつほ物語　全』（おうふう）を使用した。

『いはでしのぶ』における『狭衣物語』享受――邸宅の名称から

勝亦志織

はじめに

中世王朝物語における『狭衣物語』の影響はすでに多く論じられているが、個別の作品に対しての考察はまだ発展途上でもある。本稿では、中世王朝物語の一作品である『いはでしのぶ』を取り上げ、どのように『狭衣物語』を享受しているのかを中心に考察するものである。

そもそも『いはでしのぶ』はその冒頭表現が『狭衣物語』の冒頭表現の形式に類似し、漢詩文をベースとした表現となっている。また、いはでしのぶの中将が「二位中将」であること、いはでしのぶの中将が兄妹のように育った一品宮を恋慕することなど、狭衣の造型が影響していることがすでに指摘されている。[1] もちろん、『狭衣物語』のみならず、『源氏物語』からも影響されているし、そもそも『狭衣物語』が先行作品の影響下において作成された作品である以上、『いはでしのぶ』の中から『狭衣物語』享受の場面を厳密に限定することは難しい。

稿者は以前に『うつほ物語』と『狭衣物語』の影響関係を論じ、『狭衣物語』が巧妙に『うつほ物語』を摂取・利用していることを述べた。[2] 本稿では、その際に課題として残った『うつほ物語』と『狭衣物語』の関係から「いはでしのぶ」への影響を、一条院内大臣といはでしのぶの中将を中心に、『いはでしのぶ』がいかにして『狭衣物語』を通して先行物語を享受したのかについて彼らの居住する邸宅を起点に検討したい。先行する複数の物語を通して中世王朝物語に影響を与えていく動態を〈斜行〉と捉え、『いはでしのぶ』の中に見える〈斜行〉の数々と、それらの意義について考察していきたい。

一　「三条」・「堀川」という地名――『うつほ物語』から『狭衣物語』へ

『うつほ物語』において、「三条通り」は多くの主要登場人物の邸宅が密集する通りである。そして、特に「堀川通り」と交差する「三条堀川」には複数の邸宅が集まっていたことがわかる。藤原兼雅・源涼・源実忠の邸宅である。

藤原兼雅

・三条堀川のわたりに、また大きなる殿、「御娘の、春宮に参り給ふべき御料」と思して、年ごろ、造り磨き、さまざまの御調度ども整へ置き給へるに、「そこに迎へ出でむ」と思して、しつらひ置きて　（俊蔭　四九）

・我と子とは乗り給ひて、侍二人をば女の馬につけて、秋の夜一夜出で給ひて、暁方になむ、三条の大路よりは北、堀川よりは西なる家におはし着きける。（俊蔭　五二）

・この殿は、檜皮のおとど五つ、廊・渡殿、さるべきあてあての板屋どもなど、あるべき限りにて、蔵町に御蔵いと多かり。（俊蔭　五三）

源涼

・かくて、源氏、三条□に家造りて、磨き整へて、清らなり。財を貯へ納めて、よろづの調度を、金銀・瑠璃に磨き立てたる所に　（吹上下　二九四）

・この殿は、堀川よりは東、三条の大路よりは北二町、吹上の壺造り磨きて、よろづの調度は、片山に積みたるやうにておはす。（国譲上　六四三）

源実忠

かくて、源宰相は、三条堀川のほどに、広く面白き家に住み給ふ。上に、時の上達部のかしづき給ひける一つ娘、十四歳にて婿取られて、また思ふ人もなく、いみじき仲にて（中略）男の子一人、女子一人、女子は袖君、男子をば真砂子君といふ、（中略）殿の内豊かに、家を造れること、金銀・瑠璃の大殿に、上下の人植ゑたるごとして経給ふに（菊の宴　三二六～三二七）

実忠の邸宅の詳細な位置ははっきりしないが、兼雅邸と涼邸は堀川通りをはさんで向かい合う形になることがわかる。また、兼雅邸は娘である梨壺が春宮（今上帝）入内の際に使用するべく用意していた邸宅であることが語られ、涼の邸宅には春宮（今上帝の第一皇子）入内の可能性を持つ娘（誕生時は男子とされていたのが、楼の上下巻において女児に変わっている）がおり、実忠の邸宅には袖君がおり、どの邸宅も入内候補の姫君のための邸宅となっている。

一方、実はどの邸宅も、用意（建造）されてから邸宅の主人が不在の時期があったことがわかる。兼雅は梨壺の母女三の宮など妻妾たちを集めた一条殿があり、引用した三条堀川邸は建造されていただけで、俊蔭女と仲忠を迎えるまで住んでいた形跡は本文から読み取れない。涼の邸宅も涼が上京した際に建造されたが、程なく涼はさま宮との婚姻により源正頼邸に住むこととなり、国譲上巻での殿移りまで、この三条堀川邸は主不在であった。

そして、実忠の邸についても居住者の離散が語られる。豪奢な邸であったにもかかわらず、実忠はあて宮に求婚し始めてからは自邸に寄りつかず、屋敷は徐々に荒廃し真砂子君は死去、残された北の方と袖君は屋敷を離れ志賀に移り住む。こうして、この邸宅は住人不在となってしまう。その後、袖君は祖父源季明の遺言により季明が袖君のために準備していたとされる三条の邸宅を伝領し、伯父源実正の尽力により北の方共々この邸宅に移り住む。この邸宅は実忠の三条堀川邸とは異なるが、再び三条通りにもう一つの入内候補の姫君の邸宅ができあがったことになる。

だが、三条通りには、他に大きな邸宅が二つあった。一つは三条大宮の源正頼邸、もう一つは清原俊蔭の三条京極邸である。正頼の邸は大宮、大殿の上の二人を据え、二〇名を越える子女たちと婿までも抱え込む四町の広大な邸宅であった。女一の宮の婿となった仲忠も居住することになる邸であるが、特にあて宮求婚譚においては人々の多く集まる邸として求心力の強い邸であった。一方、俊蔭の三条京極邸は俊蔭の死後に荒廃するが、仲忠が楼の上上巻に至り修繕を開始し、壮麗な秘琴伝授の場となる。

正頼、兼雅、実忠に涼、仲忠と三条という横に貫く通りには、京極にいたるまで有力臣下の邸宅が並び、政治的勢力の状況があらわになるよう配置されていることとなる。それは、先ほど述べた三条の邸宅群はみな入内候補の姫君のいる邸であることと関わろう。特に藤壺の里邸となる正頼邸と梨壺の里邸となる兼雅邸が問題になるわけだが、藤原氏の男性達は兼雅を除くとみな正頼の婿であり、特に立坊決定間近の国譲下巻において正頼邸に住む仲忠は藤原氏による梨壺腹皇子の立坊計画に荷担していないことを、女一の宮に「三条にもまからで侍る」（国譲・下七六八）と兼雅邸を訪れていないことを示すことで弁明している。物語中、仲忠は三条京極邸→北山のうつほ→兼雅の三条邸→（女一の宮の婿となることで）正頼の三条邸→（秘琴伝授で）三条京極邸と居所を移っていく。だが立坊争いにおいては、正頼邸から動かないことにより自身の政治的判断を示し、結果、藤壺腹皇子の立坊後は春宮大夫の地位に就くのである。

邸宅に多くの人々が集まり、求心力のある邸宅がある一方で、荒廃したり、主人が不在だったりと、閑散とした邸宅もまた存在する。三条通りとはそういった通りであると『うつほ物語』には描かれているのだろう。[3] そして、その中で仲忠は一人、移動や定着を繰り返す。政治闘争の場である正頼と兼雅の三条邸、秘琴伝授の場である三条京極邸といった複数の邸宅を移動し、場合によっては動かないことで、仲忠は藤原氏的政治世界と清原氏的音楽と学問の世界の二つを継承し得たといえるだろう。

では、『源氏物語』の三条通りに関わる邸はどうであろうか。特徴的であるのは、皇女に関わる邸宅がある、ということであろう。藤壺の宮の里邸である「三条宮」、左大臣の北の方大宮の住む「三条宮」（後に、夕霧が修繕して雲居の雁と同居する）、女三の宮が朱雀院より伝領した「三条宮」がある。右大臣邸は二条にあり、六条院を造るまでの源氏の邸宅も二条院であり、三条通りには『うつほ物語』に見える政治性は見られない。[4] また、「堀川」のように縦の通りを明示することもないのである。ただし、移動するという意味においては、夕霧は三条宮と六条院を行き来し、第二部後半にいたっては落葉の宮のいる一条院と三条宮を行き来している。そして、宇治十帖では薫と匂宮が宇治と都との往復だけではなく、都の内でも複数の居所を行き来している様子が描かれる。

その中でも『いはでしのぶ』を考えるのに重要であるのが、焼亡した三条宮を建て直し、そこに今上帝の女二の宮を迎えた薫の存在である。宿木巻において、薫は今上帝の女二の宮に婿取られ、宮中に通うのを心憂く思い、三条宮に迎えることを決める。この流れは、二において確認する『いはでしのぶ』の一条院内大臣が一品宮を一条院に迎える様子と同様である。決定的に違うのは、宇治の大君を迎え入れたかった薫が迎え入れたのは女二の宮であるのに対し、一条院内大臣は最愛の女性である一品宮を迎え入れたということであろう。薫にとって三条宮は最愛の人を迎え入れることは叶わないものの、周囲からは帝の婿という格別な宿世を象徴する邸宅と見られていたといえるだろう。

さて、では『狭衣物語』はどうであろうか。堀川大殿の邸宅はその名称通り、堀川通りにある。

二条堀川のわたりを四町こめつつ、心々に隔て、造り磨かせたまふ玉の台に、北の方三所をぞ住ませたてまつらせたまへる。堀川二条には、御縁離れず、故先帝の御妹、前斎宮おはします。洞院には、只今の太政大臣の御女、一条の后の宮の御妹、東宮の御叔母、世の覚え、内々の御ありさま、はなやかに、いとめでたし。坊門には、式部卿宮と聞こえし御女ぞ、中には、我がもてなしより外には心苦しかるべけれども、女君の、世に知らずめでたき、一所おはしまして、只今の中宮と聞こえさす。（巻一①二一～二二）

有力臣下としての「源氏」の造型は正頼から夕霧、そして堀川大殿へと続くが、邸宅の共通性は薄い。堀川大殿の邸宅は「二条堀川」であり、三条から二条に変更されている。しかし、『源氏物語』が二条や三条、六条といった横の道の名称ばかりで、縦の道を取り上げなかったのに対し、『狭衣物語』では再び「堀川通り」という縦の道が示されるようになる。そして、その「堀川通り」に面した部分が狭衣の母が住む一画であるとされているのも注目すべきであろう。なお、三条から二条への変更は、『源氏物語』における二条（源氏の二条院や右大臣の二条邸）に影響されている可能性が考えられる。

一方で、狭衣には堀川大殿が三条に邸宅を造営している。

三条のわたりに、いと広くおもしろき所、この御料とて、大殿の心殊に造り磨かせたまふを、いで、何にかはせんと、御心にも入れたまはざりつるを、有明の月住ませたまはんに、かひありぬべう見ないたまひてし後、御心添へて、なべてならぬさまにと、急がせたまひけり。（巻四②二九二～二九三）

狭衣の三条邸については、狭衣が「住む」ことのない邸宅としてすでに指摘されている。[5] 不在となる意味は異なるも、主不在の邸宅が描かれる点については、『うつほ物語』と『狭衣物語』の共通項であろう。

なお、この『狭衣物語』の邸宅の方法をそのまま摂取したのが『今とりかへばや』である。巻四で、すでに取り替え後の男君が自身の邸宅を「二条堀川」に築造するのである。

・大将殿は、年返らんままに吉野山の女君迎へきこえんと思して、二条堀川のわたりを三町築きこめて、三葉四葉に造りみがきたまふ、いとめでたし。（巻四　四四五）

・この殿は二町を築きこめて、中築地をして三方に分けて造りみがきたまへる中の寝殿にぞ渡らせたまふべき。洞院面には、右の大殿の君忍びやかなるさまにて迎へきこえんと思したり。堀川面には、内侍の督の殿のまかでたまはん料、春宮の御方などもおはしますべし。（巻四　四六四～四六五）

二つ目の引用から、「堀川通り」に面した一画は女君の里邸として整備していることがわかる。『狭衣物語』からの影響であることは明確ではあるが、『今とりかへばや』においても「堀川通り」という縦の通りを意識していることになるだろう。

以上、複数の物語において、邸宅の場所について、程度の差はあれ影響関係にあることがわかるのではないだろうか。それは、おそらく中世王朝物語においても引き続き影響を与えている。そもそも『いはでしのぶ』は邸宅をどのように描いているのだろうか。次節以降、『いはでしのぶ』に登場する京における邸宅を取り上げ、どの道に邸宅が位置しているのかを確認したい。また、『狭衣物語』における一条の宮・一条院と、『いはでしのぶ』の一条院との関連を考察していきたい。

二　「一条」の名を持つ空間

『いはでしのぶ』において、重要な位置を占める邸宅は一条院と白河院である。前者は一条院内大臣が一品宮との婚姻後に住んだ邸宅であり、後者は伏見大君の母君の物の怪騒ぎに端を発するデマ事件により、白河院によって一品宮が引き取られた邸宅である。どちらも一品宮がいることによって意味のある空間であるが、特に一条院とは二人の男君にとってどういう場所であったのか、以下、確認していきたい。

一条院内大臣

・梅壺をぞ玉のかがみと磨きて、わたらせ給にし。かつ見てもかつ恋しう水の白波なる御心の内も、内裏わたりはさすがつつましうやおぼしけむ、わりなく聞こえ給ひて、昔の御すみかあらためたる一条院にぞ、今は渡し聞こえ給へる。上も后の宮も、あぢきなきまで恋しう思ひ聞こえ給ふ。春宮もいはけなかりし御程よりあまり一つにのみならはせ給ひしかば、ひき別れ聞こえさせ給ふは、そぞろに御涙こぼれて、さまあしきまでおぼえさせ給ふも、かつは類なき御有様の、何ならざらむ人だに、見奉らでは恋しかりぬべうおはしませばなるべし。（巻一　一五六）

・内の大臣は、年月の重なるにそへては、限りなき御心ざしの、いとど匂ひを増すやうに、昨日今日は色をそひて、見てもあかぬ御さまに、かかる人さへそひ給へれば、ましてつゆの御いとま有るべうもなう、おぼろけならではいづくへも参りたまふこともなきに、ただおとどの御もとばかりへぞ、わりなき御心地を念じつつも、待たれぬほどにおはして、見聞こへたまふをいかがはよろしう待ち奉りたまはん。（中略）例の参り給へるに、見てもあかずげに、御物語何よかよと聞こへたまふ程に、少しほどふれば、静心なくて立ちたまふをも、また思ふさまげにおぼしつつ、「恋々てまれにあふ夜なりとも、少しとざまなることもまじらましかば、いかにかたはらいたからまし。」とて、うち笑みてぞ見送り聞こえたまふ。これも一条院よりも二町ばかりの下、同じ堀川なれば、いみじう近うて、道の程の絶え間だに少なう、君はいと疾う帰りたまふに、（巻一　二三三／二三六）

一条院内大臣は一品宮に婿取られた後、内裏に用意された梅壺に通うには窮屈で、一条院より伝領したと思われる一条院に一品宮を迎える。一方、そもそも一条院内大臣が育ったであろう関白邸は、一条院より二町下とされ、堀川通り沿いにあったことがわかる。ここでは一条院と関白邸が「堀川通り」という縦の道を基準に示されている。関白邸が堀川通りにあることは、何気ない記述でありながら、『狭衣物語』との共通性を示している。

二位中将

・中納言中将は、院にのみつとさぶらひ給へど、やがて、有りしながら宣耀殿を、御宿直所にて、常に通ひつつさぶらひ給ふをぞ、上もうれしきことにおぼされて、少しの絶間をも恨み聞こえさせ給ふぞをかしきや。（巻一　一九二）

・さて、その夜は、なにやかやと笑ふ笑ふ、中納言殿も一条院にてあかし給ひにしかど（巻一　二二三）

・「よしいかがせん、心にまかせてすぐし給へかし」などのたまはせて、三条京極わたりに池山木だち広く面白き所、院の御領なるを、この一、二年なのめならず造り磨かせたまひて、時々の御休み所にとおぼしおきてつつ、「いかならん賤が伏屋よりなりとも、御心につきぬべからん人を、いくたりも集へ置きたまへ」などまで、后の宮も聞こへさせ給へど、をささをそれにもうち休ませたまふほどの事だになし。（巻一　二二九）

一方、いはでしのぶの中将は宮中で成長し、白河院の譲位後は院の御所を居所としていたが、宣耀殿をそのまま御宿直所としており、宮中・院御所・そして一条院を行ったり来たりして生活している。その不安定さを案じた白河院は自身の御領であった三条京極の邸宅を修繕させ、いはでしのぶの中将の屋敷としている。しかしながら、この三条京極の邸宅も、中将はちっとも寄りつかない邸宅であり、狭衣における三条殿と共通している。加えて、「三条京極」という『うつほ物語』にとって意味のある邸宅と同じ場所を示しているのも興味深い。

どちらの例もわずかな一致ではあるものの、先行する物語に描かれた邸宅を縦・横それぞれの通りをふまえながら取り入れているといえよう。特に一条院との往復、という点を考えた時、『狭衣物語』後半になって具体的に登場する二つの一条に面する邸宅（一条院と一条の宮）と自邸を行き来する狭衣との関わりが考えられないだろうか。

『いはでしのぶ』の関白邸は、一条院より二町下の堀川通りに面する邸宅であった。わずか二町であるゆえ、先ほどの引用文でも「道の程の絶え間だに少なう」とあり、一条院内大臣は堀川通りを上下することで、育ての親である関白が心配しない程度に生まれ育った邸宅を訪問している。

『狭衣物語』では、一条の名を持つ二つの邸宅がある。故皇太后宮の里邸で嵯峨院の女一の宮と女二の宮腹の若宮が住む一条の宮、女院の里邸で一条院の一品の宮の住む一条院である。さらには源氏の宮が斎院となって渡御した大弐の家も大宮一条のわたりとされ、巻二以降、一条大路に狭衣が通う場所が並んでいることとなる。特に前者は距離が近かったことが次のように示される。

里（一条院のこと）におはします折も、若宮のものしたまふ一条の宮は、ただ這ひ渡るほどなれば、つれづれなる折々は、御文も聞こえたまふなるべし。（中略）忍びたる所より、夜深く帰りたまひて、やがて一条の宮へおはするに、この宮の御門いと疾く開きて、いづれの殿上人の車にか、夜もすがら立ち明かしけると見ゆるは

（巻三②七六～七七）

この距離の近さは狭衣が飛鳥井女君の遺児を見たいがゆえに一条院に忍び入る契機にもなり、狭衣が堀川邸にはあまり帰らず、一条の宮を居所としている様子がここからわかる。狭衣は一条院への侵入により一条院の一品の宮との婚姻を余儀なくされ、一条院もまた狭衣が出入りする邸宅となる。こうして、『うつほ物語』の仲忠のような政治性はないものの、狭衣もまた複数の邸宅を移動して行くのである。

そもそも一条大路は賀茂祭の祭列をはじめ、斎王御禊の通り道であった。源氏の宮の斎院御禊時も「かねて聞きし、一条の大路、つゆの隙なく、立ち重なれる車、桟敷の多さなど、次々ならん人、頭さし出づべくもなきに、かしこう、身のならんやうも知らず。」（巻三②一五二）と、大勢の人々が一条大路に見物に集ったことが示されている。源氏の宮の斎院卜定と連動するように一条大路の邸宅に狭衣が頻繁に訪れることになるわけだが、どちらも結局は狭衣の安定した居所とはならない。(6)

嵯峨院の女一の宮と若宮の住む一条の宮は、若宮が堀川邸で袴着を行った後にそのまま堀川邸に居つづけることとなり、残された女一の宮は堀川大殿と狭衣の後見により帝（後一条）に入内を果たし、定住者を失い物語から姿を消す。(7)一条院もまた、一品の宮へと通うのが苦痛である狭衣にとっては居住の場とはならず、狭衣の即位の後は譲位した帝が一条院に住むこととなり、加えて一品の宮の出家と死により狭衣にとって関わりのない場所となる。一条院が「一条院」と表記されずに「一品の宮」と宮の住む所として表現されていることもまた、狭衣にとっての一条院は一品の宮の居住空間であって、自身の居所とはなり得なかったことを表していよう。

狭衣自身、何かあれば堀川邸に戻ればよいのであって、一条の宮や一条院に出入りしはじめた後も、狭衣は堀川邸に戻ってきている。狭衣は一条の複数の邸宅と二条堀川の堀川邸とを行ったり来たりしていたことになり、堀川通りを上下に移動するこの狭衣の行動は、『いはでしのぶ』の一条院内大臣に重なる。狭衣も一条院内大臣も父の邸宅と一条にある邸宅を行き来しているのである。ここに、狭衣と息子を過剰なまでに大切にする堀川の大殿、血がつながらないからこそ互いを大切にする一条院内大臣と関白という二つの父子関係が浮かび上がる。

しかしながら、一条院内大臣は一条院という居住する邸宅を持っており、安定した居住の場を保持しない狭衣とは異なる。だが、一条院内大臣の邸宅が『狭衣物語』においていずれも主人公と関わりをなくす「一条」の名がつく点には注視したい。『いはでしのぶ』の一条院は男主人公ではなく女主人公である一品宮にとって定住する邸宅ではなかったからである。

加えて、一条にある邸宅が住む人を失ったり変わったりすることを考えた時、やはり思い浮かぶのは『うつほ物語』である。『うつほ物語』においても二つの一条殿が登場する。一つは橘千蔭が心ならずも通った故源忠経の北の方の邸宅である一条殿である。この一条北の方の計略によって千蔭の息子である忠こそは出家遁世、千蔭もまた忠こそを恋しがりながら死去、財産を使い尽くした一条北の方も零落してしまった。一条殿は「これ、一条殿の滅び給ひつる所。」（忠こそ　一三三）と邸の衰亡が明確に表現され、一条北の方自身は吹上下巻において乞食にまで零落し、最終的には忠こそに救済されることになる。

もう一つは兼雅が所持していた一条殿である。ここには兼雅の嵯峨院の女三の宮をはじめとする妻妾達が住んでいた。それが蔵開下巻において、梨壺の母である嵯峨院の女三の宮を三条殿に移すことにより、その他の女性たちも一条殿を出て行ったことが楼の上上巻の冒頭に語られる。その後、宰相の上や梅壺の更衣などの女性たちも三条殿に迎えられたことが語られるが、一条殿はこの解体の後、物語には登場しない。

そして『源氏物語』における一条もまた居住空間として描かれることが少ない。一条宮という呼称で呼ばれることもある落葉の宮と母御息所が住んでいた邸宅のみが登場するばかりである。その邸宅も落葉の宮が小野に籠もると「いとどうちあばれて、未申の方の崩れたるを見入るれば、はるばるとおろしこめて、人影も見えず、月のみ遣水の面をあらはにすみましたるに」（夕霧④四五二）という状況である。落葉の宮は匂宮巻において六条院に迎えられたことが描かれ、一条院は物語から姿を消す。こうした文学史的背景を持つ一条の名を持つ邸宅は、『いはでしのぶ』においてはより悲劇的な場所となる。一品宮が白河院の命により姫宮のみを連れて一条院を出てしまうのである。

『いはでしのぶ』の一条院は一条院内大臣が一品宮を、『源氏物語』の薫が女二の宮を三条宮に迎えたように迎えた邸宅である。薫も一条院内大臣も結婚した皇女を自身が準備した邸宅に迎えることにより、安定した居住空間を持つことになったと言えるだろう。しかし、物語冒頭において描かれる一条院は一品宮が宮中を懐古する場所であり、一条院という自身の居場所に対して違和感を抱く一品宮がそこにいる。[8] 一品宮は宮中を離れたことを淋しくもつらくも思っており、一条院という場所そのものが、昔とは変わってしまった自分の今の立場を突きつける空間だったのである。だが、一条院内大臣にとって一条院は、一品宮がいることで居住空間たり得ており、いはでしのぶの中将にとっても一品宮がいるからこそ、一条院に積極的に出入りするのである。

この一品宮と二人の男君たちの間にある差が一条院崩壊の可能性を潜ませ、一条院内大臣にとっては何の咎もない噂によって一品宮は一条院を後にする。一条院には一品宮を思い焦がれて病がちの一条院内大臣と幼い若君が残されるのみである。[9] 巻三以降、本文の都合により全体を把握できないものの、一条院に再び一品宮を迎えたのは一条院内大臣の死の直前であり、一条院は一条院内大臣の死により一瞬だけ人々が集う邸宅となったことがわかる。この後、一条院内大臣の一周忌法要の場所となるも、ここで育てられていた若君は母である一品宮のもとに預けられ、一条院そのものは現存本文で語られる物語から姿を消す。[10]

中世王朝物語の多くは先行する作品との差異を描きながら、しかし、どこかで先行する作品を踏まえていることを示しながら綴られていく。『いはでしのぶ』もまた、堀川通りを行き来する狭衣像を一条院内大臣に重ねながら、一条の名を持つ場所における人々の離散が描かれる。それは『狭衣物語』のみならず、先行する物語で描かれた一条の名を持つ場所の〈斜行〉でもある。

では、様々な邸宅を渡り歩き、用意された邸宅には見向きもしない点において仲忠や狭衣と共通しているいはでしのぶの中将は、安定した居住空間を持たないのだろうか。次節において考察したい。

三　いはでしのぶの中将の邸宅

居所の定まらないいはでしのぶの中将は、一品宮が白河院に引き取られてからは、一条院内大臣の側にいることが多く描かれる。その一方で、白河院にも隔てなく参上しているようである。

・一条院内大臣の側に居るいはでしのぶの中将（この時、大将に昇進している）

つゆも情けをかけ給ふ大将の君にのみぞ、常は愁へ聞こえ給ふを、まことに心苦しうあはれなるものから、「こは、さすが、ついにさてはて給ふべき御契りのほどかは。」と思ふも、うらやましう、げにこの頃は、うちはへ御前去らず、朝夕の隔てなきにしも、音無の滝の苦しさぞ、流れて恋ひんと思ひとる心も、いかにぞや乱れたちて（巻二　四三二）

・白河院を訪れるいはでしのぶの中将

（一条院から贈られてきた桜を眺めていた白河院の一品宮の所へ訪れる中将）

「はしのもとなる花園に」など、しのびやかにうちうそぶきつつ右大将参り給へり。なべてに超えたる花の様は、ふと、さにやと見知り給ひつつ、「いづくの梢ぞとよ。宿も借らまほしかりけるものを」とて、少しほほ笑みつつ、うち見やり給へる気色のはづかしげさには、世の常ならん人だにさすがなるべきを、まいて、御顔の色うつろひつつ、いみじとおぼされたる御気色の　（巻二　四三七／四四〇）

この後、巻三に入っても、いはでしのぶの中将は一条院と白河院の両方に出入りし、一条院内大臣と一品宮二人の関係を気にしながらも自分自身の一品宮への想いに逡巡している。この恋心は一品宮が白河院に移ってから、「いはでしのぶ」と堪えていることができなくなり、巻三において一品宮へ自分の想いを伝えることとなる。現存本文は一品宮がどう思ったのか不明であるが、その後もいはでしのぶの中将は一品宮のもとを訪れていることから、二人の関係性に大きな変化はなかったと考えられる。一方、一品宮の出家を契機に一条院内大臣の病状は悪化し、一品宮との別れから一年の後、一条院内大臣は死去する。彼の死の前日、そして死の当日もいはでしのぶの中将は一条院を訪れている。

一品宮を欠いた一条院は、一条院内大臣といはでしのぶの中将が同じ女性を思慕しながら過ごす場所となる。しかし一方で、いはでしのぶの中将は思慕する相手である一品宮のいる白河院へも訪れることができる。一条院と白河院に引き離されている一条院内大臣と一品宮の間にあって、いはでしのぶの中将は両方に出入りしながら、二人を引き合わすのでもなく、ただ、それぞれの場所において二人の心情を忖度するばかりである。白河院への道程は史上の白河殿と同様と考えれば、二条大路を東に進み賀茂川を渡った先である。居所を確定させず、縦横に移動するいはでしのぶの中将の姿が巻三までに描かれているといえよう。だが、いはでしのぶの中将は、巻四ではその移動場所を複雑化させる。

巻三の途中から、いはでしのぶの中将は尚侍となっていた伏見大君と宮中で逢瀬を持ったことが描かれ、その後の巻四でも関係は続いているようであるが、その妹君と叔母である前斎院とも関係を結び、伏見に頻繁に出入りしていた。また一方で、亡き一条院内大臣の父大殿が出家隠棲した小倉山にも出入りし、まだ京に残っている母北方のもとも訪れ、大殿の様子を伝えている。さらに伏見において前斎院が死去した際、伏見にて喪に籠もる部分は他所に比べ長文が残っている。いはでしのぶの中将の動きに伴って物語が動いているようにも考えられるが、ダイジェスト版での本文である以上、中将のこの動きが全てであったとは言い切れない。しかし、物語の軸を切り取ろうとしたとき、いはでしのぶの中将がどこに行き誰と会って何を思っていたのか、という点が特に巻四では重視されたのではないだろうか。

では、いはでしのぶの中将は、安定した居所を持ち得なかったのだろうか。本文上では確認出来ないが、伏見中君と前斎院はいはでしのぶの中将によって京へ迎えられることが計画され、特に中君は後に対の君の呼称が与えられており、いはでしのぶの中将は自らの邸宅を手に入れていたことがわかる。また、巻五に至り、一条院内大臣と一品宮との間に生まれた姫宮との婚姻の際、一品宮が「一条院に移ろひしほどのことなど、ただいまの心地せさせ給ふに」（巻五　五九二）と、姫宮との別離を自身の経験と重ねていることから、姫宮はいはでしのぶの中将の自邸に移ったことが推測できる。では、いはでしのぶの中将の邸宅はどこか。巻七に至り、息子の右大将が二条院の西の対に戻る場面がある。

あまりいぶせければ、二条院西の対は、渡り給へる時の御休所なれば、それへ時々迎へて対面し給ふべき。（中略）今日は白河院へ参りてしばしもさぶらいて、秋の景色も心のどかにながめんかしとおぼしつつ、かの院へ御言づけもやと、殿にいとま聞こえさせばやとおぼすは、まだ夜もありはなれぬに、心ならずこそとやすらはれて、西の渡殿の前の簀子にしばしやすらい給ふに、いと近く若やかなる声どもあまたして、御格子もこなたばかり参りたるにや、殿の御声もいと近く聞こゆるに（巻七　六三七）

二条院の西の対は右大将が訪れた際の「御休所」であり、ここから白河院に出向く前に、父であるいはでしのぶの中将（殿）に挨拶をしようと待っている場面である。この若やかな声がする中心には、一品宮の娘である姫宮がおり、つまりはこの二条院がいはでしのぶの中将が姫宮を迎えた邸宅ということになる。物語はこの後、右大将が姫宮を垣間見し、父と同様にかつて一緒に育った間柄でありながら引き離された女性への憧れを持つこととなる。この右大将も父であるいはでしのぶの中将のように、幼くして母と死に別れ、親とは離れて養育されており（入道した一品宮のもとで養育される）、彼もまた自身の安定した居所を見つけることができない状況であるといえよう。彼は権中納言と共に吉野へ遁世してしまうことで、居所を見つけられなかった結末が描かれている。

以上、いはでしのぶの中将の邸宅は二条院であったことが確認できた。そこにかつて恋い焦がれても手に入れられなかった女性の娘を妻として迎えている。迎えた姫宮が二品宮であることも、どこか暗示的である。一条院で一品宮を迎えた一条院内大臣、二条院で二品宮を迎えたいはでしのぶの中将。どこまでも二番煎じ的な生き方しかできなかった彼の行き着く先はしかし、物語史的に解体の可能性を孕んだ一条院ではなかったのである。もちろん、ここには藤壺の宮を得られなかった光源氏が紫の上を迎えた二条院の影響もある。だが、この物語で重要であるのは、二条院の隣接する二条大路は白河院へ続く道でもあることだ。縦横の道を行き来してきた彼が自らの邸宅としたのは、かつて白河院に用意された三条京極邸でもなく、悲劇的な結末を迎えた一条院でもなく、けれども憧れの女性の住まう白河院へと続く道に築いた二条院であった。仲忠や狭衣と同じく様々な邸宅を渡り歩いていたいはでしのぶの中将だからこそ、二条院という自邸を構え、かつその場所は白河院へと続く道につながるという新たな意味を持つ空間として位置づけたのである。一条院内大臣の苦悩を見つめ、自らも一品宮への思慕に悩むことでその生き方を模倣するようないはでしのぶの中将は、居住する空間においては全く違う選択をした。様々な邸宅を移動してきた彼だからこそ、何かあれば容易に動くことが可能になる場所に、自身の居所を作り上げたと言えるだろう。この二条院がどのように用意されたのか、残っている本文からは分からない。推測の域を出ない部分も含むが、いはでしのぶの中将の邸宅が二条院と設定された意味を右のように解釈してみたいのである。

最後に、一条院内大臣の息子である若君について考えておきたい。この物語には、多くの親を失った子供が登場する。一条院内大臣と一品宮との間に生まれた若君もまた父を失い、本来なら養育者となるべき祖父も出家し、母である一品宮のもとに預けられる。いはでしのぶの中将のように親を失った子供たちは、安定した居所を持ち得ないように描かれているのか、一条院内大臣が伝領した一条院及び祖父母の暮らす堀川通り沿いの邸宅は、この若君に引き継がれてもよいはずであるが、そうは描かれない。それはなぜか。『狭衣物語』における狭衣を思い返してみると、この若君は一品宮の兄帝の養子として帝位につくことが、その理由のように考えられる。狭衣が用意された邸宅に居着かず、彼自身も自らの邸を造営していないことは、内裏という帝として即位することで容易に移動することを許されない空間に入ることと関わりがあろう。[11]『いはでしのぶ』はこの狭衣の居住のあり方を、本来であれば帝位に即くはずはない存在であったことで共通する若君の造型の一つとして摂取したのではないだろうか。伯父にあたる帝の「養子」という形で宮中に入り即位する若君は、「一条」の名を持つ邸も「白河」の名を持つ邸も必要とせず、「一条」とも「白河」とも異なる皇統を作り上げることになるのである。

おわりに

『うつほ物語』に描かれた三条通りに並ぶ多数の邸宅は摂関政治的状況が一覧できる構造であったが、その中で仲忠のみが移動と定着を繰り返していた。そして、『狭衣物語』においては、狭衣は一条の二つの邸宅や父の堀川二条の邸宅の行き来し、用意された三条殿にも居着くことはなく、即位により内裏へとたどり着く。こうした安定した居所をもたない主人公の流れを、『いはでしのぶ』においては、いはでしのぶの中将とその息子の世代の人物（一品宮の若宮や中将の息子の右大将など）たちが受け継ぎ、そこには居所に関わる〈斜行〉の関係が見て取れる。そして、『いはでしのぶ』に描かれた「一条院」という場所は、物語前半の主要な空間であるにもかかわらず、先行する物語に描かれた一条と名の付く邸宅同様、そこに居住していた人々は離散してしまった。

この二点を複合した先にいはでしのぶの中将の二条院は位置づけられよう。様々な居所を移動し、その中でも一条院において一条院内大臣と一品宮を見つめ、一品宮が白河院に移るという一条院における離散を見、そしてその後もそれぞれの邸宅で二人を見続けたいはでしのぶの中将は、白河院へと続く道に隣接する空間に居所を構えた。それは、対構造であった一条院内大臣を喪った後の、いはでしのぶの中将が作り上げた新しい邸宅の意味づけなのではないだろうか。

先行する物語の何を摂取・利用するのか、という点から考えた時、邸宅の描き方は物語史の中を〈斜行〉し、複数の作品に影響を与えているといえよう。例えば、先行する物語の登場人物名を明記したり、明らかにわかる設定を援用したりするような直線的な影響関係ではなく、ふと見逃してしまえば気がつかない、あるいは物語を詳細に読解していなければ分からないような点において影響享受の関係にあるものこそ、斜めに広がっている〈斜行〉の関係であろう。今回は、邸宅の名称と邸宅を動く登場人物の様相に注目し、特に『うつほ物語』『狭衣物語』と『いはでしのぶ』の三作品を見通してきた。『いはでしのぶ』における『うつほ物語』摂取は、おそらくこれだけに留まらないが、間に『狭衣物語』という、『いはでしのぶ』に大きな影響を与えている作品を置くことで、文学史的な享受関係の一端を示すことができたのではないだろうか[12]。

『うつほ物語』と『いはでしのぶ』、『狭衣物語』と『いはでしのぶ』といった二作品での影響関係を論じるのではなく複数の作品を見通すことで、『いはでしのぶ』において一条院という空間が一品宮の存在により人々の集合する邸でありながら、文学史的に積み重ねられたイメージ通り、悲劇的に離散する場となったことが明確になった。そして、安定した居所を持たなかったいはでしのぶの中将は、一条通りではなく白河院にも通じる道である二条通りに自身の居所たる二条院を建造し、そこに二品宮を迎える。それは、一条院に出入りし、一条院内大臣と一品宮の二人を見つめ続け、一条院崩壊後は一条院内大臣と共に一品宮への思慕に苦悩したからこそ、獲得し得た空間なのではないだろうか。加えて、狭衣からいはでしのぶの中将に〈斜行〉する居所の問題は、一方では一品宮の若君へ、もう一方では息子である右大将へ引き継がれ、それぞれ異なる結末を得る。邸宅の描かれ方は物語を〈斜行〉しながら、そこに住む人々を含み込むことで多様化していくのである。

本稿では男性登場人物に焦点を当てたため、一条院崩壊の中心人物である一品宮について詳細に論じることができなかった。一品宮の造型は今生きている場所になじめない狭衣と共通性を持つが、この点はまた改めて考察したい。

注

（1）足立繭子「いはでしのぶ」（神田龍身・西沢正史編『中世王朝物語・御伽草子事典』勉誠出版　二〇〇二年）に詳細な『いはでしのぶ』における『狭衣物語』享受が論じられている。

（2）拙稿「『狭衣物語』の堀川大殿と嵯峨院」（井上眞弓・乾澄子・鈴木泰恵・萩野敦子編『狭衣物語　文の空間』翰林書房　二〇一四年）

（3）拙稿「〈家〉の物語」（学習院大学平安文学研究会編『うつほ物語大事典』勉誠出版　二〇一三年）

（4）ただし、夕霧には正頼と造型の類似が見られ、正頼像からの影響という意味で夕霧の三条殿は位置付けられるかもしれない。なお、本稿では取りあげなかったが、『落窪物語』においても三条邸が重要な位置を占める邸宅となっている。『源氏物語』の三条については、諸岡重明「『源氏物語』三条論序説――紅葉賀巻の藤壺の三条宮を中心に」（物語研究会編『「記憶」の創生〈物語〉1971―2011』翰林書房　二〇一二年）が、藤壺の宮と源氏の関わりから論じられ、「一世源氏の物語が三条という領域から始発しているという読みは過剰であろうか。」とし、「光源氏の血脈を受け継ぐ胤は三条という領域にあるのである。」とする。『源氏物語』における邸については、三田村雅子「〈邸〉の変転――焼失・移築・再建の宇治十帖――」（上坂信男編『源氏物語の思惟と表現』新典社一九九七年）において宇治十帖を中心に論じられている。

（5）井上眞弓「京師三条邸という空白――『狭衣物語』空間の文を考える」（井上眞弓・乾澄子・鈴木泰恵・萩野敦子編『狭衣物語　文の空間』翰林書房　二〇一四年）

（6）一条通り添いの邸宅について、史上の例を確認すると、平安中期において有名であるのが、一条天皇が里内裏としていた一条院と道長の邸宅の一つで娘妍子が御所としていた一条殿がある。その他、東京極大路と接する箇所には藤原良房の染殿、宇多院の京極御息所の京極院などがあった。また、『蜻蛉日記』の作者、藤原道綱母の邸も一条通りに面している。貴族の邸宅の並ぶ通りではあるが、平安時代を通じて何回か火災に遭っており、場所によっては宅地化したこともあるようである。平安時代を通して、内裏火災により里内裏が使用され、その場所も多様である。現実の世界ではそもそも内裏が変転する空間であった。貴族の邸宅についても、相続等により所有者は変わり続ける。『いはでしのぶ』の成立時代においては、現実よりも物語内に描かれた空間のほうが安定的であったと考えられる。一条大路については洛中と洛外の境界に位置する重要な通りであり、鎌倉時代においても祭りの行列を見るための桟敷が儲けられており、『狭衣物語』に描かれる大路の様子と同様だったと思われる。なお、平安時代の邸宅については、総監修 角田文衞、編集（財）古代学協会・古代学研究所『平安京提要』（角川学芸出版 二〇一一年）、西山良平・藤田勝也編『平安京と貴族の住まい』（京都大学学術出版会 二〇一二年）を参照した。

（7）一条の宮の位置付けについては、高橋裕樹「『狭衣物語』〈子〉と〈空間〉――「一条の宮」を起点として――」（井上眞弓・乾澄子・鈴木泰恵編『狭衣物語 空間／移動』翰林書房 二〇一一年）が、「一条の宮」を「狭衣によって決して獲得保持されない、非日常性を備えた空間」として読み取れることを指摘している。狭衣にとって一条の宮が「獲得保持されない」という点については本稿も同趣旨である。しかし、「非日常性」を備えた空間であることについては、そもそも狭衣にとっての日常的な空間をどのように考えるのかによって位置づけは変わるのではないか。本稿ではこの点について詳細に考察することはできないが改めて『狭衣物語』論として考えてみたい。

（8）一品宮の抱える違和感について、宮中を去ったことのみならず、そもそも白河皇統の皇女である一品宮にとって、断絶した一条院皇統に伝領された邸は居心地のよいものではなかったと考えることも可能であろう。

（9）巻二において起き上がることもできなくなった一条院内大臣を心配した関白夫妻は関白邸に移ることを提案するが、一条院内大臣は「ここを立ち離れて、はたいとどあらぬ世の別れになり果てぬべき心地し給へば、慣れこし床の上、寄りゐ給し真木柱の、移り香ばかりをかひなきともにて、明かし暮らし給ふ。」（巻二 三九四）と、一条院そのものが一品宮の代わりであるように思い、一条院に居つづけることを願う。

（10）一条院がその後の物語に描かれるかについては、その後の巻がダイジェスト版の三条西家本及び巻四の残闕本である冷泉家本のみであるため、現存本文上は確認ができない。

（11）狭衣が即位することと邸宅の関わりについては、『狭衣物語』の問題として、『源氏物語』や同時代作品との比較を通して改めて考察することが必要である。本論では、狭衣と若君の「例外的に即位する」という造型の類似を問題としたい。

（12）こうした〈斜行〉する物語間の影響関係を示すことは、論じる価値のあるとは言えない些末な現象の共通性の指摘と捉えられてしまうかもしれない。しかし、中世王朝物語の抱える文学史的享受関係の厚さは、一作品ごとの影響関係だけでは論じきることができない。複数作品の積み重ねの上にしか中世王朝物語は存在しない以上、複数作品を見通す方法の一つとして、今回は三作品における〈斜行〉した関係を邸宅の場所という点から論じてみた。平安時代から連綿と続く物語史をどう読み、位置づけるのか。各作品の研究が進んできた今こそ、文学史的な複数作品の享受関係を深めていく必要があると考えている。

付記　本文の引用は『うつほ物語』は室城秀之『うつほ物語 全』改訂版（おうふう　二〇〇一年）により、『狭衣物語』『今とりかへばや』は新編日本古典文学全集（小学館）より、『いはでしのぶ』は小木喬『いはでしのぶ物語　本文と研究』（笠間書院　一九七七年）により、適宜表記を私に改めたところがある。なお、『いはでしのぶ』の男性登場人物の呼称については、官位の変遷があるものの「一条院内大臣」「いはでしのぶの中将」で統一して表記している。

『木幡の時雨』継子いじめからの《斜行》——母娘・姉妹の物語へ

伊達　舞

はじめに

『木幡の時雨』は、父の死後、三姉妹のうち一人だけ母に冷遇される中君が木幡で出逢った中納言と結ばれ幸福を手にするさまを描いた物語であり、「継子いじめ」ならぬ「実子いじめ」の物語として、とくに『住吉物語』（現存改作本）の影響が様々な角度から論じられてきた。なかでも構想の摂取は著しく、中君に求婚する中納言を母君が可愛がる三君と結婚させてしまう点、箏の技量の話題をきっかけに中納言が中君こそ木幡で出逢った女君だと知る点、行方知れずの中君を中納言が津で発見し都に連れ帰る点など、物語の大枠は『住吉物語』と重ねられる。[1]だが『木幡の時雨』には、中君を冷遇する母君が最終的に零落したり死亡するといった、継子いじめ譚に典型的な報復は見られない。それどころか、

　四条の母上聞き給ひて、「わが姫君たちの御幸ひよ。あるひは后、あるひは王の母」と、よろこび給ふにぞ、忍びごとや漏れんと、いとをかし。（中世王朝　七〇〜七一）

と、三君（后）だけでなく、中君（王の母）の栄華も喜び、母君の心ゆくままに終わっている。

この結末は先行研究においても疑問視され続けてきた。小木喬氏の「もちろん継母の腹ぎたなき物語ではないから、主人公の真実の母を、そうむごくは扱えなかったのかもしれないが、それにしても作者は、馬鹿にあっさり取

り扱っている」[2]という指摘をかわきりに、小田切文洋氏は「実母の憎しみの感情を描き分けることができず、棚上げにされてしまった」と表現力不足の問題として捉え[3]、大倉比呂志氏は「最終的にいじめられた実子である中君がのちに繁栄することが実母への〈報復〉を意味している」と母君への報復の在処を追求している[4]。横溝博氏は「実子いじめ」の基底に母君の名誉回復の欲求があることを読み解き、この結末が物語内で矛盾するものではないとの見解を示しつつ[5]、なお「三の君が苦悩の末、みずから身を引こうとするところに、代理的な形で報復がなされているともとれよう」と述べている[6]。これらの指摘は立場も異なっており一様でないが、母君を本来報復されるべきものと捉えている点で共通している。他方では「「継子の最終的な幸福の獲得」という定型が、中の君の幸を物語るために利用された」のであり「「継母への報復」といった継子譚の本来的要素とは無縁[7]」とする安達敬子氏の説も存在するが、先行研究の多くが母君を報復されるべきものと見なし続けてきたことは興味深い。『木幡の時雨』の母君の姿がいかに『住吉物語』のごとき継子いじめ譚の継母を彷彿とさせるものであるかを如実にあらわしていよう。

だが、先行物語においてもしばしば母娘の葛藤が描かれてきたように、実の母娘の関係は「迫害される娘の幸福――迫害する母への報復」などという単純な構造では到底語り得ないものがある。「継子」から「実子」へのずれが継子いじめ譚の枠組のなかで物語を《斜行》させ、母君の喜びという、継子いじめ譚とは異なる着地点へと帰着させているのだ。本稿では、この『木幡の時雨』の《斜行》について、中君を冷遇する母君の造型、とくに母君が「前の四条大臣の御女四の君」であることと、母君へ向けられる周辺人物の非難の視線の二点から考察する。『木幡の時雨』が継子いじめ譚の枠組からどのようにずらされ母君の喜びのうちに物語が決着するのか、物語の《斜行》の様子を読み解くとともに、継子いじめ譚の話型に《斜行》を促す母娘・姉妹の物語としての一面に迫りたい。

一　物語冒頭と母君の紹介方法

『木幡の時雨』の母君の具体的な造型を考察する前に、その紹介方法に焦点を置きたい。次の一文は『木幡の時雨』の冒頭部分である。

十市の里の衣打つ槌の音も、朝の露に異ならぬ身を、いつまでとか急ぐらんと、いとはかなく聞き臥し給ふ夜な夜なは、いとど昔の御面影のみたち添ひて、母上の御心のつらきにつけても、「なほおはすらん所へ、とく迎へとり給へ」と、朝夕、御行ひをしつつ涙をうけてながめおはする御有様、古への衣通姫などもかうこそは、と推し測られて、御前の女房たちもあはれと見奉るに、いかなるにか、この御身に諭めくことさへうち続きものし給へば、故督の君の御乳母、木幡なる所に尼になりて行ひ侍る所へ、御物忌とて、女房たち三、四人具せ聞こえて渡し奉り給ふ。（中世王朝　一〇）

物語は「母上の御心のつらき」ことに「昔の御面影」を慕って泣き暮らす女君（中君）が、物忌のため木幡を訪れるところから出発する。この女君がどこの誰であるのか、また「昔の御面影」が誰を示すのか、具体的な情報は一切語られていない。これにより母君の冷遇という設定が際立つことになり、継母に虐げられる女君が亡母を慕う、継子いじめ譚に類型的なイメージの連想を容易にしている。だが、こうした冒頭は『住吉物語』の、

今は昔、中納言にて左衛門督かけたる人、上二人となん、かけて通ひたまひける。一人はときめく諸大夫の御娘なり。姫君二人おはしけり。中の君、三君とぞ申しける。いま一人はゐんきの帝の御娘にて、なべてならぬ人にておはしける。いかなるたよりにかおはしけん、中納言、忍びつつ通ひたまひけり。やがて人目も包ま

ずなりたまふほどに、姫君一人出で来たまへり。（新編全集　上巻　一七）

という、「継子いじめ」の基点となる夫婦・親子関係を紹介する冒頭とは大きく異なっている。詳細は後述するが、『木幡の時雨』の「実子いじめ」の理由は故右衛門督（父）の召人少納言（乳母）に対する北の方（母）の嫉妬にあり、一人の男をめぐる三角関係に起因している点で『住吉物語』の「継子いじめ」と相通じている。だが『木幡の時雨』の冒頭は「継子いじめ」の連想が容易な語り出しでありつつも、「実子いじめ」の理由となる具体的な人間関係を語ってはいないのである。

『木幡の時雨』において、それは物語の進行とともに徐々に明らかとなっていく。物忌に木幡を訪れた女君は、初瀬詣の途中時雨に降られた中納言に垣間見られ相愛の仲となった。中納言は関白の一人息子にして中宮の兄、次の春宮の伯父であり、まさに不遇な女君を救うヒーローの典型と言えよう。だが物語の常套として二人がここで結ばれることはない。中納言が帰路の再会を約束して初瀬へ出掛けているうちに、女君は母君の病によって桜井へと呼び戻されてしまう。彼が再び木幡の邸を訪れたとき、そこに女君の姿はなかった。ひどく落胆した中納言は傷心の慰めに宇治を訪れるが、そこで「ある僧」から彼女の素性を知る。

（中納言）「もししかじかの人などや、この辺りに住み給ふ」と問はせ給へば、ある僧申しけるは、「この辺りには侍らず。宇治の奥、桜井と申す所にこそ。奈良の兵部卿の右衛門督の北の方は、前の四条大臣の御女四の君にておはせしが、君たち四人持ち給へる。姫君三人、男一人なんものし給ふ。姉君は、京に按察使殿の上になし奉り給ひて、御継子の姫君に、御弟の少将殿を合はせ奉り給ひてかしづき給ふ。残りの姫君たち、中の君・三の君など引き具して、御髪おろしておはする」と申す。（中世王朝　一九～二〇）

ここに至ってはじめて女君の素性が明らかとなり、「実子いじめ」をする母君についても、「奈良の兵部卿の右衛門督の北の方」で「前の四条大臣の御女四の君」であることが示される。このような物語構成は中納言の女君捜しを読者が追体験できる巧みなものであるが、物語の登場人物の紹介方法としては、中納言が女君を発見する手立てとして第三者の僧から関接的に紹介されているのであり、冒頭の地の文で紹介される『住吉物語』とは重みの置き所が異なっている。

二　妬婦の記号としての「四の君」

母君が「奈良の兵部卿の右衛門督の北の方」「前の四条大臣の御女四の君」であることは、取り立ててストーリー展開に関与してはいない。四条大臣や姉妹の登場もなく、中納言と三君の結婚が「四条の大臣の御所」（中世王朝　二二）で行われる程度である。そのためか、先行研究においてもこの点が深く論じられることはなかった。だが、先行物語における「四君」の造型に着目すると、母君の設定の必然性が浮かび上がってくる。

物語における「四君」の代表的人物として、真っ先に挙げられるのは『源氏物語』の右大臣の四君であろう。彼女は左大臣家の頭中将の北の方であるが、

右大臣のいたはりかしづきたまふ住み処は、この君もいとものうくして、すきがましきあだ人なり。（新編全集　帚木①　五四）

かの四の君をも、なほ離れ離れにうち通ひつつ、めざましうもてなされたれば、心とけたる御婿の中にも入れたまはず。（新編全集　賢木②　一三九）

とあるように、夫からの愛情は薄い人物である。これには左大臣家と右大臣家の間にある複雑な政治的事情の関与

も認められるが、夕顔・頭中将・北の方の三角関係による蟠りも大きい。一般に「雨夜の品定め」と呼ばれる、光源氏や頭中将たちが女性論を交わす場面で、頭中将はかつて通っていた夕顔のことを振り返り、

かうのどけきにおだしくて、ひさしくまからざりしころ、この見たまふるわたりより、情なくうたてあることをなむさるたよりありてかすめ言はせたりける、後にこそ聞きはべりしか。（新編全集　帚木①　八一〜八二）

と、四君が夕顔に対し嫌がらせを言っていたと話している。更に夕顔の死後、女房の右近は光源氏に対し次のように語ってもいる。

……頭中将なん、まだ少将にものしたまひし時見そめたてまつらせたまひて、三年ばかりは心ざしあるさまに通ひたまひしを、去年の秋ごろ、かの右の大殿よりいと恐ろしきことの聞こえ参で来しに、もの怖ぢをわりなくしたまひし御心に、せん方なく思し怖ぢて、西の京に御乳母住みはべる所になん這ひ隠れたまへりし。（新編全集　夕顔①　一八五〜一八六）

夕顔が頭中将の前から姿を消したのは四君からの「いとおそろしきこと」に怯えたためであり、西の京に住む乳母のもとに身を隠した。『源氏物語』の右大臣の四君は、夫の自分以外の妻に辛く当たって追い出してしまう、妬婦性を帯びた北の方なのである。

この『源氏物語』の右大臣の四君像は後の物語に大きな影響を与えている。次に『石清水物語』の冒頭を掲げる。

このころの左大臣と聞こゆるは、関白殿の御弟にこそおはすれ。御身の才なども賢く、何ごとも兄の殿にはたちまさり給へれば、帝もいみじく重きものに思ひ聞こえ給へり。北の方は先帝の四の宮になんおはすれば、いとやんごとなき御身なれど、いといたうもの怨じをし給ふ。御心さがなくぞおはしける。

宰相の君とて兵衛督にて失せにしが女、心ざまなどゆゑありて、見る目もなべてにてはあらざりけるを、御

覧じはなたずやありけん、ただならずなりにけるを、この女宮、いとど心づきなきことに思して、さまざまはしたなめ、堪へ忍ぶべくもあらぬに思ひわづらひて、むつましく行き交ふ所などもなく、親たちもうちつづき失せにしかば、むげによるべなき人にて、西の京といふ所に、乳母なる者の家に行き隠れにけれど、殿の御心ざし深きことなれば、あはれにのみ思されて、心苦しきことさへ御覧じ知りにければ、そこにも訪れ、忍びて渡りなどし給ひけるを、やすからぬことに宣ひて、かの西の京をも、おどろおどろしくいましめられければ、すべき方なく悲しきままに、明け暮れは音をのみ泣きて過ぐるほどに、姉なる人、常陸の守が妻にてなんありけるが、折しも上りてある、いとうれしくて、世の憂き時の隠れ家にもやと、尋ね寄りたれば、……

（中世王朝　上巻　八〜九）

時の左大臣家の北の方は、先帝の「四の宮」であり、高貴な身の上でありながら「いといたう物怨じ」をする「御心さがない」人物として登場する。彼女は「女四宮」であり「四君」ではないが、皇女でありながら嫉妬深い人物と造型されるのが「四」番目の女君であるという点を重視したい。以下、左大臣の召人である宰相の君を「いと心づきなきことに思して、さまざまはしたなめ」て邸から追い出し、更には宰相の君が身を寄せた乳母の家へも左大臣が訪れるため、「かの西の京をもおどろおどろしくいましめ」るなど、その「御心さがない」具体的行動が語られている。そしてついに堪えきれなくなった宰相の君は、上京していた姉とともに常陸へと下っていった。

また『我が身にたどる姫君』でも、「四君」は嫉妬深い北の方として描かれている。時の関白の息子・中納言に降嫁した水尾院の女四宮は、

さるは、すこし見馴れしづまり給ふままに、かばかりの御ほどに、聞きならはずあさましきまでさがなげなる御癖ぞおはしますべき。さま悪しくにくげなる方にはあらで、つゆばかりも隔てあり、いぶせからむすぢは、

堪へ給ふまじく、身もいたづらになるばかりまつはれ恨み給ふに、……（中世王朝　巻三　一二一〜一二二）

と高貴な身に相応しくない呆れてしまうほどの「さがなげなる御癖」のある人物である。その性分とは、少しでも隠し事があったり疑わしい節があると我慢できず、死んでしまうのではないかというほどに纏わりついて恨み言を言うというもので、中納言が彼女の異母姉妹である女三宮を思慕していることに激しく嫉妬し、中納言を「抓み喰ひ」する姿がたびたび描写されている。彼女の場合、攻撃のベクトルが相手の女性に向かう『源氏物語』や『石清水物語』とはまた異なるパターンではあるが、ここでも嫉妬による特殊な造型を持つのは「四君」なのである。

そしてこれら「四君」の「北の方」の造型は『木幡の時雨』の母君にも当て嵌まる。母君は中君を引き越して三君を中納言と結婚させた理由を周囲の女房たちに、

中の君は、幼くより父君のいとほしきものに思して、必ず后とかしづき給ひしに、やがて別れ給ひしより報なき人と知りにき。（中世王朝　二〇）

と話している。だが中君冷遇の強い理由は、中君を石山へと追放する際に按察使の上（大君）に告げられた話の方にこそ認められよう。

「君たちは知り給はじ。故殿の幼くより后とかしづき給ひしかど、はやく遅れ奉りにしかば、報なき人と知りにき。また故殿のとりわけらうたうし給ひしも、この御乳母の少納言を若くより思しき。少将をも殿の御子とこそ人はいひしか。さればにや、なべての女房には似ず、目見・口つきのよしめきたるも、君たちにうち通ひて、にくからぬさましたり。されば、殿も失せ給ひぬ。少納言もいまはなし。ゆかりにくしとにはあらねど、心づきなしと見しゆかりなればにや、よかれとは思はず」（中世王朝　二七〜二八）

故右衛門督が中君を后がねとして一番可愛がっていたのも、彼女の乳母である少納言を以前から寵愛していたため

であり、気に入らないと思っていた少納言を乳母に育ったからこそ中君を良く思わない。それが母君の言い分であった。ここには中君の乳母少納言に対する母君の深い嫉妬がある。『木幡の時雨』の「実子いじめ」は、先行物語の「四君」たちが三角関係のなかで深く嫉妬する「北の方」であったのと同じく、故右衛門督をめぐる母君と少納言の三角関係における母君の嫉妬に根ざす問題なのであり、母君が「奈良の兵部卿の右衛門督の北の方」「前の四条大臣の御女四の君」であることは、妬婦性の記号として、母君の造型に相応しい設定なのである。

三　『石清水物語』左大臣北の方との影響関係

如上の物語のうち、『源氏物語』の夕顔をめぐる一連の物語との関連性は、冒頭表現をはじめ夙に指摘されてきた。[8] 本稿ではこれまで言及されてこなかった『石清水物語』との共通点に着目したい。

『木幡の時雨』と『石清水物語』の北の方は、ともに少納言・宰相の君という夫の召人に対して強い嫉妬を示している。この嫉妬の対象となる女性たちについて、『木幡の時雨』では先の引用で母君が「少納言もいまはなし」と話していることから少納言が既に故人であることが知られるのみで、死に至った具体的な経緯については語られていない。一方、『石清水物語』の宰相の君は、北の方の嫌がらせを逃れて常陸守の妻である姉とともに常陸へ下った後、姫君を出産して亡くなっている。留意すべき点は、この姫君がやがて「木幡」の里に住み、そこで彼女をめぐる恋物語が繰り広げられることである。先行物語のなかでも「木幡」に住み男君に発見される姫君は、この『石清水物語』の姫君しかいない。[9] 更にそれぞれの垣間見の場面に注目したい。

……①五十ばかりの、墨染めの袖ゆゑゆゑしくて行ふ尼なめり。御前に女房三、四人ぞ候ふ。この帳台の障子口に、萩の単襲に紅の袴なだらかに着なしてたてる人、②十七、八ばかりにやと見えて、③あなめでたとふと見えて、にほひ・愛敬こぼるるばかりに、うつくしなどもおろかなり。うちつけに御胸つぶつぶとなる心地して、御涙おしのごひ、御心をしづめて御覧ずれば、目見のわたり、額つきよりうちはじめ、髪のかかりゆきたる肩のわたり、目もおどろかるる心地して④つくづくとまぼりおはす。

（『木幡の時雨』中世王朝　一三〜一四）

……人多からで、①五十ばかりにやあらんと見ゆる尼の、よしづきてきよげなるが、「少し出でさせ給ひて御覧ぜよ。見る人も侍らじ」とそそのかせば、「あらはにもや」とて、ゐざり出でたる人を見れば、②二十歳に二つ、三つや足らざらんと見えたるが、桜の細長に、葡萄染めの小袿着て、やうだい、頭つきより始めて、目もかかやくばかりあれば、③めでたの人やと見えて、らうたくうつくしきこと限りなし。

咲き乱れたる花の匂ひもけ劣りて、あさましきまでまもられ給ふに、まづ御胸はふたがりて、「世にはかかる人もあることにこそありけれ。ここら見し人、片端及ぶべきこそなかりけれ。何ばかりの人ならん」と、④つくづくとまもり給ふに、……

（『石清水物語』中世王朝　上巻　二八）

まず、男君はともに①五十歳頃の由緒ありげな尼を見て、その奥に②十七・八の女君を見出している。更に彼女を③「めでた」と見て、④つくづくと見つめる。このように、両者の垣間見の場面は表現面でも酷似しているのである。この符合は看過し得ないのではないだろうか。

『石清水物語』の宰相の君と木幡の姫君は実の母娘、一方『木幡の時雨』の少納言と中君は乳母と養君であり、実の母娘関係ではない。だが木村朗子氏は、父の愛人（召人）が乳母の場合、「その乳母の方に父親が愛情をかけ続けることで、近代核家族に似た疑似家族関係は、実母ではなく乳母との関係において成立する」と述べ、『木幡の時雨』では「木幡の姫君と乳母という疑似母子が、父の愛情を分け合った」と説いている。(10) つまり母君・少納言・中君の関係は、次の【関係図】に示す如く疑似的に、少納言と中君が母――娘関係、母君と中君が継母――継娘関係を形成しており、『石清水物語』の北の方・宰相の君・木幡の姫君の関係と重なってくるのである。

【関係図】

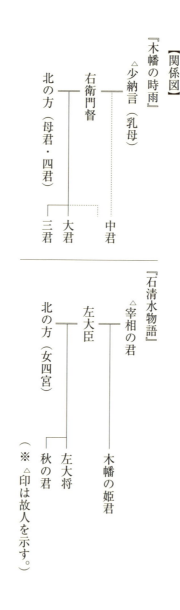

『木幡の時雨』

△少納言（乳母）
右衛門督
北の方（母君・四君）
中君
大君
三君

『石清水物語』

△宰相の君
左大臣
北の方（女四宮）
木幡の姫君
左大将
秋の君

（※△印は故人を示す。）

この共通点に気付いたとき、そこには一つの連想が浮かび上がる。『木幡の時雨』の母君も、『石清水物語』の北の方同様「四の君」らしく中君の乳母・少納言に嫌がらせをし、直接的ではないにせよそれが原因で少納言は亡くなったのではなかったか。『住吉物語』の乳母は物語中に病で亡くなっているが、『木幡の時雨』には乳母の少納言の死因も、故右衛門督をめぐる母君と少納言の間に生じた過去の出来事も一切語られていない。だからこそ、そのような勘ぐりも可能となる。母君が「四君」であることは、物語に親しむ人にとっては『石清水物語』の世界を呼び起こし、細かな事情を語らないまでも物語の内に取り込むキー・ワードにもなるのである。

『木幡の時雨』の母君は、乳母への嫉妬から我が子まで冷遇する女性であった。その造型は、二人妻という三角関係のなかで継子をいじめる継子いじめ譚の継母とも共通しているとともに、先行物語における「四君」の「北の方」とも通じている。ディテールの共通性を踏まえれば、具体的には『石清水物語』の北の方が下敷きとして想定されようか。そして母君が「四君」の「北の方」であることで、乳母への嫉妬から我が子まで冷遇するという「実子いじめ」の特異な造型が「四君」に付随するキャラクター性と相まって、物語のなかにうまく落とし込まれている。「四君」の設定は、継母性を保持したまま「継子」から「実子」への《斜行》を可能にする装置として機能しているのだ。

四　母君への非難と物語の対立構造

次に、このような継母性を帯びた母君に向けられる周辺人物の視線から物語の対立構造を検討したい。

母君の中君冷遇は、継母の讒言が後に発覚する『住吉物語』とは異なり物語当初から周辺人物に知られ、中君の女房や乳母子の少将のほか、中君が一時的に預けられる木幡の尼君や石山の尼君、また按察使の上（大君）により、それぞれの立場から非難されている。

この非難のありようを分類すると、次の【表】のようにまとめられる。

【表】

	立場	非難の性質	非難の方法	該当人物	引用記号
①	中君に仕える人々	「心憂し」	間接非難（嘆き）	御前の女房	a
				少将（中君の乳母子）	b
②	故右衛門督の乳母・妹	「恨めし」	間接非難	木幡の尼君	c・d
				石山の尼君	e・f・g
③	母君の娘	性格を非難	直接非難	按察使の上（大君）	h

まず、中君に仕える人々である御前の女房や乳母子の少将は、

a、御前の人々、「心憂き世をも見るかな。あはれ、故君おはします御世ならば、まづこの御方をとこその給はすべきに」とて、……　（中世王朝　二〇〜二一）

b、かかること聞き給ひても、「中納言の御子にこそ。ゆめゆめ取り上げ給ふな」とぞの給ひける。少将、心憂しと聞きけり。　（中世王朝　四五）

と、a父君が生きていたら中君と結婚させたであろう中納言を三君の婿に定めたことや、b中君の子の世話をしないよう言いつけたことを「心憂し」と感じており、自身が仕える中君に同情的な立場から母君の中君冷遇を非難している。ただし、これらは母君の目の届かないところや心の中で行われており、直接母君に訴えられることのない、嘆きに近い形の非難である。

これに対して、中君が一時的に身を寄せる木幡の尼君や石山の尼君は、父君の生前を想定する点や母君のいないところで非難している点は同じでも、その性質は異なっている。まず木幡の尼君から取り上げたい。

c、尼上見奉りて、「あなうつくし、さばかり父君の必ず后とのみかしづき給ひしものを、心憂くも母君の御心に入れさせ給はぬなんうらめしう、親ならぬ親なりとも、いかでかこれをおろかには思ひ給はん」と、御髪かきやりて見奉りつつうち泣き給へば、……（中世王朝　一〇）

d、尼上、「よし、誰にてもおはせよ、心長くだに見果て給はば、それこそよき御ことよ。母上の御心のつらきにつけても、かかる御ことといできおはしませと、念じつるしるしにや」とよろこび給ふにぞ、女房たち心おちゐて見奉る。（中世王朝　一六）

cの木幡にやってきた中君を尼君が迎える場面では、故右衛門督に后がねとして可愛がられた中君を母君が冷遇することを「心憂く」思うに加えて、「うらめしう」と、より母君に矛先の向けられた感情を抱いている。また、dは中君に男が通じたことを知る場面であるが、密通という一般的に慌てふためくはずの事件を、母君の冷遇につけてもこのようなことが起こって欲しいと念じていたと喜んで受け入れている。その意図は「誰にてもおはせよ、心長くだに見果て給はば」とあるように、中君が男君に見い出されて末長く幸福になるところにある。密通が母君の意に反し中君が幸福になるチャンスと捉えられているのである。この後、中納言が中君に添い臥して笛を素晴らしく吹き鳴らす姿を見て、「尼君は、うれしとあはれに聞き居給へり」（中世王朝　一七）と、中君を見出した男君が立派な人物であることに満足する様子も描かれている。このように木幡の尼君は、母君の中君冷遇を嘆くだけだった中君に仕える人々とは異なり、母君に対立的な態度を示している。

この傾向は石山の尼君にも見られる。

e、御前の人々も、尼君をはじめ奉り、「光源氏の女三の宮・紫の上などもかくやおはしましけん」とぞ推し測らるるに、「いかでかくまで憎み給ふらん」と、母上を恨めしとのみ思ひ奉る。（中世王朝　三三）

f、尼上にかくと聞こゆれば、「いたうなげきて見え奉り給ひそ。あるやうこそありけめ。さて、誰にか」といへば、おぼめきて聞こえやりたることもなし。（中世王朝　四一）

g、尼上に、「これいかがせん、春宮の御名残りぞ」といへば、「あらかたじけなや。太政大臣の家にて生まれ給はんさへ、かたじけなかるべきぞかし」とて、昔、雲の上に候ひし人なればにや、形のごとく御子生まれ給へる儀式をまなび給ふに、いくほどなくて、また同じさまの稚児生まれいで給へり。尼上、「これや二代の王よ」とかしづき奉り給ふ。（中世王朝　四四〜四五）

彼女もまたe石山に追い遣られてきた中君を見て、母君から中君への「憎み」に対し、かえって尼君の方から母君を「恨めし」と思う。また中君と式部卿宮の密通についても、f中君の懐妊の報告を受けて「あるやうにこそありけめ」と発言している。中君を救う男君の登場を祈願していたという木幡の尼君ほどの積極性はみられないが、父不明の懐妊にも殊更に動じず、嘆いた様子を中君に見せぬよう女房たちを諭す姿には、中君への思いやりや彼女を守ろうとする姿勢がうかがえる。そしてg子の父が春宮であることを知ると、宮中で働いた知識を発揮し皇子としてしかるべき儀式を執り行い、「これや二代の王よ」と喜びかしづくのである。

この、母君に対立的な態度を示す木幡の尼君や石山の尼君は、それぞれ故右衛門督の乳母、故右衛門督の妹という設定になっている。彼女たちにとって中君は亡き養君や兄が殊更可愛がった娘なのであり、母君に対して対立的な感情を抱くのも、ここに起因していると考えられよう。

そもそも、中納言と中君の仲を妨害するにあたり、母君が中君を石山の尼君、すなわち故右衛門督の妹のもとに追い遣っているところに『木幡の時雨』の特異性がある。『住吉物語』の継母には協力者のむくつけ女がおり、宮腹の姫君の入内や結婚を妨害するにあたっては、むくつけ女が手引したあやしの法師との密通を讒言したり、女の兄である主計頭に姫君を盗ませようと計画している。ここに、「継子」が「実子」に置き換わったことによる《斜行》が認められるのではないだろうか。『住吉物語』の宮腹の姫君も一時的に住吉の尼君のもとに身を寄せているが、それは継母の計画から逃れるためであり、住吉の尼君は姫君の亡き母の乳母であるなど、物語全体を通して一人の男をめぐる二人妻の問題がベースとなっていた。また『石清水物語』でも、宰相の君の死後に姫君を引き取った「木幡の尼君」は宰相の君の姉であり、こちらでも左大臣をめぐる二人の女の対立構造が守られている。だが『木幡の時雨』の場合、中君が預けられる石山の尼君は故右衛門督の妹であり、彼女は中君を冷遇する母君を「うらめし」く思っている。故右衛門督をめぐる母君と乳母の三角関係は中君冷遇の理由ではあっても、それはあくまで母君の心に燻る過去の出来事であり、実際に生じているのは「三君を可愛がる母君」と「中君を擁護する父の乳母・妹」の対立なのである。

この違いは、双方の冒頭部にもあらわれている。一節で述べたように、『住吉物語』は左衛門督に中君と三君の母である「ときめく諸大夫の御娘」と、大君の母である「ゑんきの帝の御娘」の二人の北の方の存在から語り出される。一方『木幡の時雨』は、父の死後、母に冷遇されて亡父を恋い慕う中君の存在を示すところから出発しており、物語進行後、中君が父の乳母や姉妹に庇護されていることと一致している。

更に、『住吉物語』の宮腹の姫君と『木幡の時雨』の中君はともに后がねであるが、『住吉物語』の場合、それは「諸大夫の御娘」と「ゑんき帝の御娘」という母の違いによるものであり、やはり一人の男をめぐる二人の女の対立の問題の枠内に収まっている。だが『木幡の時雨』の姉妹は同母姉妹であり、そこに身分の差は存在しない。しかし、先行物語には親からの〈愛情〉が父と母に二分される同母姉妹がたびたび語られていた。たとえば『源氏物語』竹河巻では、后がねの大君には父髭黒大臣が、中君には母玉鬘が心寄せであることが描かれている。また大君は髭黒の死後、玉鬘の采配により冷泉院に参院し、中君が今上帝の尚侍となった。これは中君を贔屓にする玉鬘が故意に行ったことではなく、むしろ大君を自身の分身として、昔かなわなかった冷泉帝との恋を代理的に成就しようとした結果であることが[11]、一方で大君の視点からは、「我を、昔より、故大臣はとりわきて思しかしづき、尚侍の君は、若君を、桜のあらそひ、はかなきをりにも、心寄せたまひしなごりに、思しおとしけるよと、恨めしう思ひきこへたまひけり」（新編全集　竹河⑤　一〇四）と、母玉鬘の作為的なものと捉えられてもいる。また『とりかへばや』の右大臣の四君は、四姉妹のうち最も父右大臣から鍾愛されたことで、母や姉妹とはかえって疎遠であった。宰相中将との密通が露顕し父大臣に勘当された際には、それが原因で母や姉妹たちに庇ってもらえず窮地に陥ることになる。『木幡の時雨』に見られる対立構造は、このような先行物語の同母姉妹に見つめられてきた問題に類したものであり、一見、后がねとされた娘が母にいじめられ尼君のもとに身を寄せるという継子いじめ譚の話型に添った箇所でも、実の母娘の間に見られた問題に根ざしているのである。

以上を踏まえたとき、とくに重要と思われるのが按察使の上（大君）による非難である。母君の実娘であり、中君や三君の実姉にあたる彼女には、母君の中君冷遇に対する強い反発が見られる。次の引用は、中君冷遇の理由を母君から明かされた場面である。

h、（稿者注：中君を石山に追い遣ったことを）按察使の上聞き給ひて、「さればよ、はじめより思ひしことぞかし。いま一つも大人しくものし給ふを、引き越し給へる御心のひがひがしさにこそ」との給ひて、「踏みとどろかし鳴る神も、とこそいへ」と、大人しうの給へば、母上、「君たちは知り給はじ。故殿の幼くより后とかしづき給ひしかど、はやく遅れ奉りにしかば、報なき人と知りにき。また故殿のとりわけらうたうし給ひしも、この御乳母の少納言を若くより思しき。少将をも殿の御子とこそ人はいひしか。さればにや、なべての女房には似ず、目見・口つきのよしめきたるも、君たちにうち通ひて、にくからぬさましたり。されば、殿も失せ給ひぬ。少納言もいまはなし。ゆかりにくしとにはあらねど、心づきなしと見しゆかりなればにや、よかれとは思はず」との給ふに、親ながらもねぢけがましく、「少納言心づきなしと思し取りぬるゆかりなりとも、親ながらもいづくを憎しと見給ふらん」と、いとあさましう、うたてむくつけきかな、と、爪はじきせらるるなり。（中世王朝　二七〜二八）

彼女の非難の言葉は「御心のひがひがしさ」「ねぢけがましく」「いとあさましう、うたてむくつけきかな」など誰よりも鋭く、「爪はじき」さえしている。だが中君の女房たちや木幡の尼君・石山の尼君が「心憂し」「うらめし」と思っていることとは異なり、母の性質そのものを非難するものでもある。また彼女のみが母君に対し直接非難しており、これが母君に届いている唯一の非難であることも看過し得ない。按察使の上の非難は、その他の非難と一線を画している。では、この非難により母君に何が訴えかけられているのか。按察使の上が言う「踏みとどろかし鳴る神も、とこそいへ」とは『古今和歌集』の「天の原踏みとどろかし鳴る神もおもふ仲をばさくるものかは」（『古今和歌集』巻第十四・恋四・七〇一・よみ人知らず）の引歌であり、思い合う男女の仲を裂けないことを意味する。つまり彼女は母の改心を促し、中君と中納言の関係を認めるよう訴えているのである。木幡の尼君・石山の尼君が男君の登場によって母君から中君が解放されることを願う対立者であるのに対し、実娘である按察使の上は、母君を非難する存在でありながら、また母君と向き合う唯一の存在でもあるのだ。

五　母娘・姉妹の物語への《斜行》

按察使の上は、物語の枠組上では『住吉物語』の中君に相当する人物である。だが、基本的に物語の脇役として没個性的な中君とは異なり、母君と向き合う唯一の存在として物語のなかで大きな役割が担わされていた。この変化は、彼女が「大君」であることとも関連していよう。たとえば『海人の刈藻』には、入内前の中君の密通を察知した母北の方が大君を「頼もし人」（中世王朝　巻一　四一頁）として相談をもちかける場面があるなど、「大君」には母から頼りにされたり相談を持ちかけられる傾向が見受けられる。それは姉妹のうち最も年長であり、原則として一番早く「母」の立場に近づく娘だからであろう。母から妹の相談を受けた『海人の刈藻』の大君は、結婚して既に上の御方と呼ばれていた。『木幡の時雨』の按察使の上もまた既婚の大君である。そして母君は、そのような按察使の上に対してのみ、周囲の女房には告げなかった中君冷遇の真の理由、すなわち夫の寵愛をめぐる召人との三角関係と、それ故に中君を良くは思わないのだという事情を話している。先に『木幡の時雨』に見られる対立構造は故右衛門督をめぐる母君と少納言の三角関係ではないと述べたが、今も中君を冷遇し続ける母君にとっては過去の出来事として昇華しきれない生々しい出来事であるには違いない。母君はそうした自身の心に深く踏み入った事情を、按察使の上へは打ち明けているのであり、(12)非難されつつも、二人の関係には双方向性が認められる。更に、按察使の上は「御継子の姫君に、御弟の少将殿を合はせ」（中世王朝　二〇）ているという、『住吉物語』の中君には見られない設定がある。母君が「実子いじめ」をする「継母的」な実母である一方で、実は彼女こそが「継母」なのである。だが、将来按察使の上の実娘と継娘が一人の男を奪い合うという継子いじめ譚的可能性は、継娘の婿が弟であることで摘み取られている。按察使の上は母君に近い存在でありながら対称的な造型を持つ、母君と背中合わせの人物なのだ。

『住吉物語』から造型の変化が見られるのは按察使の上だけではない。三君にもまた物語に占める重要性の増加が認められる。彼女は物語前半こそ母君の言いなりであり『住吉物語』の三君と大差ないが、物語の後半に至ると、中君を思慕する中納言を夫に持つことによる夫婦・姉妹間の葛藤が描かれるようになる。(13) この中納言をめぐる姉妹の三角関係は、母君が幼い三君に自己を投影し肩入れしたことに起因するものであり、ここには娘を分身として所有する母と娘の問題も認められる。(14) このように『木幡の時雨』には、継子いじめ譚の本子に相当する大君・三君にも母娘・姉妹の問題がせり出しており、継子いじめ譚の話型のなかでも母娘・姉妹の物語としての性格が強くなっている。

以上、「継子いじめ」から「実子いじめ」に置き換わったことによる物語の《斜行》の様相を論じてきたところで、母の喜びに終わる『木幡の時雨』の結末を再考したい。

年月移りて、宮、十三にならせ給ひて、御元服のことあり、その夜やがて関白の姫君、御添ひ臥しに参り給ふ。二の宮も同じく御元服ありて、二品兵部卿宮と聞こゆ。やがて女御の御妹参り給ふ。春宮女御は弘徽殿に渡らせ給へば、宮の女御は承香殿に候ひ給ふ。后は藤壺おはしませば、女御たち同じ御垣のうちに候ひ給ふを、后はあはれにうつくしく聞かせ給ひてぞ、「なほありがたくめでたかりける御契りに、ありし折、我も人ももの思ひけん」と思し知らる。四条の母上聞き給ひて、「わが姫君たちの御幸ひよ。あるひは后、あるひは王の母」と、よろこび給ふにぞ、忍びごとや漏れんと、いとをかし。（中世王朝　七〇～七一）

中君と式部卿宮（帝）に生まれた男児の双子が春宮・兵部卿宮となり、三君と中納言に生まれた女児の双子がそれぞれの女御となった。ただし、式部卿宮（帝）のもとに入内したのは実は三君であり、表向きは中君が女御たちの母、三君が宮たちの母と認識されている。そのなかで母君が中君・三君双方の栄華を喜んでいるのであるが、母君は過去に式部卿宮の子を懐妊した中君に対し、「中納言の子にこそあらめ」（中世王朝　四二）と勘違いして中納言と口を利かぬよう戒め、出産後にも「中納言の御子にこそ。ゆめゆめ取り上げ給ふな」（中世王朝　四五）と、周囲の女房たちに生まれた双子の世話をしないよう言い含めていた。その後、母君がこの双子の父が式部卿宮（帝）であると知るような描写はない。だが「あるひは后、あるひは王の母」という言葉は、中君の生んだ双子が式部卿宮（帝）の子であることを知らなければ発し得ないものである。物語の表層で描出されずとも、姉妹の「忍びごと」を母も共有しているのであり、蚊帳の外の人間ではないのである。また三君は、中君の身代わり入内に合意した時点では「ただ母上の御心のつらきにぞ、我も人ももの思ひはし侍れ」（中世王朝　六五）と母君の性格や行いを否定的に捉えているが、この場面では、母君の喜びが語られる直前に「「なほありがたくめでたかりける御契りに、ありし折、我も人もも の思ひけん」と思し知らる」とあり、最終的には母君の仕打ちを現在の栄華に結びつけている。

按察使の上（大君）が物語のなかで最も激しく母君を非難している一方、母君と唯一向き合う存在でもあることは先に述べた通りである。『木幡の時雨』は、嫉妬心から娘を冷遇したり分身として所有し支配する母の問題や、それに対する娘の反発・反抗を描きながら、その根底では母と娘の繋がりが重視された物語と言えよう。

以上を踏まえると、母君が中君の栄達も喜ぶ結末も、そうした母娘の結びつきと捉えるのが自然ではないか。中君は母君に冷遇されるなかで常に母君の目を意識していた。木幡で中納言と関係を持ってしまったときには、

あさましく恥づかしく、恐ろしきものに思して泣き給ふなかにも、「母上の漏れ聞き給ひて、いかばかりあはつけきことと諫め給はん」と思ふぞ、いとかなしきや。

（中世王朝　一四～一五）

と、初めての体験に困惑し怯えるなかでも、とくに母君がどれだけ軽々しいと咎めるだろうかという点を気にしている。また式部卿宮の子の懐妊を知らされた際にも、

ひたすらかかることと聞き給ふに、身も恐ろしうなりて、いとど母上の聞き思さんことぞかなしきや。（中世王朝　四二）

とあるように、母君の心証に彼女の関心が向いている。更に言えば、木幡での中納言とすれ違いも、もとを質せば、

「母上の御心のつらきに、心長く見え奉らぬこともや」「誰そ、名乗りこそゆかしけれ」と責め聞こえ給へど、と思ふもさすがなりけり。（中世王朝　一六）

と、中君が母君に冷遇されていることを意識して名乗らなかったことに発端するものであった。仮にここで名乗っていたとしても母君が中納言との結婚を許したかは不明だが、母がどう思うかが中君の行動の基準になっているのは確かである。故右衛門督の乳母である木幡の尼君は中納言の登場を中君を母君に冷遇される境遇から救い出すヒーローとして喜んで受け入れていた。しかしながら右衛門督の娘でありながら母君の娘である中君は、母に冷遇されている状況下で中納言と結婚し幸福になる将来は思い描けなかったのである。母君が三君だけでなく中君の栄達も喜んで終わる結末は、このような中君の承認欲求と照応するものであり、『木幡の時雨』の中君の幸福の獲得に不可欠なものなのだ[15]。

そして、この母君による中君の承認を可能にしているのが三君の身代わり入内である。中君は母君に追放された石山で、中納言との出来事をなぞるかの如く式部卿宮と出逢い、石山の住まいが火事にあったことで行方不明となる。三君はこの中君のかわりに入内し、他の女御たちにまさって帝の寵を独占した。彼女は中納言こそ中君に奪われたものの、身分面でも愛情面でも女の頂点を極めたのであり、この結果は母君の意に反するものではない。何よ

り重要なのは、中君が后がねだったことであろう。母君は中君冷遇の理由として、中君の乳母が故右衛門督の寵愛を受けていたことのほかに、「中の君は、幼くより父君のいとほしきものに思して、必ず后とかしづき給ひしに、やがて別れ給ひしより報なき人と知りにき」（中世王朝　二〇）、「故殿の幼くより后とかしづき給ひしかど、はやく遅れ奉りにしかば、報なき人と知りにき」（中世王朝　二七）と、二回にわたり彼女が后がねとされていたことに言及している。その中君を凌ぎ、自身の「分身」として期待を掛けた三君が立后したことは、過去の三角関係におけるる母君の勝利を意味しよう。これにより母君の中君への蟠り──彼女の向こうに見る過去の屈辱も晴らされ、母君は三君だけでなく中君の幸いをも喜ぶのである。

おわりに

先行物語において、『木幡の時雨』ほどあからさまな「実子いじめ」は描かれずとも、その萌芽は『源氏物語』の玉鬘と大君や『とりかへばや』の右大臣北の方と四君の母娘関係に見られていた。また『源氏物語』の浮舟の実母である中将の君には継母性が指摘されてもいる。『木幡の時雨』はこれら母娘・姉妹の葛藤の物語の延長線上に位置づけられよう。中君の承認欲求と呼応し母の喜びに落ち着く結末は、そのような先行物語で到達することのなかった母と娘の問題の一つの着地点と言えようか。

『木幡の時雨』の大筋が、継子いじめ譚に典型的な、母に冷遇される女君が男君に発見され幸福になる物語であることは確かである。だが、「継子いじめ」が「実子いじめ」に置き換えられたことで、父に后がねとして大切にされ母に疎まれる中君が、最終的に母に認められ幸福になるという〈母と娘〉の物語のラインをも併せ持つようになり、継子いじめ譚の結末に《斜行》を促したのである。

注

（1）小木喬「「時雨」にちなむ物語」（同著『鎌倉時代物語の研究』東宝書房　一九六一年→有精堂　一九八四年）、桑原博史「中世物語における住吉物語の位置」（同著『中世物語研究——住吉物語論考』二玄社　一九六七年）、小田切文洋「木幡の時雨物語」（三谷栄一編『体系物語文学史』第四巻　有精堂　一九八九年）、田淵福子「『木幡の時雨』の文章——先行物語からの影響（一）」（同著『中世王朝物語の表現』世界思想社　一九九九年所収。『高野山大学国語国文』二一・二二合併号　一九九七年三月初出）、横溝博「『木幡の時雨』の構想について——改作『海人の刈藻』との接点をめぐる試論」（『古代中世文学論考』第一三輯　二〇〇五年二月）ほか。

（2）前掲（1）小木論文。

（3）前掲（1）小田切論文。また同稿では『木幡の時雨』には亡き親の霊が主人公を幸運へと導く霊験という継子いじめ譚の本質的要素がないことを指摘し、「それは実母の不在とそれに変わる継母の妨害という、家族の対立の構図が、この物語にはないことに由来するものと考えられる。物語の終局の、中君、三君ともどもの栄えを喜ぶ母君の描き方は、逆にそのことを証しているだろう」と述べられているが、本稿では更に、『木幡の時雨』独自の家族対立の構図や、母君が喜ぶ姿が描かれた理由にまで言及する。

（4）大倉比呂志「『木幡の時雨』論——類似と交換の文学」（『学苑』七一六号　二〇〇〇年一月）

（5）横溝博「『木幡の時雨』実子イジメの基底——母上の怨恨をめぐって——」（『国文学研究』一三五輯　二〇〇一年一〇月）

（6）前掲（1）横溝論文。

（7）安達敬子「擬古物語と源氏物語――『苔の衣』・『木幡の時雨』の場合」（『源氏物語研究集成』第一四巻　二〇〇六年）

（8）大槻修「はかなげな女の悲恋の物語　夕顔・浮舟的女性像の系譜をたどって――」（『甲南女子大学研究紀要』創立十周年記念号　一九七五年一一月）、辛島正雄「『木幡の時雨』の再検討――中世物語史・序説――」（同著『中世王朝物語史論』上巻、笠間書院　二〇〇一年所収。『文学研究』八一輯　一九八四年二月初出）、「中世物語史私注――木幡の時雨」『源氏小鏡』をめぐって――」（『中世王朝物語史論』上巻　笠間書院　二〇〇一年所収。『文献探求』二〇号　一九八七年九月初出）

（9）物語における木幡はそれまで『源氏物語』「木幡の山のほども、雨もよにいと恐しげなれど」（新編全集　椎本⑤一九四）、「あなむくつけや。木幡山はいと恐ろしかる山ぞかし」（新編全集　浮舟⑥　一二九）、『とりかへばや』「木幡のほど、何のあやめも知るまじき山賤のあたりを」（新編全集　巻三　三二四）など普段の生活とはかけ離れた険しく恐ろしげな場所として扱われており、それをも厭わず男君が女君のもとへと通う情熱的な恋のイメージと結びつくものではあっても、女君が住み、男君と出逢う舞台として設定される場所ではなかった。なお『古事記』には応神天皇が木幡で宮主矢河枝比売と出逢い、宇遅能和紀郎子が生まれた話を伝える（「応神記」）が、一連の話は『日本書紀』には見られず、中世日本紀の理解が主に『日本書記』に依っていた事情を鑑みても、ここから着想を得た可能性は極めて低いと考えられ、除外した。

（10）木村朗子「母と娘の宮廷物語――なぜ母は娘をいじめるか」（『ユリイカ』四〇－一四号　二〇〇八年一二月）

（11）鈴木裕子「玉鬘と大君＝娘という母の分身」（同著『『源氏物語』を〈母と子〉から読み解く』角川書店　二〇〇五年）。なお大君の参院が母玉鬘の「身代わり」であることは、森一郎「竹河巻の世界と玉鬘その後」（『国語と国文学』五二－二号　一九七五年二月）ほか夙に論じられきたことである。

（12）例外として中君は乳母子の少将を「母上のの給ひしやうに、三の君うち通ひて、我が鏡の影も似げなからず見給うてあはれと思す」（中世王朝　四四）と見ていることから、この理由を母君から知らされていることがわかるが、当事者以外でこのことを告げられているのは大君だけである。

(13) 前掲（7）安達論文。また李信恵「『木幡の時雨』の三の君」（『甲南女子大学大学院論叢』二一号　一九九九年三月）では、当初母の言いなりであった三君が次第に中君に「同情」するようになり消極的ながらも中納言と中君の結婚に貢献していることを挙げ、「『住吉物語』の三の君の造型をそのまま受け入れながらも、『木幡の時雨』では物語展開において、重要且つ独特な役割を果たしている」とする。

(14) 先掲（5）横溝論文では、「実子いじめ」が行われる仕組みを「不遇であった自己を三の君の上に投影し、それを理想的に仕立て上げることで、代理的に自己の欲求を実現し、自らを慰めると同時に、失われた北の方としての示威を回復しようとする気持ちが、基底にあるようである」と分析する。また稿者は以前、『木幡の時雨』三角関係が中納言と中君、母の分身としての三君の間に結ばれていることを分析し、そこにあらわれる「母と娘」の三角関係について論じたことがある。（拙稿「『木幡の時雨』の〈三角関係〉——衣通姫を起点として——」（『日本文学』六六－三号　二〇一七年三月））なお、娘の人生を所有し支配する母の問題から王朝物語を論じたものとしては、鈴木裕子『『源氏物語』を〈母と子〉から読み解く』（角川書店　二〇〇五年）、足立繭子「浮舟物語と継子物語」——母娘物語としての位相から『夜の寝覚』論へ向かうために——」（『中古文学論攷』一三号　一九九二年一二月）などがある。

(15) 男君との関係を母君に知られることを恐れる姿は、たとえば『落窪物語』など一部の継子いじめ譚にも見られる。亡き母という心の拠り所が別に存在する継子いじめ譚においては、更なる迫害や冷遇への懸念が継母の聞こえを気にする主な理由として考えられる。『木幡の時雨』においても、「実子いじめ」の物語としては母君の冷遇に怯えている場面であるが、一先ず母君が冷遇者であることを措けば、状況としては『狭衣物語』の宰相の姫君が狭衣との関係を「かかることをも、いかにあさましう聞きたまふらん」（新編全集　巻四　二八一）と母に知られるのを恥じているような、母君の心証を気にする女君の姿とも重なっている。落窪の姫君が道頼との仲を継母に知られることを「いみじ」と怯えているのに対し、『木幡の時雨』では総じて「かなしきや」とあることも、単に母君の仕打ちに怯えるのではない、継子いじめ譚とは別の文脈を読むことを可能としていると考える。

付記　本文引用は『木幡の時雨』『石清水物語』『我が身にたどる姫君』『海人の刈藻』（中世王朝物語全集　笠間書院）、『古今和歌集』『住吉物語』『源氏物語』（新編日本古典文学全集　小学館）の本文に依り、（巻数　頁数）を付した。

『恋路ゆかしき大将』における法輪寺——文学作品に見えるイメージの斜行

横山恵理

はじめに

『恋路ゆかしき大将』（全五巻）は、鎌倉時代後半から室町時代前期にかけて成立したとされる物語である。[1] 恋路・端山・花染という三人の男君のそれぞれの恋愛を中心に展開している。本作品は法輪寺、嵯峨野、太秦、梅津を舞台とすることから、洛西の地名が多く登場する。[2]

特に、巻一では戸無瀬入道の仏道修行の場として法輪寺が設定され、詳細に描かれているが、ここでの法輪寺の記述は『法輪寺縁起』を踏まえたものと考えられる。しかし、巻一以降で戸無瀬入道の登場自体が減少、巻五で戸無瀬の山上の庵に姿を消すという物語の展開に合わせて、法輪寺に関する記述は見られなくなる。『恋路ゆかしき大将』と同時代に制作された作品で法輪寺が登場するものは『浅茅が露』のみであり、本作品が物語の舞台として法輪寺を選び取っていることは極めて特徴的であるといえる。はたして法輪寺はどのような空間として認識されていたのか。また、『恋路ゆかしき大将』成立に至るまで、法輪寺は文学作品上で、どのようなイメージを付与されていたのか。『恋路ゆかしき大将』内における法輪寺の描かれ方の変遷はなぜ生じたのであろうか。

本稿では、まず、『恋路ゆかしき大将』成立以前の作品を中心に取り上げ、法輪寺の描かれ方を考察し、文学作品に見えるイメージの斜行を探る。続いて、『恋路ゆかしき大将』巻一と巻五における法輪寺の描かれ方の相違を検討し、作品内でのイメージの斜行を考察することを目的とする。

一　寺伝に見える法輪寺

法輪寺は、京都市西京区嵐山虚空蔵山町に所在する真言宗の寺院である。寺伝は『諸寺略記』（弘安二・一二七九年）、『法輪寺縁起』（応永二一・一四一四年）、『山城名勝志』（正徳元・一七一一年刊）に記される。(3)

『諸寺縁起』には、

法輪寺者。無縁起。淳和御宇。本尊虚空蔵菩薩。道昌僧都建立。孝霊天皇皇女常詠月居住大井河邊。即構小祠。其後道昌僧都為修求聞持其砌。勝険地故也。小社之前閼伽井。道昌月夜偶汲閼伽云。明神定此夜月者詠給覧可示給令祈請之處。道昌之衣袖虚空蔵菩薩移給。仍件衣為法輪本尊。絵像仏者影移衣也。（略）

と記され、孝霊天皇の皇女が常に月を詠じ、大井川辺に居住して、祠を構えたのが始まりであるとする。

次に、『法輪寺縁起』を引用する。

道昌僧都之建立。勝験無双之霊地也。明星留光於当山之砌。虚空蔵現於禅衣之袖以降。居諸推移。涼燠相積。草創雖舊。利生惟新。寺家雖狭。名称廣聞。（略）天長五〔淳和天皇十年内五年也〕年〔戊申〕就神護寺僧都〔弘法大師〕登灌頂壇受真言大法。〔年十三〕然後為修虚空蔵求聞持能満諸願法尋求勝験之地。大師教曰。於葛井寺〔今法輪寺〕可修之。彼山霊瑞至多。勝験相応之地也。仏徳戴于八埏。利益遍于四海云々。仍同六年〔乙酉〕参籠百箇日。修求聞持法。夏同五月之比。皓月隠西山之後。明星出東天之暁。奉拝明星汲閼伽水之處。光炎頓耀。宛如電光。恠而見之。明星天子来顕。虚空蔵菩薩現袖。非書非造。如縫。如鋳。雖経数日其体不滅。尊像儼然。異香馥郁。是則生身御体。

奇特霊像也。誰緩欽仰之誠。於是道昌造虚空蔵形像。奉納件影像於彼木像之中。則於神護寺弘法大師供養之。
其後於彼像御前修不退行法。（略）

この本文からは、『諸寺縁起』後半部分の詳細を知ることができる。すなわち、開基である道昌が虚空蔵求聞持能満諸願法を修めるために勝験之地を尋ね求めていたところ、師である弘法大師が、葛井寺は霊瑞いたって多く、勝験相応の地であると教えた。天長六（八二九）年、道昌は百箇日参籠の後に求聞持法を修めるに至った。また、同年五月頃には、東の天に現れた明星を奉拝し、閼伽水を汲んだところ、電光のような光炎が輝くと同時に明星天子が眼前に姿を現し、虚空蔵菩薩が道昌の衣の袖に現れ、数日の間消え去らなかった。それは、書でもなく、彫刻でもなく、ちょうど縫い付けたような像であった。そこで、道昌は虚空蔵菩薩の像を彫像し、「奇特の霊像」をその中に納め、神護寺の大師のもとへ持参し、供養した。以上の内容が伝えられている。

『法輪寺縁起』には、『諸寺縁起』記載の孝霊天皇皇女との関わりも記されている。

次鎮守者。号法堂。法護大菩薩明星垂跡。本地虚空蔵菩薩也。本御在處者。金堂跡閼伽井北也。今所者。道昌之移造也。昔孝霊天皇之皇子女（全第七代大和国黒田蘆戸宮）而。懸心於明月留魂於神道。崇神天皇御宇。依託宣被崇大和国壺坂畢。其後天平年中。就行基菩薩来止当山。仍行基構小社所被崇也。又道昌参籠之時有託宣。（略）

『山城名勝志』巻十「法輪寺」も同様に、

南法華寺古老伝云山城国嵯峨法輪寺縁起云（法輪寺）鎮守者法幢法護大菩薩明星之垂跡本地虚空蔵菩薩也崇神天皇之御宇依託宣被崇大和国壺坂寺畢其後天平年中就行基菩薩来止当山仍行基構小社所被崇也。

と、「南法華寺古老伝」を引用する形で記し、奈良・壺坂寺と関連付けながら寺伝をとらえていることが窺える。

また、『法輪寺縁起』には、天安年中（八五七～八五八）に澄命婦が建立したとする記事もみえる。

次阿弥陀堂者。当山最初之旧寺跡也。天安年中建立之。号葛井寺。自本名地也。世曰小蔵精舎。澄命婦相伝之所也。自彼命婦道昌伝之。〔澄命婦者。号宣旨局。世曰堀川中納言長良室。関白照宣公基経母也。〕天慶年中。空也上人参籠之時。勧進貴賤修四寺為常行堂。

澄命婦については未だ詳らかでないが、藤原摂関家隆盛の基礎を創り上げた藤原基経との関係が述べられ、法輪寺と藤原摂関家との繋がりを窺うこともできよう。また、孝霊天皇皇女や澄命婦のように、創建由来に女性の存在が背景にある点も注目される。

二　『恋路ゆかしき大将』成立以前の法輪寺

次に、『恋路ゆかしき大将』成立以前の文学作品において、法輪寺はどのような場所だとイメージされていたのか考察したい。

『枕草子』には、

寺は壺坂。笠置。法輪。霊山は、釈迦仏の御すみかなるがあはれなり。石山。粉河。志賀。（三三五頁）

と記され、壺坂寺、笠置寺と並び称されていることが分かる。

法輪寺が霊験所として著名であった様子は『梁塵秘抄』からも窺える。次に『梁塵秘抄』のうち「霊験所歌六首」を引用する。

いづれか法輪へ参る道　内野通りの西の京　それ過ぎて　や　常盤林のあなたなる　愛敬流れ来る大堰川（三〇七）

嵯峨野の興宴は　山負ふ桂　舞う舞う車谷朝が原　亀山法輪や　大堰川　ふち吹く風に　神さび松尾の　最初

の如月の初午に富くばる　（三〇八）

ここでは、法輪寺への道行の様子や、嵯峨野の興趣とは法輪寺や松尾寺等の霊験あらたかな寺社に参詣することであることが詠み込まれている。

『狭衣物語』では、道成が飛鳥井入水の詳細を語る場面に法輪寺が登場する。

「をとどしの正月に太秦に籠りてさぶらひしに、傍らなる局のけはひをかしうなどさぶらひしかば、よろづに構へてのぞきはべりしに、高き御目にやいかがはべらん、道成などが目には、いとをかしげにはべりしかば、いかで誰と知りて、出でんにたづねとらんと思うたまへし、法輪にあからさまに詣でてさぶらひしに、出でたまひにければ、口惜しう思うたまへしに、この大宮とそこそこなる家に、局なりし童のさぶらひしを見つけて問ひはべりしかば、帥の平中納言の女にさぶらひけり。（略）　（二四九頁）

ここでは、太秦と法輪寺という洛西の地名が並んで挙げられ、道成が法輪寺へ参詣したことが言及されている。

以上のように、法輪寺は著名な霊験所として、また洛西の寺院の一つとして挙げられることはあるが、法輪寺自体の詳細な描写や、その空間を舞台とした文学作品は少ない。一方、和歌では、用例はさほど多くないものの、平安時代中期の道命阿闍梨、道命と交友関係にあった赤染衛門、藤原公任、和泉式部、法円法師、源道済、重之子僧、西行らが法輪寺詠を残している。[4]

後述するが、能読で知られる道命阿闍梨は法輪寺に住していた経歴から、法輪寺あるいは嵯峨野の景物を詠み込んだ歌を残す。

春より法輪にこもりて侍りける秋、大井河にもみぢのひまなくながれけるをみてよめる　道命法師
はるさめのあやおりかけし水のおもにあきはもみぢのにしきをぞしく　（詞花和歌集・一三四・一三二）

法輪寺にまうで侍りけるに、さが野の花をみてよめる　道命法師

花すすきまねくはさがとしりながらとどまる物は心なりけり　（千載和歌集・二六八・二六七）

また、赤染衛門は『赤染衛門集』に二十三首もの法輪寺詠を残しているが、

秋法輪にまうで、さがのの花をかしかりしを見て

秋の野の花みるほどの心をば行くとやいはむとまるとやいはん　（赤染衛門集・一）

つとめて帰るに、空いみじうきりわたるに、ひぐらしのなきしに

いとどしく霧ふる空にひぐらしの鳴くやをぐらのわたりなるらん　（同・二）

ほふりんにこもりたりしに、あか月にしとみをおしあぐる人の、しかのいとちかくもありけるかなといひしに

あさぼらけしとみをあぐとみえつるはかせぎのちかくたてるなりけり　（同・三五一）

の作例からは、法輪寺へ度々参籠したことが窺えるほか、嵯峨野の秋の草花や鹿の鳴き声を詠み込む例が確認できる。

『とはずがたり』では、二条が法輪寺へ参籠する様子が、大井川の流れ等、嵯峨野の風景とともに語られ、注目される。

神無月のころになりぬれば、なべてしぐれがちなる空の気色も袖の涙に争ひて、よろづ常の年々よりも心細さもあぢきなければ、まことならぬ母の嵯峨に住まひたるがもとへまかりて、法輪に籠りてはべれば、嵐の山の紅葉も憂き世を払う風にさそはれて、大井川の瀬々に波寄る錦とおぼゆるにも、いにしへのことも、おほやけわたくし忘れがたき中に、後嵯峨の院の宸筆の御経の折、面々の姿・捧物などまで、数々思ひ出でられて、

「うらやましくも返る波かな」とおぼゆるに、ただここもとに鳴く鹿の音は、誰が諸声にかと悲しくて、
わが身こそいつも涙の隙なきに何を偲びて鹿の鳴くらむ
（三七二～三七三頁）

平安中期以降、和歌に詠み込まれるようになった嵯峨野の風景や鹿の声が本文中に生かされていることが窺える。

三　『恋路ゆかしき大将』巻一における法輪寺

それでは、『恋路ゆかしき大将』における法輪寺は、どのように描写されているのであろうか。本作品は法輪寺、嵯峨野、太秦、梅津を舞台とすることから洛西の地名が多く登場するが、特に巻一における法輪寺の記述は『法輪寺縁起』を踏まえたものと考えられる。(5) 長くなるが引用する。

【A】千世の数とるらん滝の白玉の流れなればにや、身をば嵐の山風に誘はれて水の泡とも消えなんと思ひ入りにし年月も、数ふれば十年余りにもなりにけり。川の方に向かひたる妻戸押し開けて眺めおはする折節、中納言中将・三位中将など、時雨に濡れ濡れおはしにけり。見つけきこえ給ひぬれば、まづうち笑まれて、めづらしう嬉しと思したるさま、いとあはれなり。「秋の名残りは水のしがらみにとまるらんと、今日を過ごさず参り侍りつるに、井堰にもよどまず流れゆく紅葉の色々こそ怨めしう」と聞こえ給へる中納言の御けしき有様、心恥づかしげになまめかしきをもととして、匂ひも光も言ひ知らず見え給ふに、三位中将のまたはなばなと匂ひ気近く愛敬づき、見まほしき御さまどもの、いづれもいとよう覚え給へるがあはれなるを、思し捨てつつ、山蔭によどめる水の泡のかつ消えゆくを見やり給ひて、「如水沫泡焔」と口ずさみ給へる御けしきの、旧りがたうよしづけるさまぞ、この御光どももことわりかなと見ゆる。（略）

墨染めの御袂は、蓬が杣のきりぎりすにも音を添へぬべき御けしきなり。「大井川橋の詰なるもみぢ葉の」と謡ひ出だしたるを、「さも言ひつべき竹河の花園かな」と笑ひ給ふ。夜もすがら遊び明かして帰り給ふに、入道大殿、

大井川流れの末は絶えもせじ身こそ嵐の山に入るとも

今更うち涙ぐまれ給ひて中納言、

大井川君が流れの末とてぞ木の葉の色も沈まざるべき

中将、

たち寄れば憂き事はみな嵐山ときはかきはの蔭もたのもし

（一〇〜一一頁）

作品冒頭、端山と花染が嵯峨野に隠棲している父・戸無瀬入道を訪問する場面である。さらに、恋路が戸無瀬入道を訪れる場面【B】では、嵯峨野の情景が詳細に語られるとともに、戸無瀬入道が仏道修行に励む姿が描かれている。

【B】都の西に赴くままに、嵯峨野の原すさまじう、小倉山はかき暮れて、嵐山は吹き払ひたり。紅葉の枯れ葉井堰に残りて、川浪はげしう、筏の上にもかつとぢ重ぬる汀の氷など、言ひ知らずすごし。日中の行なひの果つるにや、行学の鈴の声、あはれに澄みて、心細き事の例しなり。「『幾重も積もれ』と思ひ絶えて侍りつるに」と、待ち喜びきこえ給へる御さま、捨つれどもなほ艶なり。うらやましう見たてまつり給ひつつ、「心ばかりはこの御山住みに遅れきこゆまじう侍れど、世にしたがふほどの紛れはいつ尽きすべきならで、あきれ過ぐし侍るがあさましき事なり。まめやかにいかでか闇を晴るべきまことにて侍らむ」など、しづやかにうち聞こえ給へる御景気ぞ、あらまほしう染み深き。このごろの御身の際、世の栄えに、いかにしてかかばかりも憂かる

べき世と思し寄るらむと、ありがたうあはれに見たてまつり給ふ。「みな人は有縁の法とかや侍るなれば、さだめてゆゑ侍らん『仏の道を尋ぬればわが心にぞ入りぬる』と申し侍るにや。頼む信心はみな心よりこそ起こり侍るなれ」など、よろづの法文のことわりを聞こえ合はせ給ひつつ、（二三〜二四頁）

恋路にとって、山で仏道修行に専念している戸無瀬入道がいかに魅力的な人物かが分かると同時に、戸無瀬入道の信心深い人柄が窺える場面である。二重傍線部「汀の氷」には、『源氏物語』総角巻の以下の場面が想起される。

雪のかきくらし降る日、ひねもすにながめ暮らして、世の人のすさまじきことに言ふなる十二月の月夜の曇りなくさし出でたるを、簾捲き上げて見たまへば、向かひの寺の鐘の声、枕をそばたてて、今日も暮れぬとかすかなるを聞きて、

おくれじと空ゆく月をしたふかなつひにすむべきこの世ならねば

風のいとはげしければ、蔀おろさせたまふに、四方の山の鏡と見ゆる汀の氷、月影にいとおもしろし。京の家の限りなくと磨くも、えかうはあらぬはやとおぼゆ。わづかに生き出でてものしたまはましかば、もろともに聞こえましと思ひつづくるぞ、胸よりあまる心地する。

恋ひわびて死ぬるくすりのゆかしきに雪の山にや跡を消なまし

半なる偈教へむ鬼もがな、ことつけて身も投げむと思すぞ、心きたなき聖心なりける。

（『源氏物語』⑤・三三二頁）

月夜の雪景色を眺めながら、薫が亡き大君を偲んで歌を詠む場面である。「汀の氷」は水際の氷を指すので、冬の情景を表す際に用いられ、『源氏物語』でも薄雲巻、椎本巻にそれぞれ一例ずつ用例が見られるが、単純に冬の景物として用いられるだけではなく、寺の鐘の音が聴こえる中で眺めた景物であり、亡くなった大君を偲んでの道

心であるが、仏道を志す心情とともに述べられている点に、『恋路ゆかしき大将』と共通する意識を見出すことができる。そもそも作品冒頭【A】で、公達が都を離れて仏道修行に励む僧を訪問する設定も宇治十帖を想起させるものであり、『恋路ゆかしき大将』が宇治での薫の道心を描いた物語を強く意識していることが窺える。

次に掲げる場面では、法輪寺縁起を踏まえた表現が認められる。

【C】月待ち出でて法輪へ参り給ふ。内よりのままなれば、御直衣姿目立たしく、狩の御衣の用意もなくて、わりなき稀の細道をわけ給ふほど、泣きぬべき御供の人々の足の冷たさなり。やや入るままに雪深く、櫟谷の明神のほどり、うとましげなる盛りしげくて、月の光も洩る絶え間稀なり。さすがに凍り残るにや、谷の下水の岩くぐる音も心細うもの悲しげにて、はては山路に迷ひぬるにや、行く先も見えずなりぬるを、しひて辿り参り給へれば、後夜の懺法のほどなり。御灯しかすかにまたたきて、磬の鐘の声さへ、凍るにや、はかばかしうも響きやらず。礼堂には人影もせず。行なひの老僧だに行なひ果てて後戸の懺法読むほど、いとど人目なく心やすければ、局へだにも入り給はず、心やすげなり。能満諸願大慈大悲の御名をも、大将ぞ殊に思し入りて念じ給ひける。雪はこの夕方より降り止みぬれば、明星赫奕として東の空に出で給へる。頼もしう尊し。

あきらけき星の光に逢ふ時は心もさらに曇りなきかな

中納言中将、

迅き風の雲吹き払ふ誓ひには何の願ひか叶はざるべき

三位中将、

誓ひにはさりとも洩れじ迅き風も星の光も知らぬ身なれど

言ふかひなさを笑ひ給ふ。所のさま、見る度に心澄みてあはれなる事を、佇みのたまひ合はす。後戸の方の軒の垂氷、玉の簾かともあやまたるるほどなるを、御供の人どもも興じあへり。後夜をばつかで、晨朝をほかより夜深くつくとかや、うち咳きておどろおどろしうつくなるに、おどろきて局より立ち出でて閼伽井の方へあ［ゆ］みゆく山伏のけはひも、世離れてうとましげなり。月はいよいよ澄み昇りて、三千里の外、白妙に見わたされたる眺めの末、いづくの限りも知らぬに、嵐吹き払ふ冬枯れの木末ども、坊どもの垣根のうちも、何の世をわたらんとかいこごめ領ずらむと、あはれにはかなう見おろされ給ふ。（二五〜二六頁）

恋路、端山、花染の三人が法輪寺を参詣した場面である。傍線部「能満諸願大慈大悲の御名」は法輪寺本尊である虚空蔵菩薩を指す。また、「明星赫奕として東の空に出で給へる。頼もしう尊し」は、先に引用した『法輪寺縁起』の「勝験無双之霊地也。明星留光於当山之砌。虚空蔵現於禅衣之袖以降。」等の記述による、明星が昇るとともに本尊の虚空蔵菩薩が現れたことを踏まえていよう。

ここで注目すべきは、「星の光」が歌に詠まれていることである。星の光そのものを歌に詠み込む例は少ない。星の光の美しさを詠んだ早い例は、建礼門院右京大夫の「月をこそながめなれしか星の夜の深きあはれを今宵知りぬる」であり、『玉葉和歌集』に「闇なる夜、星の光ことにあざやかにて、晴れたる空は花の色なるが、こよひ見そめたる心ちしていとおもしろくおぼえければ」（二一五九）という詞書とともに入集している。

散文では、『堤中納言物語』に「琴、笛など取り散らして、調べまうけて待たせたまふなりけり。ほどなき月も雲がくれぬるを、星の光に、遊ばせたまふ。」（四三二頁）と、月の光の下で管絃の遊びをする様子が描かれるものが早い用例であるが、照明としての機能を果たすものとして登場しており、『恋路ゆかしき大将』のように星の美しさを表現する用例とは異なるものである。

『源氏物語』では、末摘花巻に「八月二十余日、宵過ぐるまで待たるる月の心もとなきに、星の光ばかりさやけく、松の梢吹く風の音心細くて、いにしへのこと語り出でてうち泣きなどしたまふ。」（①・二七九頁）と記され、星の光の煌めきが表現される。『狭衣物語』では、「宵過ぐるままに、笛の音いとど澄みのぼりて、雲のはたてまでもあやしう、そぞろ寒く、もの悲しきに、稲妻のたびたびして、雲のたたずまひ例ならぬを、神の鳴るべきにやと見ゆるを、星の光ども、月に異ならず輝きわたりつつ、御笛の同じ声に、さまざまの物の音ども空に聞こえて、楽の音いとおもしろし。」（①・四三頁）のように、狭衣の笛の音が月や星の光輝く中で美しく響く情景が描かれている。「星の光」という用例自体、例えば『源氏物語』では五例であるように数が限られるうえ、星の光の美しさを表現する用例はさらに少なくなる。その中で、「星の光」を恋路と三位中将が詠み込んだ例は特異な例といえよう。歌の内容もそれぞれ、明星とともに現れた虚空蔵菩薩の誓願を詠み込んだものであり、『恋路ゆかしき大将』当該場面は、『法輪寺縁起』の強い影響のもと作成されたと考えられる。

次の【D】の場面では、法輪寺参詣の描写とともに、墨染めの衣を身につけた戸無瀬入道が仏道修行を志す者から見ると大変理想的な姿で描かれている。

【D】例の待ち喜びきこえ給ける墨染の御姿、香ばしげに、名香の薫りも殊になつかしう、今から仏のあらはれ給へらん心ちして、法文の不審など聞こえ給ふほど、大将もさすが鎮まりてさし答へし給ふに、中納言のみぞ、いとむつかしく暇惜しき心ちして、前栽の中にまじりて、花をもてあつかひ給ふ。

十六夜の月はなやかにさし出でぬるに、初夜の行なひに入り給ひぬれば、また君達は、法輪へ参り給ふ。狩の御姿どもにて、御供の人にもけぢめ分かぬさまにもてなし給へれど、いとぞ著かりける。鉦の響きおどろおどろしく打ちて念仏申すとて人しげく、坊どもなど御覧ずれば、垣根の前栽、心ばかりは標結ひわたして、おのが引き引き流し入れたる筧の水の音、あはれに心細し。念仏の声どもも澄むほど、局に入り給ひて、うち行

なひ給ふ。　　　　　　　　　　　　　　　　　　　　　　　　（四十〜四十一頁）

この場面で注目したいのは、「念仏の声どもも澄むほど」という声についての表現である。法輪寺における戸無瀬入道の初夜の勤行の念仏の声を指すが、法輪寺と読経という関係からは、「能読」として有名な道命が連想される。『宝物集』巻第七には「性空聖人は、六万部転読して、現身に六根浄を得、道命法師は、読誦の功徳によりて、往生の素懐をとぐ」とあり、法華経の読誦により功徳を施したことが記されている。(6) 道命（九七四〜一〇二〇）は藤原道綱の子であり、法輪寺、天王寺などに住み、『尊卑分脈』から天王寺別当になったことが分かる人物である。『道命阿闍利集』には道命が法輪寺に居住している間に詠んだ歌が収められている。「水のおもの風にまかふるおほゐ河あらしの山のかけやうつれる」（三十二・法輪なりしころ、水風に、たりといふ題を）、「をくら山あらしのかせもさむからしもみちのにしき見にしきたれは」（六・おなし事なめり　※筆者注：もみちをみて）のように、法輪寺周辺の嵯峨野の風景を詠んだ歌は、『恋路ゆかしき大将』巻一の描写と重なるものである。道命が影響を与えた歌人の一人に西行を挙げることができ、西行にも法輪寺を詠んだ歌が残されている。(7) また、『赤染衛門集』に

道命あざりなくなりてのち、法りんにまうでたりしに、すみし坊のさくらのさきたりしを見て

たれみよと猶にほふらんさくら花ちるをゝしみし人もなきよに
（赤染衛門集・五八一）

とあるように、赤染衛門との交流も知られる人物である。第一節で、法輪寺の寺伝に女性との関わりがみられることを述べたが、この時代の法輪寺は、道命阿闍梨が住まう仏道修行の場としての空間と、女性が信仰を寄せる空間としての二つのイメージが重ね合わされていることが窺えよう。

『恋路ゆかしき大将』と同時代に制作された作品で法輪寺が登場するものは『浅茅が露』のみである。以下に、『浅茅が露』を引用する。

つひにはかなく失せ給ひぬれば、上、中宮などはさらにも言はず、三位の中将、ことわりにも過ぎて思し嘆くさま、月日の光にもあたり給はず、後の御事、法事、何くれと思し掟てたるさま、例なくぞ見ゆる。御墓は法輪寺なれば、かしこにいかめしき御堂建て給ひて、朝夕詣で給ふこと怠り給はず。いとど、この世にとどまらざりし御心の、かくて後は、内裏なんどへも、参り給ふこともをささし給はず。中宮も、「久しく見え給はねば、心細う」などのたまへど、御堂にのみ御心を入れて、御心のいとまなし。（二二八頁）

右大臣が他界し、三位中将が悲しみにくれる場面である。右大臣の御墓は法輪寺にあり、そちらに荘厳な御堂をお建てになって、朝夕のお参りは欠かさないという状況が語られる。

『浅茅が露』の二例目は以下の通りである。

夜明けはてぬほどに、蓮台野辺にひき隠して、その日、母のもとへまかりて、痛手負ひて候ひし、焼き矢目などして、身を二、三日あひ助け、法輪に候ひし聖のもとへまうでて、出家つかまつりて、四十年ばかりになり侍りぬ。（二七八頁）

三位中将が出家を望み、北山聖に相談したところ、北山聖が過去を語る場面である。法輪寺にいた聖のもとへ参って、出家し、以来四十年ほどになったという内容が語られる。

このように、『浅茅が露』では、固有名詞としての「法輪寺」が用いられるのに対し、『恋路ゆかしき大将』巻一作者は、法輪寺縁起に記された内容を用いていることから、法輪寺に対する並々ならぬ関心を寄せていたことが窺える。また、物語の舞台として法輪寺を選び取っていることは極めて特徴的であるといえよう。その法輪寺と僧という関係から、戸無瀬入道に道命や西行の姿を重ね合わせて造型した可能性もあるだろう。

しかし、巻一以降では、戸無瀬入道の登場自体が減少し、巻五では戸無瀬の山上の庵に姿を消してしまうのである。次節では、巻五当該箇所を確認する。

四　『恋路ゆかしき大将』巻五における法輪寺――『源氏物語』嵯峨野御堂との関わり

巻五にて、戸無瀬入道が山上の庵に籠もる場面は次のように記される。

「ただ一筋の恋の乱れのもよほしに行なひ籠り給ふにこそ」と、罪深う、迷ひ恐ろしく、いかでかかる事を見じと、時のほどに思しなりて、日中の行なひに入り給ふと思ふほどに見え給はず。人々あやしみて求めたてまつるに、無言の聖もなし。心を惑はして求めたてまつるに、道場の礼盤の上に書きすさまれたる物あり。

去り果てん同じこの世に住めばこそ恋も怨みも共に嘆かめ

この上の山の峰に年ごろしめ造り給ひける御堂のそばの庵に、音なくてわたり給ひにけり。（一八三頁）

庵に籠もった理由は、息子・端山が愛執の念に捕らわれている姿を見たくないという理由であるが、傍線部のように何年も前から敷地を決めて造営した御堂のそばに移ったと述べられている。

この戸無瀬、すなわち洛西の地域の御堂からは、『源氏物語』で源氏が嵯峨野に営んだ「嵯峨野の御堂」が想起される。以下に『源氏物語』用例を掲げる。

（1）この春のころより内の大殿の造らせ給ふ御堂近くて、かのわたりなむ、いとけ騒がしうなりにて侍る。いかめしき御堂ども建てて、多くの人なむ造り営み侍るめる。（松風巻②・三三九頁）

（2）造らせたまふ御堂は、大覚寺の南に当たりて、滝殿の心ばへなど劣らずおもしろき寺なり。これは、川づらに、えもいはぬ松蔭に、何のいたはりもなく建てたる寝殿のことそぎたるさまも、おのづから山里のあはれを

見せたり。内のしつらひなどまで思しよる。（松風巻②・四〇一頁）

（3）嵯峨野の御堂にも、飾りなき仏の御とぶらひすべければ、二三日ははべりなん」と聞こえたまふ。（松風巻②・四〇九頁）

（4）嵯峨野の御堂の念仏など待ち出でて、月に二度ばかりの御契なめり。（松風巻②・四二四頁）

（5）神無月に、対の上、院の御賀に、嵯峨野の御堂にて薬師仏供養じたてまつりたまふ。忍びやかにと思しおきてたり。仏、経箱、帙簀のととのへ、まことの極楽思ひやらる。最勝王経、金剛般若、寿命経など、いとゆたけき御祈りなり。上達部いと多く参りたまへり。御堂のさまおもしろく言はん方なく、紅葉の蔭分けゆく野辺のほどよりはじめて見物なるに、かたへはきほひ集まりたまふなるべし。霜枯れわたれる野原のままに、馬、車の行きちがふ音繁く響きたり。御誦経、我も我もと御方々いかめしくせさせたまふ。（若菜上巻④・九二頁）

特に、（5）に掲げた源氏の四十賀は、紫の上によって催されたものであり、『源氏物語』享受者にとって印象に残る場面だったのではないか。また、源氏が紫の上の没後、嵯峨野に出家し、生涯を終えていることも宿木巻「故院の亡せ給ひて後、二三年ばかりの末に、世をそむき給ひし嵯峨の院」（⑤・三九五頁）に見える。『源氏物語』古注釈書でも、嵯峨野の御堂のモデルについて、大覚寺や棲霞寺等、嵯峨野の寺院を挙げて検討し、享受者が強い関心を寄せる場所であったことが窺える。

ところで、『源氏物語』の「嵯峨野の御堂」が、『恋路ゆかしき大将』同様に、いわゆる中世王朝物語に分類される『海人の刈藻』に引用されていることについては、藤井由紀子氏にご指摘がある。[8] 氏は、『海人の刈藻』の「嵯峨野の御堂など造りて」という表現について、『源氏物語』のことばのみを短絡的に利用した、かなり浅薄な模倣だと指摘されている。

同様のことが、『恋路ゆかしき大将』巻五の表現にもいえる。巻五には、「源氏の物語の薫大将も、帝の御むすめを持ちたてまつりながら、手習ひの君近きほどに迎へんとは作らせけり」や「宇治川のをちの里思ひやられて、人目絶えて語らひ暮らし給ふ」のような、『源氏物語』の表現のみの安易な引用が多く認められるのである。(9) 戸無瀬入道が隠棲したのは嵯峨野ではないが、源氏が出家する場所に選んだ空間と重ねあわせることが可能であろう。

五　まとめ

以上、『恋路ゆかしき大将』成立に至るまで、及び、『恋路ゆかしき大将』作品内での法輪寺に対するイメージの斜行を考察してきた。

『法輪寺縁起』を中心とした寺伝では、「勝験無双之霊地也。明星留光於当山之砌。虚空蔵現於禅衣之袖以降。」に顕著に表れるような明星信仰が強く示されている。また、その創成時に、孝霊天皇皇女や澄命婦といった女性との関わりが窺われる点も注目すべきである。この女性との関わりは、平安時代中期に法輪寺に住した道命と赤染衛門との関連とも無関係のものではないだろう。(10) 散文では『とはずがたり』にやや詳しい描写が見られるようになる。『恋路ゆかしき大将』における法輪寺は、これらのイメージを重ね合わせ、一方で斜行させたイメージで描かれていると考えられる。すなわち、巻一における法輪寺は、霊験あらたかな場所であり、能読の僧侶が仏道修行をする空間として描かれている。和歌や散文での用例が少ない「星の光」を繰り返し詠み込む点からは、『法輪寺縁起』を踏まえたイメージの生成が試みられていることが窺える。一方、巻五における法輪寺は、『源氏物語』享受の側面から「嵯峨野の御堂」と関連づけた表現に移り変わっていたことから、作品内でのイメージの斜行も指摘できよう。

以上の考察を通して、『恋路ゆかしき大将』成立にいたるまでの法輪寺のイメージの大枠をわずかながら探ることができたのではないかと思う。

注

（1）伝本は、巻一～巻四（脱落あり）が九条家旧蔵本（国文学研究資料館寄託、マイクロフィルム請求記号：13—3）、巻五が桂宮本（宮内庁書陵部蔵）の零本である。

九条家旧蔵本（巻一～巻四）は、池田利夫氏により、国文学研究資料館に寄託されている『我身にたどる姫君』と同筆であることが指摘されている（池田利夫「祖形本『浜松中納言物語』の写し手は誰——『とりかへばや』と『恋路ゆかしき大将』と」『鶴見大学紀要』第一部国語国文学編、第三八号、二〇〇一年三月）。また、石澤一志氏により、九条家当主、九条道房（一六〇九～一六四七）により行われた書写活動によるものであることが明らかにされている（石澤一志氏「九条家旧蔵本の行方——池田利夫「祖本系『浜松中納言物語』の写し手は誰」続々貂——」『これからの国文学研究のために——池田利夫追悼論集』笠間書院、二〇一四年）。

宮内庁書陵部桂宮本（巻五）は室町末期頃の書写とされる。宮内庁書陵部蔵複製本では「大聖寺コカン御筆　双子キレトモアリ」、「けふはまた春のうち／とや／時鳥しのひ音なから」と書かれた旧包紙が確認できる。この旧包紙は、宮内庁書陵部蔵複製本解説によると智仁親王筆反古紙であるとされ、宮田光氏は、智仁親王との関係から、大聖寺第六世古鑑光院宮覚鎮尼による筆かと推測されている（宮田光氏『中世王朝物語全集8　恋路ゆかしき大将・山路の露』宮田光・稲賀敬二校訂訳者、笠間書院、二〇〇四年）。現在、これら以外の伝本は発見されていない。

巻一から巻五までの墨付総紙数は、巻一・二十六丁、巻二・二十六丁、巻三・二十八丁、巻四・九丁（巻四は後半を欠落している。末尾の丁は丁末まで書かれていないことから、九条家本より上位の本で脱落があったものと推測される）、巻五・四十四丁であり、巻五の分量のみが他の巻に比べて大きいことが分かる。

本作品の成立については、『無名草子』には記述がなく、『風葉和歌集』（文永八年：一二七一年成立）にも入集していないことや、田淵福子氏による語句の調査により、文永八（一二七一）年〜室町前期成立と考えられている。

しかし、巻五には「おほかた切なる心ざしは深くあれど、かやうのあだあだしさを、日ごろも受けぬ方に、心にかかり給ふ事なれば、そばそばしくぶしぶしながら、切なる御心ざしにはえしも思すほど怨じたてまつり給ふ事のかなはぬよそ聞きを（一九六〜一九七頁）」の傍線部のように、近世の用例しかみられない語の使用が認められる。なお、桂宮蔵本の表記は「ふしくなから」（濁点なし）である。

『日本国語大辞典』によると、「ぶしぶしと」が人と人の仲が険悪なさまを表わす用例として用いられる初出は、『かた言』（一六五〇）（二「ふしぶしなる中を、ぶしぶしとはいかが」）であり、想定される成立年代から大きく離れていることが分かる。

（2）深澤徹氏「恋路ゆかしき大将物語」（『体系物語文学史』第四巻、有精堂、一九八九年）
（3）寺伝は法輪寺『京都嵯峨虚空蔵法輪寺要誌』（一九一五年）にも詳しい。
（4）斎藤熙子氏「赤染右衛門集再考——法輪寺詠をめぐって——」（『和洋国文研究』第一五号、一九七九年一二月）、柴佳代乃氏「西行と法輪寺——道命との関連において——」（お茶の水女子大学国語国文学会『国文』第八二号、一九九五年一月）に法輪寺詠に関する詳細な分析がある。
（5）『源平盛衰記』巻四十にも「法輪寺縁起」を摂取した内容が見られる。
（6）新日本古典文学大系『宝物集　閑居友　比良山古人霊託』（岩波書店、一九九三年）に拠る。道命については、『元亨釈書』、『法華験記』に同様の話が収められている。
（7）柴佳世乃氏「西行と法輪寺——道命との関連において——」（お茶の水女子大学国語国文学会『国文』第八十二

号、一九九五年一月）に詳細な御研究がある。また、「能読」については同氏「『能読』の道命阿闍利――『宇治拾遺物語』第一話への一視覚――」（『説話文学研究』第三十三号、一九九八年七月）、道命については三保サト子氏「法輪寺の道命阿闍利」（『島根女子短期大学紀要』第二十六号、一九八八年三月）がある。

（8）藤井由紀子氏「現存『海人の刈藻』の性格――『源氏物語』享受を視点として――」（伊井春樹氏編『日本古典文学研究の新展開』笠間書院、二〇一一年）

（9）拙稿「『恋路ゆかしき大将』梅津女君の人物造形と表現方法」（『古代文学　第二次』第二三号、二〇一四年十月）にて検討した。

（10）巻五における法輪寺の描写については、『恋路ゆかしき大将』巻五の成立に関する問題とあわせて考察する必要がある。すなわち、本文残存状況と合わせると、巻五に至り法輪寺に関する記述が見られなくなったことから、少なくとも巻一の制作者と巻五の制作者との法輪寺に対する意識は大きく異なると考えることができる。巻五を書写した人物は、巻一に記された道命や法輪寺の話が理解できなかった可能性も指摘できる。注（1）で記したように、巻五は尼門跡である大聖寺の住持が書写した可能性も指摘されており、本作品と女性との深い関わりが窺えるところであるが、本問題については別稿に譲りたい。

付記　『恋路ゆかしき大将』本文は宮田光氏『中世王朝物語全集8　恋路ゆかしき大将・山路の露』（宮田光・稲賀敬二校訂訳者、笠間書院、二〇〇四年）に拠った。『諸寺略記』は『続群書類従』第二六輯下、『法輪寺縁起』は『大日本仏教全書』第一一七巻（名著普及会、一九八〇年）、『堤中納言物語』、『枕草子』、『梁塵秘抄』、『狭衣物語』、『とはずがたり』は『新編日本古典文学全集』、『浅茅が露』は『中世王朝物語全集』（笠間書院、一九九九年）、引用和歌は『新編国歌大観ＤＶＤ－ＲＯＭ』にそれぞれ拠った。

（15）　緑川真知子「英訳における主人公　光源氏像」（人物で読む源氏物語『葵の上・空蝉』勉誠出版　2005年）

（16）　“Oxford Dictionary of English (Second Edition Revised)”, Oxford University Press, 2005.

（17）　Cambridge Dictionaries Online (http://dictionary.cambridge.org/)

（18）　宰相中将には一度だけ、「宰相はいとそぞろかに、ををしくあざやかなるさまして、なまめかしうよしあり、いろめきたるけしき、いとをかしう見ゆ。」（上27）に対応させて、“Saishō cut a tall, manly, brilliant figure. Supple and sensual, he looked fascinatingly handsome.”(Book One p.35) と、“handsome”の形容が用いられる。

（19）　菊地仁氏は、宰相中将の視線について「妹君が男装して眼前にいるという特殊条件下であったればこそ理想の女性像を思い浮かべることができた」と述べる（「『とりかへばや』試論――異装・視線・演技――」（『日本文芸思潮論』桜楓社　1991年））。

（20）　須藤圭「源氏物語の「女にて見る」をどう訳すか（承前）――翻訳のなかのジェンダーバイアス――」（『平安文学研究　衣笠編』第七輯　2016年3月）

（21）　アメリカでは、同性愛者の解放運動が1960年代以降高まり、フェミニズム運動とも一部結びつき社会に発信されていく。宰相中将のセクシュアリティについてのこのような解釈の背景には、こうした時代背景も影響を与えているか。（参考　リリアン・フェダマン 富岡明美・原美奈子訳『レスビアンの歴史』筑摩書房 1996年）

（22）　注（12）参照。

翻訳』おうふう　2008年))。

(9)　アメリカでは、1960年代以降、ウーマン・リブ運動に代表されるフェミニズム運動（第2波フェミニズム）の影響により、性差別につながる代名詞（女性無視につながる「総称のhe」）に関する議論が巻き起こり、男女両性の単数代名詞の併置や「単数のthey」などの利用が提唱されるようになる。そこから、現在に至るまで代名詞の性別に関する議論は続いているが、アイデンティティの問題とも深く関わっているといえるだろう。(参考　寺澤盾『英語の歴史　過去から未来への物語』中央公論新社　2008年／神崎高明「フェミニズムと英語の代名詞」(『日本英語コミュニケーション学会紀要』10（1）　2001年9月))

(10)　例えば、異性装解除後の、それとは気づかぬきょうだいの接近場面などでは、「大将におぼえたりけり」(中135)「内侍のかんの君、かぎりとおぼえし夕、いみじくうち泣きて、まほにはあらず、うちそばみたまへりし御顔におぼえたるかな」(中136)と異性装時の呼称が用いられる。

(11)　この場面、鈴木氏も「姉姫君の」と単数で解釈しているが、なぜか “the Princesses” と複数形で解釈されている。

(12)　アメリカでは、1960年代後半の第2波フェミニズムの高まりとともに、男女の差異や、それに付与される意味に焦点が当てられ、ジェンダーの差異の特徴を生得的とする生物学的「本質主義」が疑問視されて、社会構築主義の見方からのジェンダーの考察が進められていく。(参考　J.ピルチャー・I.ウィラハン（片山亜紀訳者代表)『キーコンセプト　ジェンダー・スタディーズ』新曜社　2009年)

(13)　The reactions of readers of this translation, only some of whom specialize in Japanese literature, confirmed my suspicion that the modern Western reader tends to interpret *Torikaebaya monogatari* as essentially comic, the role switch being seen as somewhat similar to the common comic device of deliberate disguise as used by Shakespeare in *Twelfth Night*. (Introduction p.8)

(14)　石埜敬子　新編日本古典文学全集『とりかへばや』小学館　2002年

に貫かれている。そうした意味では、“The Changelings”とは、1980年代のアメリカに改めて誕生した「とりかへばや物語」なのである。

時代を超え、言語を超えて〈斜行〉した『とりかへばや』の世界は、より現代的に「性差」というものに揺さぶりをかけ、それを問い直そうとする世界といえよう。

注

（1） Rosette F. Willig, “The Changelings : A CLASSICAL JAPANESE COURT TALE”, Stanford University Press, Stanford, California, 1983.

（2） 伊藤鉄也氏らの調査（『海外源氏情報』（http://genjiito.org/））によると、『堤中納言物語』を例外として、平安後期以降の作り物語が英訳されたのは1970年代以降であり、『夜の寝覚』が1973年、1979年、『浜松中納言物語』は1979年、1983年、『狭衣物語』については英訳本は未だに刊行されていない。

（3） 鈴木弘道『とりかへばや物語の研究　校注編解題編』笠間書院　1973年／新典社版原典シリーズ『とりかへばや』新典社　1971年

（4） 藤岡作太郎『国文学全史　平安朝篇』東京開成館　1905年

（5） Horton, H Mack, “review”, Journal of Asian Studies, 43 (4), (August 1984),pp. 773–75.

（6） Nishimura, Sey, “Untitled Review”, Pacific Affairs. 57 (2), (Summer 1984), pp.334–35.

（7） Because Sadaijin's son, Chūnagon, had received the grade of fifth rank as a child, he was called Tayū.　(Book One p.22)
The position in which she was to serve was not a usual one, but because it would have been unreasonable for her to serve without a title she was called Naishi no Kami.　(Book One p.34)

（8） 緑川真知子氏によると、1988年に完成されたシフェール訳の仏訳以降、『源氏物語』の翻訳においては、原典に近い呼称の翻訳が試みられるようになるようである（「ロイヤル・タイラーの英訳について」（講座源氏物語研究第12巻『源氏物語の現代語訳と

(Saishō) のセクシャリティへの解釈の相違があるのかもしれない。(21)

四 “The Changelings”の描く異性装の世界

以上、“The Changelings”における三人称代名詞の用法、およびきょうだいの美質の描写について見てきた。三人称代名詞の用法から確認されたものは、原作とは異なり、肉体の性差や服装による性差ではなく、人物の社会的立場を基準とする使い分けであり、そして、美質においては、男女の別なく男装時のみに“handsome”が出現するという、服装の性差に基づいて他人から認識される、美質の変化の原作以上の明確化である。なお、男装時の“handsome”という評価からは、男姿であれば、より「男らしい」様子を理想的なものとして見、男女の性差を弁別するまなざしもまた透かし見える。

上記の二つの性質には違いはあるものの、“The Changelings”に見られるこうした特徴は、「性差」が、社会的立場・役割に大きく左右され、外から規定されるものであることを浮き彫りにするものとなっている。“The Changelings”において描かれる異性装のきょうだいは、父親をはじめとした周囲の人物、社会によって「性」を定められ、生きていく。しかも、彼らは、男装の時であればより男らしく周囲を魅了するといったように、その都度自身に与えられ、周囲に期待される「性」を演じ切る人物と見ることができよう。

このような違いは、ただ言語の文法的性質上の相違にのみよるものではない。背景となる時代差、文化差が色濃く反映したものといえるだろう。1960年代以降、アメリカではウーマン・リブ運動に代表されるような第2波フェミニズムと呼ばれるフェミニズム運動や同性愛者の解放運動が隆盛を見た。“The Changelings”における異性装のきょうだいの描かれ方を注視した時、こうした時代的背景を想起せずにはいられまい。「性差」を、生来のものと捉えずに外から規定されるものとする、第2派フェミニズムに影響を受けた「ジェンダー」観(22)

“not so handsome”と評される“Saishō”は、男装の女君を見て幾度も“handsome”と感じる。つまり、“Saishō”の心中に繰り返される“handsome”の形容は、「男としての」女君に対する、彼の劣等感を鮮明化した表現といえるのだ。

さらに、宰相中将（Saishō）視点の“handsome”の用例において、看過しがたいのは同語の出現箇所である。先の引用例の中で①⑤⑭の文脈を確認すると、「男性的な美」を表わす“handsome”の語が、波線部のごとく、宰相中将（Saishō）が女君のあまりの美しさに心を乱し、魅了されるくだりにも据えられていることがわかる。とりわけ、夏の暑さに薄着となった女君の女性美に惑乱し、「あまりにも魅惑的な姿態におのずと女体を幻視し、惑乱して思わず寄り臥す」（新編全集）場面と解される⑭の文中において、まず、彼に“more handsome”との感想を抱かせていることは、たいへん意味深い。原作における男装の女君の美は、その先に女君自身の女姿を透かし見るという、極めて「女性美」に等しいものとして解せるものである[19]。ところが、“The Changelings”では、「女性美」よりもまず「男性美」を女君の姿に見ているということになる。

須藤圭氏は、『源氏物語』に見られる「女にて見る」の各訳文を分析した上で、「女のような美しさ」とするものと、「女にして見たいほどの美しさ」と訳すものとの質的差異を指摘して、前者は「あくまでも男」である相手の中に「女性美」があることを意味し、後者は「男性性を女性性へと転換してしまう行為」と説く[20]。

原作においては、女君の女性美に魅かれるという異性愛的な場面と解される上記の例で、むしろ男性美の称賛ともいえる“handsome”の語を用いる“Saishō”。このような用法は、宰相中将（Saishō）の人物造型にも影響を与える。“The Changelings”の“Saishō”は、男装の女君の中に女性美を見るというよりも、彼（彼女）の男性美を意識した上で、魅了されていくのである。その点、原作よりも幾分同性愛的要素が強まったものと解することができるだろう。ここには、宰相中将

and sweet. (Book Two p.115-116)

しかし、これら「ををし」の語は、あくまで女君の、普段からは様変わりした弱々しい様子を描き出すものとして逆説的に用いられているのであって、男装時に称賛の的となって語られる“handsome”とは質を異にする。“The Changelings”における女君と男君の男装姿は、周囲から男性的な美しさを備えたものとして認識され、称美される。男装時の姿を褒め称えるものとしての“handsome”の語の登場は、見つめる他者によって、生物学的な「性」、あるいは特徴とは関係なしに、外側から規定される「性差」をより意識化させていく。さらにいえば、男装時はより「男らしい」美を理想とするという、截然とした男女の性の別への眼差しがここにはあるだろう。

そして、この“handsome”に関してもう一点注目したいのは、女君を評価する人物の偏りである。前掲の女君の例を視点別に分けると、宰相中将（Saishō）の視点によるものが8例（①④⑤⑥⑦⑬⑭⑯）、四の君視点が2例（③⑰）、吉野の宮視点が2例（⑩⑪）父左大臣が2例（⑫⑮）、右大臣が1例（⑧）中務の乳母が1例（⑨）、語り手1例（②）であって、明らかに宰相中将（Saishō）視点に偏っている。しかも、その半数が直接話法を用い（⑥⑦⑬⑯）、彼自身に語らせる文脈となっているのだ。これは、宰相中将（Saishō）が強く女君を“handsome”と意識していたことを意味する。

そして、上記の点を踏まえつつ着目したいのが、次の、宰相中将（Saishō）の人物紹介文である。

> Saishō was of course not so handsome, but compared with the average man he was most refined and elegant. (Book One p.24)
>
> かたちありさま、いと侍従のほどにこそにほはね、なべての人よりは、こよなくすぐれて、あてにをかしく、 (上16)

点線部に見られる通り、原作の「いと侍従のほどにこそにほはね」は“not so handsome”と訳出されている(18)。これを、先の“handsome”の偏った出現率と併せて見れば“Saishō”像が浮き彫りとなってこよう。

わす形容詞なのだ。

となれば、前引の場面において男装の女君と男君は、周囲より中性的な魅力というよりも、男性性を感じる存在として評価されていることになる。その上、きょうだいの間の違いは、男君の③の記述からもわかる通り、“handsome”の優劣で表されることはなく、その点で、二人への周囲からの“handsome”との評価はほとんど同質のものとして表現されている。要するに、この形容詞は彼らの本質的な美質“radiant”, “charm”, “refined”とは異なり、なおかつ男女の体格的な差（「そびえ」「いとささやか」）とは無関係に、服装の違いによって、後から付随される美質として位置付けられているのだ。もちろん原文の「めでたし」「をかし」あるいは「びびし」の語から、男装した際の、「男らしい」美しさを読み取ることは可能ではあろう。また、たしかに原作でも、女性的な女君の様子を男装時のものと比較する文脈において、次のごとく「男らしい」さまを意味する「ををし」が登場してはいる。

> 近づくべくもあらずあざやかにもてなし、すくよかなるこそををしかりけれ、乱れたちて、うちなびきとけたるもてなしは、すべてたをたをと、なつかしうあはれげに、心ぐるしうらうたきさまぞかぎりなきや。（上92）
>
> （Chūnagon's unapproachable, brisk manner and firm bearing were certainly manly, but now, with his confused, yielding, unrestrained behavior, he was most graceful and lovely, looking desperately sad and heartrendingly appealing.
>
> （Book One p.92-93）
>
> いたくおもやせたりしも、いとどうつくしうらうたげなるに、おほやけしくもてすくよけたるほどこそ、ををしくも見えけれ、かやうに思ひしめり屈じたまへるは、なよなよとあはれになつかしく見ゆるを、（中116）
>
> （He appeared very masculine when he acted firmly in public, but worried and depressed as he was now, he seemed slender

(中136)

③When a handsome man who looked exactly like Chūnagon entered, (Book Two p.135)

ただ大将殿の同じさまに、きよらなる人のたがふところなき、入りおはしたるに、 (中139)

④…… a most handsome and elegant young nobleman ……

(Book Two p.160)

いひ知らず、きよらにあてにおはする殿の、いと若きなん、

(中168)

⑤Naishi no Kami was an indescribably good-looking man, and seemed unreal standing there, composed and handsome.

(Book Two p.164)

えもいはずきよらなる男にて、ありつきびびしくてさぶらひたまふも、うつつともおぼえず、 (中172)

⑥He saw his fresh, clean, handsome appearance, one that seemed flawless and mature. (Book Three p.188)

ここぞとおぼゆるところなくねびととのひ、あざやかにきよらにめでたきかたちありさまを (下198)

以上が女君、男君を形容した “handsome”の例であるが、その出現は全て二人が男装時のものに限られている。“handsome”という言葉は日本でも馴染のある形容詞であるが、“Oxford Dictionary of English”(16)では男性おいては “ good-looking”な様子を表わし、女性であれば “striking and imposing rather than conventionally pretty.”(通常の可愛らしさというよりも際立ち堂々としている様子)を表わすものと定義され、さらに、Cambridge Dictionaries Online(17)では、男性の場合も、“A handsome man is physically attractive in a traditional, male way”(British), “(esp. of a man) physically attractive”(American)、つまりは、男性的な肉体的な魅力を備えた様子を表わすものとして説明されている。すなわち、“handsome”とは極めて「男性的な美」を表

"How beautiful he is! Should there be a woman like this I would languish for love of her," thought Saishō, his passions aroused as he gazed at Chūnagon, and he lay down beside him.

(Book One p.82-83)

うちとけたるかたちの、暑きに、いとど色はにほひまさりて、常よりもはなばなとめでたきをはじめ、手つき身なり、袴の腰ひきゆはれて、けざやかにすぎたる腰つき、色の白きなど雪をまろがしたらむやうに、白うめでたくをかしげなるさまの、似るものなくうつくしきを、「あないみじ。かかる女のまたあらん時、わがいかばかり心をつくしまどはん」と見るに、いみじうもの思はしうて、乱れ寄りて臥したるを、　（上80～81）

⑮…… when he was so handsome and at the prime of life.

(Book One p.100)

あまりさかりににほひたまへりしかたちの、　（上101）

⑯Chūnagon is extraordinarily handsome and gifted.

(Book One p.104)

いみじかりけるかたち才のほどかな。　（上105）

⑰He was so handsome his beauty embarrassed me ……

(Book Two p.170)

いと恥づかしげにものしたまひし人を、　（中178）

【男君】

①An indescribably handsome and elegant man, a most refined man, came into view.　(Book Two p.132)

いふかぎりなくきよらに、なまめきたる男の、いみじくあてなるが、

（中136）

②"Oh, that such a handsome man should exist in the world!," he exclaimed. He found the man so dazzlingly handsome he naturally could not take his eyes from him.　(Book Two p.132-133)

「世にかかる人のありけるよ」と、目もあやに見やらるるに、

さばかり子めかしく、あえかなりつるけはひ有さまには、中納言のめでたく、なよびかになつかしう、ただうち語らふのみこそ、あはれに心につきて思ふらめ。 (上38)

⑧How could we blame anyone so handsome even if he were thoroughly inconstant? (Book One p.50)

さばかりの人ざまにては、のこるくまなくてすきありかんも、いかにとがむべきぞ。 (上43)

⑨Though an adult, he looked so innocent and so enchantingly handsome. (Book One p.52)

さはいへど、若の御さまやと、をかしううつくしう見たてまつる。 (上44)

⑩He was so radiantly, brilliantly handsome …… (Book One p.62)

光をはなち、花々とめでたく、 (上57)

⑪But Chūnagon looked so noble and handsome that the Prince felt abashed in his presence, (Book One p.70)

人がらのいとあてに、心恥づかしげなるに、心のままにもかへさひにくくて、 (上66)

⑫He looked so exceptionally handsome that his father smiled, …… (Book One p.71)

めづらしくうつくしげなるを、うち笑みて、 (上68)

⑬He's handsome and graceful, yet he always looks so serious, …… (Book One p.77)

さばかりのかたちのにほひやかに、たをやぎをかしきにはたがひて、いみじうものまめやかに、 (上74)

⑭Relaxed, his face flushed with the heat, he looked even more handsome than usual. The shape of his hands, the fullness of his hips clearly visible under the trousers that encased them, his white skin – it was as though he had rolled about in snow – were unbelievably lovely.

いとどはなやかに、めでたしともおろかなり。　(上19)

③But Chūnagon was very handsome and his behavior pleasing;　(Book One p.28)

ただ人がらのいとをかしくすぐれて、うとましきもてなしもなく、　(上20)

④Still ardently pining for Chūnagon's sister, he wanted to see the incomparably handsome brother and reproach him for not acting as go-between. Though as usual that would be in vain, he thought a meeting might comfort him.　(Book One p.30)

今はただひとかたに、大殿の姫君の御ことを思ひこがれて、例のかひなくとも、この中納言にうらみも、また世になきかたちけはひも見まほしさにも、なぐさめむと思ひて、　(上22)

⑤Looking to the spot where it came from, he saw Chūnagon, who appeared very small　…… But he looked youthful and handsome and so fine that he was radiant in the moonlight. His bearing showed him to be more depressed than usual. His sleeve, wet with tears, exuded an extraordinary perfume, different from the usual. He looked most attractive to the man gazing at him.　(Book One p.30)

尋ね来て見れば、(略) いとささやかに見ゆれど、若くをかしげにて、月影に光るばかりめでたく見えて、常よりもうちしめりたるもてなしけしき、袖濡れわたるに、例しめたるにも似ず、世になきかをりなるを、男の身にめでたく見ゆるを、　(上22)

⑥He's very handsome and attractive,　(Book One p.46)

おほかたの人がらは、いとめでたくもあやにすぐれて、なつかしう愛敬づきながら、　(上38)

⑦She's so young and frail in manner and appearance, and is probably very much in love with that handsome and elegant husband who talks with her.　(Book One p.46-47) p.81, p.132, p.147, p.160）といった単語が、そして、一方の女君には、“charm”（p.19, p.35, p.39, p.67, p.72, p.81, p.114, p.178, p.185）,“charming”（p.25, p.37, p.67, p.69, p.71, p.88, p.97, p.122, p.123, p.131, p.139（2）, p.159, p.164, p.181（2）, p.198, p.238）や“radiant”（p.30, p.35, p.47, p.53, p.65, p.72, p.88, p.91, p.102, p.110, p.113, p.115, p.117, p.122, p.131, p.132, p.139, p.152, p.155, p.164）がもっぱら用いられる傾向にあり、二人の美的特徴の差異、美質の別は意識され、訳出されている。ただし、訳語が固定化しているわけではなく、例えば、

Though Naishi no Kami was gentle, refined, charming, and seemingly frail, ……（Book One p.79）

おほかたは、いみじうたをたをとあてになまめかしう、あえかなるけしきながら、（上77～78）

というように、多く「愛敬づく」の訳として用いられている“charming”が、他の訳語としても登場していることから、二人の美質のイメージは原作と同質とまではいえないだろう。

さて、こうした異性装のきょうだいの美質の訳語の中で、原作とは異なる世界創出に寄与したものとして注目すべき形容詞がある。男君、女君の美しさを表わすものとして時折登場する“handsome”という表現である。以下に女君、男君ごとの“handsome”の出現箇所を挙げる。

【女君】

①Yet every time Saishō saw him, so handsome, so pervasively charming and beautiful, he yearned for a woman comparable to this man.（Book One p.25）

見る目かたちの似るものなく、愛敬こぼれて、うつくしきさまの、かかる女のあらましかばと、見るたびにいみじう思はしきを、（上16）

②He was handsomer than ever, more than the word splendid can describe.（Book One p.27）

といった形容がそれぞれ固定化されて用いられている。これらの美質は、良く似た二人の本質的な違いを表わす特徴として『とりかへばやや』においては意識的に使い分けられているのだ。

ならば、“The Changelings”では、そうしたきょうだいの美質はどのように訳出されているのであろうか。緑川真知子氏は、『源氏物語』英訳本三作品における光源氏の美質描写を比較して、「光源氏は美しい容貌を備えているという一点だけは共通」していても「細部は相違」し、それが「読者が受ける光源氏像の厚みといったものに自ずと影響を与えている」と述べる(15)。原文の描写を簡潔化して表現するか、あるいは細かに原文に対応させ訳出するかで光源氏の印象も大きく異なり、その人物造型にも影響を与えるというわけである。

このような点を踏まえつつ、“The Changelings”における異性装のきょうだいの美質の描写を確認していきたい。

> Their faces, identical for the most part, differed only in that the boy's revealed a certain elegance; he was endowed with a refined and noble look. The girl had a bright and proud countenance, infinitely attractive. Its charm touched all about her. To this day their features have never been equaled. (Book One p.14)
>
> おほかたはただ同じものと見ゆる御かたちの、若君はあてに、かをりけだかく、なまめかしき方添ひて見えたまひ、姫君ははなばなとほこりかに、見てもあくよなく、あたりにもこぼれちる愛敬などぞ、今より似るものなく物したまひける。（上6）

まずは、前掲の解説にも挙げられている、きょうだいの美質が初めて描かれる場面。それぞれ傍線部が男君、波線部が女君の描写である。男君の美質の訳には “elegance”, “refined”, “noble”が用いられ、女君の特徴は“bright”, “proud countenance”, “charm”によって訳出されている。

その後も、服装の別に関係なく、男君の形容には“refined”（p.40, p.79（2）, p.81, p.132, p.147）や“elegance”（p.79, p.185）,“elegant”（p.18,

て女君は“he”、男君は“she”とされ続ける。それはまるで、父の承認を得、社会的立場をも入れ替えるまで「女性」として、あるいは「男性」としてのアイデンティティは確立されていないといわんばかりだ。服装によって呼称も変わる原作とは一線を画した性差観を、英訳本“The Changelings”は有している。

また、きょうだいの立場交換後に女君の影を追い続ける権中納言（Saishō）の場面に当たっては、三人称代名詞を峻別することで男君と女君との別を明示し、両者の間に右往左往する権中納言（Saishō）の姿を前景化させて、その喜劇性を強調する手法が確認された。ただし、これは、翻訳者が基本的に採用した、上記の法則による呼称の固定と徹底との関係で時折矛盾を見せている。

三　美質

前節においては、英語と日本語の文法上の大きな違いである三人称代名詞の使用という観点から、“The Changelings”の描く世界を吟味してきた。つづいて本節では、異性装のきょうだいの美質の描写を見ていく。

現存『とりかへばや』におけるきょうだいの美的特徴は、物語全体を通して一貫したものとして描かれる。

> まず二人の顔立ちが瓜二つであることが強調され、次いで、全体的な印象が、男君は「あてにかをり気高く、なまめかしき」であり、女君は「はなばなとほこりかに」「あたりにもこぼれ散る愛敬」があることが述べられる。静と動とも言えるこの対照的な性格は、以後もことあるごとに繰りかえされるが、異装解除の後も二人を特徴づける美質として描かれることからも分かるように、とくに男女の性別を示すものではない。[(14)]

と解説されるように、異性装時、異性装解除時の別なく、男君は「気高し」「なまめかし」「あて」、対して女君は、「はなばな」「愛敬づく」

(Book Three p.214)

年ごろのやうに、まめまめしうもえものしたまはず。　(下229)

これは二例とも直接話法でもって権中納言(Saishō)の心中が表されたくだりだが、依然別人であることに気づいていないはずの権中納言(Saishō)が今大将を指して"he"としている。一例目は、少しでも話しかける機会を見つけようと、今大将に影のようにはりつき追い続ける権中納言(Saishō)の心中を語るもの。二例目は、今大将と麗景殿の女御の妹との後朝の別れを目撃し、動揺する権中納言(Saishō)の心中思惟である。すなわち、両例ともに権中納言(Saishō)が今大将を前にし、その目の前の今大将自身を意識した場面なのだ。それゆえ、ここでは今大将を示す呼称が優先され、"he"が出現したと考えられよう。

He remembered, as though it had just happened, how, when he became a Middle Counsellor, Chūnagon had seen Yon no Kimi's poem about the "one unknown", and how, though it did not show on his face, Chūnagon had seemed to be pensive.

(Book Three p.228)

昔おぼし出でられて、中納言になりたりしをり、かの四の君の、「人知れぬをば」とありしを見て、色には出だしたまはざりしかど、いかにぞやうちおぼしたりしけしきの、ただ今のやうに思ひ出でたまふに、　(下245)

続いて上記は、男装時代の女君を権中納言(Saishō)が追懐するくだり。間接話法を用いているにもかかわらず、ここでは女君が"he"となっている。男装時を回想するものゆえ、それに合わせた形となったものと思われる。

以上、"The Changelings"における三人称代名詞の使用法について見てきた。そこには、原作とは異なる新たな論理、そして世界が認められるのである。

男装の女君、女装の男君は、異性装時のみならず異性装解除後も、立場を交換するまではそれぞれ異性装時の呼称で呼ばれ、それに応じ

court, Chūnagon still treated Saishō with particular coolness, firmly keeping his distance. There was no way Saishō might approach him ……　(Book Three p.206-207)

宮の中納言は、月日に添へて、ただひたぶるに行方なく思はば、こひしかなしとのみさのみやおぼえまじ。これはさても、いかでか女びはてたまひにし身をあらため、(略) 内わたりなどにて、はたことにもて離れ、すくよかにもて離れ、　(下219～220)

これもまた、三人称代名詞を峻別することで、権中納言 (Saishō) の追う女君の影 (波線部) と、今大将 (傍線部) との違いを明確化させている。それによって、きょうだいの入れ替えに翻弄される権中納言 (Saishō) の姿が前景化する構図となっているのだ。

かつての大将 (女君) と今大将 (男君) が別人であることは、原作においても、きょうだいの入れ替わりの場面が描かれることで、初めより読者には自明のものとしてある。しかし、常にその別が主語等によって示されているわけではなく、女君の影と男君とがどこか重なるような印象を与えるものとなっている。

一方、“The Changelings” は二人の別を明示することで、両者の間に右往左往する権中納言 (Saishō) の姿を浮き立たせている。別人であることに気づかず、“she”を求めて“he”を追う権中納言 (Saishō)。この構図は、権中納言 (Saishō) の滑稽なさまをより鮮明にし、喜劇的要素を強める。この辺りには、『とりかへばや』を一部においてシェイクスピア劇の喜劇に通じるものがあるとする[(13)]、翻訳者Willig氏の解釈が影響していようか。

なお、こうした権中納言 (Saishō) 視点による三人称代名詞の法則は、時折綻びを見せている。

“If only there was some opportunity, I would speak to him.”
(Book Three p.192)

「いかならんひまもがな。物いひかからん」　(下203)

He is not so serious-minded, as he was for years.

と表現している。

“How great his determination must have been to have forsaken such a child!,” (Book Two p.159)

「あはれ、かかる人を見捨てたまはん心強さこそ」 (中167)

ところが、きょうだいの入れ替えが行われると、その事実を知らないにもかかわらず、やはり直接話法を用いた心中思惟における女君の呼称は次の通り“she”に転じるのである。

“Chūnagon was so indescribably lovely it was well worth gazing at her,” he thought. (Book Two p.173)

いひ知らず見るかひ有り、 (中181)

この辺りは、物語展開の整合性よりも、全体を覆う呼称の翻訳の方針が優先されたものと考えられる。そうした姿勢に変化が見られるようになるのは、権中納言（Saishō）が女君の影を追い求めるあまり、京に現われた今大将（男君）との対面を図る場面からである。

Feeling the color of his complexion change, Chūnagon firmly composed himself. Saishō wanted some opportunity to speak with Chūnagon and learn her feelings. With this thought alone in mind, his eyes remained fixed on her. (Book Two p.174)

われもけしきうちかはる心地して、いとすくよかにもてしづめて、いかなるひまに、ものいひ寄りけしき見んと、ことごとなく目をつけて見れど、 (中183)

権中納言（Saishō）の登場に緊張が走る今大将（Chūnagon, he）と、彼を通して女君（she）を追い求める権中納言（Saishō）の心情が錯綜する場面を、傍線部と波線部の三人称代名詞の別によって描出している。他にもこのような書き分けは下記の場面に確認される。

Now Saishō would not have gone on grieving and yearning as the days and months went by if he had simply felt he did not know where Chūnagon was. But why would she change herself when she had fully become a woman? …… When they went to

Kami now becomes Chūnagon or "the former Naishi no Kami." (Book Two p.164-165)

尚侍、日ごろ例ならず悩みたまふといひなしければ、春宮よりも御使まゐりて、 (中173)

この場面を皮切りに、原作においても女君は新たに「尚侍」と呼ばれ、男君も「大将」と称されるわけだが、"The Changelings"は、ここをもって二人の呼称を逆転させ、以降女君は"she"となり、男君は"he"となって、ようやく三人称代名詞の性別を変更する。いってみれば、"The Changelings"では、父の承認があって初めて、女君と男君とはそれぞれ「女性」、「男性」として認定されるのだ。原作以上に父の承認あるいは認定と、女君と男君のアイデンティティとの関わりが強く押し出される形と考えられる。

このようにして見ると、服装の性差によって男女の別が左右される原作に比して、"The Changelings"における男女の別は、父の承認、そして、それに伴う社会的立場・役割の変化が深く関わっている。つまり、服装の別以上に、社会的立場・役割に規定された「性差」が強調される構造になっているのである。この点、"The Changelings"に見られる性差の描き方は、本質主義的な性差観とは一線を画したものといえるだろう[(12)]。

なお、"The Changelings"ではこれ以降、女君と男君は、掲出の脚注の通り、一貫して立場交換後の呼称とそれに基づく三人称代名詞で呼ばれることになるのだが、ただ唯一、この呼称の法則とはまた別の論理で三人称代名詞を使い分ける登場人物がいる。女君の男装の過去を知る人物、権中納言(Saishō)である。"Saishō"は、女君を失った後、きょうだいの入れ替わりを知らずに今大将(男君)を女君と思って付きまとい、翻弄される。それが、"he"と"she"の別によって書き表されているのだ。

まず、きょうだいの立場取り換え以前、女君が女性と知るはずの"Saishō"は、女君を指して、直接話法による心中思惟においても"he"

An infinite tenderness and deep love grew in Naishi no Kami's breast. It was indescribable. As she grew familiar with the Princesses, she found them graceful, refined, radiantly beautiful, ideal. (Book Two p.158)

男の御心には、かぎりなくあはれに深き御こころざしもまさるにや、いふかひなく、見馴れ行くままに、あてにけだかくにほひあり、思ふさまなる御かたち有さまを、(中165～166)

これは、吉野滞在中の男君が、吉野の姉君(11)に心惹かれるままに契りを結び、愛情を深めていくくだりに当たる。『とりかへばや』本文においては、男君は「男」と表わされ、外見的にも内面的にも男性である男君と、女性の吉野の姉君との典型的な異性愛の場面となっている。ところが、"The Changelings"の場合、この時点の男君は傍線部の通り、たとえ男装となっていても"she"と呼ばれ続ける存在であるために、かえって、原作にはない同性愛的な印象を与えているといえよう。ここには翻訳によって新たに構築された物語世界がある。

さて、そうした男君と女君の呼称が"The Changelings"においてついに入れ替わるのは、きょうだいが京に戻って父左大臣と再会する場面における、次の左大臣のことばを契機とする。

From now on, Naishi no Kami, you will go about in public as Chūnagon. (Book Two p.164)

今ははやう大将にて交らはれよ。(中173)

そして、きょうだいの入れ替わりを推奨する父のことばの後には以下の記述と脚注が続いている。

The former Naishi no Kami had said that she had been suffering from an aliment these past days, and as a result a messenger arrived from the Imperial Princess.

(脚注)From this point on I shall refer to Chūnagon as Naishi no Kami, since he has now assumed the female role, or on occasion as "the former Chūnagon." Similarly, Naishi no

法則を変更することはない。

He plucked his brows and blackened his teeth, making him look like a woman. (Book Two p.117)

眉抜き、かねつけなど女びさせたれば、 (中118)

It had long been a source of grief to him that he could not exchange his children. Now, when he saw her, those regrets passed away. In his joy, tears dimmed his eyes, and he could not see how she looked.

Chūnagon was beautiful. This charming and radiant woman's hair was lustrous and full. Sitting there, looking so very splendid and delicate, he was like a dream. Naishi no Kami was an indescribably good-looking man, and seemed unreal standing there, composed and handsome. (Book Two p.164)

男君は御前にさぶらひたまひて、殿見たてまつりたまふに、とりかへばやの御嘆きばかりこそかはる事なりけれ。うれしきにも涙にくれて、え見たてまつりたまはず。いみじくうつくしげに、なつかしうはなやかなる女の、髪はつやつやゆらゆらとかかり、いといみじくめでたくて、なよよかなるさまにてゐたまへるも夢のやうに、えもいはずきよらなる男にて、ありつきびびしくてさぶらひたまふも、 (中172)

とあるように、女君は"Chūnagon"と呼ばれ続けるとともに三人称代名詞には"he"が用いられ、男君も"Naishi no Kami"であって、あくまで"she"とされ続けるのである。"The Changelings"では、服装の性差に呼称の性差が左右されることはない。それはあたかも、服装の性差だけでは、女性としてあるいは男性としてのアイデンティティは確立されないといいたげではあるまいか。二人の呼称の逆転は、きょうだいの入れ替わり、すなわち社会的立場の取り換えを待たねばならない。

また、こうした呼称の翻訳の方針は、次のような事態を生み出すことになる。

も英訳読者への分かりやすさを重視したため(8)と思われるが、しかし、その結果として前述のHorton氏、Nishimura氏の指摘に見られた次のような訳が弊害的に生み出されたわけである。

> He was inconsolable, but his circumstances were such that he could not reveal to anyone that he was pregnant. (Book One p.96)
>
> さりとて、「われこそかかれ」と、人にいひあはすべきことにもあらず。　(上96)

男装の女君は、妊娠し、自身の肉体の女性性を突きつけられても、あくまで "he" と呼称される。いい換えれば、"The Changelings" における女君は、たとえ肉体が女性であっても社会的には男性であり、男性としてのアイデンティティを保持し続ける存在として描かれているのだ(9)。

そして、こうした翻訳姿勢が貫かれることによって原作とは異なった英訳本独自の世界を創出することになったのが、異性装解除後の女君と男君の呼称である。

原作というべき『とりかへばや』の本文においては、二人の異性装解除以降、女装した女君ならびに男装した男君の呼称にそれまで異性装時に用いられていた官位名等が、異装解除を知らない人物の回想や心中思惟中を除いて(10)使用されることはなくなる。代わって、女君の場合、四の君との対比による「これ」(中127、138)、「この君」(中133) といったものや、さらには「女君」(中137、139、153)、「子持ちの君」(中144)「母君」(中144)、「この姫君」(中172) といった女性性が意識された呼称が登場するようになるのである。男君もまた、男装し失踪した女君を捜しに京を離れた後には、「男君」(中134、150、162、172)、「男」(中165) と称されるようになる。つまり、『とりかへばや』は、服装の性差に連動し男女の別が書き分けられており、女君と男君はそれぞれ女装、男装になることによって、女性性、男性性を獲得していくのだ。

一方、"The Changelings" は、異性装解除後も先に見られた呼称の生時において女君は「姫君」、男君は「若君」と称される。"The Changelings"もまた、それに従って以下のような訳を当てている。

> Their faces, identical for the most part, differed only in that the boy's revealed a certain elegance; he was endowed with a refined and noble look. The girl had a bright and proud countenance, infinitely attractive. Its charm touched all about her.
>
> (Book One p.14)
>
> おほかたはただ同じものと見ゆる御かたちの、若君はあてに、かをりけだかく、なまめかしき方添ひて見えたまひ、姫君ははなばなとほこりかに、見てもあくよなく、あたりにもこぼれちる愛敬などぞ、（上6）

このような男君＝"he"、女君＝"she"という構図が逆転することなるのは、次の場面を経た後である。

> Hereafter I shall refer to the children as the others had come mistakenly to do; the son I shall call the daughter, and the daughter the son. (Book One p.16)
>
> 君だちをも、今はやがて聞こえつけて、若君姫君とぞきこゆなる。
>
> （上8）

成長とともに男君は女らしく、女君は男らしくふるまい、周囲はきょうだいの性別を取り違えていく。原作においては性別を逆転させた呼称を、あくまで周囲の人々の認識、誤解として語るのに対して、"The Changelings"では二重線部の通り、語り手が登場し、呼称の逆転が宣言されるのは特徴的である。

さらに、性別を取り違えられたきょうだいは、そのまま成人、出仕する運命を辿るが、"The Changelings"は、きょうだいの出仕を機に、官位と関わりなく女君を"Chūnagon"、男君を "Naishi no Kami"と呼び、以後、これらを固有名として用いていく(7)。そして、これらの呼称は、三人称代名詞と同じくきょうだいの入れ替えまで一貫して二人の名の代わりに登場することになる。この判断は、原作への忠実性より

二　三人称代名詞の問題

“The Changelings”は発表当初より、日本語と英語との文法的性質の違いが必然ともいえるかたちで引き起こした、ある重要な問題について指摘がなされている。

Mack Horton氏は、人物の呼称、特に三人称代名詞について、男装の女君を “he”、女装の男君を “she”とし、きょうだいの立場入れ替えまで変更することなく使用し続ける翻訳者の方針が、“Chūnagon began to feel constrained by his pregnant condition.”（中納言は彼の妊娠状態により窮屈を感じ始めた）といった訳を生み出し、英語の性質上避けられないものではあるものの、原作の文章が持つ両義性、性別の曖昧性を損ねる結果となったことに言及している(5)。また、Sey Nishimura氏も、やはり性別を書き分ける三人称代名詞の使用によって、“he was pregnant”（彼は妊娠した）という不自然な文章が生まれたとする(6)。

英語における主語の明示および三人称代名詞による問題は、日本語を英語に翻訳する場合に不可避的に生じるものの、しかし一方で、結果的に原作とは異なる世界を構築する大きな要因となるという点で看過しがたいものである。特に「性の入れ替え」を描く『とりかへばや』には、Horton氏、Nishimura氏の指摘する “he” と“she”の使用の問題が深い影響を与えるといえるだろう。

“The Changelings”では、前述の通り、異性装のきょうだいの性を周囲が取り違えて以来、男装の女君に “he”、女装の男君に “she”を用いる。そこで、先の “his pregnant”といった訳が発生するわけだが、稿者が注目したいのは、その三人称代名詞がきょうだいの立場入れ替えまで、つまりは異性装解除の後もしばらくの間変更されることなく、二人に使用され続けることである。次に詳しく順を追って見ていく。

物語の冒頭、後に男装の女君、女装の男君となるきょうだいは、誕を採用していることが分かる。ただし、一方で、引歌および慣用表現については、逐語訳的に訳出した上で脚注において解説を加える方式を採っており、その点では、出来る限り原典に見られる表現、さらには、そこに描出される世界や雰囲気を損なわぬよう努める翻訳姿勢が窺えよう。

このようにして鈴木氏の『とりかへばや物語の研究』に多く寄り添い英訳された“The Changelings”であるが、やはりそこには、基となった『とりかへばや物語の研究』とも異なる独自の世界が構築されている。それは、翻訳という作業に付きまとう問題、すなわち言語の構造の相違、訳語と原語の間の意味内容の差異、さらには文化的隔たりによる先入観等々によって不可避的に生じるズレの結晶ともいえよう。

加えて、「その奇変を好むや、殆ど乱に近づき、醜穢読むに堪へざるところ少からず」という有名な藤岡作太郎の評言(4)が、今日においては批判されるべき対象として広く認知されていることに象徴されるごとく、「性の入れ替え」のモチーフを扱った『とりかへばや』は、読者が依拠する文化的価値観の相違によるイメージの変動が著しく現れる。そうした中で、時代、国、言語も大きく異なった翻訳者の手による“The Changelings”はどのような『とりかへばや』の世界を創出しているのか。

時代の隔たりを〈縦の移行〉、国・言語の隔たりを〈横の移行〉とすると、1980年代における日本古典文学の英訳本は、まさに〈斜行〉した文学作品といえる。本稿はその〈斜行〉した『とりかへばや』の世界を紐解いていきたい。

なお、本稿において「原作」「原典」と呼ぶ場合は、『とりかへばや物語の研究　校注編解題編』を指し、比較検証のため英文と併記してこの本文を引用する。表記は私的に改めた箇所もあり、傍線等は稿者による。

英訳された『とりかへばや』
――〈斜行〉する『とりかへばや』の世界

片山ふゆき

一　〈斜行〉する『とりかへばや』の世界

1983年、アメリカにおいてRosette F. Willig氏による現存の『とりかへばや』英訳本“The Changelings : A CLASSICAL JAPANESE COURT TALE”[(1)]が刊行された。これは、『とりかへばや』としては最初の英訳本であり、現在までのところ完本としては唯一といえるものであろう。1970年から1980年代にかけてのアメリカでは、平安後期以降の物語作品の英訳本が次々に刊行され[(2)]、同書も、そうした流れに従いつつ世に出たものと思われる。だが、『源氏物語』以後の大作として日本文学史上にも位置づけられる『狭衣物語』の英訳本が未だに見られない中、『とりかへばや』がいち早く翻訳されたことは、現代における『とりかへばや』の受容を考える上でも注目に値する。ところが、この時代や国籍を超えた『とりかへばや』英訳本“The Changelings”は、管見の限り、日本国内では今日に至るまであまり紹介されては来ていない。本稿は、その“The Changelings”を取り上げる。

まず、翻訳者は底本として鈴木弘道『とりかへばや物語の研究　校注編解題編』、新典社版原典シリーズ『とりかへばや』（宮内庁書陵部蔵御所本）を挙げているが[(3)]、原則『とりかへばや物語の研究』に沿って三巻構成をとっており、本文の立て方、ならびに解釈もこれに基づいている。人物の呼称については、後に詳しく説明するが、出仕後の男装の女君、女装の男君は、きょうだい入れ替わりまで一貫してそれぞれ“Chūnagon”, “Naishi no Kam”と呼ばれ、これらが固有名として扱われる。こうした官職名を固有名として用いる態度は、宰相中将などの他の登場人物についても見られることであり、人物呼称に関しては、原典に忠実であるよりも、読者への分かりやすさを優先した翻訳方法

あとがき

本論集は、わたくしども狭衣物語研究会の活動において、第四冊目にあたる論文集です。巻頭の「能〈狭衣〉小考――能劇としての可能性」のご論考は、田村良平（村上湛）氏にご寄稿いただきました。その結果、『狭衣物語』を題材とした未だ上演されていない能劇〈狭衣〉についてのお考えをお伺いできましたうえ、時代も作品ジャンルも越えて「斜行」する『狭衣物語』の有り様をご提示いただく機会を得ることが出来ました。能劇の演出等でご繁忙のなか、ご論考をお寄せいただきましたことに深く感謝いたします。

平安時代の後期・末期に成立したとおぼしい『狭衣物語』の詞章や内容は異化されて謡曲となりましたが、その謡曲〈狭衣〉の存在自体、田村氏の言によれば現今の能に対する新たな可能性を秘めているとのことです。『狭衣物語』という物語を解体し再構成させて出来あがった謡曲〈狭衣〉は、いわば異形にして新たな『狭衣物語』としての側面も持っていることになりましょう。『狭衣物語』の享受といえば、異本の多い『狭衣物語』、和歌詠作のヒントとなる『狭衣物語』という視点から捉えることが一般的であり、またそれはこれまで文学研究を推し進めてきた力となっていたと認識しますが、その観点とは別に、『狭衣物語』を全く異なる方法で読み解く〈異〉を抱え込んだ知や遊びの世界にも目を向けていくことの可能性について示唆をいただきました。今後、田村（村上）氏の示唆された能劇上演の可能性についても、楽しみにしたいと存じます。

その他、本論文集には一三名の会員による論考を掲載いたしました。研究発表時の意見交換をはじめ、論者の意思を尊重しての論文読み合わせなどを経て、このような形としてまとまりました。この研究会についての経緯は、先の論集『狭衣物語　文の空間』のあとがきに鈴木泰恵氏が書かれているように、三谷榮一先生が長年続けていらした研究会を三谷邦明氏と三田村雅子氏が受け継ぎ、現在は、鈴木泰恵氏とわたくしが事務局をつとめている小さな研究会です。

小回りがきくという利点を活かして、これまで研究発表や本文や理論の勉強会を開催してまいりました。論集刊行に際し、本書のテーマについては、研究会員相互の審議により決定されたものです。「斜行」については、さまざまな解釈が可能ですが、本論文集では「内なる斜行」と「関係性の斜行」という二つの範疇を設けて論文を収載いたしました。「内なる斜行」にカテゴライズされている論文の中には、ともすればその枠に収まりきらない論文もあるかとは存じますが、それはその論文が「斜行」というテーマに沿って立論した結果であり、そこにこそ「斜行」のもつ不定形な側面が見いだせるのではないかと思うところでございます。また、「関係性の斜行」は、『狭衣物語』からの「斜行」をはじめ、『夜の寝覚』『とりかへばや』『いはでしのぶ』『木幡の時雨』『恋路ゆかしき』など、平安末期から中世にかけての物語を対象とし、「斜行」を梃子にしてそれらを読むことを通し、文学研究の可能性を問う論文を入集いたしました。本論集には歩みの遅いわたくしども研究会の拙さもございます。どうかその節はご教示ご叱正を賜れれば幸いです。

なおこの論集の編集には、鈴木泰恵氏に多くのご協力をいただきました。ご多用のなか時間を調整され、個々の論文に貴重なご意見をいただいたうえ、編集作業におつきあいいただきました。研究会会員一同感謝いたしております。

最後になりましたが、昨今の出版事情が厳しい中でこれまで三冊の論集刊行をご決行いただき、このたびはそれに続く第四論集を世に出してくださった翰林書房の今井肇社長と静江編集長に心よりお礼申し上げます。有り難うございました。

二〇一七年四月吉日

狭衣物語研究会

井上　眞弓

Sagoromo Monogatari
Inclining : Literary new point of view

執筆者紹介

田村良平／村上湛（たむら りょうへい／むらかみ たたう）明星大学。一般財団法人観世文庫評議員。主要著書・論文に『岩波講座 歌舞伎・文楽：第5巻～歌舞伎の身体論』（岩波書店 一九九八年）、『すぐわかる能の見どころ～物語と鑑賞一三九曲』（東京美術 二〇〇七年）、「復曲能〈菅丞相〉の新演出について」（『明星大学研究紀要 人文学部・日本文化学科』二〇一七年四月）がある。

井上眞弓（いのうえ まゆみ）東京家政学院大学。主著に『狭衣物語の語りと引用』（笠間書院 二〇〇五年）、共編共著に『狭衣物語 文の空間』（翰林書房 二〇一四年）、論文として「住み処をめぐる語り――『夜の寝覚』『狭衣物語』と『栄花物語』と」（『王朝歴史物語史の構想と展望』新典社 二〇一五年）がある。

井上新子（いのうえ しんこ）一九六六年生。大阪大谷大学・甲南大学非常勤講師。主要著書・論文に『堤中納言物語の言語空間――織りなされる言葉と時代――』（翰林書房 二〇一六年）、「狭衣の〈恋の煙〉――『狭衣物語』における「煙」の表象をめぐって――」（『狭衣物語 文の空間』翰林書房 二〇一四年）、「『浜松中納言物語』・『狭衣物語』の終幕――『竹取物語』における〈永訣〉の構図の継承と展開――」（『源氏以後の物語を考える――継承の構図』武蔵野書院 二〇一二年）がある。

水野雄太（みずの ゆうた）一九九一年生。城北中学校・高等学校教諭。主要著書・論文に「蜻蛉巻に見る、『源氏物語』第三部の語る論理」（『物語研究』第一五号 二〇一五年三月）、「心、言葉、エクリチュール――柏木から薫へ、そして浮舟へ――」（『学芸古典文学』第九号 二〇一六年三月）、「現代的規範の中の生／物語――複数性・誤配・〈亡霊〉と『源氏物語』第三部――」（『物語研究』第一六号 二〇一六年三月）がある。

萩野敦子（はぎの あつこ）琉球大学。共編共著に『沖縄から考える「伝統的な言語文化」の学び論』（溪水社 二〇一四年）、『狭衣物語 文の空間』（翰林書房 二〇一四年）がある。

野村倫子（のむら みちこ）大阪府立春日丘高等学校。主著に『『源氏物語』宇治十帖の展開と継承――女君流離の物語』（和泉書院 二〇一一年）、論文として「『狭衣物語』飛鳥井と一品の宮母子の物語――『源氏物語』引用を基点に――」（『立命館文学』六三〇号 二〇一三年三月）、「『狭衣物語』飛鳥井遺詠の異文表現――「底の水屑」と「底の藻屑」から紡がれる世界」（『狭衣物語 文の空間』翰林書房 二〇一四年）がある。

三村友希（みむら ゆき）一九七五年生。跡見学園女子大学兼任講師。主要著書・論文に『姫君たちの源氏物語――二人の紫の上』（翰林書房 二〇〇八年）、「読む紫の上・語られる浮舟――〈物語〉とはちがう私の物語――」（『源氏物語〈読み〉の交響Ⅱ』新典社、二〇一四年）、「男のことば・女のことば――『二心』なき男と『数』ならぬ身の女――」（『新時代への源氏学5 構築される社会・ゆらぐ言葉』竹林舎、二〇一五年）がある。

千野裕子（ちの　ゆうこ）一九八七年生。川村学園女子大学。主要論文に「浮舟物語と正篇世界——女房「侍従」「右近」から——」（『物語研究』第一四号　二〇一四年三月）、「『狭衣物語』と陸奥の合戦——飛鳥井女君物語から——」（『物語研究』第一五号　二〇一五年三月）、「『狭衣物語』と『源氏物語』夕霧巻——一品宮物語を中心に——」（『日本文学』二〇一五年九月）がある。

乾　澄子（いぬい　すみこ）同志社大学等非常勤講師。主要著書・論文に「夜の寝覚——女君の「憂し」をめぐって——」（『講座平安文学論究第一八輯』風間書房　二〇〇四年）、「『夜の寝覚』の父」（『平安後期物語』翰林書房　二〇一二年）、共編共著に『狭衣物語　文の空間』（翰林書房　二〇一四年）がある。

山際咲清香（やまぎわ　さやか）東京学芸大学大学院。主要著書・論文に「『源氏物語』における「ぬるし」が示すもの——若菜巻の密通事件をめぐって——」（『日本文学』二〇〇二年九月）、「若菜上・下巻の「風」と寒暖語」（『学芸国語国文学』第四十七号　東京学芸大学国語国文学会　二〇一五年三月）「『浜松中納言物語』の〈風〉と寒暖語——「月」との関わりから——」（『古代中世文学論考』第三三集　新典社　二〇一六年）がある。

勝亦志織（かつまた　しおり）中京大学。主要著書・論文に『物語の〈皇女〉——もうひとつの王朝物語史——』（笠間書院　二〇一〇年）、「血と性差をめぐる力学——柏木・横笛・鈴虫——」（新時代の源氏学第三巻『関係性の政治学Ⅱ』竹林舎　二〇一五年）、「『大和物語』における〈記録〉の方法——歌話採録に見える戦略——」（『日本文学』二〇一六年五月）がある。

伊達　舞（だて　まい）一九八七年生。日本女子大学大学院。主要著書・論文に「『今とりかへばや』の〈家〉への志向——親子間の〈愛情〉描写から——」（『国文目白』二〇一一年二月）、「『とりかへばや』の女君・宰相中将と宇治の若君——親子関係の〈文〉」（『狭衣物語　文の空間』翰林書房　二〇一四年）、「『木幡の時雨』の〈三角関係〉——衣通姫を起点として——」（『日本文学』二〇一七年三月）がある。

横山恵理（よこやま　えり）一九八一年生。大阪工業大学特任講師。主要論文に「『なよ竹物語』享受の場に関する一考察——曇華院門跡を手がかりに——」（奈良女子大学日本アジア言語文化学会『叙説』第三九号　二〇一二年三月）、「法華寺蔵『七草絵巻』の絵と詞書」（奈良絵本・絵巻国際会議編『奈良絵本・絵巻研究』第十号　二〇一二年九月）、「多和神社蔵『なでしこ物語』考——『源氏物語』享受の一側面——」（奈良女子大学日本アジア言語文化学会『叙説』第四三号　二〇一六年三月）がある。

片山ふゆき（かたやま　ふゆき）一九八二年生。苫小牧工業高等専門学校。主要著書・論文に「袖の中の魂——『とりかへばや』垣間見場面に見られる『古今集』九九二番歌引用について——」（『国語国文研究』第一四九号　二〇一六年一〇月）、「『とりかへばや』の宰相中将の恋——過剰な「ことばの〈文〉」の空間——」（『狭衣物語　文の空間』翰林書房　二〇一四年）、「『とりかへばや』の引歌表現に見られる諧謔性——宰相中将における変奏をめぐって——」（『国語と国文学』第八九号　二〇一二年一〇月）がある。

狭衣物語　文学の斜行

発行日	2017年5月24日　初版第一刷
編　者	井上眞弓
発行人	今井　肇
発行所	翰林書房
	〒151-0071 東京都渋谷区本町1-4-16
	電 話 (03) 6276-0633
	FAX (03) 6276-0634
	http://www.kanrin.co.jp/
	Eメール●Kanrin@nifty.com
装　釘	須藤康子+島津デザイン事務所
印刷・製本	メデューム

落丁・乱丁本はお取替えいたします

ISBN978-4-87737-44-3